BASTEI
LÜBBE

Weitere Titel der Autorin:

15 553 Geheimnisse eines Sommers
15 647 Die Farben der Sehnsucht
15 893 Gefallener Engel

Über die Autorin:

Barbara Freethy ist eine USA-Today-Bestsellerautorin, die schon zahlreiche Romane und Thriller geschrieben hat. Sie hat einen RITA-Award und zweimal den Preis für den besten zeitgenössischen Roman der *Romantic Times* gewonnen. Die Autorin lebt in Kalifornien.

Barbara Freethy

LÜGEN UND TRÄUME

Roman

Aus dem Englischen von
Irmhild Seeland

BASTEI LÜBBE

BASTEI LÜBBE TASCHENBUCH
Band 16 267

1. Auflage: September 2009

Vollständige Taschenbuchausgabe

Bastei Lübbe Taschenbücher in der Verlagsgruppe Lübbe

Deutsche Erstausgabe

Dieses Werk wurde im Auftrag der Jane Rotrosen Agency LLC
vermittelt durch die Literarische Agentur Thomas Schlück GmbH,
30827 Garbsen.
Titel der englischen Originalausgabe: »Taken«

Titelillustration: getty-images/Larry Brownstein
Umschlaggestaltung: Kirstin Osenau
Satz: Urban SatzKonzept, Düsseldorf
Gesetzt aus der Garamond
Druck und Verarbeitung: GGP Media GmbH, Pößneck
Printed in Germany
ISBN 978-3-404-16267-3

Für Terry, Kristen und Logan.
Ihr seid die Besten!

DANKSAGUNGEN

Obwohl Schreiben ein einsames Unterfangen ist, habe ich während der Arbeit viel Hilfe von meinen schreibenden Freunden bei den RWA von San Francisco erhalten, vor allem von den »Nebelstadtladys«: Candice Hern, Diana Dempsey, Carol Grace, Julie Anne Long, Barbara McMahon, Kate Moore und Lynn Hanna. Meist stellen sie mehr Fragen, als ich beantworten kann, aber am Ende wird die Geschichte durch diese Fragen besser. Auch möchte ich Christie Ridgeway dafür danken, dass sie mich aus der Ferne unterstützt. Und last but not least danke ich meiner fantastischen Agentin Andrea Cirillo sowie dem Team in der Jane Rotrosen Agentur für die unendliche Hilfe und die Aufmerksamkeit, die sie jeder Einzelheit schenken.

PROLOG

»Auf meine Frau.« Nick Granville schenkte Kayla Sheridan ein umwerfendes Lächeln und hob sein Champagnerglas.

Kayla stieß mit ihm an. Als sie in die hinreißenden blauen Augen des Mannes blickte, den sie geheiratet hatte, durchströmte sie eine Woge purer Freude. Sie konnte kaum glauben, dass sie verheiratet war, doch vor nur einer Stunde hatte sie gelobt, diesen Mann über alles zu lieben, solange sie lebte. Er hatte ihr einen Ring an den Finger gesteckt und eine Diamantkette um den Hals gelegt, und er hatte versprochen, für immer bei ihr zu bleiben, und das war alles, was sie sich je gewünscht hatte. Als Scheidungskind war sie zwischen zwei Häusern, zwei Elternpaaren und zwei Städten hin und her gependelt, und sie hatte mehr als genug Abschiede hinnehmen müssen. Das war jetzt vorbei. Sie war Mrs. Nicholas Granville, und sie würde dafür sorgen, dass ihre Ehe hielt.

Der Champagner kribbelte in ihrer Kehle. Ihr war fast schwindelig vor Glück. »Ich kann nicht fassen, wie glücklich ich bin«, murmelte sie. »In meinem Kopf dreht sich alles.«

»Ich mag es, wenn du aus dem Gleichgewicht gerätst«, sagte er.

»Das bin ich schon seit dem Moment, in dem wir uns zum ersten Mal begegnet sind«, gestand sie. »Dich zu heiraten ist das Impulsivste, Verrückteste, das ich je im Leben getan habe.« Sie blickte auf den Zweikaräter an ihrem Finger. Er war riesig, dramatisch und erschreckend teuer. Es war nicht gerade die Art von Ring, die sie sich früher einmal, in ihren Jungmädchenträumen, vorgestellt hatte. Sie hatte an etwas Altmodisches, in Silber Gefasstes gedacht, und der Stein war in ihrer Vorstellung auch niemals so groß gewesen, nicht einmal in ihren kühnsten Träumen. Sie konnte sich unglaublich glücklich schätzen! Nick war sehr großzügig. Er hatte sie seit ihrer ersten Verabredung hoffnungslos verwöhnt.

»Du machst das mit dem Impulsiven gut«, bemerkte er. »Besser als ich bei unserer ersten Begegnung gedacht hätte.«

»Weil du einen schlechten Einfluss auf mich hast«, neckte sie ihn.

Sein Grinsen wurde breiter. »Das habe ich doch schon mal gehört. Das Leben soll schließlich Spaß machen. Und du hast doch Spaß, oder nicht?«

»Absolut. Es war ein perfekter Tag. Die Kapelle war hübsch. Der Priester hat eine bewegende Ansprache über Liebe und Ehe gehalten. Ich hatte Angst, dass es sich wie so eine Schnellhochzeit anfühlen würde, aber so war es nicht. Und dieses Hotelzimmer – es ist unglaublich.« Sie deutete mit der Hand um sich, während sie ihre Hochzeitssuite betrachtete. Nick hatte Duftkerzen bestellt, die den Raum in weiches Licht tauchten, auf jedem Tisch standen leuchtend bunte Wildblumensträuße, Rosenblüten bildeten einen romantischen Pfad zum Schlafzimmer, und überall standen silberne Schälchen mit Schoko-Erdbeeren, ihrem Lieblingsnachtisch. Kayla hätte sich keine romantischere Umgebung vorstellen können, um ihr neues Leben zu beginnen.

»Du hast mich so glücklich gemacht, Nick. Du hast mir genau das gegeben, was ich mir gewünscht habe.«

Er nickte. »Genauso fühle ich auch.« Er beugte sich vor und küsste sie sacht und sehr verheißungsvoll auf den Mund. »Ich werde noch etwas Eis holen.« Nick warf ihr einen bedeutungsvollen Blick zu. »Ich glaube, dass wir noch Lust auf kalten Champagner haben werden ... später.«

Ein Schauer der Vorfreude lief ihr über den Rücken. »Beeil dich.«

Er nahm den Eiskübel und ging zur Tür. Dort blieb er stehen und zog die antike Taschenuhr aus der Tasche, die sie ihm vor ein paar Minuten als Hochzeitsgeschenk überreicht hatte. »Und noch mal danke dafür«, sagte er. »Sie bedeutet mir sehr viel.«

»Meine Großmutter meinte, ich solle sie dem Mann geben, den ich liebe. Und das bist du.«

Kayla hätte gern auch von ihm gehört, dass er sie liebte, aber er lächelte nur und winkte ihr zu, als er das Zimmer verließ. Es spielte keine Rolle, dass er die Worte nicht ausgesprochen hatte. Er hatte sie geheiratet. Nur das war wichtig. Kayla hatte den größten Teil ihrer Zwanzigerjahre mit einem Mann verbracht, der unter Bindungsangst litt und sich nicht hatte überwinden können, die entscheidende Frage zu stellen. Nick hingegen hatte ihr fast sofort gesagt, dass er die Absicht hatte, ihr Ehemann zu werden. Sie war von seiner Liebe und seiner Zuversicht, dass sie füreinander bestimmt waren, förmlich hinweggeschwemmt worden. Jetzt, nur drei Wochen nach dieser ersten Verabredung, war sie seine Frau. Sie konnte es kaum fassen. Drei Wochen! Es war wirklich entschieden das Verrückteste, was sie je getan hatte.

Na und? Kayla war ihr Leben lang verantwortungsbewusst und vorsichtig gewesen. Sie war fast dreißig Jahre alt. Es wurde allmählich Zeit, auch mal ein Risiko einzugehen.

Zu unruhig, um stillzusitzen, stand Kayla auf und schaute aus dem Fenster. Ihre luxuriöse Hochzeitssuite lag im fünfundzwanzigsten Stock des Hotels und bot einen fantastischen Blick auf den Lake Tahoe und die umliegenden Berge der Sierra Nevada. Sie war nur vier Stunden von ihrem Zuhause in der Bucht von San Francisco entfernt, aber es kam ihr vor wie eine Million Meilen. Ihr ganzes Leben hatte sich mit einer schlichten Hochzeitszeremonie verändert, bei der nur zwei Fremde anwesend gewesen waren. Nur darüber empfand sie ein leichtes Bedauern, dass weder von ihrer noch von Nicks Familie jemand an ihrer Hochzeit teilgenommen hatte. Doch die Vergangenheit lag hinter ihr. Heute Abend machte sie einen neuen Anfang.

Kayla wandte sich vom Fenster ab und ging ins Schlafzimmer. Sie zog ihr Kleid aus und schlüpfte in einen leuchtend roten, durchsichtigen Seidenteddy, der nichts der Vorstellungskraft überließ. Dann fuhr sie mit der Bürste durch ihr langes, dichtes, lockiges braunes Haar, das ihr bis über die Schultern fiel und nur schwer zu bändigen war. Ihre beste Freundin, Samantha, hatte behauptet, der unordentliche, lockige Look käme wieder in Mode, was bedeutete, dass Kaylas Frisur vielleicht zum ersten Mal in ihrem Leben angesagt sein würde.

Sie überlegte etwas verunsichert, ob der knallrote Teddy zu viel des Guten war. Hätte sie sich vielleicht besser für elegante weiße Seide entscheiden sollen? Aber die schicke weiße Wäsche, die sie beim Einkaufen in Betracht gezogen hatte, hätte auch ihre Mutter tragen können, und sie war ganz entschieden nicht ihre Mutter.

Kayla musste bei dem Gedanken lächeln und stellte fest, dass sie von ihrem Spiegelbild sehr angetan war. Ihre braunen Augen funkelten, auf ihren Wangen lag ein rosiger Schimmer. Sie sah aus wie eine verliebte Frau. Und genau das war sie ja auch. Ja, sie hatte die richtige Entscheidung getroffen, sagte sie sich und versuchte dabei, den kleinen, nagenden Zweifel zu ignorieren, der einfach nicht verschwinden wollte.

Das stille Zimmer ließ die Stimmen in ihrem Kopf lauter werden. Sie konnte ihre Mutter hören, schockiert und abgestoßen: »Kayla, hast du den Verstand verloren? Du kannst doch nicht einen Mann heiraten, den du kaum drei Wochen kennst. Es ist völlig idiotisch! Du wirst es bereuen.«

Und ihre Freundin Samantha hatte sie angefleht: »Bitte warte nur, bis ich aus London zurück bin! Du musst gründlich über diesen Entschluss nachdenken, Kayla. Wie viel weißt du wirklich über diesen Mann?«

Sie wusste genug, hatte Kayla sich entschieden gesagt. Und diese Hochzeit ging nur sie und Nick etwas an, niemanden sonst.

Kayla wandte sich vom Spiegel ab, sprühte etwas Parfüm in die Luft und ging durch die Duftwolke. Sie überlegte, ob sie im Bett auf Nick warten sollte, und probierte ein paar sexy Stellungen auf der Seidendecke aus. Dabei kam sie sich ausgesprochen albern vor und schalt sich, weil sie so nervös war. Es war ja nicht so, dass sie noch keinen Sex gehabt hätten. Und er war gut gewesen. Heute Abend würde es sogar noch besser werden, weil sie verheiratet und verliebt waren und weil sie einander ewige Liebe gelobt hatten.

Als sie aufstand, wirkte das Zimmer zu still. Sie fragte sich, wo Nick so lange blieb. Der Eiswürfelautomat stand nicht weit vom Zimmer entfernt, und Nick war schon mindestens fünfzehn Minuten weg. Er musste beschlossen haben, hinunterzulaufen und noch ein besonderes Dessert oder mehr Champagner zu holen. Sie lächelte bei dem Gedanken. Nick war so romantisch! Er wusste immer, wie er dafür sorgen konnte, dass sie sich geliebt und begehrt fühlte.

Kayla ging ins Wohnzimmer und setzte sich auf die Couch, um zu warten. Sie stellte den Fernseher an und zappte durch die Kanäle. Die Minuten verrannen. Sie warf einen Blick auf die Uhr und stellte fest, dass inzwischen eine Stunde vergangen war. Ein unbehagliches Gefühl beschlich sie. Sie stand auf und ging unruhig im Zimmer auf und ab. Plötzlich wirkte der Raum zu klein für ihre wachsende Unruhe. Sie hatte das schreckliche Gefühl, dass etwas nicht stimmte.

Voller Sorge ging sie wieder ins Schlafzimmer, schlüpfte aus der Seidenwäsche und suchte in ihrem Koffer nach einer Jeans und einem T-Shirt. Die ganze Zeit über hoffte sie, Nicks Schritte oder seine Stimme zu hören.

Nichts. Stille.

Sie schnappte sich den Schlüssel, verließ die Suite und eilte zum nächsten Eisautomaten. Von Nick keine Spur. Sie versuchte es am anderen Ende des Korridors, dann im nächsthöheren Stockwerk, danach im nächsttieferen. Ihr Herz begann zu rasen. Rasch sah sie noch einmal im Zimmer nach, dann nahm sie den Fahrstuhl nach unten zum Empfang und suchte Nick im Kasino, in den Läden, den Restaurants und Bars und sogar auf dem Parkplatz, wo sein Porsche noch genau an der Stelle stand, an der er ihn abgestellt hatte. Als sie noch mal von einem der Telefone in der Halle in der Suite anrief, erhielt sie keine Antwort.

Kayla war sich nicht bewusst, dass sie weinte, bis eine ältere Dame sie am Fahrstuhl anhielt und sie fragte, ob alles in Ordnung sei.

»Mein Mann! Ich kann meinen Mann nicht finden«, murmelte sie.

Die Frau lächelte sie mitleidig an. »Die Geschichte meines Lebens. Er wird schon zurückkommen, wenn ihm das Geld ausgeht, Liebes. Das tun sie alle.«

»Er spielt nicht. Es ist unsere Hochzeitsnacht. Er wollte nur Eis holen.« Kayla trat in den nächsten Fahrstuhl und ließ die ältere Dame mit ihrer ungläubigen Miene stehen.

Sollte die Frau doch denken, was sie wollte. Kayla wusste, dass Nick nicht einfach in ihrer Hochzeitsnacht spielen gehen würde. Das würde er ihr nicht antun. Aber als sie in ihre Suite zurückkam, war sie so leer, wie sie sie verlassen hatte.

Sie wusste nicht, was sie tun sollte. Also setzte sie sich hin und wartete.

Irgendwann schlug die Uhr Mitternacht. Nick war nun seit fast fünf Stunden fort. Kayla rief an der Rezeption an und teilte mit, dass sie ihren Mann vermisste. Das Hotel schickte George Benedict herauf, einen älteren Herrn, der zum Sicherheitsdienst des Hotels gehörte. Nachdem sie die Situation besprochen hatten, versicherte er ihr, mit seinen Kollegen nach Nick zu suchen, aber seine Miene ließ vermuten, dass sie bei der Suche nicht allzu gründlich sein würden. Kayla war klar, dass Mr. Benedict glaubte, Nick wäre entweder zum Spielen nach unten gegangen und hätte die Zeit vergessen, oder er hätte sie schlicht und einfach verlassen. Keine der beiden Erklärungen ergab für sie jedoch einen Sinn.

Kayla fand die ganze Nacht keinen Schlaf. In Gedanken spielte sie ein Dutzend möglicher Szenarien durch, was Nick zugestoßen sein konnte. Vielleicht war er ausgeraubt worden, hatte einen Schlag auf den Kopf bekommen und lag irgendwo bewusstlos. Möglicherweise saß er gerade jetzt in einem Krankenhaus mit Gedächtnisverlust und wusste nicht mehr, wer er war. Sie hoffte bei Gott, dass es nicht noch schlimmer war. Aber hieß es nicht immer, keine Nachrichten seien gute Nachrichten?

Schließlich rollte sie sich in einem Sessel am Fenster zusammen und sah zu, wie der Mond unter- und die Sonne über dem See aufging.

Es war die längste Nacht ihres Lebens.

Kurz vor neun am nächsten Morgen klopfte es an der Tür.

Kayla rannte hin und öffnete, in der Hoffnung, Nick im Flur zu sehen, mit einem verlegenen Grinsen und irgendeiner verrückten Erklärung.

Doch es war nicht Nick. Es war der Sicherheitsbeamte George Benedict. Seine Miene war ernst, sein Blick besorgt.

Kayla legte die Hand auf ihr plötzlich rasendes Herz und fragte: »Was ist passiert?«

Er hielt einen schwarzen Smoking hoch. Im Aufschlag steckte eine jetzt schlaffe und verwelkte rote Rose. »Das haben wir in der Herrentoilette neben der Lobby gefunden. Gehört die Jacke Ihrem Mann?«

»Ich ... ich glaube schon. Ich verstehe nicht. Wo ist Nick?«

»Das wissen wir noch nicht, aber das steckte in der Jackentasche.« Er streckte die Hand aus, auf der ein goldener Ehering lag.

Sie nahm den Ring und erschrak, als sie die schlichte Inschrift auf der Innenseite las: *Für immer dein*, dieselben Worte, die in ihren Ring eingraviert waren. Sie konnte nicht atmen, nicht sprechen.

Das war Nicks Ring, den sie ihm auf den Finger gesteckt hatte, als sie geschworen hatte, den Rest ihres Lebens mit ihm zu verbringen. »Nein«, keuchte sie.

»Ich habe so etwas schon erlebt«, sagte der ältere Mann sanft. »Eine überhastete Ehe in einer Kasino-Kapelle, nochmaliges Überlegen ...«

Sie sah das Mitleid in seinen Augen und konnte es nicht akzeptieren. »Sie irren sich. Sie müssen sich irren. Nick liebt mich. *Er* wollte heiraten. Es war *seine* Idee. Seine Idee ...«, wiederholte sie verzweifelt.

Kayla schloss die Hand um den Ring und ballte die Finger zur Faust. Ihr Mann hatte sie nicht sitzenlassen ... oder doch?

KAPITEL 1

Zwei Wochen später

Nick Granville freute sich, zu Hause zu sein. Er hatte zwar nicht sein Herz in San Francisco gelassen, aber er hatte die Stadt mit ihren schmalen, steilen Straßen und den fantastischen Ausblicken auf die Bucht vermisst. Als er seine Koffer auf den glänzenden Holzfußboden im Wohnzimmer seines zweigeschossigen Hauses stellte, holte er tief Luft und atmete langsam wieder aus. Obwohl die vergangenen drei Monate, die er in den Dschungeln Afrikas verbracht hatte, großartig gewesen waren, hatte er beim Brückenbau in den entlegenen Teilen der Welt die einfachen Freuden des Lebens zu schätzen gelernt, wie zum Beispiel eine heiße Dusche, eine gute Tasse Kaffee und ein weiches Bett. Nun hatte er vor, alle drei Dinge so rasch wie möglich zu genießen.

Er ging durch das Zimmer, um die Fenster zu öffnen. Zu seiner Überraschung standen die Läden offen. Der Reinigungsdienst musste vergessen haben, sie zu schließen. Nick hatte eine Service-Agentur beauftragt, während seiner Abwesenheit ein Mal im Monat zu kommen, damit der Staub nicht überhandnahm. Offensichtlich hatten sie ihre Arbeit gut gemacht. Die Luft roch nicht annähernd so abgestanden, wie er es erwartet hatte, doch er öffnete die Fenster trotzdem, um die kühle Märzbrise ins Zimmer zu lassen.

Er hatte dieses kleine Haus ausgesucht, weil es über Marina Green, Kap Marin und vor allem auf die Golden Gate Bridge hinaussah. Brücken waren Nicks Leidenschaft. Er war geradezu süchtig nach ihnen. Seine Wohnzimmerwände waren mit Fotografien seiner Lieblingsbrücken bedeckt; an manchen von ihnen hatte er sogar mitgebaut. Die massiven Konstruktionen hatten etwas an sich, das ihn von jeher tief berührte. Noch ehe er die Highschool beendet hatte, hatte er beschlossen, Ingenieur zu werden, und er hatte auf diesen Beruf zielstrebig und entschlossen hingearbeitet. Es war nicht leicht gewesen. Es hatte viele Ablenkungen gegeben, und da war die Verantwortung, die er übernommen hatte, nachdem sein Vater die Familie verlassen hatte. Aber das war Schnee von gestern, dachte er mit einem kleinen Lächeln. Jetzt führte er das Leben, das er sich gewünscht hatte. Das allein zählte.

Als er sich vom Fenster abwandte, fiel sein Blick auf seinen Anrufbeantworter. Das rote Lämpchen blinkte. Nick drückte die Taste und lauschte, als die erste Nachricht abgespielt wurde. Eine Frauenstimme klang aus dem Lautsprecher.

»Nick, ich bin's, Kayla. Wo steckst du? Bitte ruf mich so bald wie möglich an.«

Kayla? Wer zum Teufel war Kayla? Das Gerät piepte.

»Nick, hier ist noch mal Kayla. Ich weiß nicht, was ich tun soll. Der Sicherheitsbeamte hat deinen Smoking und deinen Ehering in einer Hoteltoilette gefunden. Ich mache mir wirklich Sorgen. Wenn du mich verlassen wolltest, hättest du es mir sagen müssen. Bitte ruf mich an.«

Seinen Smoking und seinen Ehering? Er wusste verdammt genau, dass er keinen Ehering besaß. Sie hatte mit Sicherheit die falsche Nummer gewählt und dem falschen Nick aufs Band gesprochen.

»Ich bin's noch einmal«, hörte er sie nun sagen. Jetzt war

ihre Stimme voller Panik. »Ich weiß nicht, warum ich immer wieder anrufe, aber ich habe keine Ahnung, was ich sonst tun soll. Die Polizei sagt, sie können mir nicht helfen, weil es keinerlei Anzeichen dafür gibt, dass dir etwas passiert ist. Sie glaubt, du hättest mich verlassen. Ich nehme an, genau das hast du auch getan. Findest du nicht, dass du mir wenigstens eine Erklärung schuldest? Ich liebe dich, Nick.« Ihre Stimme wurde zu einem Schluchzen. »Ich dachte, du liebst mich auch. Es war doch deine Idee, so schnell zu heiraten!«

Nick schaltete den Anrufbeantworter ab, denn er wollte nicht noch mehr von ihrem verzweifelten Flehen hören. Er hatte das Gefühl, als wäre er mitten in das Leben eines anderen getreten, und seine Freude darüber, zu Hause zu sein, wurde von dem Gefühl beeinträchtigt, dass irgendetwas ganz und gar nicht stimmte.

Als er sich im Zimmer umsah, wuchs sein Unbehagen. Kleinigkeiten fielen ihm ins Auge: die Promi-Magazine auf dem Kaffeetisch, die verwelkten Rosen in einer Vase am Fenster, der leere Kaffeebecher auf einem Beistelltisch, die Überwurfdecke, die normalerweise auf seinem Bett lag und jetzt über der Armlehne seiner braunen Ledercouch hing.

Beunruhigt ging Nick in die Küche und fand eine Schachtel mit Honigpops auf der Arbeitsplatte, einer Sorte gezuckerter Frühstücksflocken, die er noch nie im Leben gegessen hatte. Im Kühlschrank standen eine geöffnete Flasche Chardonnay und eine Packung Milch, die vor einem Monat abgelaufen war. Sein Magen begann zu revoltieren, als er die Möglichkeiten durchdachte. Offenbar war jemand in seinem Haus gewesen! Die einzigen Menschen, die einen Schlüssel besaßen, waren seine Mutter und der Reinigungsdienst. Seine Mutter würde niemals saure Milch im Kühlschrank stehen lassen.

Nicks Nerven begannen zu vibrieren. In der Luft hing ein

vager Duft, den er nicht recht einordnen konnte – ein Herrenduft oder ein Damenparfüm? Die Stille erschien ihm plötzlich dick und schwer. Er drehte sich um, weil er das Gefühl hatte, es stünde jemand hinter ihm, doch es war niemand da.

Er nahm das Telefon und rief den Reinigungsdienst an. »Hier spricht Nick Granville«, meldete er sich bei der Dame am anderen Ende der Leitung. »Ich würde gern mit der Person sprechen, die in den letzten drei Monaten mein Haus geputzt hat.«

Er hörte Papier rascheln, dann sagte die Frau: »Das müsste Joanne sein. Sie ist im Moment nicht hier. Soll sie Sie anrufen?«

»Ja, ich muss so bald wie möglich mit ihr sprechen. Es ist dringend.« Er legte auf und tippte die Nummer seiner Mutter ein, doch sie nahm nicht ab. »Ich bin wieder zu Hause«, sagte er nur, da er keine lange Nachricht auf ihrem Anrufbeantworter hinterlassen wollte. »Ruf mich doch bitte möglichst bald zurück.«

Nick ging durch das Wohnzimmer nach oben. Das große Schlafzimmer lag hinter der ersten Tür rechts. Er blieb im Türrahmen stehen. Die cremefarbene Daunendecke auf seinem Bett war zurückgeschlagen, die Laken und Decken waren zerwühlt, als wäre jemand eben erst aufgestanden. Ein paar Handtücher aus dem Badezimmer lagen in einem Haufen auf dem Boden. Auf dem Nachttisch stand ein leeres Weinglas.

Jede Einzelheit ließ seinen Blutdruck in die Höhe schnellen. Was war das für ein Dieb, der in seinem Bett schlief, in seinem Bad duschte und Lebensmittel in der Küche hinterließ?

Das Telefon klingelte, und er eilte an den Nebenapparat

auf seinem Nachttisch in der Hoffnung auf einige Antworten. Es war Joanne vom Reinigungsdienst.

»Stimmt etwas nicht, Mr. Granville?«, fragte sie. »Laurie meinte, dass ich Sie umgehend anrufen sollte.«

»Ja, hier stimmt allerdings etwas nicht«, fauchte er. »Das Haus ist ein einziger Saustall. Überall liegt etwas herum, Handtücher auf dem Boden, das Bett ist nicht gemacht. Was zum Teufel ist hier vor sich gegangen?«

»Entschuldigung? Ich verstehe Sie nicht«, antwortete sie. In ihrer Stimme lag offenkundige Verwirrung.

»Was verstehen Sie nicht? Ich war im Ausland. Die einzigen Leute, die Zugang zu meinem Haus hatten, waren die Mitarbeiter Ihres Reinigungsdienstes.«

»Aber Sie waren doch vor ein paar Wochen zu Hause«, erwiderte sie. »Ich habe Sie unmittelbar vor dem Valentinstag angetroffen. Erinnern Sie sich nicht mehr? Wir sprachen darüber, wie lustig es sei, einander endlich einmal in Fleisch und Blut zu begegnen.«

»Wovon reden Sie? Ich bin seit drei Monaten nicht zu Hause gewesen, also können Sie gar nicht mit mir gesprochen haben.« Nicks Gedanken überschlugen sich. Joanne hatte mit jemandem gesprochen – aber mit wem? Offenbar war es ein Mann gewesen, und dieser Mann hatte sich als Nick Granville ausgegeben. Wer würde so etwas tun? Nick hatte keine Brüder und keine Freunde, die ihm einen solchen Streich spielen würden.

Das Schweigen am Telefon zog sich in die Länge. Endlich murmelte Joanne: »Ich weiß nicht, was ich sagen soll, Mr. Granville. Vielleicht haben Sie es vergessen. Sie sollten die Frau fragen, die bei Ihnen war.«

Die Frau? Ihm fiel die flehende, verzweifelte Stimme auf dem Anrufbeantworter wieder ein.

»Sie sagten, dass Sie an diesem Wochenende heiraten wollten«, fuhr Joanne fort. »Sie beide sahen so unglaublich glücklich aus. Ich fand es so romantisch, dass Sie am Valentinstag heiraten wollten.«

Er konnte nicht glauben, was er da hörte. »Das war ich nicht. Sie haben nicht mit mir gesprochen.«

»Der Mann, mit dem ich geredet habe, sagte, er sei Nick Granville«, stellte Joanne fest. »Das habe ich mir nicht eingebildet.«

»Ich bin sicher, dass Sie mit jemandem gesprochen haben, aber das war nicht ich. Sie müssen mir später noch einmal genau erzählen, wie diese Leute ausgesehen haben. Aber zuerst rufe ich die Polizei an.«

»Ich werde tun, was ich kann, um zu helfen«, antwortete Joanne mit einem nervösen Unterton. »Aber ich schwöre, ich dachte, der Mann wäre Sie.«

»Da bin ich sicher.« Nick legte auf, völlig aus der Fassung von dem Gespräch. Er war immer stolz darauf gewesen, etwas einstecken und sich jeder Situation anpassen zu können, egal, wie gefährlich oder aberwitzig sie war. Aber dieses Eindringen in sein Zuhause, seine Privatsphäre, sein Leben, verstörte ihn mehr, als er sich eingestehen mochte. Als er sich im Zimmer umsah, fiel sein Blick auf den Computer auf seinem Schreibtisch. Der Monitor war dunkel, aber das Kontrolllämpchen an der Festplatte leuchtete. Jemand war an seinem Computer gewesen! Er verfluchte sich, weil er nie ein Passwort eingegeben hatte, doch er hatte es für überflüssig gehalten. Niemand außer ihm benutzte den Computer. Jetzt begriff er, dass wer immer in seinem Haus gewesen war, auch Zugang zu seinen Bankkonten, seinen Kreditkarten und Gott weiß was noch gehabt haben konnte. Seit Langem hatte er keine Kontoauszüge mehr durchgesehen, fiel Nick nun ein. Er hatte es nicht für nötig gehalten. Sein Einkommen überstieg seine Lebenshaltungskosten bei Weitem, vor allem, wenn er bei einem Bau vor Ort war. Man hätte ihn im großen Stil ausnehmen können.

Nick hastete durchs Zimmer, um den Computer zu überprüfen. Der Rechner summte und summte. Er musste sich aufgehängt haben. Verdammt. Nick schaltete ihn aus, dann wieder an. Während er darauf wartete, dass er hochfuhr, ging er nach unten ins Wohnzimmer und spielte die Nachrichten auf dem Anrufbeantworter noch einmal ab.

»Nick, ich bin's, Kayla.«

Kayla. Sie musste mit in der Sache stecken. Wie zum Kuckuck sollte er sie finden?

Als Kayla auf die bunten Glasscherben auf ihrem Arbeitstisch starrte, verglich sie unwillkürlich das zerbrochene Fenster mit ihrem Leben: Aus dem Nichts war ein Baseball gekommen und hatte das Fenster ohne Vorwarnung zerschlagen. In ihrem Leben war dieser Baseball Nick Granville gewesen. Sie hatte die beiden vergangenen Wochen in einem Wirbelsturm der Gefühle verbracht, in einer Minute fuchsteufelswild auf Nick, weil er sie hatte sitzenlassen, in der nächsten voller Sorge, dass ihm etwas zugestoßen war. Ihre Nägel waren inzwischen bis aufs Blut abgekaut. Sie konnte nicht essen, nicht schlafen, und es vergingen keine zehn Minuten, ohne dass sie an Nick dachte. Nicht, dass das irgendwen interessiert hätte ...

Sie hatte bei der Polizei von Nevada und Kalifornien Vermisstenanzeigen aufgegeben, aber beide Dienststellen waren nicht gerade wild darauf gewesen, den Fall zu verfolgen, nachdem sie erfahren hatten, dass Kayla den Mann erst seit ein paar Wochen kannte. Es gab keine Anzeichen für ein Verbrechen, und weitere Befragungen hatten nur wenige konkrete Einzelheiten ans Licht gebracht. Es war beschämend deutlich geworden, dass sie, Kayla, nur sehr wenig über ihren Mann wusste.

Nachdem die Polizeibeamten ihre Vermisstenanzeige auf einen riesigen Stapel geworfen hatten, hatte sie sich an einen Privatdetektiv gewandt. Er hörte sich ihre Geschichte an, schaffte es jedoch kaum, ein Grinsen zu unterdrücken, und verlangte tausend Dollar Vorschuss, bevor er überhaupt anfing. Obwohl sie versucht gewesen war, ihr Bankkonto zu plündern, war ein Teil ihres Verstandes endlich aufgewacht und hatte energisch Einspruch erhoben. Falls Nick sie in die Ehe gelockt hatte, wofür ihr beim besten Willen kein Grund einfiel, sollte sie sich dann wirklich noch einmal hereinlegen lassen? Sie hatte die Detektei verlassen und gebetet, dass Nick zu ihr zurückkehrte, dass es irgendeine verrückte, aber logische Erklärung für seine Abwesenheit gab.

Darauf wartete sie immer noch und kam sich von Minute zu Minute dümmer dabei vor. Ihre Freunde und ihre Familie taten das Ihrige dazu: Hatten sie es nicht gewusst? Hatten sie Kayla nicht gesagt, dass aus einer so überstürzten Ehe nichts werden könnte? Sie hatten sie ermuntert, einfach ihr altes Leben weiterzuleben. Doch wie um alles in der Welt konnte sie das, solange es so viele unbeantwortete Fragen gab?

Kayla reckte die Arme über den Kopf und seufzte erschöpft. Arbeit war das Einzige, was ihr durch die Tage und manchmal auch durch die Nächte half. Es war fast vier Uhr nachmittags, und sie arbeitete seit sechs Stunden ohne Pause und versuchte, das Muster des Fensters zu rekonstruieren, damit sie sehen konnte, wie sie die Aufgabe am besten in

Angriff nahm. Das meiste von dem alten Glas würde sie wieder verwenden können, aber ein paar kleinere Stücke musste sie erneuern, für die Stellen, an denen das Glas in zu kleine Splitter zersprungen war, um es wieder zusammensetzen zu können.

Es war einmal ein schönes Fenster in einer kleinen Kapelle im Presidio gewesen, fast hundert Jahre lang unbeschädigt – bis eine Gruppe von Kindern aus der Nachbarschaft beschlossen hatte, auf der Wiese neben der Kirche Baseball zu spielen. Kayla wollte aus vielen Gründen das Fenster vollkommen wiederherstellen, vor allem aber, um zu beweisen, dass es nichts gab, das unwiederbringlich zerbrochen war. Alles ließ sich reparieren. Das hatte ihr Großvater immer zu ihr gesagt. Und jetzt, da ihr Leben in Scherben lag, wollte sie das umso lieber glauben.

Sie wünschte, ihr Großvater wäre heute hier. Edward Hirsch, der Kayla die Kunst gelehrt hatte, Buntglasfenster herzustellen, hätte genau gewusst, was er mit diesem Fenster machen musste. Die Familie Hirsch hatte seit fast einem Jahrhundert in Deutschland Buntglasfenster geschaffen und restauriert. Edward hatte das Familientalent an sie weitergegeben. Er hatte ihr auch das Haus und die Werkstatt in der umgebauten Garage vermacht, die für ihre Bedürfnisse perfekt geeignet war. Genau genommen, hatte ihre Großmutter es ihr überlassen. Charlotte Hirsch hatte beschlossen, wegzuziehen und woanders noch einmal von vorn anzufangen, nachdem der Mann, mit dem sie über vierzig Jahre lang verheiratet gewesen war, gestorben war.

Potrero Hill war kein so schickes oder beliebtes Viertel wie die Innenstadt von San Francisco, aber die Sonne tauchte an vielen Tagen den Hügel und Kaylas Werkstatt in ein schönes Licht. Ihr Großvater hatte nur als Hobby mit Glas gearbeitet, um nach seiner täglichen Arbeit in der Bank seine kreative Energie auszuleben. Kayla hingegen hatte aus ihrer Leidenschaft ein lukratives Geschäft gemacht.

Darüber hinaus war das alte viktorianische Haus für sie auch zu einem Zuhause geworden, und eines Tages würde es sich wunderbar eignen, eine Familie darin aufzuziehen, mit den drei Schlafzimmern und dem Spielzimmer im Keller. Nick hatte es vom ersten Augenblick an geliebt. Er hatte jeden Winkel und jede Nische des zweigeschossigen Hauses erforschen wollen. Sie hatten sich das Schlafzimmer ausgesucht, das sie zum Kinderzimmer umfunktionieren wollten, und davon gesprochen, die Küche umzugestalten und die Teppichböden herauszureißen, um dann die alten Holzfußböden wieder aufzuarbeiten. Kayla hatte an ihn geglaubt und ihm vertraut und war voller Zuversicht gewesen, dass seinen Worten auch Taten folgen würden. Als er in ihrer Hochzeitsnacht gesagt hatte, er ginge Eis holen und wäre gleich zurück, hatte sie keine Sekunde lang damit gerechnet, dass es die letzten Worte sein könnten, die sie von ihm hören würde.

Sie stand auf, ging zum Tresen und schenkte sich eine Tasse Kaffee ein. Nach dem ersten Schluck stellte sie fest, dass er nur noch lauwarm war. Kayla verzog das Gesicht und goss ihn in die Spüle. Sie spülte ihre Tasse aus und blickte dabei aus dem Fenster auf den wilden Landhausgarten, der zu ihren vielen angefangenen und noch nicht vollendeten Projekten gehörte. Sie hatte einen Ring aus Wildblumen um den ausladenden alten Apfelbaum gesät, eine Holzbank daruntergestellt und ein Futterhäuschen, um Vögel anzulocken. Eine von Kletterrosen überwucherte Laube stand in einer Ecke des Gartens, eine dichte Sträucherhecke verlief an seinem Rand und verbarg die Nachbarhäuser. Rosmarin und Salbei wechselten sich mit Johannisbeer- und Blaubeersträuchern ab. Fingerhut und Sonnenblumen sollten Schmetterlinge anlocken, und dazwischen wuchsen Blumen in allen Farben, die man sich nur denken konnte, Cosmeen, Zinnien und Ringelblumen. Besonders liebte Kayla den Tuff von Lavendel, der sich auf den zum Haus führenden Pfad ergoss.

Sie hatte überlegt, ob sie versuchen sollte, das Wesen ihres Gartens in Glas zu fassen, aber sie fürchtete, nicht imstande zu sein, der wilden Schönheit gerecht zu werden, die Nuancen der mit den Jahreszeiten wechselnden Farben vollständig einzufangen. Bei dem Gedanken an Nicks Gesicht, als er ihren Garten zum ersten Mal gesehen hatte, musste sie lächeln. Sie hatte versucht, ihm die Methode hinter dem scheinbaren Chaos zu vermitteln, aber er hatte nur den Kopf geschüttelt und sie angesehen, als hielte er sie für vollkommen übergeschnappt. »Ich möchte nichts weiter als einen Pool oder Whirlpool«, hatte er gesagt. Seltsam, wie die Bruchstücke ihrer Erinnerung an ihn sie jetzt daran zweifeln ließen, ob sie wirklich so gut zusammengepasst hätten! War alles nur ein Irrtum gewesen? Hatte Nick seine Meinung geändert? Oder war ihm etwas Schreckliches zugestoßen?

Sie wandte sich vom Fenster ab und zwang sich, die frustrierenden Fragen, auf die sie keine Antworten fand, beiseitezuschieben und ihren Arbeitsplatz aufzuräumen. Ein paar Minuten später ging unerwartet die Tür zur Werkstatt auf. Unwillkürlich machte Kaylas Herz einen Satz. Zweieinhalb Wochen waren vergangen, und sie fuhr noch immer bei jedem Klingeln des Telefons und jedem Klopfen an der Tür zusammen. Aber es war nicht ihr Ehemann, der hereinkam, sondern ihre langjährige Freundin und Geschäftspartnerin, Samantha Jennings. Sie war groß und schlank, hatte aschblondes Haar, steckte voller Energie und besaß einen sarkastischen Humor. Samantha war ein Marketinggenie, das sich ein florierendes Unternehmen als Agentin verschiedener Künstler aufgebaut hatte, darunter auch Kayla. Ihre Freundschaft ging jedoch weit über das Geschäftliche hinaus und reichte zurück bis in ihre Kindheit.

Leider war ihre Beziehung durch Kaylas Hochzeit etwas strapaziert. Samantha hatte sich den größten Teil der Wochen, in denen Nick und Kayla zusammen gewesen waren, in London aufgehalten. Sie hatte Kayla angefleht, nicht eher zu heiraten, bis sie zurück war, doch zu dieser Zeit hatte Kayla keine Sekunde länger warten wollen, um endlich all das zu bekommen, was sie sich immer gewünscht hatte. Jetzt musste sie ihr zerbrochenes Herz reparieren, aber auch ihre und Sams Freundschaft kitten.

Samantha hockte sich auf die Tischkante und betrachtete das Glas. »Wie geht's mit dem Fenster voran?«

»Langsam«, antwortete Kayla und setzte sich. In Samanthas Augen funkelte es. Sie platzte offensichtlich fast vor Neuigkeiten. »Was ist?«, fragte Kayla.

»Ich habe gerade einen Anruf vom *Carleton Court Hotel* in Sausalito bekommen. Sie planen größere Renovierungen, und jetzt hör zu – sie wollen, dass du dich um den Auftrag für zwei Buntglasfenster in der Lobby bewirbst. Ist das nicht cool? Das gibt nicht nur viel Geld, sondern ist auch super für dein Renommee als Künstlerin.«

»Klingt wie ein großer Auftrag.« Kayla war gleichzeitig aufgeregt und verschreckt von der Aussicht. Der Starrezustand, in dem sie den vergangenen halben Monat verbracht hatte, hatte ihrem Vertrauen zu sich selbst und anderen Menschen nicht gerade gutgetan.

»Es ist ein großer Auftrag, ja, aber du kannst das«, sagte Samantha. »Du bist so begabt.«

»Trotzdem ...«

»Sieh mal, ich weiß, dass du gerade eine schwere Zeit durchmachst, doch diese Arbeit wäre gut für dich – für uns beide.«

Ihre sachlichen Worte riefen Kayla ins Gedächtnis, dass sie nicht allein in dem Geschäft war. Sie war es Samantha schuldig, wieder einen Fuß vor den anderen zu setzen und nach vorn zu blicken, etwas, das sie seit ihrer verhinderten Hochzeitsnacht nicht besonders gut geschafft hatte. »Wann treffe ich mich mit diesen Leuten?«

»Erst in drei Wochen. Du hast genügend Zeit, dich vorzubereiten. Sie haben mir ein paar Ideen mitgegeben, was sie sich vorstellen.« Samantha reichte Kayla eine Mappe. »Da steht alles drin.«

»Ich sehe es mir später an.«

»Gut. Ich muss los«, erklärte Samantha und sprang auf. »Heute Abend habe ich meine zweite Verabredung mit Jeff.«

»Er darf eine Wiederholungsvorstellung geben – ich bin beeindruckt«, sagte Kayla mit einem Lächeln. Samantha war ausgesprochen wählerisch, wenn es um Männer ging, und anders als Kayla selbst hatte sie es auch nicht eilig, zu einem Ehemann, ein paar Kindern und einem Haus mit Garten zu kommen.

»Er hat einen guten ersten Eindruck hinterlassen«, erklärte Samantha. Sie schwieg, ein unbehaglicher Ton schlich sich in ihre Stimme, als sie fragte: »Hast du mit deiner Stiefschwester über die Scheidung gesprochen?«

»Nein«, erwiderte Kayla verärgert. »Es ist erst zwei Wochen her. Die Polizei ermittelt noch.«

Samantha warf ihr einen skeptischen Blick zu. »Sicher. Es tut mir leid, wenn ich dich dränge, aber du solltest die Scheidung wirklich einreichen. Bring den Stein ins Rollen, damit du diese ganze Katastrophe hinter dich bringen kannst.«

»Er könnte immer noch zurückkommen.«

»Und wenn?«, fragte Samantha verblüfft. »Was könnte er denn sagen, abgesehen davon, dass er entführt worden wäre und unter Gedächtnisschwund gelitten hätte? Was sonst könnte eine Erklärung dafür liefern, warum er ohne ein Wort davongelaufen ist?«

»Es ist doch möglich, dass er tatsächlich entführt wurde. Und Gedächtnisschwund ist eine echte klinische Diagnose.«

Samantha stieß einen langen, angewiderten Seufzer aus. »Da geht doch deine Fantasie mit dir durch, Kay. Und das weißt du auch.«

Ja, Kayla wusste es. Aber beim Gedanken an die Alternative fühlte sie sich noch erbärmlicher. »Du hast ja recht, doch es ist einfacher zu denken, ihm ist etwas zugestoßen, als zu glauben, dass er mich einfach hat sitzenlassen.«

»Na, besser jetzt als in ein oder zwei Jahren oder wenn ihr ein Kind hättet! Er hat wahrscheinlich begriffen, dass ihr beide aus einem Impuls heraus gehandelt und einen Fehler gemacht habt, und hat sich aus dem Staub gemacht. Du weißt doch, wie Männer sind. Sie nehmen gern den einfachen Ausweg.«

»Ich glaube nicht, dass ich überhaupt etwas von Männern weiß«, gestand Kayla müde.

»Nun, ich schon. Also, beim nächsten Mal hörst du auf mich«, erklärte Samantha und drohte Kayla mit dem Finger. »Ruf mich nächste Woche an, dann essen wir zusammen zu Mittag. Aber nicht zu früh morgens«, setzte sie im Hinausgehen hinzu. »Ich habe vor, ein paar sehr lange Nächte zu erleben«, sagte sie mit einem frechen Grinsen.

Als Samantha fort war, stand Kayla auf, schaltete das Licht aus und ging über den ausgetretenen Pfad, der von der Werkstatt zum Haus führte. Sie schaute in ihre leeren Vorratsschränke und den ebenso leeren Kühlschrank und entschied, dass es Zeit war, ein paar Lebensmittel zu besorgen. Sie warf eine kurze Jeansjacke über ihr knappes orangefarbenes T-Shirt, zog das Gummiband aus ihrem Pferdeschwanz und fuhr sich mit den Fingern durch die Haare. Eigentlich sollte sie die Bürste nehmen, aber was sollte es? Sie musste sich ja nicht aufbrezeln, um eine Pizza zu holen und ein paar Kleinigkeiten einzukaufen.

Als sie ins Auto stieg, wollte sie eigentlich direkt zu ihrem Ziel fahren, aber der Drang, einen kleinen Umweg an Nicks Haus vorbei zu machen, wurde mit jedem Block stärker. Eigentlich war es kein Umweg, sondern eine Fahrt quer durch die ganze Stadt, und sie musste wirklich damit aufhören, sich selbst so zu quälen. Doch vielleicht würde dies ihre letzte Fahrt sein, ihr Abschied, sagte sie sich. Vorhang. Das war es, was sie nötig hatte: Sie musste einen Schlussstrich unter dieses Kapitel ihres Lebens ziehen.

Getrieben von derart vernünftigen Überlegungen, die nicht einmal in ihrem eigenen Kopf wahr klangen, fuhr Kayla weiter, bis sie zum Marina Green kam, einer großen Wiese an der Bucht von San Francisco, die einen großartigen Blick auf die Schiffe bot, die unter der Golden Gate Bridge hindurchfuhren. Kayla konnte sich nicht vorstellen, dass sie sich besonders gut auf ihre Arbeit würde konzentrieren können, wenn sie hier unten lebte. Sie wäre zu sehr in Versuchung, lange Spaziergänge im Wind zu unternehmen oder einfach aus dem Fenster auf die untergehende Sonne zu schauen, die sogar jetzt den klaren, dämmrigen Himmel mit einem wilden Farbrausch aus Purpur-, Orange- und Rosatönen überzog.

Als sie an einer Ampel hielt, tat sie einen tiefen Atemzug angesichts der eindrucksvollen Farbpalette von Mutter Natur und stellte sich sogleich ein neues Buntglasfenster mit genau diesen Farben vor. Sie bezweifelte, dass sie je in der Lage sein würde, diese Vollkommenheit zu erreichen, die da vor ihr lag. Selbst als sie versuchte, sich die Farben einzuprägen, begannen sie schon, in der Dämmerung zu verblassen. Nichts blieb je so, wie es war.

Die Ampel wurde grün, und Kayla bog nach links ab. Ihr Herz schlug schneller, als Nicks Haus in Sicht kam. Seit ihrem Hochzeitstag war sie mindestens hundert Mal durch diese Straße gefahren, gegen alle Vernunft hoffend, dort ein Lebenszeichen von Nick zu entdecken. Jedes Mal war sie enttäuscht worden.

Bis jetzt …

Das erleuchtete Fenster schockierte sie so, dass sie zweimal blinzeln musste, um sicher zu sein, dass es wirklich war. Mit zitternden Händen fuhr sie in eine Parklücke in der Nähe und schaltete den Motor aus. Ihr Herz schlug in rasendem Tempo. Nick war zurück. Er war zu Hause. Sie würde ihn heute Abend sehen und Antworten auf ihre Fragen bekommen. Warum konnte sie sich dann nicht bewegen? Weshalb war sie vor Angst wie gelähmt?

Sie sollte keine Angst haben. Sie sollte zornig sein, wütend. Und sie sollte endlich zu ihm gehen und ihm ihre Meinung sagen.

Und genau das wollte sie tun.

Kayla straffte die Schultern, stieg aus dem Auto und ging über die Straße die Stufen zur Haustür hinauf. Auf ihr Klopfen hörte sie schwere Schritte. Sie hatte Angst zu atmen.

Die Tür wurde abrupt geöffnet, und vor ihr stand ein Mann.

»Wer sind Sie?«, fragte sie schockiert. Das war nicht Nick. Es war ein Fremder – ein Mann, der ihre ein Meter sechzig um mindestens zwanzig Zentimeter überragte. Er hatte dunkles Haar und die durchdringendsten grünen Augen, die sie je gesehen hatte. Kayla machte einen Schritt zurück, in dem instinktiven Bedürfnis, sich zu verteidigen – gegen was, wusste sie nicht. »Wer sind Sie?«, wiederholte sie.

»Ich bin Nick Granville.«

KAPITEL 2

Der Name traf sie wie ein Schlag in die Magengrube. Kayla blieb der Mund offen stehen. Ihr Atem kam in kurzen Stößen. Sie musste sich verhört haben. Er konnte unmöglich Nick Granville gesagt haben. »Nein, das stimmt nicht«, protestierte sie sofort und schüttelte entschieden den Kopf. »Ich kenne Nick Granville, und das sind nicht Sie.« Sie suchte in seinem Gesicht nach vertrauten Zügen, was verrückt war, denn dieser Mann war ja nicht Nick. Nick war blond, hatte ein breites Lächeln und eine schlanke, drahtige Gestalt. Dieser Mann war kräftig, mit breiten Schultern, einer tiefen Sonnenbräune und wilden Augen, und er funkelte sie zornig an.

»Oh, doch, das stimmt schon«, sagte er, den Blick fest auf ihr Gesicht gerichtet. »Und jetzt Sie. Ihren Namen, bitte.«

»Kayla. Kayla Sheridan«, murmelte sie. Er sog zu ihrer Überraschung scharf die Luft ein. »Was ist denn?«

»Sie sind Kayla? Die Frau, die ein Dutzend Nachrichten auf meinem Anrufbeantworter hinterlassen hat?«

»Auf Nicks Anrufbeantworter«, berichtigte sie ihn, »und Sie sind nicht er. Ich denke schon, dass ich meinen eigenen Ehemann erkennen würde. Was machen Sie in seinem Haus?«

»Das ist mein Haus.«

»Ich weiß nicht, was für ein Spiel Sie spielen, doch ich werde jetzt die Polizei rufen«, erklärte sie gespielt tapfer.

»Die habe ich schon gerufen«, erwiderte er und überraschte sie damit erneut.

Sie starrte ihn verwirrt an. Das ergab doch keinen Sinn. Warum sollte er die Polizei rufen, wenn er der Eindringling war? Und warum stand sie hier und redete mit einem völlig Fremden, der vielleicht sogar gefährlich war? Als sie weiter zurückwich, packte er ihren Arm.

»Nicht so schnell«, sagte er mit einem harten Glitzern in den Augen. »Sie gehen nirgendwohin.«

»Lassen Sie mich los!« Sie versuchte, sich seinem Griff zu entwinden, aber er hielt sie eisern fest.

»Wenn Sie mir ein paar Fragen beantwortet haben.«

»Ich? Sie sind derjenige, der Fragen beantworten muss. Zum Beispiel, was Sie in dem Haus meines Mannes zu suchen haben.«

»Ich sagte doch schon, ich wohne hier, und das schon seit sechs Jahren.«

»Das stimmt nicht.«

»Warum sollte ich Sie anlügen?«

»Weil ... nun, ich weiß es bisher nicht, aber ich habe noch immer keinen Grund, Ihnen zu glauben.« Kayla schob den nagenden Verdacht von sich, der in ihrem Kopf Gestalt annahm. Ich kenne Nick und vertraue ihm, sagte sie sich. Die Lügen wurden ihr von diesem Mann aufgetischt, diesem Fremden. Aber die Wochen der Unsicherheit hatten Nicks Bild in ihrem Kopf verwischt, und ihr Zutrauen in ihre eigenen Überzeugungen war nicht mehr so stark wie früher.

»Wenn Sie Beweise wollen, fein. Die kann ich Ihnen geben.« Ohne ihren Arm loszulassen, griff er in seine Tasche und zog seine Börse heraus. Er klappte sie auf und hielt ihr seinen Führerschein unter die Nase. Sie starrte das Foto an, das das Gesicht des Mannes vor ihr zeigte. Der Name war Nick Granville. Die Adresse war diese hier. Völlige Übereinstimmung.

»Das kann nicht stimmen«, erklärte sie mit Nachdruck, doch ihre Gedanken überschlugen sich. Wie konnten zwei Männer denselben Namen und dieselbe Adresse haben? »Hier muss ein Irrtum vorliegen.«

»Das ist kein Irrtum. Ich bin Nick Granville. Das ist mein Haus.«

Gott! Sie hatte das schreckliche Gefühl, dass er die Wahrheit sagte. Aber wie konnte das sein?

»Jetzt sind Sie dran«, fuhr er fort. »Erzählen Sie mir von dem Mann, den Sie geheiratet haben, und warum Sie in meinem Haus gewohnt haben.«

»Ich habe nicht hier gewohnt, sondern Nick.« Kayla leckte sich die Lippen. Sie hatte einen Kloß in der Kehle, der es ihr erschwerte, zu schlucken oder zu sprechen. Sie wusste, dass sie Nick verteidigen musste, aber ihr fiel es schwer, die richtigen Worte zu finden.

»Seit wann?«, fragte der Mann. »Wann ist er hier eingebrochen?«

»Er ist nicht eingebrochen. Er hatte einen Schlüssel. Ich habe mehr als einmal gesehen, wie er ihn benutzt hat.«

Diese Neuigkeit schien ihn zu überraschen. Kayla nutzte ihren Vorteil. »Er sagte mir, er wohne seit über einem Jahr hier. Er hat sogar einen Ihrer Nachbarn gegrüßt. Und die Reinigungskraft war einmal hier. Er hat auch mit ihr gesprochen. Sie hat sich so verhalten, als wäre er der Besitzer.«

»Weil sie mir nie persönlich begegnet ist«, murmelte er. »Ich habe sie per Telefon engagiert.«

»Das behaupten *Sie*.«

»Es ist die Wahrheit. Ich bin in den letzten drei Monaten wegen eines Auftrags im Ausland gewesen. Ich bin Ingenieur und arbeite für Coopers und James«, setzte er hinzu, womit er eine große, angesehene Ingenieur-Firma in San Francisco nannte. »Ich bin gerade vom Bau einer Brücke in Afrika zurückgekommen.«

Das erklärte all die schönen Schwarz-Weiß-Fotos von Brücken, die die Wände des Hauses schmückten. Nick hatte behauptet, Brücken einfach zu mögen. Aber dieser Mann sagte, er baue sie. Er konnte das wahrscheinlich sogar beweisen, oder sie könnte es nachprüfen. Ein Anruf bei seiner Firma würde sein Arbeitsverhältnis bestätigen, was bedeutete, er musste zumindest über seinen Job die Wahrheit sagen. Trotzdem hieß das noch nicht, dass er unschuldig war.

»Sie geben vor, Nick zu sein«, erwiderte sie trotzig. Es war die einzige Erklärung, die ihr einfiel und die irgendeinen Sinn ergab. Die Tatsache, dass er einen Führerschein auf Nicks Namen besaß, gehörte wahrscheinlich zu seinem Plan, Nick zu verkörpern. »Was haben Sie mit ihm gemacht? Wo ist er?«

»Sie sind völlig verrückt, Lady. Sie stecken mit drin, nicht wahr?«

»Wo drin?«

»Was immer Sie beide auch vorhaben, um mich meines ganzen Besitzes zu berauben. Ich weiß, dass meine Kreditkarten benutzt und meine Bankkonten geplündert wurden. Ich habe noch nicht das Ausmaß der Diebstähle festgestellt, aber das werde ich, und Sie beide werden teuer für das bezahlen, was Sie mir angetan haben.«

Er beschuldigte sie, ihn beraubt zu haben? Ihr Herz begann zu rasen. »Ich habe Ihnen nichts weggenommen.«

»Aber Sie sind hier gewesen«, fuhr er fort. »Im Badezimmer steht Parfüm, und ich habe einen Lippenstift auf der Kommode gefunden.« Sein Blick wanderte zu ihrem Mund. »Kirschrot.«

Sie leckte sich unwillkürlich genau diese Farbe von den Lippen. Es war ihre Lieblingsfarbe.

»Ich nehme an, das gehört Ihnen«, sagte er.

»Vielleicht. Ich kann mich nicht erinnern, ob ich etwas zurückgelassen habe. Ich war seit unserer Hochzeit nicht mehr hier. Nick ebenfalls nicht, zumindest nicht in den vergangenen beiden Wochen. Ich habe Nachrichten hinterlassen und bin fast jeden Tag vorbeigekommen. Es gab nie ein Anzeichen dafür, dass jemand im Haus war, bis heute Abend. Und jetzt lassen Sie mich los.«

Sein Griff wurde fester, seine Finger waren stark und unnachgiebig. »Das glaube ich nicht. Nicht, bevor die Polizei da ist.«

Warum war er so scharf darauf, dass die Polizei kam, wenn er der Schuldige in dieser Angelegenheit war? Kayla wünschte, sie hätte eine gute Antwort auf diese Frage. So wie er redete, hatte sie das Gefühl, selbst diejenige zu sein, die verhaftet werden würde.

Das Telefon klingelte. Er rührte sich nicht. »Wollen Sie nicht rangehen?«, fragte sie und überlegte, wer wohl anrief. In den Wochen, seit Nick fort war, hatte sie sich das Hirn nach einem Namen eines seiner Freunde oder Kollegen zermartert, aber schließlich hatte sie erkennen müssen, dass Nick sie über seine Freunde in Unkenntnis gelassen hatte.

»Sie kommen lieber mit hinein«, brummte der Mann vor ihr und zog sie ins Haus. Kayla versuchte, sich zu wehren, aber sie konnte es nicht mit ihm aufnehmen. Er griff nach dem Telefon und sagte: »Hallo? Mom. Ich muss dich später zurückrufen. Ich habe hier ein Problem.«

Mom? Welcher Einbrecher telefonierte mit seiner Mutter? Kayla fühlte sich plötzlich von der ganzen Situation überwältigt. Sie wusste nicht mehr, was wahr und was falsch war.

»Ich weiß, dass ich dich angerufen habe«, fuhr er fort. Er hielt den Hörer weit vom Ohr weg, als eine ärgerliche weibliche Stimme immer lauter wurde. »Ja. Ja, ich habe verstanden. Ich kann die Adresse im Augenblick nicht aufschreiben.« Er seufzte. »Schön, dann warte.« Bei dem Versuch, mit dem Telefon zu jonglieren und nach einem Stift zu angeln, ließ er ihren Arm los. Kayla wich zurück, während er eine Adresse wiederholte und sie auf einen Notizblock kritzelte. Sie war schon aus der Tür, als sie ihn fluchen hörte. Das Klappern des Telefons, das zu Boden fiel, ließ sie die Treppe hinunter- und über die Straße sprinten. Sie sprang in ihren Wagen, als der Mann gerade den Bürgersteig erreichte. Kayla rammte den Schlüssel ins Zündschloss und betete stumm: Spring an, um Himmels willen! Der Motor heulte auf, und sie schoss davon, wobei sie den Mann fast überfahren hätte.

Ihr Herz pochte schmerzhaft. Sie schoss um eine Ecke, dann um die nächste. Ein rascher Blick in den Rückspiegel zeigte nichts als leere Straßen hinter ihr. Gott sei Dank, er folgte ihr nicht! Sie brauchte Zeit zum Überlegen, um dem Ganzen einen Sinn zu geben, wenn das überhaupt möglich war. Seine Worte gingen ihr nicht aus dem Kopf: *»Ich bin Nick Granville.«*

Wenn das stimmte, wer um alles in der Welt war dann der Mann, den sie geheiratet hatte?

»Verdammt«, murmelte Nick, als Kaylas Wagen aus seinem Blickfeld verschwand.

Die einzige Spur, und er hatte sie verloren. Er hatte sie entwischen lassen! Wer zum Kuckuck war diese Frau? Eine Diebin? Eine Komplizin? Ihre großen braunen Augen hatten schockiert geblickt, als er die Tür geöffnet hatte. Und als er ihr gesagt hatte, wer er war, hatte sie ihn angesehen, als wäre er verrückt oder gefährlich. Aber *sie* war die Irre, die ihn einen Lügner nannte. Was zum Teufel hatte das zu bedeuten? Er wurde nicht aus ihr schlau.

War sie ein Opfer? War sie von jemand anderem hereingelegt worden? Sie sah bestimmt nicht aus wie eine geschickte Diebin, mit dem ungebärdigen braunen Haar, den knallengen Jeans und dem knappen orangefarbenen T-Shirt, dessen Aufdruck *SAFTIG* sich über ein Paar sehr hübscher Brüste spannte. Nick runzelte die Stirn bei diesem abschweifenden Gedanken und befahl sich, sich auf die vordergründigen Tatsachen zu konzentrieren. Er war gerade beraubt worden. Und diese Frau hatte zugegeben, mit einem anderen Mann in seinem Haus gewesen zu sein.

Nick ging das Gespräch mit ihr im Geiste noch einmal durch, dachte an ihre feste Überzeugung, dass er in Wirklichkeit der Lügner war und der andere Kerl der echte Nick Granville. Nie zuvor hatte er erlebt, dass jemand seine Identität in Zweifel zog. Es war merkwürdig, seinen Namen verteidigen zu müssen, beweisen zu müssen, dass man der war, der zu sein man behauptete.

Er ging ins Haus zurück und kritzelte die Zahlen ihres Nummernschildes auf den Notizblock neben dem Telefon. Gott sei Dank hatte er ein sehr gutes Gedächtnis. Mit ein bisschen Glück würde diese Kayla ihn zu dem Mann führen können, der in sein Haus eingedrungen war.

Nick warf einen Blick auf die Uhr und fragte sich, wo die Polizei blieb. Der Anruf bei ihr lag bereits über eine Stunde zurück. Nick hasste es, auf jemanden oder etwas zu warten. Geduld war nie eine seiner Charakterstärken gewesen. Er mochte es einfach nicht, wenn er nicht alles unter Kontrolle hatte, wenn jemand anders die Zügel in der Hand hielt. Seufzend dachte er daran, wie oft er auf seinen Vater gewartet hatte. In neun von zehn Fällen war sein Dad überhaupt nicht erschienen. Nick konnte immer noch die Enttäuschung und den Zorn jener Tage spüren. Aber das lag jetzt hinter ihm. Er lebte das Leben, das er sich immer gewünscht hatte. Er liebte seinen Beruf, vor allem die Reisen, und er würde verdammt noch mal nicht kampflos zulassen, dass ihm jemand dieses Leben einfach raubte!

Nick begriff allmählich, dass die Versenkung in seine Arbeit ihn verwundbar gemacht hatte. Er hätte mehr Vorsichtsmaßnahmen treffen müssen. Hörte man nicht immer wieder von Identitätsklau? Er wusste, dass Kreditkarten und Bankkonten, vor allem Online-Konten, geknackt werden konnten. Aber er hatte seinen persönlichen Geschäften keine Aufmerksamkeit geschenkt, und jetzt musste er dafür einen hohen Preis zahlen. Seine Kreditkarten waren mit Tausenden von Dollars belastet worden, und seine Kontoauszüge gaben einen sehr viel niedrigeren Kontostand an, als sie eigentlich sollten. Nick hatte keine Ahnung, ob er alles oder einen Teil des Geldes zurückbekommen konnte, doch er würde sich jede Mühe geben. Er hatte zu hart gearbeitet, um dieses Geld zu verdienen. Auf keinen Fall würde er es sich einfach so wegnehmen lassen!

Aufgebracht marschierte er im Wohnzimmer auf und ab und ging seine Unterhaltung mit Kayla noch einmal Wort für Wort durch. Hatte sie ihm irgendwelche Hinweise gegeben? Hatte sie irgendetwas gesagt, das ihm dabei helfen konnte herauszufinden, wer in sein Haus eingedrungen war?

Sie hatte ihm ihren vollen Namen genannt. Wie hieß sie noch? Kayla Sheridan. Ja, genau. Nick schnappte sich das Telefonbuch vom Regal in der Küche und blätterte durch die Seiten. Da war es! Sein Herz setzte einen Schlag aus, als er ihren Namen, die Adresse und die Telefonnummer sah. Das war ja erstaunlich einfach gewesen!

Zum ersten Mal, seit dieser Albtraum begonnen hatte, fühlte er eine Woge der Erregung.

Kayla zitterte noch immer, als es eine Stunde später an ihrer Haustür läutete. Sie blickte aus dem Fenster und sah den silbernen Porsche vor ihrem Haus, und ihr Magen revoltierte. War das Nick – *ihr* Nick? Oder war es der andere Mann? Wie war der Wagen von Lake Tahoe hierhin gekommen? Sie ging langsam zur Vordertür und spähte durch den Spion. Ihr Herz sank. Wie hatte er sie gefunden?

Sie holte tief Luft und öffnete die Tür demselben hochgewachsenen, dunkelhaarigen Mann mit den zornigen grünen Augen, den sie in Nicks Haus angetroffen hatte. Er hatte die Hose und das Oberhemd, das er vorhin getragen hatte, gegen abgetragene Bluejeans, die eng an seinen langen, schlanken Beinen saßen, und einen anthrazitgrauen Pullover getauscht, dessen Ärmel bis zu den Ellenbogen hochgeschoben waren. Sein braunes Haar war noch feucht von der Dusche, die Wangen glatt rasiert. Seine Haut hatte eine tiefbraune Tönung, als hätte er zuletzt viel Zeit in der Sonne verbracht. In seinen Zügen lag nichts Sanftes. Sein Gesicht war markant, das Kinn entschlossen und unnachgiebig. Mit den Händen, die zu Fäusten geballt auf den Hüften ruhten, sah er aus, als wäre er bereit, jemanden zu verprügeln. Hoffentlich war sie nicht dieser Jemand!

»Was wollen Sie hier?«, fragte sie misstrauisch.

»Ich habe eine bessere Frage: Was halten Sie von meinem neuen Auto?«, entgegnete er mit unverhohlenem Sarkasmus. »Ich habe es in der Garage gefunden, genau da, wo ich normalerweise meinen schwarzen Grand Cherokee parke«, fuhr er fort. »Ich habe auch gesehen, dass die Zahlung an den Autohändler von meinem Bankkonto erfolgte.«

»Was soll ich denn Ihrer Meinung nach dazu sagen?«

»Wissen Sie, wer ihn gekauft hat?«

»Mein Mann. Ich war dabei, als er ihn kaufte. Er sagte, es sei an der Zeit, endlich mal ein Auto nur zum Vergnügen auszusuchen.«

»Oh, ich wette, er hatte Vergnügen daran. Was ist mit meinem Auto geschehen?«

»Er hat es in Zahlung gegeben. Er sagte, es sei zu vernünftig.«

Der Mann starrte sie finster an. »Wo ist er? Wo ist der Kerl, der mich beraubt hat?«

Sie wollte nicht eingestehen, dass Nick überhaupt etwas gestohlen hatte. Aber er hatte auf jeden Fall viel zu erklären. »Ich weiß es nicht. Wenn ich es wüsste, würde ich jetzt mit ihm reden.«

Sein schonungsloser Blick suchte in ihrem Gesicht nach der Wahrheit. Kayla schaute nicht weg, denn sie wollte nicht so wirken, als hätte sie etwas zu verbergen.

»Ich habe mit der Polizei gesprochen«, sagte er nach einem Augenblick. »Ich habe ihr Ihren Namen gegeben.«

»Schön.« Sie richtete sich auf und nahm die Schultern zurück. »Ich habe eine Vermisstenanzeige aufgegeben, als Nick verschwand, wissen Sie, sobald ich von Lake Tahoe zurück war.

»Sie sind zur Polizei gegangen?«, fragte er erstaunt.

»Natürlich«, fauchte sie. »Mein Ehemann war spurlos verschwunden. Ich dachte, ihm sei etwas Schreckliches zugestoßen.«

»Sie haben in Lake Tahoe geheiratet? Lassen Sie mich raten, in einer dieser Drive-in-Hochzeitskapellen?«

Aus seinem Mund klang es so geschmacklos! »So war es nicht. Wir wollten nur eine schlichte, kurze Zeremonie.«

»Warum? Sind Sie schwanger?«

»Nein!«, platzte es aus ihr heraus.

»Ich frage ja nur. Ist ja eine naheliegende Frage.«

»Nicht von einem völlig Fremden«, fuhr sie ihn an.

»Oh, wir sind wohl kaum Fremde, Kayla«, sagte er schleppend, in jeder Silbe Bitterkeit. »Anscheinend haben Sie bei der Hochzeit meinen Namen angenommen. Sie waren in meinem Haus, haben wahrscheinlich in meinem Bett geschlafen, meine Dusche benutzt ...«

»Bitte hören Sie auf.« Sie legte eine Hand auf den Magen, weil sie das Gefühl hatte, sich übergeben zu müssen. In was für einen Schlamassel hatte sie sich da hineingeritten?

Nick schob die Hände in die Hosentaschen und sah die Straße hinunter, dann schaute er sie wieder an. »Also, wann hat dieser Kerl den Abflug gemacht – als Sie von Tahoe zurück waren?«

Sie fuhr sich mit der Zunge über die Lippen. Ihr war klar, dass ihre Antwort alles nur noch schlimmer klingen lassen würde, aber es hatte keinen Zweck zu leugnen, was er aus der Vermisstenanzeige ohnehin erfahren würde. »Er verschwand in unserer Hochzeitsnacht. Er ging los, um Eis zu holen, und kam nie zurück.«

»Er ist in Ihrer Hochzeitsnacht gegangen?«

»Ich will es nicht wiederholen müssen.«

»Wie lange ist das her?«

»Etwas über zwei Wochen.«

»Was hat die Polizei unternommen, als Sie die Vermisstenanzeige aufgaben?«

»Nichts. Da keinerlei Beweise für ein Verbrechen vorlägen, hätte er höchstwahrscheinlich beschlossen, dass er nicht verheiratet sein wollte, sagten die Polizisten. Sie meinten, sie hätten keine Zeit, der Sache nachzugehen. Angeblich haben sie Hunderte wichtigerer Fälle zu bearbeiten.«

»Das haben sie mir auch erzählt. Anscheinend ist Identitätsdiebstahl ein boomendes Geschäft. Ich glaube nicht, dass sie sich die Hacken ablaufen werden, um meinen Dieb zu finden.«

»Ich weiß, dass Sie mir das nicht glauben werden, aber ich wünschte, sie würden es tun«, erklärte sie. »Weil ich auch wissen will, was hier vor sich geht. Ich möchte herausfinden, was mit meinem Mann geschehen ist.«

»Wenn Sie die Wahrheit wissen wollten, warum sind Sie dann vorhin vor mir weggelaufen?«

»Sie haben mir Angst gemacht«, gestand sie. »Und ich war durcheinander. Ich sollte glauben, dass Sie Nick Granville sind, dass alles, von dem ich dachte, es gehörte meinem Mann, Ihnen gehörte ... gehört.« Sie verschränkte die Arme vor der Brust. »Es ist schwer, nicht mehr an jemanden zu glauben, den man liebt. Aber wenn der Mann, den ich geheiratet habe, einfach in Ihre Identität geschlüpft ist oder Sie bestohlen hat, muss ich das wissen.«

»Dann müssen Sie und ich zusammenarbeiten«, befand er. »Ich möchte, dass Sie mir alles sagen, was Sie wissen. Ich muss jede Einzelheit erfahren, egal, wie unwichtig sie Ihnen erscheinen mag.«

»Das wird eine Weile dauern.«

»Dann sollten wir gleich anfangen. Ich will keine Sekunde mehr vergeuden. Die Spur ist bereits kalt, und ich kann nicht zulassen, dass sie noch kälter wird. Ich habe vor, mir mein Leben so schnell wie möglich zurückzuholen.«

Sie nickte. »Dann kommen Sie besser herein, aber ich muss Sie warnen: Ich weiß nicht viel. Das ist mir in den letzten Wochen klar geworden.«

»Sie wissen, wie er aussah. Damit können wir anfangen. Ich möchte ein Bild von diesem Kerl im Kopf haben.«

Sie fuhr zusammen, als ihr einfiel, dass sie etwas Besseres zur Verfügung hatte als ihre bloße Erinnerung. »Ich habe ein Foto.« Sie gab die Tür frei und nahm ihr Portemonnaie von einem Tisch.

Er folgte ihr in den Flur und schloss die Haustür hinter sich.

»Wir haben ein Hochzeitsfoto machen lassen«, setzte sie hinzu, während sie in ihrer Börse kramte. Als sie die Fotos durchblätterte, stieß sie auf Nicks lächelnde, blaue Augen und fühlte sich seltsam erleichtert, weil sie beweisen konnte, dass er wirklich existierte und dass er sie tatsächlich geheiratet hatte. Er war kein Traum. Er war wirklich gewesen. Sie ließ das Bild aus der Plastikhülle gleiten und reichte es dem Fremden im Flur.

Er betrachtete es genau. »Verdammt.«

»Was ist los?«, fragte sie.

»Ich kenne diesen Mann.«

Nick starrte das Foto an. Spielten seine Augen ihm einen Streich? Obwohl das Gesicht älter war, war bei dem sonnengebleichten blonden Haar, den schlauen Augen und dem wissenden Lächeln kein Irrtum möglich. Nick hatte nie geglaubt, ihn noch einmal wiederzusehen, aber hier war er – live und in Farbe, in Kodakcolor.

»Was meinen Sie?«, hakte Kayla nach. »Woher kennen Sie ihn?«

Er sah sie an. »Er heißt Evan Chadwick. Wir sind zusammen aufs College gegangen.« Ein brennender Zorn durchströmte Nicks Körper, ließ seine Hände zittern und verhärtete seinen Magen. Er hätte das Foto am liebsten zerrissen und Evans Gesicht in tausend Stücke gerissen, aber das durfte er nicht. Dieses Bild war ein Beweis, den er später noch brauchen würde, wenn er Evan fand.

»Sie sind zusammen zur Schule gegangen?«, wiederholte sie erstaunt. »Sie sind mit dem Mann befreundet, den ich geheiratet habe?«

»Befreundet? Nein – wir sind Feinde.« Er presste die Zähne so zusammen, dass er kaum sprechen konnte.

»Warum? Was ist passiert?«

»Eine Menge«, antwortete er knapp. »Ich habe mit Evan in unserem ersten Jahr auf dem College eine Wohnung geteilt. Sechs Monate habe ich gebraucht, um herauszufinden, wer er wirklich war.«

»Ich verstehe nicht. Was meinen sie damit – wer er war?«, fragte sie verwirrt.

»Evan war ein Dieb, ein Schwindler. Er hat sich mit gefälschten Unterlagen ins College gemogelt. Sobald er da war, machte er kleine und große Geschäfte, was immer ihm ein paar Dollars einbrachte. Das verschaffte ihm einen Kick. Ich weiß nicht, was er mehr liebte, die Betrügereien selbst oder den Profit. Aber eigentlich stimmt das nicht. Ich weiß es: Evan ließ andere Menschen gern wie Idioten dastehen. Er genoss es, sie hereinzulegen. Es gab ihm ein Gefühl der Macht, er kam sich stärker, größer und besser vor, als er in Wirklichkeit war.« Nick hatte plötzlich einen gallebitteren Geschmack im Mund. Er hatte geglaubt, die Tür hinter Evan Chadwick endgültig geschlossen – und die letzte Runde gewonnen zu haben, doch anscheinend war das Spiel noch nicht vorbei. Evan hatte nur auf den richtigen Augenblick gewartet, um zurückzuschlagen – zwölf lange Jahre später.

»Das klingt nicht nach dem Mann, den ich geheiratet habe«, sagte Kayla zweifelnd.

Sie war nicht die erste Frau, die Evan verteidigte. Seine jüngere Schwester, Jenny, hatte einst fast dieselben Worte benutzt. Sie hatte den gleichen verwirrten Ausdruck in den Augen gehabt wie Kayla gerade jetzt.

»Evan war sehr gut darin, genau das zu sein, was andere von ihm erwarteten.« Nick sprach bewusst ruhig, obwohl er innerlich kochte. Er musste dafür sorgen, dass Kayla verstand. Er musste sie auf seine Seite ziehen, sonst kamen sie in ihren Nachforschungen nie weiter. »Evan war ein Chamäleon. Er konnte überall hineinpassen, aussehen, als gehörte er dazu. Einmal hat er vorgegeben, ein Gastprofessor der Universität zu sein. Er ging zu einer Teeparty der Fakultät und mischte sich unter die Gäste, als wäre er tatsächlich ein vierzigjähriger Lehrer der Astrophysik. Evan wusste, wie er die Menschen dazu brachte, ihm zu vertrauen, und dann betrog er sie. Auf diese Weise hat er damals seinen Lebensunterhalt verdient, und es sieht so aus, als hätte sich das bis heute nicht geändert.«

Kayla sah ihn lange an. Er konnte die Unentschlossenheit in ihrem Blick sehen, aber zumindest dachte sie nach und war nicht sofort mit vernünftigen Erklärungen oder Abwehr zur Hand. »Was wissen Sie noch über ihn?«, fragte sie.

»Was wissen Sie denn?«, schoss er zurück. »Sie haben ihn vor ein paar Wochen geheiratet. Sie sind wahrscheinlich mehr auf dem Laufenden als ich.«

Sie zögerte. Vermutlich hätte sie ihn am liebsten in die Wüste geschickt, überlegte Nick. Sie wollte an ihre Traumhochzeit glauben. Das überraschte ihn nicht. Evan hatte immer einen Blick für vertrauensvolle Seelen gehabt. Er hatte auch stets schöne Frauen gewählt. Schlicht in Jeans und T-Shirt gekleidet, ohne jedes Make-up außer etwas Lippenstift, besaß Kayla eine absolut natürliche Schönheit: wunderschönes Haar, einen zarten Knochenbau, reine Haut, große Augen und Kurven an den richtigen Stellen. Nick räusperte sich, um seine abschweifenden Gedanken zu zügeln. Er hatte sich immer zu Brünetten hingezogen gefühlt, doch er hatte nicht vor, sich von Kayla anziehen zu lassen. Auf diese Komplikation konnte er verzichten.

»Na schön«, meinte sie schließlich. »Wir reden über alles. Ich sage nicht, dass ich alles glaube – noch nicht. Aber ich werde zuhören. Und ich werde Ihnen erzählen, was ich weiß.«

»Gute Idee.«

»Das hoffe ich. Daran hat es mir in letzter Zeit gemangelt.« Kayla deutete mit der Hand auf den Türbogen, durch den es ins Wohnzimmer ging. »Warum setzen Sie sich nicht? Machen Sie es sich bequem. Ich hole uns etwas zu trinken.«

Als sie durch den Flur ging, stieß er einen Seufzer der Erleichterung aus, dass sie ihn nicht hinausgeworfen hatte. Sie war seine einzige Verbindung zu Evan. Er musste alles wissen, was sie wusste.

Nick trat ins Wohnzimmer. Sofort berührte ihn die Wärme ihres Heims. Auf dem Holzfußboden lagen farbenfrohe Teppiche, unter den Fenstern standen Sofas mit weichen Kissen, und überall waren Blumen – auf dem Kaminsims, dem Kaffeetisch, dem alten Klavier, das vor einem schönen Buntglasfenster stand, das das Licht des aufgehenden Mondes einzufangen schien. Stricknadeln steckten in einem Knäuel farbiger Wolle, die aus einem Weidenkorb auf dem Boden quoll.

Das Zimmer wirkte bewohnt und gemütlich. Er war ein Zuhause für eine Familie in einer familiengerechten Nachbarschaft. Er fragte sich, ob Kayla allein hier lebte. Es wirkte nicht wie ein Haus für nur eine Person, aber auch nicht wie eines, das Evan für sich ausgesucht hätte. Es war zu altmodisch, zu gemütlich. Was zum Kuckuck hatte Evan mit Kayla gemacht, mal abgesehen von dem Offensichtlichen?«

Nick setzte sich auf das Sofa; er fühlte sich plötzlich müde. Es war eine lange Heimreise gewesen. Bei all dem, was in den vergangenen Stunden vorgefallen war, hatte er kaum Gelegenheit gehabt, auch nur Luft zu holen. Er streckte die langen Beine aus, lehnte sich in die Kissen und stieß einen langen Seufzer aus. Danach fühlte er sich nicht besser. Wut tobte in ihm und fraß ihn auf. Falls er Evan heute Abend ausfindig machte, würde er ihn wahrscheinlich umbringen. Er malte sich aus, wie er die Hände um Evans Hals legte und das Leben aus ihm herauspresste. Das Ausmaß seiner Wut erschreckte Nick. Er hatte noch nie so großen Hass auf einen anderen Menschen empfunden. Aber Evan hatte ihn früher schon betrogen, und es machte ihn wütend, dass es wieder geschehen war. Dieses Mal würde Evan dafür bezahlen. Dieses Mal würde er nicht davonkommen.

Nick sah auf, als Kayla eintrat. Sie reichte ihm ein Glas Rotwein und ließ sich in dem Sessel ihm gegenüber nieder. Sie legte die Hände zusammen und fragte:

»Was meinen Sie, warum hat Nick – Evan – sich für Sie ausgegeben?«

»Das muss ich herausfinden. Offenbar wusste er, dass ich außer Landes war. Er hat sich wahrscheinlich gedacht, dass ich Geld habe.« Nick nahm einen Schluck Wein und setzte das Glas dann entschlossen auf den Kaffeetisch. So reizvoll es wäre, sein Hirn mit Alkohol zu benebeln, er brauchte einen klaren Kopf.

»Wenn Nick ... ich meine Evan – es kommt mir seltsam

vor, ihn so zu nennen«, sagte Kayla, »wenn er Sie beraubt hat, warum war er mit mir zusammen? Warum hat er mich geheiratet?«

»Er muss etwas von ihnen gewollt haben.«

Sie runzelte die Stirn. »Ich besitze nicht viel. Und er hat nichts von mir genommen.«

»Er hat Sie nicht dazu gebracht, ihm eine Vollmacht für Ihr Konto zu geben, oder Sie um ein Darlehen gebeten oder dergleichen?«

»Nein, nichts. Es war auch gar nicht genug Zeit dafür, denn er verschwand gleich nach der Hochzeit.«

Es überraschte Nick, dass Evan Kayla geheiratet hatte. Warum hatte er diesen Schritt getan? »Erzählen Sie mir noch einmal, wie es war, als Sie ihn zum letzten Mal sahen.« Er beugte sich vor und stütze die Arme auf die Schenkel.

Kayla holte tief Luft. »Er ging, um Eis zu holen, und kam nie zurück. Ich habe das ganze Hotel nach ihm abgesucht und den Sicherheitsdienst gerufen. Am nächsten Morgen haben sie seinen Smoking in einer Toilette neben dem Kasino gefunden. In der Tasche steckte sein Ehering. Das war's. Ich wusste nicht, ob jemand ihn überfallen, entführt oder ihn irgendwie verletzt hatte. Ich habe immer noch keine Ahnung, was mit ihm geschehen ist. Ich weiß nur, dass er fort ist.«

»Ich frage mich, warum er in jener Nacht gehen musste«, überlegte Nick. »Ist etwas zwischen Ihnen vorgefallen? Haben Sie sich gestritten?«

»Nein, alles war vollkommen.«

Nick sah, wie Kayla mit der Silberkette um ihren Hals spielte. Der funkelnde Diamant zog seine Aufmerksamkeit auf sich. »Ist die neu? Ihre Kette?«

Ihre Hand verharrte, ihre Augen wurden groß. »Ja.

Nick ... Evan hat sie mir gekauft. Es war ein Hochzeitsgeschenk.«

»Das erklärt die Rechnung von Juwelier Clarington.«

»Ich wusste nicht, dass es nicht sein Geld war, das er ausgab.« Ihre Hand fiel herab, und eine schuldbewusste Röte überzog ihr Gesicht. Einen Moment später öffnete sie den Verschluss und warf die Kette auf den Couchtisch, als könnte sie es nicht ertragen, sie auch nur eine Sekunde länger zu tragen. »Vielleicht können Sie sie zurückbringen und bekommen das Geld zurück«, sagte sie.

Er machte sich nicht die Mühe, die Kette an sich zu nehmen. »Erzählen Sie mir mehr über Ihre Beziehung. Wie lange kannten Sie sich?«

Wieder wurde sie rot. »Ungefähr einen Monat ... drei Wochen«, murmelte sie.

»Drei Wochen?«, fragte er, sicher, sie falsch verstanden zu haben. »Meinen Sie das im Ernst? Sie haben einen Mann geheiratet, den Sie erst ein paar Wochen kannten?«

Sie rutschte auf ihrem Sessel herum, schlug die Beine übereinander und wieder auseinander. »Ja. Ich weiß, dass es schnell ging, aber es fühlte sich richtig an. Ein einziges Mal in meinem Leben wollte ich ein Risiko eingehen, ins tiefe Wasser springen. Ich wollte mich lebendig fühlen, gefährlich leben. Sie können mir nichts sagen, was ich nicht schon gehört hätte. Ich war dumm, impulsiv, verrückt, närrisch, tollkühn, ganz allgemein eine Idiotin ... Habe ich etwas vergessen?«

Ihre Augen blitzten zornig, und er sah einen Hauch von Stahl unter ihrer weichen Schale. »Ich glaube nicht«, meinte er ruhig. »Wo haben Sie Evan kennengelernt?«

»Bei meiner Großmutter. Evan war Immobilienmakler. Er verkaufte die Eigentumswohnung im Haus neben meiner

Großmutter. Eines Tages unterhielten sie sich über die Marktpreise, und er bot ihr an, ihr Haus kostenlos zu schätzen. Sie hat uns einander vorgestellt. Das war alles. Es war Schicksal.«

»Das glaube ich nicht«, widersprach er grimmig. »Evan hatte immer einen Plan. Und die Art, wie er so abrupt verschwunden ist ... Evan hat entweder getan, was er tun wollte, oder jemand war ihm auf den Fersen. Was Ihre Rolle bei dem Ganzen angeht – es muss einen Grund für die Hochzeit geben. Evan hat nie jemanden um seiner selbst willen geliebt.«

»Das können Sie nicht mit Sicherheit wissen«, wandte Kayla ein. »Sie stellen Vermutungen über eine Beziehung an, von der Sie nicht das Geringste wissen. Sie waren nicht dabei. Sie haben ihn nicht zusammen mit mir erlebt.«

»Ich habe ihn mit genügend anderen Frauen gesehen, einschließlich meiner Schwester. Jenny glaubte auch, dass er sie liebte. Nein«, setzte er mit einem entschiedenen Kopfschütteln hinzu. Er wusste, dass es bei ihrer Ehe nicht um Liebe gegangen war, nicht bei der Art und Weise, wie sie begonnen hatte, und ganz gewiss nicht bei dem Ende. »Sie hatten etwas, das Evan wollte. Was hat er mitgenommen, als er Sie verließ?«

»Ich sagte doch schon: nichts«, antwortete sie, doch dann hielt sie abrupt inne, als wäre ihr ein Licht aufgegangen.

»Was? Was ist Ihnen eingefallen?«

»Ich bin sicher, es ist nicht wichtig.«

»Lassen Sie mich das beurteilen.«

»Es war nur eine alte Taschenuhr, die meinem Großvater gehörte. Sie war nicht wertvoll. Sie besaß nur Erinnerungswert. Das ist alles.«

Nicks Muskeln verkrampften sich. Endlich gelangten sie

irgendwohin, er wusste nur nicht genau, wohin. »Wann haben Sie sie ihm gegeben?«

Sie zögerte. »An unserem Hochzeitsabend. Es war mein Hochzeitsgeschenk für ihn. Er hatte sie früher schon bewundert, und meine Großmutter hatte mir aufgetragen, sie dem Mann zu geben, den ich liebe.«

»Bingo«, rief er und sprang auf. »Die Uhr. Er wollte die Uhr.«

»Warum? Warum sollte er eine fünfzig Jahre alte Uhr haben wollen?«

»Sie muss etwas wert sein.« Nick fuhr sich mit der Hand durch die Haare und versuchte zu schätzen, wie viel eine alte Taschenuhr wert sein konnte.

»Ich bin sicher, das war es nicht«, erwiderte Kayla. »Sie war nicht mit Juwelen besetzt oder so etwas.«

»Sie hatte irgendetwas.« Davon war er überzeugt. »Wer kann uns mehr über diese Uhr erzählen?«

Kayla dachte einen Moment nach. »Ich schätze, meine Großmutter. Die Uhr gehörte meinem Großvater. Er ist vor etwa zwei Jahren gestorben. Damals hat sie sie mir gegeben.«

»Wann können wir mit ihr reden? Wie wär's jetzt gleich?«

»Nun drängeln Sie doch nicht so«, beschwerte sie sich.

»Ich bin äußerst motiviert«, antwortete er knapp. »Sie nicht? Wollen Sie nicht herausfinden, warum Evan Sie geheiratet hat? Warum er die Uhr Ihres Großvaters wollte?«

»Doch, natürlich«, sagte sie und klang schon sicherer. »Ich will dieser Sache genauso sehr auf den Grund gehen wie Sie.«

»Dann helfen Sie mir. Je eher wir Evan finden, desto schneller sind Sie uns beide wieder los.«

»Gutes Argument.« Kayla stand auf. »Ich rufe meine Großmutter an.« Sie nahm das Telefon auf dem Beistelltisch.

Ehe sie die Nummer eintippen konnte, läutete es. »Hallo?«, meldete sie sich.

Nick sah, wie ihr das Blut aus dem Gesicht wich, und plötzlich wusste er, wer am Telefon war. Er ging rasch durch den Raum und nahm ihr das Telefon aus der zitternden Hand. »Evan?«, fragte er scharf. Er hörte, wie jemand die Luft ausstieß, dann nur noch das Freizeichen. »Verflixt.« Er wandte sich an Kayla. »War das Evan? Was hat er gesagt?«

Sie starrte ihn an, in ihren Augen glitzerte es aufgewühlt. »Er sagte: ›Sag Nick, willkommen zu Hause.‹«

Evan steckte sein Handy wieder in die Hosentasche und grinste zufrieden. Nick war zurück. Die Dinge entwickelten sich genau so, wie er es geplant hatte. Nick und Kayla waren seine Marionetten, und jetzt würden sie für ihn tanzen. Er zog eine Zigarette heraus und zündete sie an; die Flamme erhellte die dunklen Schatten, die ihn umgaben. Er nahm einen tiefen Zug, lehnte sich gegen eine Säule und wartete.

Die Dämmerung hatte sich über die Stadt gelegt. Der Nebel, der vom Meer hereindrang, hatte die Sterne und den Mond ausgelöscht. Evan mochte die kühle, feuchte Dunkelheit, die ihn umgab. Er war immer schon ein Nachtmensch gewesen. Die Schatten waren seine Freunde. Nicht, dass er Angst vor dem Licht hatte. Er konnte gut mit der Umgebung verschmelzen. Niemand konnte besser Teil der Landschaft werden als er. Er konnte sein, wer er sein wollte, jede Rolle spielen, auf jeden Namen hören und jede Art von Kleidung tragen. Er war so gut, dass er eine Mutter davon überzeugen konnte, ihr Sohn zu sein, oder eine Schwester, dass er ihr Bruder war. Er wusste, wie man Träume verkaufte, und Träume hatten sie alle.

Er war der Beste. Und bald würde jeder wissen, wie gut er wirklich war.

Eine Schar Nachtvögel kreischte, als sie aus dem Wasser der nahen Lagune abhob. Es war still hier bei dem Rundbau des Palastes der Schönen Künste. Das Gebäude war geschlossen. Die Touristen waren nach Hause gegangen. Doch er wartete trotzdem. Einen Augenblick später kam eine schnittige schwarze Limousine herangefahren. Er warf ihr einen langen Blick zu, ließ seine Zigarette fallen und trat sie mit dem Absatz aus.

Der Fahrer stieg aus und hielt ihm die Tür zum Fond auf. Evan schlenderte hinüber, ließ sich Zeit. Er hatte dieses Treffen nicht einberufen, er wollte es nicht, aber für den Augenblick würde er mitspielen...

»Sie sind spät«, sagte Evan, als er auf den gepolsterten Ledersitz schlüpfte.

»Haben Sie sie?«

Seine Finger schlossen sich um die Uhr in seiner Tasche. »Nein«, antwortete er. »Ihre Information war falsch. Sie haben meine Zeit verschwendet.«

»Und Sie die meine. Sie haben sich zu lange mit der Frau abgegeben.«

»Ich hatte meine Gründe.«

»Ihre Gründe sind mir gleichgültig. Ich will Ergebnisse. Wir haben nur noch wenige Wochen, um den Rest unseres Planes umzusetzen, und Versagen steht nicht zur Diskussion.«

»Ich versage nie«, sagte Evan. Er stieg aus und schloss die Tür leise hinter sich. Die Limousine verschwand in der Dunkelheit – wie er.

KAPITEL 3

Evan Chadwick. Der Name ging ihm im Kopf herum wie der nervige Refrain eines alten Liedes. Nick konnte ihn nicht loswerden, ebenso wenig wie er ein Bild verscheuchen konnte: Evan an seinem Hochzeitstag, im schwarzen Smoking, mit einer roten Rose im Knopfloch und einem wissenden Lächeln, als könnte er es nicht erwarten, dass Nick erfuhr, was er getan hatte. *Die Pest über ihn!*

Nick hätte es am liebsten laut herausgeschrien. Er hätte gern jemanden verprügelt, am liebsten Evan, aber er konnte nichts weiter tun als fahren, die Hände um das Lenkrad des Porsche gelegt, den Evan mit seinem eigenen Geld gekauft hatte. *Die Pest über ihn!*

»Alles in Ordnung?«, fragte Kayla besorgt. »Sie fahren furchtbar schnell.« Sie klammerte sich am Türgriff fest, während er um einen Bus herum kurvte und ständig die Spur wechselte, um dem langsameren Verkehr auszuweichen.

»Wir sitzen in einem Sportwagen. Damit soll man schnell fahren«, fuhr er sie an.

»Sehen Sie, ich weiß, dass Sie wütend sind …«

»Sie wissen nicht einmal die Hälfte.« Die Reifen quietschten, als er um eine Ecke jagte.

»Wenn wir bei einem Autounfall sterben, hat Evan gewonnen«, sagte Kayla. »Wollen Sie das?«

Ihre Worte drangen durch seinen Zorn, und er nahm den Fuß vom Gas, weil er begriff, dass sie recht hatte. Er würde Evan nicht den Gefallen tun zu sterben, bevor sie quitt waren. Statt bei Gelb durchzubrausen, brachte er den Wagen so abrupt zum Stehen, dass sie beide beinahe gegen die Windschutzscheibe geprallt wären. »'tschuldigung«, murmelte er.

Kayla warf ihm einen misstrauischen Blick zu und richtete sich in ihrem Sitz auf. »Warum holen Sie nicht mal tief Luft? Reißen Sie sich zusammen.«

»Ich versuche es ja.«

»Versuchen Sie es stärker. Oder soll ich lieber auf der Stelle aussteigen?«

»Ist ja schon gut. Bitte, bleiben Sie«, setzte er hinzu. Er konnte es sich nicht erlauben, Kayla zu vergraulen. Sie war die einzige Spur, die er hatte.

Nach kurzem Zögern ließ sie den Türgriff los. »Na schön. Aber fahren Sie langsamer.«

»Werde ich. Ich bin nur so stinksauer«, gestand er. »Ich kann es nicht fassen, dass Evan wieder in mein Leben getreten ist und mich beklaut hat. Ich hätte aufmerksamer sein und es kommen sehen müssen. Ich hätte weiter auf der Hut sein sollen, aber es ist so lange her. Ich hätte nie gedacht, dass ich ihn noch einmal sehen würde.«

»Wie lange genau?«, wollte Kayla wissen.

»Zwölf Jahre. Wir haben uns kennengelernt, als wir beide frisch am College waren. Wir kannten einander erst wenige Monate, ehe alles aufflog.« Auf ihren fragenden Blick hin zuckte er die Schultern. »Es ist eine lange, verzwickte Geschichte.«

»Dann erzählen Sie mir die Kurzfassung.«

Er trat aufs Gas, als die Ampel auf Grün schaltete, und achtete sorgsam darauf, nicht zu schnell zu werden, während er sich durch die geschäftigen Straßen schlängelte. »Ich hielt Evan für einen ganz normalen College-Studenten.

Aber es stellte sich rasch heraus, dass er weit mehr daran interessiert war, seinen Mitstudenten das Geld aus der Tasche zu ziehen, als eine gute Ausbildung zu bekommen. Er hat betrogen, Kayla. Gezinkte Karten, angebliche Haushaltshilfen, die in Wirklichkeit Prostituierte waren. Er hat jungen Leuten, die die ganze Nacht lernen mussten, Drogen verkauft, und wenn jemand Kopien von Tests brauchte, hackte er sich in das Computersystem des Colleges ein und fand sie. Natürlich habe ich eine Weile gebraucht, bis ich begriff, was er da trieb. Inzwischen war er mit meiner Schwester Jenny zusammen. Ich versuchte, sie davon zu überzeugen, dass er nichts taugte. Sie wollte nicht auf mich hören. Ich beschloss, ihn vor ihren Augen bloßzustellen. Leider liefen die Dinge aus dem Ruder und ...« Er brach ab und wünschte, er müsse diesen Weg nicht noch einmal beschreiten, aber jetzt war es zu spät. Er war bereits unterwegs, und vielleicht war es ja zum Guten. Er musste sich in Erinnerung rufen, wie gefährlich Evan sein konnte.

»Und dann?«, drängte Kayla.

»Jenny wurde niedergestochen. Sie bekam im Handgemenge das Messer ab, und Evan ließ sie blutend am Boden liegen.«

»Oh, mein Gott!«, keuchte sie.

»Es war meine Schuld, dass Jenny verletzt wurde. Ich habe es vermasselt. Ich habe sie nicht beschützt.« Er sah noch immer das weiße Gesicht seiner Schwester, ihren leblosen Körper, das Blut auf ihrer Brust. Er hatte entsetzliche Angst gehabt, sie zu verlieren.

»Wurde sie wieder gesund?«, fragte Kayla.

»Nach langer Zeit.«

»Und Evan?«

»Er wanderte in den Knast und schwor, er würde es mir

heimzahlen.« Nick hielt inne und dachte an den Tag im Gericht, als Evan verurteilt wurde, was vor allem auf Nicks Aussage beruhte. Evan hatte sich zu ihm umgedreht, ihn ein letztes Mal hasserfüllt angegrinst und gezischt: »*Eines Tages, Nick, wenn du es am wenigsten erwartest, werde ich es dir heimzahlen.*« Anscheinend war dieser Tag jetzt gekommen.

»Ich denke, damit wissen wir, warum er hinter Ihnen her ist«, sagte Kayla bedrückt. »Aber es ist so lange her. Warum gerade jetzt?«

»Ich weiß es nicht.«

»Und warum ich? Wie passen Sie und ich zusammen?«

Auch auf diese Frage hatte er keine Antwort. »Das müssen wir herausfinden«, antwortete er. »Hoffentlich kann Ihre Großmutter uns mehr über die Uhr sagen.« Er hielt inne, als eine Siedlung zweigeschossiger Reihenhäuser in der Nähe des Embarcadero in Sicht kam. »Ist es das?«

»Ja, ihres ist ganz am Ende. Gleich davor ist ein Parkplatz.«

Er parkte ein und schaltete den Motor ab. Nick war schon ausgestiegen, ehe er merkte, dass Kayla sich nicht gerührt hatte. Er lehnte sich wieder hinein. »Was ist los? Warum steigen Sie nicht aus?«

»Ich versuche, mir zu überlegen, wie ich meiner Großmutter beibringen soll, dass ich einen Dieb geheiratet habe, ohne dass sie einen Herzanfall bekommt. Sie ist eine ältere Dame, die zurückgezogen lebt. Diese Nachricht wird sie aufregen. Gestern glaubte ich noch, ich hätte den einen Mann geheiratet. Jetzt stellt sich heraus, dass ich mit einem anderen verheiratet bin. Das wird alles nicht leicht zu erklären sein.«

Er zuckte zusammen. Evan hatte sie unter seinem Namen geheiratet. Das hatte er wahrscheinlich am meisten genossen.

»Ich meinte nicht, dass ich mit Ihnen verheiratet bin«, erklärte Kayla rasch. »Genau genommen, kann die Heirat nicht legal sein, weil Evan Ihren Namen benutzt hat. Nicht wahr?«

»Richtig. Ich bin sicher, dass sie nicht rechtmäßig ist, aber um den Papierkrieg kümmern wir uns später. Erst reden wir mit Ihrer Großmutter. Wir müssen Evan finden, ehe er noch mehr Schaden anrichtet.«

»Ist das überhaupt möglich? Was kann er denn noch tun?«

»Das wissen wir nicht, ehe wir nicht herausfinden, was genau er im Schilde führt.«

Kayla ließ sich Zeit mit dem Aussteigen. Nick hatte es eilig, die Wahrheit zu erfahren. Er würde sie glatt überrennen, wenn sie ihm im Weg war. Aber sie sorgte sich weniger um sich selbst als um ihre Großmutter. Kayla wollte sichergehen, dass sie so behutsam wie möglich vorging. Sie legte Nick eine Hand auf den Arm. »Warten Sie. Ehe wir hineingehen, möchte ich, dass Sie mir versprechen, es mich auf meine Art machen zu lassen. Ich will meine Großmutter nicht mehr aufregen als unbedingt nötig.«

Nick sah aus, als wollte er etwas einwenden, besann sich aber eines Besseren. »Gut. Bringen Sie die Antworten in Erfahrung, die wir brauchen, dann sage ich kein Wort.«

Sie gingen zur Haustür. Als Kayla läutete, hörte sie von drinnen Lachen und laute Stimmen.

»Klingt nach einer Party«, bemerkte Nick. »Ich dachte, Sie hätten gesagt, Ihre Großmutter führe ein stilles Leben.«

»Das tut sie auch«, erwiderte sie stirnrunzelnd. Soweit sie wusste, verbrachte ihre Großmutter die Abende meist mit Lesen oder Fernsehen. »Vielleicht ist es ihr Bridgeabend«, vermutete sie. Kayla läutet erneut. Niemand öffnete. Sie drückte gegen die Tür, die daraufhin aufschwang. »Ich denke, wir können ebenso gut hineingehen.«

Als sie mit Nick auf den Fersen eintrat, sah sie ihre Großmutter mit drei anderen Frauen am Esstisch sitzen. Sie spielten Karten, aber den vielen farbigen Spielmarken in der Mitte des Tisches nach zu urteilen, spielten sie kein Bridge. Dichter Zigarettenrauch hing in der Luft. Eine halb volle Flasche Bourbon und Gläser standen auf dem Tisch. Alte Broadway-Melodien bildeten den musikalischen Hintergrund ihrer eher lauten Unterhaltung. Zu behaupten, dass Kayla überrascht war, wäre untertrieben. Sie erkannte die Frau kaum wieder, die die Karten mischte wie ein Profi.

Das Gespräch am Tisch brach unvermittelt ab, als eine der Frauen sie entdeckte. »Charlotte«, sagte sie, »du hast Besuch.«

Ihre Großmutter wandte sich um, ihre funkelnden blauen Augen blickten Kayla erstaunt an. Ihre Wangen waren gerötet, ihr Haar wirkte blonder und kürzer; sie musste kürzlich beim Friseur gewesen sein. Sie ist anders, dachte Kayla, jünger, hübscher und entschieden lebhafter als in den vergangenen zwei Jahren. Warum hatte sie die Veränderungen zuvor nicht bemerkt? War sie so mit ihren eigenen Problemen beschäftigt gewesen?

»Kayla«, rief Charlotte. »Ich wusste nicht, dass du kommen wolltest. Dies ist meine Enkelin, Mädels.« Sie legte ihre Karten ab und stand auf. Charlotte Hirsch war größer als Kayla, ungefähr eins sechsundsiebzig, und sie bewegte sich energisch und anmutig. Sie umarmte Kayla und gab ihr einen Kuss auf die Wange, ehe sie einen fragenden Blick auf Nick warf. »Kennen wir uns?«

»Nein, ich bin ...«

»Großmama – was hat das alles zu bedeuten?«, unterbrach ihn Kayla. Sie wollte nicht, dass er sich vorstellte, ehe sie dazu bereit war.

»Freitagabend-Poker«, antwortete Charlotte. »Die Mädels und ich spielen jetzt jede Woche. Wir sind schon sehr gut in Texas Hold 'Em. Wenn wir noch besser werden, unternehmen wir eine Busreise nach Tahoe und gewinnen viel Geld.«

»Was ist mit Bridge?« Kayla war nicht sicher, ob sie diese neue Ausgabe ihrer Großmutter mochte.

»Bridge ist ein Spiel für alte Damen«, erwiderte Charlotte mit einer wegwerfenden Handbewegung. »Darf ich dir meine Freundinnen vorstellen. Die Frau in Gelb ist Bernice. Sie wohnt nebenan.«

»Ich erinnere mich. Hallo, Bernice.«

»Und das neben ihr ist Donna von der Kirche. Und Kathleen, die ein Stück weiter wohnt.«

»Hallo«, grüßte Kayla, während die Damen ihr zuwinkten.

»Da Kayla uns noch nicht vorgestellt hat – ich bin Charlotte Hirsch«, sagte sie zu Nick. »Und Sie sind …?«

»Nick Granville«, antwortete er und warf Kayla einen nachdrücklichen Blick zu, der besagte, wenn sie nicht anfing, dann würde er es eben tun.

»Ich wollte es ihr ja erklären«, verteidigte sich Kayla.

»Sie hat gefragt, ich habe geantwortet«, meinte er.

»Ich verstehe nicht. Was geht hier vor?«, wollte Charlotte wissen. »Das ist nicht Nick.«

»Doch, genau genommen schon.« Kayla suchte nach dem richtigen Anfang, doch wie konnte sie die verwirrende Situation verständlicher machen? »Ich wünschte, es gäbe einen leichteren Weg, dir das einanderzulegen, Großmama, aber den gibt es nicht. Also sage ich es einfach freiheraus: Der Mann, den ich geheiratet habe, ist nicht der, der er zu sein behauptete. Er hat Nicks Identität als Tarnung angenommen. Sein wirklicher Name ist Evan Chadwick.« Sie ließ ihre Worte wirken, dann fuhr sie fort: »Er hat mich in jeder Hinsicht angelogen, und wie es scheint, ist er nicht nur ein Lügner, sondern auch ein Dieb. Während Evan in Nicks Haus wohnte, hat er sein Geld gestohlen, seine Bankkonten geplündert und praktisch sein Leben übernommen.«

Ihre Großmutter starrte sie vor Verblüffung mit offenem Mund an. »Ist das dein Ernst?«

»Ja.«

»Oh weh. Das muss dich ja sehr mitnehmen, Kayla.«

»Es ging mir schon besser.«

Charlotte nickte. »Wir müssen miteinander reden.« Sie wandte sich an ihre Freundinnen, die mit lebhafter Neugier zugehört hatten. »Mädels, wenn ihr mich ein paar Minuten entschuldigen wollt ...«

»Lass dir Zeit«, erwiderte Bernice. »Wir trinken noch einen, solange du weg bist.«

Ihre Großmutter führte sie in ein kleines Zimmer neben dem Wohnzimmer, das sie als Lese- und Nähzimmer nutzte. Sie nahm mit Kayla auf dem Zweisitzer Platz, während Nick in der Tür stehen blieb. Kayla hatte das Gefühl, dass keiner von ihnen irgendwohin gelangte, ehe er nicht die Antworten hatte, die er wollte.

»Und jetzt erzähl mir noch einmal, was passiert ist«, forderte Charlotte sie auf. »Ich bin mir nicht sicher, dass ich dich richtig verstanden habe.«

»Doch, hast du. Es ist genauso unglaublich, wie es sich anhört«, sagte Kayla. »Ich bin heute Abend zu Nicks Haus gefahren, um zu sehen, ob er zu Hause ist, wie ich es in den letzten Wochen jeden Abend getan habe.« Sie deutete auf den Mann im Türrahmen. »Dieser Nick öffnete mir. Ich war schockiert, als ich ihn sah, und ich wollte nicht glauben, dass er Nick Granville ist, doch er hat bewiesen, dass genau das der Fall ist.«

»Herrje«, murmelte Charlotte, deren Miene immer verstörter wurde. »Bist du sicher?« Sie warf Nick einen misstrauischen Blick zu.

»Ich kann Ihnen meinen Ausweis zeigen«, sagte er.

»Ich bin sicher«, erklärte Kayla. »Ich habe es überprüft, Großmama. Alles passt.«

»Was ist dann mit deinem Mann passiert?«

»Ich weiß es nicht. Das muss ich herausfinden.«

»Was für eine schockierende Geschichte!«, meinte Charlotte. »Ich kann es nicht glauben.«

»Ich auch nicht, doch die Fakten sind zu deutlich, um sie zu ignorieren. Nick sagt, dass er den Mann kennt, den ich geheiratet habe. Er ist mit ihm aufs College gegangen. Sein wirklicher Name ist Evan Chadwick, und er ist ein Betrüger.«

Charlotte wandte ihre Aufmerksamkeit Nick zu. »Woher wissen Sie das?«

»Ich habe Evan auf Kaylas Hochzeitsfoto erkannt«, antwortete er. »Ich habe keine Ahnung, warum er jetzt aufgetaucht ist oder warum er sich entschlossen hat, sich Ihrer Enkelin gegenüber als Nick Granville auszugeben.«

»Er schien so ein netter Mann zu sein«, seufzte Charlotte. In ihren Augen stand Besorgnis. »Er hatte wunderbare Manieren, und er war so charmant.«

»Das habe ich auch gedacht«, sagte Kayla, »aber ich habe mich geirrt. Ich habe Mist gebaut, Großmama. Ich habe einen Riesenfehler begangen: Ich habe einen Mann geheiratet, den ich nicht richtig kannte, und sieh nur, was dabei herausgekommen ist.«

»Ach, Liebes, du hast nichts falsch gemacht, du hast dich

nur verliebt«, widersprach Charlotte mit mitfühlendem Lächeln.

»In den falschen Kerl.«

»Das passiert manchmal.«

»Jetzt muss ich herausfinden, warum dieser Evan Chadwick mich geheiratet hat und wo er ist«, erklärte Kayla.

Ihre Großmutter nickte zustimmend. »Kann ich dir irgendwie helfen?«

»Das können Sie tatsächlich«, mischte sich Nick ein. »Kayla sagte, dass sie Evan eine Uhr geschenkt hat, unmittelbar bevor er verschwand, eine alte Taschenuhr, die Ihrem Mann gehörte.«

»Du hast ihm die Uhr deines Großvaters gegeben?«, fragte Charlotte überrascht. »Warum? Warum hast du das getan?«

Kayla war völlig perplex über die vehemente Reaktion ihrer Großmutter. Sie schien sich über diese Information mehr aufzuregen als über alles andere. »Du ... du hast doch gesagt, ich soll sie dem Mann geben, den ich liebe. Weißt du nicht mehr?«

»Aber ...« Charlotte verschluckte den Rest ihres Satzes. »Natürlich habe ich dir das gesagt. Ich hatte nur nicht gedacht, dass du sie ihm gegeben hast, bevor er verschwand. Warum hast du mir das nicht schon früher erzählt?«

»Ich hielt es nicht für wichtig. Ich hatte es bis eben ganz vergessen. Ich sorgte mich um die Sicherheit meines Mannes, da habe ich nicht an die Uhr gedacht. Es tut mir leid.« Kayla hielt inne. »War sie wertvoll?«

Charlotte zögerte, die Lippen zu einem schmalen Strich zusammengepresst. »Sie war nicht wertvoll. Sie war nur wichtig für mich. Ich schätze, es spielt keine Rolle mehr. Schließlich habe ich sie dir geschenkt. Du konntest damit tun, was du wolltest. Ich hatte nur nicht erwartet, dass du sie so rasch weggeben würdest.«

»Ich hätte auch nie gedacht, dass er sie nehmen und damit verschwinden würde«, entgegnete Kayla.

»Das weiß ich. Nun ja, weg ist weg.« Charlotte stand auf. »Ich sollte zurück zu meinen Gästen gehen.«

Der abrupte Themenwechsel verblüffte Kayla. »Schön.«

»Es ist nicht vorbei«, mischte sich Nick ein und versperrte den Durchgang. »Falls Evan diese Uhr haben wollte, dann hatte er einen Grund. Kayla sagt, sie ist das Einzige, was er von ihr genommen hat. Sie muss etwas wert sein. Können Sie sie mir beschreiben? War sie aus Gold oder aus Silber? Hat sie eine Geschichte?«

»Es war nur eine einfache silberne Taschenuhr. Ich habe keine Ahnung von ihrer Geschichte oder wo mein Mann sie her hatte. Es war nur etwas, das er sehr schätzte.« Charlotte wandte sich wieder an Kayla. »Ich glaube, das Beste wäre es, wenn du einfach dein Leben weiterlebst. Die Uhr ist fort. Ebenso der Mann, den du geheiratet hast. Eure Beziehung ist vorbei. Es ist Zeit weiterzugehen.«

Kayla hätte sich nie vorstellen können, dass ihre Großmutter so gefühllos, abweisend und kalt klingen konnte. Charlotte war eindeutig verärgert, weil die Uhr fort war, aber Kayla wusste immer noch nicht genau, warum. »Ich kann nicht weitergehen, ehe ich Evan nicht gefunden habe«, sagte sie. »Ich muss wissen, warum er das alles getan hat. Und ich will diese Uhr für dich zurückholen. Sie bedeutet dir offenbar viel mehr, als ich dachte.«

Charlotte schüttelte entschieden den Kopf. »Nein, die Uhr ist nicht mehr wichtig. Vergiss sie.«

»Aber sie *ist* wichtig«, widersprach Kayla. »Du bist erregt, das sehe ich doch.«

»Ich mache mir Sorgen um dich«, erwiderte Charlotte. »Evans Erklärungen würden nicht das Geringste ändern. Du hast einen Fehler gemacht, Kayla. Geh einfach weiter. Vertrau mir. Zurückzuschauen ist nie eine gute Idee.«

»Kayla kann vielleicht weitermachen, doch ich kann es nicht«, unterbrach Nick sie erneut. »Evan hat mir eine Menge mehr genommen als eine Uhr. Er hat Tausende von Dollars gestohlen, und Gott weiß was er in meinem Namen noch alles angestellt hat.«

»Es tut mir leid, dass Sie Verluste hatten, aber das hat nichts mit Kayla zu tun«, erklärte Charlotte scharf.

»Sie war die ganze Zeit mit Evan zusammen, während er sich für mich ausgab«, entgegnete Nick.

»Sie können doch nicht ernsthaft glauben, dass Kayla Sie bestohlen hat!«

»Im Augenblick bin ich bereit anzunehmen, dass sie unwissendes Opfer war, aber ich denke, dass diese Uhr der Schlüssel zu Evans Spiel ist. Also, wenn Sie mir irgendetwas darüber erzählen können, dann tun Sie es bitte.«

Charlotte sah Nick direkt in die Augen. »Es gibt nichts mehr, was ich sagen kann. Und wenn Sie mich jetzt entschuldigen wollen ... «

Nick gab widerstrebend die Tür frei. »Wenn Ihnen noch etwas einfällt, lassen Sie es Kayla dann wissen?«

»Natürlich«, antwortete sie. »Ich bringe Sie hinaus.«

Charlotte führte sie direkt zur Haustür. Kayla war noch nie aus dem Haus ihrer Großmutter hinausgeworfen worden. Es war ein sehr seltsames Gefühl. Sobald von der Uhr die Rede gewesen war, hatte sich das Verhalten ihrer Großmutter grundlegend geändert. »Es tut mir leid, dass wir so hereingeplatzt sind«, sagte sie leise.

»Schon gut. Bitte überleg dir, die ganze Sache fallen zu

lassen, Kayla.« Charlotte sah sie flehend an. »Ich glaube wirklich, dass es am besten wäre.«

»Das kann ich nicht«, erwiderte Kayla und sah die Enttäuschung in den Augen ihrer Großmutter.

»Ich verstehe. Na dann, gute Nacht.« Sobald sie auf die Veranda getreten waren, schloss Charlotte die Tür hinter ihnen und schob von innen den Riegel vor.

»Was um alles in der Welt sollte das denn?«, fragte Nick mit einem wütenden Glitzern in den Augen.

»Was meinen Sie?«

»Ihre Großmutter ist ja förmlich ausgeklinkt, als sie erfuhr, dass die Uhr weg ist. Sie wollte uns nicht helfen.«

»Sie hat sich schon ein wenig seltsam verhalten«, gab Kayla zu, der der Grund dafür immer noch schleierhaft war. »Ich hätte nie gedacht, dass sie um die Uhr so viel Aufhebens machen würde. Es klang nie so, als wäre sie etwas besonders Wichtiges. Es war einfach nur ein Erinnerungsstück.«

»Sie hat etwas zu verbergen«, meinte Nick. »Die Frage ist nur, was?«

»Seien Sie nicht albern! Meine Großmutter ist der aufrichtigste Mensch, den ich kenne«, wehrte Kayla ab, aber tief in ihrem Innern wusste sie, dass Charlottes Verhalten wirklich seltsam war. Irgendetwas hatte sie an der Tatsache, dass die Uhr weg war, beunruhigt, etwas, das sie ihnen nicht hatte erzählen wollen.

»Wir müssen die nötigen Informationen eben woanders herbekommen«, sagte Nick, während sie zum Wagen zurückgingen. »Sie haben die Uhr doch gesehen. Wie sah sie aus? Können Sie sie beschreiben?«

Kayla blieb stehen und stellte sich die Taschenuhr vor. »Auf der Vorderseite war eine Gravur, der Umriss eines

Gebäudes mit Säulen, Türmchen und so«, antwortete sie langsam. »Auf der Rückseite stand *Des Himmels Erwarten.*«

»Was soll das heißen?«, fragte Nick.

»Ich weiß nicht. Wahrscheinlich gefielen meinem Großvater die Worte einfach. Er war religiös.«

»Was noch?«, drängte Nick.

»Die Uhr ließ sich aufklappen wie jede normale Taschenuhr. Sie hing an einer Silberkette.« Sie biss sich auf die Unterlippe, während sie nachdachte. »Auf dem Innendeckel standen zwei Initialen. Sie waren sehr klein. Ich glaube, es waren *D* und *R*.«

»Das sind nicht die Initialen Ihres Großvaters, oder?«

»Nein, er hieß Edward Hirsch. Ich nehme an, sie beziehen sich auf denjenigen, der die Uhr gefertigt hat.«

Seine Augen strahlten vor Erregung. »Könnte sein. Was noch? Was ist mit einem Foto von der Uhr? Gibt es eines?«

»Ich weiß es nicht. Doch es könnte vielleicht eine Aufnahme von meinem Großvater geben, auf der er die Uhr trägt.«

»Wo könnten die Fotos sein? Bitte sagen Sie jetzt nicht, bei Ihrer Großmutter.«

»Nein. Meine Großmutter ist aus ihrem Haus – was jetzt mein Zuhause ist – vor zwei Jahren ausgezogen, und sie hat eine Menge zurückgelassen. Sie sagte, sie wolle an einem anderen Ort noch einmal von vorne anfangen.«

»Wenn es also Fotos gibt, dann wären die Alben wo?«

»Auf dem Boden meines Hauses.«

»Fahren wir!« Als Nick die Autotür für Kayla aufhielt, sah sie zurück zum Haus ihrer Großmutter, wo sich zu ihrer Überraschung ein Vorhang am Fenster bewegte. Hatte Charlotte sie beobachtet? Machte sie sich nur Sorgen, oder steckte mehr dahinter? Ein ungutes Gefühl beschlich sich Kaylas: Wenn sie ihrer Großmutter nicht mehr trauen konnte, wem dann?

Es war fast zehn Uhr an jenem Abend, als Kayla Nick endlich auf den Speicher ihres Hauses führte. Sie hatten auf dem Rückweg von ihrer Großmutter in einem Lokal Pizza gegessen und Rotwein getrunken, und nach anfänglicher Verlegenheit hatten sie es tatsächlich geschafft, sich über unverfängliche Themen wie Kino, Bücher und das Wetter zu unterhalten, und die persönlichen Ereignisse des vergangenen Monats sorgfältig gemieden. Die Verschnaufpause hatte Kayla geholfen, wieder einen klaren Kopf zu bekommen. Auch wenn sie nicht gerade behauptet hätte, dass sie sich jetzt miteinander wohlfühlten, war sie längst nicht mehr so angespannt wie zuvor. Doch vielleicht lag das mit an dem Wein.

Sie hätte die Durchsuchung des Speicherraums gern auf den nächsten Tag verschoben. Dann hätte sie Gelegenheit gehabt, in Ruhe über alles, was sie erfahren hatte, nachzudenken. Aber Nick war wie ein ungebremster Zug, nichts konnte ihn aufhalten. Er schien nicht zu begreifen, dass sie mehr als ein paar Minuten brauchte, um die Tatsache zu verarbeiten, dass der Mann, den sie geheiratet hatte, sie praktisch über jede Einzelheit seiner Identität belogen hatte. Nick wollte sich einfach endlich an die Aufgabe machen, Evan zu finden.

Und sie wünschte sich ja, Evan zu finden, mehr als alles andere. Sie war nicht sicher, dass ein Foto Nick das verraten würde, was er wissen wollte, aber vermutlich brauchte er etwas, auf das er sich konzentrieren konnte, das ihm die Möglichkeit gab zurückzuschlagen.

Kayla betrat den Speicher leicht beklommen. Es war Jahre her, seit sie zuletzt hier oben gewesen war, und sie erinnerte sich vage an Berge von Sperrmüll. Sie blieb in der Tür stehen, um das Licht einzuschalten, nicht mehr als eine nackte Birne, die an einem Kabel von der Decke hing. Der staubige, muffige Raum war noch voller gestopft, als sie ihn in Erinnerung hatte, mit aufeinandergestapelten alten Möbelstücken und Dutzenden von Schachteln und Kisten, die sich in den letzten vierzig oder fünfzig Jahren angesammelt hatten.

»Na dann«, murmelte Nickt, stemmte die Hände in die Hüften und sah sich um.

»Es ist ein Durcheinander, ich weiß. Meine Familie hat die unschöne Angewohnheit aufzuräumen, indem sie alles in ein Zimmer wirft und dann die Tür absperrt. Die Alben könnten in einer der Kisten sein. Die Suche kann die ganze Nacht dauern.«

»Dann sollten wir besser anfangen.«

»Sind Sie sicher, dass ich das nicht lieber allein übernehmen soll? Ich könnte Sie dann unterrichten, wenn ich etwas finde. Nach Ihrer Reise müssen Sie doch müde sein. Sie haben wahrscheinlich seit Tagen nicht geschlafen.«

»Ich würde lieber Evan aufspüren als zu schlafen«, sagte er mit einem entschlossenen Funkeln in den Augen. »Diese Uhr ist die einzige Spur, die ich zurzeit habe.«

»Eine ziemlich vage Spur.«

»Genau genommen wissen wir nicht, wie vage sie ist«, korrigierte Nick sie. »Ich weiß, dass wir nicht unter denselben Voraussetzungen arbeiten, Kayla. Wenn Sie an Evan denken, dann sehen Sie den Mann, den Sie geheiratet haben. Wenn ich an ihn denke, sehe ich den Mann, der in den sechs Monaten, in denen ich ihn kannte, viele Leben zerstört hat, einschließlich dem meiner Schwester. Ich weiß, dass er gefährlich ist.

Und er ist mit uns noch nicht fertig, da bin ich sicher. Deswegen hat er Sie vorhin angerufen. Er will, dass wir beide wissen, es kommt noch mehr.«

Kayla starrte Nick mit wachsender Beunruhigung an. Sie hatte nicht daran gedacht, dass Evan gefährlich sein könnte, aber seine Stimme vorhin am Telefon hatte ihr einen Schauer über den Rücken gejagt. Sein Ton hatte einen boshaften, gemeinen Klang gehabt. Dabei hatte sie angenommen, falls sie je wieder miteinander sprechen sollten, würde er ihr sagen, dass es ihm leidtue, sie sitzengelassen zu haben. Aber so hatte er sich ganz und gar nicht angehört. Er hatte eher ... triumphierend geklungen, als hätte er etwas gewonnen. Kayla hätte gern geglaubt, dass ihre Instinkte in Bezug auf Evan nicht völlig falsch gewesen waren, doch wie konnte sie das? Er hatte sie in allen Punkten belogen, was seinen Namen anging, sein Zuhause, seine Arbeit – sie musste die Tatsache akzeptieren, dass sie ihn überhaupt nicht kannte.

»Evan hat mich vor zwei Wochen verlassen«, sagte sie laut. »Er hat bekommen, was er wollte, und er hatte die Gelegenheit, alles andere zu nehmen. Was könnte er wohl noch von mir wollen?«

Nicks Blick war hart und unnachgiebig. »Das müssen wir eben herausfinden, ehe er uns noch einmal unvorbereitet erwischt. Ich halte Evan für einen Soziopathen. Er kennt kein Gewissen, keine moralischen Grenzen, kein Bedauern.«

»Aber er war so charmant«, protestierte sie. Es fiel ihr noch immer schwer, Evan mit Nicks Augen zu sehen.

»So gewinnt er das Vertrauen der Menschen, die er benutzen will.«

Und sie hatte ihm völlig vertraut, hatte sich ihm überlassen, war mit ihm allein geblieben. Er hätte sie umbringen können. Vielleicht hatte sie Glück, dass er einfach nur verschwunden war. Aber … die andere Hälfte ihres Verstandes wollte wissen, warum sie so bereitwillig diesem Mann hier glaubte – diesem Nick Granville. Sie kannte ihn erst seit ein paar Stunden. Und seine Geschichte ergab zwar Sinn, doch war sie wirklich über alle Fakten im Bilde? Wieder war sie allein mit einem fremden Mann, hatte ihn bereitwillig in ihr Haus gelassen, auf ihren Speicher, an einen Ort, wo sie tagelang niemand finden würde … falls ihr etwas zustieß.

Ihr Blick wanderte zur Tür. Sie verspürte den Drang, so weit wie möglich wegzulaufen.

»Nicht«, sagte Nick abrupt, als hätte er ihre Gedanken gelesen. »Gehen Sie nicht.«

»Sie machen mir Angst.« Als sie es laut ausgesprochen hatte, fühlte sie sich ein wenig besser. Sie schnappte sich einen Tennisschläger von einem Haufen Sportgeräte, was ihr noch ein wenig mehr das Gefühl gab, die Situation im Griff zu haben.

Nicks Augen wurden schmal. »Sie haben Angst vor *mir?*«

»Ich kenne Sie nicht besser als Evan. Sie könnten mich auch anlügen.«

»Ich dachte, das hätten wir hinter uns, Kayla.«

»Sie haben mich daran erinnert, dass ich einen schrecklichen Fehler begangen habe, als ich Evan vertraute. Warum sollte ich Ihnen trauen?«

»Weil Sie wissen, dass Evan in meinem Haus war und sich für mich ausgab. Sie wissen, dass *er* der Bösewicht ist.« Nick hielt inne und stieß einen frustrierten Seufzer aus. »Sehen Sie, es tut mir leid, wenn Sie sich fürchten. Ich werde Ihnen nichts tun. Ich werde aber auch nicht zurückstecken. Ich will ein Foto dieser Uhr finden. Und wenn Sie nicht vorhaben, mir diesen Schläger über den Schädel zu ziehen, werde ich jetzt anfangen, die Kisten zu durchsuchen.«

Ihre Finger packten den Griff des Schlägers fester. Inmitten der gespenstischen Schatten des Speichers fühlte sich Kayla hin und her gerissen zwischen ihrer Logik und ihrer Fantasie. »Ich kann Sie schlagen, wenn ich muss«, sagte sie. »Damit Sie es nur wissen. Ich kann mich schützen.«

»Gut, aber ich bin wirklich nicht derjenige, dessentwegen Sie sich sorgen müssten. Warum fangen Sie nicht dort drüben an, und ich beginne hier? Einer von uns stößt hoffentlich auf ein Foto dieser Uhr.«

Kayla nahm den Schläger mit und legte ihn dicht neben sich, als sie begann, nach den Fotoalben zu suchen. Eine Zeit lang arbeiteten sie schweigend. Nick kam schneller mit den Kisten voran als sie. Sie verlor sich immer wieder in alten Erinnerungen, den Kostümen, mit denen sie sich verkleidet hatte, der Keramikvase, die sie im Kunstunterricht getöpfert hatte. Dann stieß sie auf das Sammelalbum mit den Flugtickets. »Das hatte ich ganz vergessen«, murmelte sie und zog es heraus, um es näher zu betrachten.

Nick kam auf ihre Seite. »Haben Sie ein Foto der Uhr gefunden?«

»Nein, nur ein altes Album, das ich vor langer Zeit angelegt habe.«

Er runzelte die Stirn, als er auf die Seite mit den Ticketabschnitten starrte. »Sie müssen aber viel gereist sein.«

»Drei Jahre lang jedes zweite Wochenende. Immer an denselben Ort, San Diego. Dorthin ist mein Vater nach der Scheidung gezogen, als ich zehn Jahre alt war. Meine Eltern teilten sich das Sorgerecht für mich, also bin ich hin und her gereist, und dann war es vorbei«, sagte sie mit einem Seufzer.

»Warum?«

»Mein Dad hat wieder geheiratet und ein Baby mit seiner

zweiten Frau bekommen. Er hielt es dann für einfacher, wenn ich nur im Sommer käme, und schließlich schien es einfacher zu sein, wenn ich überhaupt nicht mehr auf Besuch kam.« Sie war damals so verletzt gewesen! Die Flugtickets hatte sie aufbewahrt, in der Absicht, sie ihm irgendwann vor die Füße zu werfen und ihm zu sagen, wie schrecklich es gewesen war. Es hatte ihm wirklich nahegehen sollen. Aber sie war erwachsen geworden und hatte begriffen, dass er sie nie so geliebt hatte, wie sie es sich gewünscht hatte. Kayla warf die Tickets zurück in die Schachtel. »Sind Ihre Eltern noch zusammen?«

»Nein. Sie haben sich scheiden lassen, als ich dreizehn war. Mein Vater hatte eine Affäre. Als er uns verließ, zog er leider nicht weit weg, nur ein paar Blocks weiter in die Wohnung seiner Freundin. Mir wäre es lieber gewesen, er wäre ans andere Ende der Welt gegangen. Ich wollte nichts mehr mit ihm zu tun haben, aber meine Schwestern hatten eine Schwäche für ihn. Sie weinten immer, wenn er zu einer Verabredung nicht erschien, was häufig der Fall war.« Sein Mund verzog sich zu einer zornigen Grimasse, und Kayla sah den Schmerz in seinen Augen, doch ehe sie etwas dazu sagen konnte, wandte er den Blick ab. »Gehen wir wieder an die Arbeit«, brummte er. »Konzentrieren wir uns.«

»Okay, ich bin dabei.« Kayla öffnete eine weitere Kiste. Sie war voller Krimskrams, der, wie sie sich vage zu erinnern meinte, in dem Schrank ihrer Großmutter gestanden hatte: alte Teetassen, Aschenbecher und Vasen, nichts von Wert.

Nick öffnete die Schachtel neben ihrer. Einen Moment später stieß er einen leisen Pfiff aus. »Ich glaube, ich habe etwas gefunden, Kayla.« Er zog zwei alte Alben heraus. »Babyfotos von irgendwem.«

Er setzte sich auf den Boden, lehnte sich gegen die Wand

und streckte die Beine aus. Sie kroch zu ihm, um sie anzusehen.

»Das ist meine Mutter«, sagte sie. »Und meine Großeltern. Ich weiß nicht, ob ich dieses Album schon mal gesehen habe.« Sie blätterten gemeinsam durch die Seiten. Die meisten Aufnahmen zeigten ihre Mutter und ihre Großmutter. Ihr Großvater hatte wahrscheinlich fotografiert.

»Keine Uhr«, bemerkte Nick und klappte das Buch zu.

Kayla nahm das zweite Album und blätterte durch die vergilbten Seiten. »Das muss meiner Großmutter gehört haben, ehe sie Großpapa heiratete.« Die Fotos waren alle in Schwarz-Weiß und zeigten Charlotte in verschiedenen Schlüsselsituationen ihres Lebens: an ihrem ersten Schultag, bei ihrer ersten heiligen Kommunion, als Cheerleader, beim Abschlussball. Charlotte hatte immer schon ein Funkeln in den Augen gehabt, selbst damals. »Sie sieht so jung aus«, meinte sie. »So voller Leben.«

»Für mich sah sie auch heute Abend voller Leben aus«, bemerkte Nick.

Das traf gewiss zu, dachte Kayla mit einem Stirnrunzeln. Nicht, dass sie ihre Großmutter nicht glücklich sehen wollte, aber Poker, Whiskey und Zigaretten? Kam sie mit ein paar Jahren Verspätung in die Midlife-Crisis?

»Hey, was ist das?« Nick nahm einen braunen Umschlag aus der Rückseite des Albums. Er zog ein paar Zeitungsausschnitte und ein Foto heraus. Es zeigte ihre Großmutter in einem Tanzkostüm der Fünfzigerjahre mit kurzem Rock, hohen Absätzen und schwarzen Netzstrümpfen.

»Gütiger Himmel! Ist das Großmama?«, fragte sie und riss ihm das Foto aus der Hand. Die sexy Frau in dem knappen Outfit sah ganz und gar nicht aus wie die Charlotte, die sie kannte.

»Sie war Tänzerin«, sagte Nick und schlug eins der Theaterprogramme auf. »Sie ist in der Revue aufgeführt.«

»Das kann ich nicht glauben. Geben Sie mal her!« Kayla war überzeugt, dass er sich irrte, bis sie den Mädchennamen ihrer Großmutter schwarz auf weiß las – Charlotte Cunningham. »Sie hat mir nie erzählt, dass sie auf der Bühne getanzt hat. Sie sagte, sie wäre Sekretärin gewesen.«

»Vielleicht eine Oben-ohne-Sekretärin«, schlug er vor und reichte ihr eine Zeitungsanzeige zur Eröffnung eines neuen Striptease-Clubs am Broadway, in dem eine gewisse »Sweet Charlie« und eine »atemberaubende Dana« auftreten sollten.

Kayla schluckte mühsam. Sie konnte es nicht fassen! Ihre Großmutter war Stripperin gewesen? Ihr Magen drehte sich um. War denn niemand mehr der, der er zu sein schien? Führte jeder ein geheimes Leben? »Das ist völlig irre und schockierend«, murmelte sie. »Warum hat sie mir nie davon erzählt?«

»Vielleicht dachte sie, Sie wären entsetzt«, sagte er anzüglich.

»Nun, es ist doch auch entsetzlich, oder nicht?«

»Es ist lange her.«

»Sie hat immer so ein achtbares Leben geführt. Mein Großvater war Bankangestellter. Sie gingen jeden Sonntag in die Kirche und waren erzkonservativ. Ich verstehe einfach nicht, wie meine Großmutter vom Strippen zu so einem Leben kam.« Kayla hielt inne. »Ich frage mich, ob Großpapa von ihrer Vergangenheit wusste.«

»Vielleicht gefiel es ihm, dass sie etwas zum Vorzeigen hatte. Was meinen Sie?«, schlug Nick vor.

Kayla fiel die Kinnlade herunter. »Ich kann nicht glauben, dass Sie das gerade gesagt haben. Sie ist meine *Großmutter*, um Himmels willen!«

Nick lächelte. »Sie hat gestrippt, na und? Sie hat niemanden umgebracht. Und sie war zu jener Zeit eine junge, alleinstehende Frau.«

»Ich glaube nicht, dass sie es gutheißen würde, wenn ich jetzt dasselbe täte ...« Kayla sah, wie Nicks Blick abwärts wanderte und auf ihrer Brust verweilte. Instinktiv verschränkte sie die Arme, wohl wissend, dass sie nicht annähernd so gut gebaut war wie ihre Großmutter. »Hey«, protestierte sie.

»Tut mir leid, männlicher Reflex«, erwiderte er mit einem Lachen, das keineswegs reumütig klang.

»Ja, nun, wie Sie vor ein paar Minuten sagten: Konzentrieren wir uns.« Als sie die Zeitungsausschnitte wieder in den Umschlag stopfte, fiel ihr etwas auf, das sie bisher übersehen hatte. Es war ein Schwarz-Weiß-Foto, zehn mal achtzehn Zentimeter groß, auf dem ihre Großmutter neben einem hochgewachsenen, dunkelhaarigen Mann mit Schnurrbart stand. Er hatte einen Arm um Charlotte gelegt, und sie lächelte mit absoluter Hingabe zu ihm auf. Sie sah aus wie eine junge, verliebte Frau.

Etwas Glitzerndes fiel Kayla ins Auge. Ihr Herz stockte. Aus der Jackentasche des Mannes hing eine Kette mit einer Uhr, einer Taschenuhr – der Uhr ihres Großvaters, derselben Uhr, die sie, Kayla, Evan geschenkt hatte. Sie traute ihren Augen kaum. Das musste ein Irrtum sein.

»Kayla? Haben Sie etwas gefunden?«

Sie schluckte und drehte das Foto so, dass er es sehen konnte.

»Ist das die Uhr?«, fragte Nick.

»Ja, aber der Mann, der sie trägt, ist nicht mein Großvater. Ich habe ihn noch nie gesehen. Sie sehen aus wie ... Freunde.«

»Oder wie mehr als das«, meinte Nick und sah ihr in die

Augen. »Ich wusste, dass Ihre Großmutter uns etwas verheimlichte. Vielleicht ist dieser Mann der Grund, weshalb sie nicht über die Uhr reden wollte.«

»Vielleicht«, gab Kayla zu.

»Haben Sie etwas dagegen, wenn ich das Foto mit nach Hause nehme? Ich würde es mir gern unter der Lupe ansehen.«

»Ich weiß nicht ...«, antwortete Kayla zögernd, da sie es nur ungern aus den Augen ließ. »Mir ist immer noch nicht klar, was Evan mit einer fünfzig Jahre alten Uhr will, selbst wenn sie jemand anderem gehörte als meinem Großvater. Sie kann nicht viel wert sein. Oder?«

»Ich weiß es noch nicht.« Nick deutete auf das Foto in seiner Hand. »Ich glaube, dieser Kerl ist wichtig.«

Sie stimmte ihm widerstrebend zu. Vielleicht hatte ihre Großmutter recht. Vielleicht kam nie etwas Gutes dabei heraus, wenn man zurückschaute. Doch jetzt war es zu spät. Sie hatten die Tür zur Vergangenheit bereits aufgestoßen. Und ein Fremder war hindurchgetreten. Wer war er? Sie musste es herausfinden.

KAPITEL 4

Charlotte Hirsch öffnete am Samstagmorgen die Tür und sah Kayla mit einem resignierten Lächeln an. »Ich hatte mir schon gedacht, dass du zurückkommst.«

»Wir müssen miteinander reden, Großmama.« Als sie ins Haus ihrer Großmutter trat, sah Kayla keinerlei Spuren des Pokerspiels vom vergangenen Abend mehr. Wohn- und Esszimmer waren makellos sauber und aufgeräumt. Charlotte trug eine schlichte schwarze Hose und einen dunkelblauen Pullover. Sie sah aus wie eine Oma, nicht wie eine Revuetänzerin oder eine Stripperin. Wenn Kayla nicht den größten Teil der Nacht damit verbracht hätte, die Theaterprogramme und Alben durchzusehen, hätte sie sich vielleicht einreden können, dass alles ein Irrtum war. Aber es gab zu viele konkrete Beweise.

»Ich habe letzte Nacht auf dem Speicher ein altes Fotoalbum gefunden, in dem du die Hauptrolle spielst«, sagte sie und nahm auf dem roten Ledersofa im Wohnzimmer Platz. Ihr fiel auf, dass ihr Großvater nie rotes Leder gewählt hätte. Ihre Großmutter hatte sich verändert, seit er gestorben war. Oder vielleicht war sie einfach nur wieder zu dem Menschen geworden, der sie vorher gewesen war.

»Ach herrje, ich glaube, ich weiß, worum es geht«, meinte Charlotte. »Möchtest du einen Tee?«

»Nein, ich will keinen Tee, ich will Antworten. Und keine Ausflüchte, Großmama, und ich lasse mich auch nicht hinauswerfen wie gestern Abend.«

»Ich hatte Gäste.«

»Das ist aber nicht der Grund, weshalb du mich loswerden wolltest.« Kayla klopfte neben sich auf das Sofa. »Setz dich.«

Charlotte gehorchte, faltete die Hände im Schoß und machte eine Miene, die gleichzeitig Wachsamkeit und Verärgerung ausdrückte. »Was um alles in der Welt hast du auf dem Dachboden gesucht?«

»Fotos von der Uhr?«

»Warum brauchst du ein Foto von ihr? Du weißt doch, wie sie aussah.«

»Nick wollte eins sehen. Er will die Herkunft der Uhr zurückverfolgen. Er glaubt, sie wird uns zu Evan führen.«

»Ich sagte doch, du sollst die Finger davon lassen.«

»Das kann ich nicht.« Kayla ließ ihre Worte wirken und bemerkte dann: »Großmama, ich glaube nicht, dass du gestern Abend ganz ehrlich zu mir warst.«

»Die Uhr war nicht kostbar, Kayla.«

»Aber sie war auch nicht Großpapas Uhr, nicht wahr?« Sie sah, wie ihre Großmutter zusammenzuckte, und wusste, dass sie recht hatte. »Ich habe ein Foto von dir und einem anderen Mann gefunden. Er trug die Uhr. Wer war er?«

Charlotte antwortete nicht sogleich. Ihre Augen blickten in die Ferne, als schaute sie in die Vergangenheit. Ein kleines Lächeln spielte um ihre Mundwinkel, ausgelöst von Erinnerungen an lang vergangene Zeiten.

»Großmama.« Kayla stieß sie leicht an.

»Er war jemand, der mir vor langer Zeit etwas bedeutete«, bekannte Charlotte. Sie holte tief Luft und stieß sie langsam wieder aus. »Man könnte wohl sagen, er war meine erste Liebe. Und ja, es war seine Uhr.«

»Ich verstehe nicht, warum du deshalb gelogen hast.«

»Ich wollte nicht erklären müssen, wem die Uhr einmal gehörte und warum sie für mich etwas Besonderes war.«

»Tut mir leid, doch ich finde, du musst es erklären. Nicht nur das mit der Uhr! Du musst auch über dein Leben erzählen. Du bist in einer Revue aufgetreten. Tanzen war dein Beruf, und … » Sie räusperte sich. »Manchmal hast du auch gestrippt, nicht wahr?«

Ihre Großmutter blickte auf ihre Hände und verflocht erregt die Finger miteinander. »Ich hätte diesen Speicher selbst ausräumen sollen. Ich hatte vergessen, dass überhaupt etwas da oben gelagert war. Es ist so lange her, so viele Jahre. Es war ein anderes Leben. Ich war ein anderes Mädchen.«

»Ich verurteile dich nicht«, sagte Kayla leise.

Charlotte hob den Kopf. In ihrem Blick war Erleichterung zu lesen. »Du schämst dich nicht meinetwegen?«

»Wie könnte ich? Ich weiß, was für ein Mensch du heute bist und was für eine wunderbare Großmutter du für mich gewesen bist. Ich bin bestimmt nicht in der Position, über die Entscheidungen anderer zu urteilen. Ich frage mich nur, warum du nie etwas erzählt hast.«

»In meiner Jugend hätten mich manche Leute ›wild‹ oder ›leichtlebig‹ genannt. Ich liebte es zu tanzen und fühlte mich sehr wohl dabei, mich durch meinen Körper auszudrücken.« Sie stieß einen Seufzer aus, der nach Bedauern klang. »Die Bühne sprach mich an. Ich fühlte mich zu Hause unter den Scheinwerfern, mit der Musik und den applaudierenden Zuschauern. Es war ein großartiges Gefühl, berauschend. Ich habe mich nie wieder so lebendig gefühlt.«

»Warum hast du damit aufgehört?«

»Aus vielen Gründen«, sagte sie mit einer vagen Handbewegung. »Dein Großvater war sehr konservativ, achtbar. Ich wollte ihm Ehre machen«

Das konnte Kayla verstehen, aber es kam ihr fast so vor, als wäre die junge Charlotte ein ganz anderer Mensch als der gewesen, den sie selbst Jahre später kennengelernt hatte. Oder hatte sie sich mit ihrer Heirat so drastisch verändert? »Großpapa war so geradeheraus, so streng«, murmelte sie. »Fandest du das Leben mit ihm nicht ein bisschen ... beengt?«

»Er hat für mich gesorgt. Er war ein guter Ehemann, ein wunderbarer Vater. Ich hatte große Hochachtung vor ihm.«

»Hochachtung heißt nicht Liebe.«

»Dann hätte ich sagen sollen, dass ich ihn liebte, denn das tat ich.«

Trotz des vehementen Tons ihrer Großmutter war Kayla nicht ganz überzeugt. »Was ist mit dem Mann auf dem Foto? Was hast du für ihn empfunden? War er Teil deiner wilden Jahre?«

»Ja«, antwortete sie nach einem Augenblick. »Er war Teil jener Zeit und hat mir viel bedeutet. Er war ein Charmeur, Kayla, so gutaussehend und gewandt, dass er mich umgehauen hat. Ich war sofort von ihm hingerissen. Ich hatte mich Hals über Kopf in ihn verliebt, ehe ich auch nur seinen Namen wusste. Und ich konnte nicht klar denken, wenn er in der Nähe war.« Sie holte Luft. »Manche Leute dachten, ich wäre verrückt, aber er war gut zu mir. Ich hatte noch nie einen so leidenschaftlichen Mann erlebt. Wenn er bei mir war, knisterte die Luft. Das klingt wahrscheinlich albern, doch so kam es mir vor. Ich war jung und wusste nicht recht, was für Gefühle er da in mir weckte.«

Kayla räusperte sich. Ihr war ein wenig warm und unbehaglich bei der Offenheit ihrer Großmutter geworden. Es war ein bisschen zu viel an Information, und ein Teil von ihr hätte das Thema sehr gern fallen gelassen, aber das konnte sie nicht. Wenn sie ihrer Großmutter die Fragen nicht stellte, dann würde Nick es tun, und es waren ihre Familienangelegenheiten, nicht seine. »Wie hieß er?«

»Johnny. Er hieß Johnny.«

»Was ist mit ihm geschehen? Warum seid ihr nicht zusammengeblieben?«

»Er ging fort.« Ihre Augen blickten traurig. »Es tut immer noch weh, selbst jetzt noch, nach fünfzig Jahren. Doch er musste gehen, und ich musste ihn gehen lassen. Das war es, das Ende unserer Liebesgeschichte.«

»Warum bist du nicht mit ihm gegangen? Oder weshalb ist er nicht zurückgekommen?«, fragte Kayla. Es war ein merkwürdiges Gefühl, mit Charlotte über einen anderen Mann als ihren Großvater zu sprechen. Aber wem schadete es? Ihr Großpapa war tot.

»Es sollte nicht sein. Nachdem Johnny fort war, begegnete ich Edward, und wir heirateten und bekamen deine Mutter. Und schließlich bekam ich dich, meine schöne Enkeltochter«, setzte sie lächelnd hinzu. »Ich hatte ein wunderbares Leben.«

Ihre Worte klangen fröhlich und aufrichtig, doch Kayla sah in den Augen ihrer Großmutter eine gewisse Trauer. War sie immer schon da gewesen? Und hatte Kayla sie bisher nur nie wahrgenommen? Sie hatten sich über die Jahre hinweg nahegestanden, doch sie waren nie wirklich Vertraute gewesen, nicht bis heute. »Aber du hattest kein wunderbares Leben mit deiner ersten Liebe«, murmelte sie. »Du musst ihn vermisst haben.«

»Schrecklich.« Charlotte hielt inne. »Johnny ließ die Uhr bei mir, bevor er fortging. Er sagte, er käme zurück, um sie zu holen; sie solle mich an ihn und unsere Liebe erinnern, und ich dürfe sie nie aus den Augen verlieren. Sie sei ein

Symbol unserer gemeinsamen Zukunft. Ich war jung, erst dreiundzwanzig. Als er mir versicherte, er würde zurückkommen, habe ich von ganzem Herzen daran geglaubt. Ich dachte, er könnte alles schaffen, alle Schwierigkeiten überwinden.« Sie tat einen langen, zittrigen Atemzug. »Aber die Jahre vergingen, und er kam nicht zurück. Ich versteckte die Uhr in meiner Wäscheschublade. Ich weiß nicht genau, warum. Ab und zu erinnerte ich mich wieder daran, dann nahm ich sie heraus, sah sie an und dachte an ihn. Als dein Großvater starb, beschloss ich, aus dem Haus auszuziehen und den nächsten Abschnitt meines Lebens in Angriff zu nehmen. Ich fand auch, dass es Zeit war, mich von der Uhr zu trennen. Deshalb habe ich sie dir gegeben. Es ging um Liebe, Kayla, und ich wollte, dass du die Uhr dem Mann gibst, den du liebst.«

»Das war leider keine so gute Idee.« Kayla fühlte sich noch elender, seit sie die ganze Geschichte kannte. Sie hatte nicht einfach nur die Uhr verloren, sie hatte das Einzige verloren, was ihre Großmutter von ihrer ersten Liebe besaß. »Es tut mir so leid! Ich hätte warten sollen, bis ich sicher war, dass das mit Evan von Dauer sein würde, dass unsere Beziehung und unsere Liebe von Bestand waren. Ich habe so viele Fehler gemacht!« Kayla zögerte, sie war noch auf etwas anderes neugierig. »Ich nehme an, Großpapa wusste nichts von dem anderen Mann, wenn du die Uhr versteckt hieltest?«

»Er wusste, dass es jemanden vor ihm gegeben hatte, aber mehr auch nicht. Edward fragte nicht, und ich erzählte nichts.« Sie sah Kayla direkt in die Augen. »Versteh mich nicht falsch, Kayla. Ich liebte deinen Großvater. Edward war ein wunderbarer Mann. Ich möchte nicht, dass du jetzt anders von ihm denkst als früher.«

Kayla war erleichtert, das zu hören. Sie hatte die langjährige Ehe ihrer Großmutter immer für die Art von Beziehung gehalten, die sie sich selbst wünschte. »Danke, dass du es mir gesagt hast.«

»Ich verstehe, wie es sich anfühlt, den falschen Mann zu lieben. Du musst dir selbst dafür vergeben«, meinte Charlotte und tätschelte Kaylas Bein. »Das ist jetzt Vergangenheit, Liebes. Lass sie ruhen.«

»Ich kann nicht so einfach weitermachen wie du.«

»Versuch es. Was geschehen ist, kannst du nicht mehr ändern.«

»Aber ich kann Evan finden und diese Uhr für dich zurückholen. Hast du irgendeine Vorstellung, warum sie so wichtig für ihn war? Ich verstehe, warum sie für dich von großer Bedeutung ist, doch was interessiert *ihn* an der Uhr? Was ist so besonders daran?«

Ihre Großmutter zögerte den Bruchteil einer Sekunde zu lange. »Ich weiß es nicht.«

Kayla glaubte ihr nicht. »Ich denke, du weißt es sehr wohl. Woher kam die Uhr?«

»Sie war ein Geschenk.«

»Weißt du, was die Inschrift bedeutete?«

»Das hat Johnny nie erwähnt.«

Kayla runzelte die Stirn. Das führte zu nichts. »Also weißt du nichts weiter über die Uhr? Es gibt nichts, was du mir erzählen könntest?«

»Ich glaube, das sagte ich bereits, Kayla«, erwiderte Charlotte leicht gereizt. »Ich weiß nicht, was du von mir erwartest. Vergiss die Uhr einfach. Sie ist nicht wichtig.«

»Sie *ist* wichtig. Wenn sie es nicht wäre, würdest du nicht so ausweichend reagieren. Du musst mir erzählen, was du mir verschweigst. Ich bin nicht die Einzige, die in die Sache verwickelt ist, Großmama. Nick wird nicht vergessen, dass

Evan ihn bestohlen hat oder dass ich ihm geholfen habe, sein Geld auszugeben. Ich muss versuchen, Nick zu helfen. Das bin ich ihm schuldig.«

»Du schuldest ihm gar nichts. Du warst auch ein Opfer.«

»Vielleicht, doch ich bin trotzdem in diese leidige Geschichte verwickelt. Nick wird seine Nachforschungen nicht aufgeben. Wie ich ihn inzwischen kenne, wird er so lange nach der Wahrheit suchen, bis er sie findet. Und die Uhr ist der einzige Hinweis, den wir haben.«

»Ich will dich nicht in Gefahr bringen«, sagte Charlotte.

Die Wortwahl ihrer Großmutter überraschte Kayla. »Wie könntest du mich in *Gefahr* bringen?«

»Indem ich dir zu viel erzähle. Ich glaube, die Uhr war gestohlen, Kayla. Deswegen will ich nicht, dass du dich in die Geschichte verbeißt. Ich weiß nicht, wer die eigentlichen Besitzer sind oder was sie unternehmen werden, wenn jemand nach dieser Uhr sucht. Wirst du jetzt damit aufhören? Wirst du mir diesen Gefallen tun?«

Nick parkte hinter dem Schönheits- und Friseursalon in Noe Valley, in dem seine Schwester Jenny arbeitete, und schaltete den Motor ab. Er hatte hin und her überlegt, ob er sie in seine Suche nach Evan mit einbeziehen sollte. Schließlich hatte er beschlossen, dass es besser war, sie zu warnen und ihr von Evans Auftauchen zu erzählen, als sie ahnungslos zu lassen. Er wollte Evan keine Gelegenheit geben, sie zu überrumpeln – wenn er es nicht schon getan hatte.

Nick fand es seltsam, dass Jenny während seines Auslandsaufenthaltes keinen Kontakt zu ihm gesucht hatte. Sie blieben immer miteinander in Verbindung, wenigstens sporadisch. Er hatte sich allerdings keine Sorgen deswegen gemacht. Stattdessen war er erleichtert gewesen, sich nicht um seine Familie sorgen zu müssen und sich ungestört auf seine Arbeit konzentrieren zu können. Jetzt fragte er sich, ob ihm etwas entgangen war. Nicht dass Jenny Evan geholfen hätte, ihn zu berauben! Aber er wusste nicht, was sie noch bereit wäre, für Evan zu tun. Oder welches Spiel dieser Mistkerl mit ihr treiben mochte. Denn wenn Evan ihn in zwölf Jahren nicht vergessen hatte, hatte er Jenny, seine Schwester, erst recht nicht vergessen.

Jenny föhnte gerade einer Frau die Haare, als er in den Salon trat. Bei seinem Anblick klappte ihr der Mund auf. Sie schaltete den Föhn aus. »Nick, du bist ja wieder da! Was machst du hier?«

»Ich will wissen, ob ich etwas verpasst habe«, sagte er.

»Ich bin fast fertig. Wenn du warten möchtest ...«

Er nickte und setzte sich. Noch zwei andere Friseurinnen arbeiteten in dem Salon, beides junge Frauen, die ebenfalls gerade Kundinnen hatten. Im Hintergrund spielte Musik, und im Laden herrschte eine geschäftige, energiegeladene Stimmung. Er wusste, dass Jenny eines Tages ihren eigenen Salon eröffnen wollte. Sie hatte ihn bereits gefragt, ob er darin investieren wollte, aber er hatte sie vertröstet. Ein Teil von ihm wünschte immer noch, sie würde mehr aus ihrem Leben machen, als Haare zu schneiden. Sie war solch ein kluges Mädchen gewesen, eine so gute Studentin – bis Evan ihr jegliches Selbstvertrauen und all ihren Ehrgeiz genommen hatte.

Jen war kurz darauf fertig und plauderte mit ihrer Kundin, während diese einen Scheck ausstellte. Dann verabschiedete sie sich, kam zu ihm und umarmte ihn. »Hey, du! Lange nicht gesehen.«

Sie fühlte sich kleiner und dünner an, und er konnte die

Knochen zwischen ihrer tief sitzenden Jeans und dem knappen T-Shirt erkennen. »Du hast abgenommen«, murmelte er.

»He! Du weißt genau, was du einem Mädchen sagen musst«, neckte sie ihn.

Er sah in ihre haselnussbraunen Augen in der Hoffnung, dort ein Funkeln zu entdecken, aber stattdessen sah er Schatten, die ihre Müdigkeit verrieten. Selbst ihr braunes Haar wirkte schlaff. »Was ist los, Jen?«

»Nichts. Himmel, du bist gerade mal fünf Minuten wieder da, und schon fragst du mir Löcher in den Bauch!« Sie trat einen Schritt zurück und schlang die Arme um ihre Taille, was ihre schmale Gestalt nur noch unterstrich. »Wie war deine Reise?«

»Gut, produktiv, erfolgreich, das Übliche. Aber ich bin nicht gekommen, um über mich zu reden.«

»Was für eine Überraschung! Was willst du also hier?«

»Können wir uns irgendwo ungestört unterhalten?«

Ihre Augen wurden schmal. »Das klingt ja ernst. Es ist doch niemand krank, oder? Mom und Dee wollten für ein paar Tage nach Carmel fahren. Sie hatten doch keinen Unfall oder so ...«

»Nein. Nichts dergleichen«, erwiderte er rasch. »Es geht ihnen gut.« Er hatte gerade mit seiner Mutter gesprochen und war erleichtert gewesen zu hören, dass sie mit seiner anderen Schwester, Dee, nicht in der Stadt war. Er wollte seine Familie nicht in Evans Nähe wissen.

»Schön. Wir können in den Park gehen«, sagte Jenny. »Meine nächste Kundin kommt erst in zehn Minuten.«

Der Salon lag an einer Straße mit Boutiquen und Cafés, die an einen kleinen Park grenzte. Als sie sich auf eine Bank setzten, meinte Jenny: »Dann erzähl mal, was los ist.«

Er wusste nicht recht, wie er anfangen sollte, aber es war nicht seine Sache, um den heißen Brei herumzureden. »Evan.«

Sie wurde blass, und in ihren Augen blitzte etwas auf, das er nicht recht einordnen konnte. »Evan? Gütiger Himmel, Nick. Warum bringst du ihn nach all diesen Jahren zur Sprache?«

»Weil er wieder da ist. Er ist in mein Haus eingebrochen, als ich nicht in der Stadt war. Wie es scheint, hat er ein paar Wochen darin gelebt, sich für mich ausgegeben und mein Geld, meine Kreditkarten – eben alles – benutzt.« Nick beobachtete sie so scharf, dass er sehen konnte, wie die Ader an ihrem Hals pulsierte und wie sich Verwirrung und Wachsamkeit auf ihren Zügen spiegelten. Ihre Verwirrung konnte er verstehen – ihre Wachsamkeit machte ihn misstrauisch.

»Herrje, Nick, das ist ja schrecklich! Und du bist sicher, dass es Evan war?«

»Absolut.« Er ließ einen Augenblick verstreichen, ehe er hinzufügte: »Willst du mich nicht fragen, woher ich das weiß?«

»Du wirst es wohl beweisen können. Du scheinst dir sicher zu sein.«

»Das bin ich. Ich habe jemanden getroffen, der mir ein Foto des Mannes zeigen konnte, der in meinem Haus gewohnt hat. Es war Evan.«

»Ich kann es nicht glauben. Warum sollte er so etwas tun – nach all diesen Jahren?«

»Ich hatte gehofft, du hättest eine Idee.«

Sie mied seinen Blick und starrte auf ihre Hände, die gefaltet in ihrem Schoß lagen. »Woher sollte ich?«

»Wenn Evan meinetwegen zurück ist, würde es mich nicht überraschen, wenn er Kontakt mit dir aufgenommen hätte. Und um ehrlich zu sein, du siehst furchtbar aus. Deine Augen sind müde. Du hast abgenommen. Wenn es nicht Evan ist, der dir schlaflose Nächte bereitet, wer dann?«

»Niemand. Ich habe nur viel zu tun. Ich war letzte Woche erkältet und habe mich noch nicht ganz erholt. Warum lässt du mich nicht in Ruhe?«

»Warum gibst du mir keine Antwort? Hast du etwas von Evan gehört?«

Sie zögerte, dann sagte sie: »Ich habe in den letzten Wochen ein paar Mal anonym Geschenke geschickt bekommen, Blumen, Pralinen, ein Buch, solche Sachen.«

»Und du hast angenommen, sie kämen von Evan?«

»Es war nicht gerade mein erster Gedanke«, fauchte sie. »Ich war in meinem Leben auch mit anderen Männern zusammen, weißt du. Jedenfalls hörte das mit den Geschenken auf. Also war es das.«

»Du hättest es mir erzählen sollen.« Ein Schauer lief ihm über den Rücken bei dem Gedanken, dass Evan seiner Schwester nachgestellt hatte, während er außer Landes gewesen war.

»Du warst in Afrika«, erwiderte Jenny. »Und wir wissen nicht einmal, ob es wirklich Evan war, der mir die Geschenke geschickt hat. Es hätte jeder sein können.«

»Du hättest die Polizei rufen sollen.«

»Und ihnen sagen, dass ich mich vor ein paar Geschenken fürchte? Sie hätten mich nur ausgelacht.«

Jenny hatte wahrscheinlich recht, aber er hasste die Vorstellung, dass Evan seine Schwester beobachtete. »Warum zum Teufel hält er sich nicht aus unserem Leben heraus?«, murmelte er. Er wartete nicht auf eine Antwort. »Wenn er zurückkommt, wenn er anruft oder wenn mehr Geschenke kommen, ruf mich an. Ich habe die Polizei bereits eingeschaltet. Sie werden versuchen, Evan aufzuspüren. Bis dahin muss ich herausfinden, wie ich aus dem Schlamassel wieder herauskomme, den er mir eingebrockt hat. Du wirst nicht glauben, was er mir angetan hat.«

»Er hat wahrscheinlich gedacht, er hätte noch ein Hühnchen mit dir zu rupfen«, meinte sie.

In ihrer Stimme schwang etwas mit, das er lieber nicht gehört hätte. »Jen, fang nicht an zu glauben, dass Evan einen guten Grund hatte, dies alles zu tun, oder dass es eine nette Seite an ihm gibt, die nur du sehen kannst. Er ist ein Dieb. Er ist ein Verbrecher. Das war er immer und wird er immer sein.«

In ihren Augen flammte Zorn auf. »Ich bin nicht blöd, Nick.«

Er zog eine Augenbraue hoch und kämpfte den Drang nieder, sie daran zu erinnern, dass sie zu einer gewissen Zeit ihres Lebens *ausgesprochen* blöd gewesen war.

Sie hob die Hand, als hätte sie seine Gedanken gelesen. »Okay, vielleicht war ich einmal naiv, aber damals war ich fast noch ein Kind. Jetzt bin ich erwachsen. Ich weiß, dass Evan ein Dieb ist. Ich weiß auch, dass er einen merkwürdigen Ehrenkodex hat, den du nicht mal ansatzweise verstehen könntest. Und«, setzte sie mit leichtem Trotz hinzu, »die Menschen sind nicht schwarz *oder* weiß, auch wenn du das gern hättest. Evan hatte auch gute Seiten. Er war nicht durch und durch schlecht. Er hat mich oft sehr gut behandelt. Ich glaube, seine Kindheit hat viel damit zu tun, zu was für einer Sorte Mensch er geworden ist. Es war nicht seine Schuld, dass er missbraucht und verlassen wurde, dass er sich in einer harten Welt ganz allein durchschlagen musste.«

»Du weißt nicht einmal, wie seine Kindheit wirklich aussah«, wandte Nick ein. »Alles, was aus seinem Mund kam, war Lüge. Woher willst du wissen, was die Wahrheit ist? Er hat dir gesagt, was er dich glauben machen wollte.«

»Nicht alles war gelogen. Ich kannte ihn besser als du, Nick.«

»Du glaubst, ein Mann wird dir die Wahrheit sagen, nur weil er Sex mit dir hat? Meine Güte, Jen, gerade dann werden die meisten Lügen erzählt.« Er sah, wie verletzt sie war, und bedauerte beinahe seine Wortwahl, aber Jenny machte ihm Angst. Nick fand die Vorstellung unerträglich, dass Evan wieder in ihr Leben getreten war, das Wissen, wie nahe dran er schon einmal gewesen war, ihr Leben zu ruinieren, und er wollte nicht zusehen, wie sich alles wiederholte. Jenny hatte eine Schwäche für Evan. »Du kannst in allem anderen so vernünftig sein, warum kannst du Evan nicht so sehen, wie er ist?«

»Ich glaube, wir sind fertig«, gab sie zurück. »Du hast deinen Standpunkt klargemacht.«

Ehe sie aufstehen konnte, legte er ihr eine Hand auf die Schulter. »Noch eins, nur für den Fall, dass du glaubst, das alles wäre ein Versuch von Evan, wieder in dein Leben zu treten. Du solltest wissen, dass er erst vor zwei Wochen unter meinem Namen geheiratet hat, ungefähr zur selben Zeit, als er anfing, dir Geschenke zu schicken.«

»Was?«, murmelte sie. »Was sagst du da?«

Nick runzelte die Stirn. Diese Neuigkeit schien Jenny weit mehr zu überraschen als die Tatsache, dass Evan ihn beraubt hatte. »Du hast mich gehört. Evan hat unter meinem Namen geheiratet. Er fuhr mit dieser Frau nach Lake Tahoe und hat sie in einer Kasino-Kapelle geheiratet. Ihr Name ist Kayla. Zuerst hielt ich sie für eine Komplizin, aber jetzt bin ich überzeugt, dass sie nur eine Spielfigur war, ein Pfand in Evans Rachespiel.«

»Vielleicht gehört sie nicht zum Spiel. Vielleicht liebt er sie«, sagte Jenny langsam.

»Er verschwand in ihrer Hochzeitsnacht«, erklärte Nick. »Klingt das nach Liebe?«

»Es klingt, als hätte er Angst bekommen und wäre davongelaufen.«

»Oder er hatte einen anderen Grund, sie zu heiraten.« Er wartete einen Moment, ehe er fragte: »Hast du eine Ahnung, warum Evan an einer alten Taschenuhr interessiert sein könnte?«

Sie blinzelte verwirrt. »Was?«

»Die Uhr war das Einzige, was er von Kayla genommen hat, und ich bin mir sicher, dass das etwas zu bedeuten hat.«

»Ich weiß es nicht. Ich weiß gar nichts, außer, dass ich wieder an die Arbeit muss. Meine nächste Kundin ist gerade gekommen.« Sie deutete mit dem Kopf auf den Salon jenseits der Straße.

»Na schön, aber sei vorsichtig, Jen, ja?«

»Das werde ich, doch wenn Evan mir etwas antun wollte, hätte er bereits Gelegenheit gehabt. Ich glaube nicht, dass er zurückkommt.«

»Nur noch eins, Jen. Du sagtest, Evan hätte mit dir möglicherweise mehr geredet als mit jedem anderen. Hat er je von einem Verwandten, einem Freund, irgendwem gesprochen, den er hier in San Francisco kennt und der mir helfen könnte, ihn zu finden?«

Sie dachte einen Augenblick nach, dann schüttelte sie den Kopf. »Tut mir leid. Mir fällt niemand ein.«

»Falls dir noch etwas in den Sinn kommt, das mir weiterhelfen könnte, ruf mich an, ja?«

»Okay.«

Nick runzelte die Stirn, während er ihr nachsah, wie sie

über die Straße ging. Er hatte das Gefühl, dass sie, entgegen ihrer Beteuerung, Evan die Tür öffnen würde, sollte er anklopfen. Was hatte Evan nur an sich, das Frauen, die normalerweise klug waren, unglaubliche Dummheiten begehen ließ? Ehe er eine Antwort finden konnte, klingelte sein Handy.

»Hallo?«

»Nick, ich bin's, Kayla. Ich habe mit meiner Großmutter gesprochen und ein paar neue Informationen.«

»Gut«, antwortete er. Allmählich gerieten die Dinge in Bewegung. »Ich wollte Sie auch anrufen. Ich habe letzte Nacht im Internet recherchiert und in der Stadt einen Uhrmacher mit den Initialen D.R. gefunden. Ich bin unterwegs dorthin. Wollen Sie mich dort treffen?«

»Ja. Wo ist das Geschäft?«

»North Beach. Wollen wir uns vor der Kirche am Washington Square treffen? Sie kennen doch die Kirche?«

»Selbstverständlich. Ich bin Bleiglas-Spezialistin. Ich kenne jede Kirche in der Stadt, und St. Peter und Paul gehört zu meinen Lieblingskirchen.«

»Gut. Geben Sie mir ungefähr zwanzig Minuten, dann bin ich da.«

»In Ordnung. Etwas sollten Sie noch wissen, Nick. Meine Großmutter meint, die Uhr wäre möglicherweise gestohlen.«

Sein Rücken kribbelte, als er die Informationen zueinander in Beziehung setzte ... Wenn die Uhr von einem Dieb zum anderen gewandert war, konnte das kein Zufall sein. Die Uhr musste von Wert sein. Er würde sein Haus darauf verwetten – eins der wenigen Dinge, die ihm noch geblieben waren.

Jenny ging in den Salon. Ihr Gespräch mit Nick hatte sie beunruhigt. Sie hatte das schreckliche Gefühl, dass sie an allem schuld war, was geschehen war. Sie bat ihre Kundin, fünf Minuten zu warten, zog ihr Handy aus der Tasche, ging in den kleinen Waschraum hinter dem Salon und verriegelte die Tür. Sie wählte die Nummer, die immer noch in ihrem Handy gespeichert war. Sie hätte sie löschen sollen, hatte es aber nicht getan. Wahrscheinlich gab es sie nicht mehr. Oder vielleicht gehörte sie zu einem Prepaidhandy. Sie hatte keine Ahnung. Aber sie musste es versuchen.

»Hallo, Jenny«, sagte er.

Ihr Herz stockte. Evans Stimme war für alle Zeiten in ihr Herz und in ihr Hirn eingebrannt. Nick würde nie verstehen, dass Liebe nicht immer eine freie Entscheidung war. Manchmal war es auch eine Schlinge um den Hals oder ein Zementblock, der einen unter Wasser zog.

»Was hast du mit Nick gemacht?«, fragte sie abrupt.

»Ich glaube, das weißt du bereits, sonst würdest du nicht anrufen. Ich bin gerührt, dass du meine Nummer behalten hast.«

»Sie war noch auf dem Telefon, weil du mich neulich angerufen hast.« Sie lehnte sich gegen die Wand, sie brauchte Halt. »Du hast Nicks Geld gestohlen. Du bist in sein Leben eingedrungen – warum?«

»Wir sind noch nicht miteinander fertig. Ich dachte, es wäre an der Zeit, zum Ende zu kommen.«

»Weil ich dir gesagt habe, dass es Nick gut geht.« Sie erinnerte sich an das kurze Gespräch, das sie vor zwei Monaten geführt hatten, als Evan sie aus heiterem Himmel angerufen hatte, um ihr zum Geburtstag zu gratulieren. »Du wolltest ihn fertigmachen.«

»Ich wollte ihn immer schon fertigmachen. Ich habe nur auf den richtigen Moment gewartet.«

»Warum? Warum kannst du uns nicht einfach in Ruhe lassen? Wir waren schon vor so vielen Jahren miteinander fertig.«

»Ich vergebe nie, ich vergesse nie.«

Sein kalter, grausamer Tonfall jagte ihr einen Schauer über den Rücken und erinnerte sie daran, dass seine Persönlichkeit immer zwei Seiten gehabt hatte: eine helle, eine dunkle, eine gute, eine böse. Als sie jung und dumm und bis über beide Ohren in ihn verliebt gewesen war, hatte sie geglaubt, sie könne ihn ändern, ihn richtig und ganz machen. Aber Nick hatte ihr gezeigt, dass es ihre Möglichkeiten überstieg, ihn zu ändern. Ihr Bruder hatte dafür gesorgt, dass sie die Wahrheit sah. Er hatte ihre Trennung betrieben und Evan ins Gefängnis geschickt. Sie hatte gedacht, dass Evan nach einem Dutzend Jahren seinen Weg weitergegangen wäre – doch sie hatte sich geirrt. Er hatte nur auf den richtigen Moment gewartet, um zuzuschlagen.

»Lass Nick in Ruhe, Evan«, bat sie. »Wenn ich dir je etwas bedeutet habe, dann tu dies eine für mich.«

»Ich würde für dich fast alles tun, Jen. Du hast nie wirklich geschätzt, wie gut ich in dem bin, was ich tue, aber ich werde es dir zeigen. Ich werde es allen zeigen. Ich bin der Beste, den es je gab. Du wirst schon sehen.«

»Evan, bitte hör mich an.«

Nichts als Schweigen antwortete ihr. Evan hatte aufgelegt.

Ihre Hand zitterte, als sie das Telefon zuklappte und eine Welle hilfloser Furcht sie durchströmte. Evan wollte Rache. Wie weit würde er gehen?

KAPITEL 5

Charlotte Hirsch war mehr als nur ein wenig beklommen zumute, als sie ihr Auto auf dem Broadway zwischen Columbus und Montgomery Street parkte, nicht weit entfernt von dem Striptease-Club, in dem sie früher gearbeitet hatte. Als sie an der Ecke stand und zu den Neonlichtern hinüberschaute, zu den Plakaten, die für nicht jugendfreie Mitternachtsshows warben, fragte sie sich, warum ihr all das früher nicht so zwielichtig erschienen war. Vielleicht hatte sie es einfach nur mit anderen Augen gesehen. Jetzt war sie älter, reifer, konservativer. In den Fünfzigerjahren war sie eine junge Frau am Anfang ihres Lebens gewesen, und sie hatte alles gewollt.

Charlotte wusste nicht einmal mehr genau, was dieses »alles« umfasst hatte. Sie hatte nur mehr gewollt als die Rolle einer Kleinstadt-Hausfrau, mit der ihre Mutter sich zufriedengegeben hatte. Mit achtzehn hatte sie die für ihren Knoblauchanbau bekannte Stadt Gilroy verlassen und war nordwärts nach San Francisco gezogen, fest entschlossen, Tänzerin oder Schauspielerin zu werden. Sie hatte vorgesprochen, als Kellnerin und als Lageristin im Gemüseladen gearbeitet und davon geträumt, ein Star zu sein.

Als ihr das Geld ausging, ließ sie sich von einer Freundin überreden, in einem kleinen Club am Broadway zu tanzen. Die Bezahlung war hervorragend. Die Kunden waren reiche, aufregende, manchmal gefährliche Männer. Ehe sie es recht wusste, tanzte sie auf Tischen und hörte auf den Namen »Sweet Charlie«. Nach den Shows trank sie billigen Wein, rauchte Hasch und hörte mit ihren Freunden Jazzmusik. Sie war Teil der Beatgeneration, die durch Jack Kerouac berühmt geworden war, auch wenn sie das damals nicht gewusst hatte. Sie hatte einfach ihr Leben so wild und fröhlich gelebt, wie sie nur konnte.

Sie hatte Fehler gemacht, viele Fehler, und einen großen vor allem. Sein Name war Johnny Blandino. Sie hatte sich rettungslos und Hals über Kopf in ihn verliebt. Ein kecker Blick von ihm, und sie war die Seine gewesen, ohne Wenn und Aber. Johnny hatte ihr Leben verändert – manche mochten sagen, zum Schlechteren, andere, zum Besseren. Wer wusste schon, welchen Weg sie eingeschlagen hätte, wenn sie ihm nicht begegnet wäre? Sie wusste es jedenfalls nicht. Und zurückzuschauen brachte sie nicht weiter.

Charlotte seufzte und wünschte, dass sie Johnny in der Vergangenheit gelassen hätte, wo er hingehörte. Aber als sie Kayla seine Uhr gegeben hatte, die Uhr, die sie nie aus den Augen hätte lassen sollen, hatte sie ein Loch in den schützenden Kokon gerissen, der sie in den vergangenen fünfzig Jahren umhüllt und ihre Geheimnisse vor der Welt verborgen hatte. Sie musste einen Weg finden, ihn wieder zu flicken – oder dafür sorgen, dass es aufhörte. Deswegen war sie an einen Ort zurückgekommen, den sie seit Jahrzehnten sorgsam gemieden hatte.

Sie zwang sich weiterzugehen, die Straße hinunter, und betrat den Club, der schlicht *Illusion* hieß. Es war ruhig und fast leer, was an einem Samstagvormittag nicht verwunderlich war. Charlotte blieb in dem schwachen Licht stehen, um sich zu orientieren. Die Bar befand sich zu ihrer Linken. Eine erhöhte Bühne, um die herum sich Tische gruppierten, nahm den größten Teil des Raumes ein, mit zwei glänzenden goldenen Stangen an jeder vorderen Ecke der Bühne. Mehrere Separees zogen sich auf der anderen Seite des Raumes entlang. Sie fragte sich, wie weit die Tänzerinnen heute wohl gehen mochten; gewiss weiter, als sie selbst je gegangen war.

»Kann ich Ihnen helfen?«, fragte ein junger Mann, der hinter ihr hergekommen war.

»Ich suche Dana«, sagte sie, plötzlich nervös. Es war lange her, seit sie die Frau gesehen hatte, die sie ins Geschäft eingeführt hatte, und Charlotte war nicht sicher, wie sie aufgenommen werden würde. Sie hatte Dana und allen anderen den Rücken gekehrt, nachdem sie Edward geheiratet hatte.

»Im Büro. Den Gang hinunter, die erste Tür links«, erklärte er und deutete mit einer Hand in die angegebene Richtung.

Charlotte folgte dem Gang, der Geruch nach Zigaretten und Haschisch hing in der Luft und rührte an alten Erinnerungen. Diese Erinnerungen wurden lebendig, als sie stehen blieb, um sich die Fotografien an den Wänden anzusehen. Auf einer der Aufnahmen sah sie sich zu ihrer Überraschung selbst, auf dem Schoß eines Mannes sitzend. Sie hatte einen Arm um seine Schulter gelegt, ihre Brüste platzten praktisch aus ihrem knappen Kostüm, ihre Beine steckten in Netzstrümpfen, ihre Füße in hochhackigen Schuhen. Der Mann war nicht Johnny, sondern ein anderer Stammgast des Clubs, Peter Harrison, der in der Lokalredaktion einer Tageszeitung gearbeitet und immer behauptet hatte, er würde recherchieren. Wie so viele andere Männer, die in den Club gekommen waren, hatte Peter stets eine gute Erklärung für seine Anwesenheit hier gehabt. Nicht, dass es ihr wichtig gewesen war, keinem der Mädchen war es wichtig gewesen. Die Männer waren Kunden. Sie gaben Geld aus. Damals war ihnen alles so einfach erschienen.

Sie fuhr mit dem Finger das breite Lächeln auf ihrem Gesicht nach und konnte sich an das Mädchen, das sie einmal gewesen war, kaum noch erinnern. Auf dem Foto lachte sie gerade schallend über irgendetwas. Der Rest der Gruppe schien genauso gut gelaunt zu sein, einschließlich Dana, eine atemberaubende Rothaarige mit den längsten Beinen und größten Brüsten, die Charlotte je gesehen hatte. Auf dem Tisch standen eine Geburtstagstorte sowie einige leere Flaschen und mehr Gläser, als sie zählen konnte. Vielleicht hatte der Alkohol etwas mit ihrer guten Laune zu tun gehabt.

»Suchen Sie jemanden?«

Bei dem Klang einer weiblichen Stimme fuhr Charlotte herum. Ihr Magen verkrampfte sich, als sie erkannte, dass es sich um ihre alte Freundin Dana handelte. Sie war jetzt zweiundsiebzig Jahre alt, aber sie wirkte eher wie fünfzig. Ihre Haare waren noch immer rot, ihr Gesicht gekonnt zurechtgemacht, und auch wenn sie eine schwarze Hose und über ihrem Top einen konservativen Blazer trug, lenkte ihr Busen wie früher alle Blicke auf sich.

Dana musterte sie genauso intensiv, bis Erkenntnis in ihren Augen aufblitzte. »Charlie, bist du das?«

»Ja.«

Dana stieß ein tiefes, kehliges Lachen aus und schüttelte ungläubig den Kopf. »Ich fasse es nicht. Ich hätte nie gedacht, dich noch einmal zu sehen, und wenn, dann ganz bestimmt nicht hier.« In ihrem Ton lag eine Spur von Missbilligung, die Charlotte nicht überhören konnte.

»Ich weiß, ich sagte, ich käme nie wieder, aber nie ist sehr lange.«

»Du bist ein bisschen zu alt, um bei mir einen Job zu suchen. Also, was willst du hier?«

»Ich muss mit dir sprechen. Können wir irgendwo unter vier Augen reden?«

Dana zögerte, dann deutete sie auf ihr Büro. Es war ein kleiner Raum, kaum groß genug für einen Schreibtisch, zwei Stühle und ein paar Aktenschränke. Dana nahm hinter dem Schreibtisch Platz. Charlotte kauerte auf der Kante eines harten Holzstuhls. »Also führst du jetzt diesen Laden«, bemerkte sie. »Du hast immer gesagt, eines Tages wärst du der Boss.«

»Ich musste mir etwas einfallen lassen, als die Schwerkraft begann, ihren Tribut zu fordern, und ich war immer schon eine gute Geschäftsfrau.«

»Das stimmt. Du siehst gut aus«, meinte Charlotte.

»Und du siehst aus wie eine Kirchgängerin.«

Charlotte lächelte. »Das ist jedenfalls eine nettere Bemerkung, als ich von dir erwartet hätte.«

»Warum bist du hier, Charlotte? Es ist mehr als nur ein paar Jahre her.«

»Jetzt kommt es mir vor wie gestern. Ich kann nicht fassen, dass du immer noch unsere Fotos an den Wänden hängen hast.«

»Nicht jeder schämt sich seiner Vergangenheit«, erwiderte Dana. »Und es waren die guten alten Zeiten, zumindest für einige von uns.«

Charlotte überhörte diese Bemerkung. Sie war nicht hergekommen, um zu streiten. »Da wir gerade von der Vergangenheit sprechen, ich brauche deine Hilfe.«

»Und wie kommst du auf den Gedanken, dass du nach fünfzig Jahren des Schweigens das Recht hättest, mich um Hilfe zu bitten? Du hast dich von mir abgewandt, Charlie. Du bist davongegangen, um in deinem tollen Haus mit deinem reichen Mann zu leben. Du warst zu gut für mich.«

»Nein, so war es nicht. Ich habe einen Ausweg gefunden

und ihn genommen. Ich konnte nicht zurückkommen, weil ... nun, ich konnte eben nicht.«

»Sicher, ich weiß. Ich verstehe«, sagte Dana mit Bitterkeit im Blick. »Wir waren deine geheime Vergangenheit. Du hast dich für uns geschämt. Du vergaßt, dass du eine von uns gewesen warst.«

»Ich habe es nie vergessen. Ich bin einfach nur weitergegangen. Zumindest habe ich das geglaubt. Aber jetzt habe ich schreckliche Angst, dass meine Geheimnisse alle aufgedeckt werden.«

»Was geht mich das an?«

»Es sind schließlich auch deine Geheimnisse.«

Dana kniff die Augen zusammen. »Sehe ich aus, als hätte ich etwas zu verbergen? Ich führe einen Striptease-Club. Jeder weiß, wer ich bin und woher ich komme. Ich bin hier in der Gegend berühmt, und so gefällt es mir.«

Charlotte schüttelte den Kopf. »Ich spreche nicht von unseren Tagen als Revuegirls oder von diesem Club. Ich rede von Johnny.«

Dana sog scharf die Luft ein. »Was ist mit ihm?«

»Erinnerst du dich noch an die Uhr, die er immer trug?«

Ein Licht flackerte in Danas Augen auf. »Natürlich erinnere ich mich noch«, antwortete sie betont gleichmütig.

»Ich habe sie meiner Enkelin geschenkt, und jetzt ist sie fort. Sie wurde vor zwei Wochen gestohlen.« Charlotte sah, wie Danas Augen schmal wurden und die Ader an ihrem Hals zu pulsieren begann. »Es war das Einzige, was gestohlen wurde«, setzte sie hinzu. »Es war kein zufälliger Diebstahl. Jemand kennt den Wert der Uhr. Ich brauche deine Hilfe, um herauszufinden, wer.«

Dana betrachtete den Schreibtisch, dann richtete sie den Blick wieder auf Charlotte. »Ich kann dir nicht helfen.«

Charlotte blickte ihrer alten Freundin in die Augen und entdeckte Angst. »Kannst du nicht oder willst du nicht?«

»Das kommt aufs Gleiche heraus.«

»Du hast etwas gehört. Was?« Charlotte beugte sich vor. »Ich muss es wissen, Dana. Ich muss meine Familie schützen.«

»Ich auch«, erwiderte Dana. »Du musst jetzt gehen.«

Charlotte warf ihr einen langen, abschätzenden Blick zu. »Ich gehe, aber denk daran: Wenn sie über mich Bescheid wissen, besteht eine sehr gute Chance, dass sie auch von dir wissen.«

»Ich war immer klüger als du, Charlie.«

Charlotte lächelte. »Nein, du hast es dir nur gern eingeredet.«

Kayla trat durch das Hauptportal der Kirche St. Peter und Paul am Washington Square und spürte sofort, wie ein Gefühl des Friedens sie durchströmte. Sie liebte Kirchen, und diese war besonders prachtvoll mit ihrem zwölf Meter langen Altar aus italienischem Marmor und nordafrikanischem Onyx. Er war von wahren Meistern in Italien bearbeitet worden, dann behutsam in Einzelteilen nach San Francisco verschifft und in der Kirche wieder zusammengesetzt worden. Ein paar Augenblicke stand Kayla still und ließ die Schönheit der Kathedrale auf sich wirken, das Licht, das durch die herrlichen Buntglasfenster fiel. Hier in dieser schönen Kirche schien alles genau so zu sein, wie es sein sollte. Sie konnte fast vergessen, dass ihr Leben ein einziges Chaos war. Fast …

Als sie Schritte hörte, bekam sie eine Gänsehaut, und ihre Gelassenheit verwandelte sich in Unbehagen. Sie fuhr herum, bereit, sich jedem zu stellen, der hinter ihr stand. Es war eine Nonne in vollem Habit, schwarzem Gewand, weißer Haube, mit einer langen Kette um den Hals, an der ein Kreuz hing. Eine Brille mit dicken Gläsern saß auf ihrer Nasenspitze. Als sie näher kam, blickte Kayla in ein Paar scharfer blauer Augen. Sie sog tief die Luft ein, denn sie hatte das merkwürdige Gefühl, diese Augen zu kennen.

Die Nonne lächelte und murmelte: »Gott segne dich«, als sie an ihr vorbei durch den Mittelgang zum Altar ging. Sie war groß und bewegte sich mit ausgreifenden Schritten. Kaylas Körper verkrampfte sich. Ihre Instinkte sagten ihr, dass irgendetwas nicht stimmte. Niemand sonst war in der Kathedrale, aber jetzt war es zu still. Die Ruhe wirkte spannungsgeladen. Sie drehte sich um, um zu gehen, sie verspürte den Drang, so schnell wie möglich ins Freie zu gelangen. Plötzlich setzte Orgelmusik ein, was sie so überraschte, dass sie mitten im Gang stehen blieb. Gerade noch rechtzeitig sah sie zur Empore hinauf, um zu erkennen, dass etwas von dort auf sie herabstürzte.

Einen Moment später lag sie am Boden, flach auf dem Rücken, starrte an die gewölbte Decke und sah Sternchen vor ihren Augen tanzen.

»Kayla?« Nicks Gesicht tauchte in ihrem Blickfeld auf, als er neben ihr niederkniete.

Wo war er hergekommen? Sie versuchte, ihn das zu fragen, aber sie bekam keine Luft. Ihre Brust war wie zugeschnürt.

»Was ist los? Was ist passiert?«, wollte er wissen. Sein Blick war besorgt.

Sie öffnete den Mund, doch es kam kein Ton heraus.

»Lassen Sie sich Zeit«, sagte er und strich ihr mit den Fingern über die Stirn. »Sie haben sich ganz schön erschreckt.«

Ein Priester erschien hinter Nick, ein älterer Mann mit

weißen Haaren und dunkelbraunen Augen. »Sind Sie krank, meine Liebe? Soll ich einen Krankenwagen rufen?«

»Nein. Etwas ... etwas ist mir auf den Kopf gefallen.« Sie setzte sich auf und betastete mit den Fingern ihren Kopf. Sie konnte fühlen, wie sich dort eine Beule bildete.

Der Priester hob eine Bibel vom Fußboden auf und blickte zur Orgelempore hinauf. »Das hier?«

»Vermutlich.«

»Ich frage mich, wie diese Bibel ausgerechnet Ihnen auf den Kopf fallen konnte«, sagte Nick. »Hier ist doch niemand.«

»Ich habe vorhin eine Nonne gesehen. Sie ist an mir vorbeigegangen. Dann begann die Orgel zu spielen. Ich sah auf, und im nächsten Moment fand ich mich auf dem Boden wieder«, berichtete sie.

»Eine Nonne? Hier in der Kirche gibt es keine Nonnen«, erklärte der Priester erstaunt.

»Aber ich habe sie gesehen. Sie trug einen Habit.«

»Vielleicht war sie zum Beten hier oder hat die Kirche besichtigt«, meinte er. »Ich sehe auf der Empore nach, ob jemand dort oben ist.«

»Danke.«

Nick half Kayla auf die Füße. Sie fühlte sich ein bisschen zittrig und hielt sich an seinem Arm fest. »Alles in Ordnung?«, erkundigte er sich.

»Geht schon. Es war nur ein Unfall, oder? Ein merkwürdiger Unfall.«

»Warum sollten Sie es für etwas anderes halten?«, entgegnete er. Er sah sich mit grüblerischer Miene in der Kirche um.

Sie wollte es nicht laut aussprechen. Es klang selbst in ihren Ohren albern. »Irgendwas stimmte mit dieser Nonne nicht. Sie war so groß, und ihre Augen kamen mir bekannt vor.« Kayla hielt abrupt inne, als ihr noch etwas Seltsames einfiel. »Die Schuhe. Sie hatte Laufschuhe an.«

»Was wollen Sie damit sagen?«

Wie konnte sie diese Frage beantworten? Der Gedanke, der ihr durch den Kopf schoss, war lächerlich. »Nichts. Vergessen Sie es.«

»Raus damit – was es auch ist. Vertrauen Sie Ihren Instinkten.«

»Meine Instinkte haben mich früher schon betrogen.«

»Dieses Mal vielleicht nicht.«

»Na gut. Ich glaube, die Nonne hatte Evans Augen. Und sie hatte etwa seine Größe. Ich habe Ihnen ja gesagt, es ist verrückt. Evan verkleidet sich doch nicht als Nonne und verfolgt mich durch die Stadt.« Sie wartete darauf, dass Nick ihr zustimmen würde, doch er schwieg. »Was ist? Halten Sie das etwa für möglich?«

»Evan hat sich immer schon gern verkleidet. Ich habe Ihnen ja erzählt, wie er sich als Collegeprofessor ausgab. Das war nur ein Beispiel. Ein anderes Mal setzte er sich eine Perücke auf, zog Frauenkleider an und schlich sich so in die Umkleidekabinen, um Fotos von den Mädchen zu machen, die sich an- und auszogen. Er machte immer so irre Sachen.«

»Hm, jetzt, da ich das weiß, fühle ich mich auch nicht besser. Können wir ganz schnell von hier verschwinden?«

»Sicher.«

In diesem Augenblick erschien oben am Rand der Empore der Priester. Er hob ratlos die Schultern – offenbar hatte er an der Orgel niemanden mehr angetroffen.

Als sie vor der Kirche standen, vertrieb die warme Sonne ihr allmählich die Kälte aus den Knochen. Es war ein angenehmer, sogar schöner Tag. Es gab nichts, wovor man sich fürchten musste, sagte sich Kayla entschlossen. Jemand hatte auf der Empore die Orgel gespielt und versehentlich die Bibel herabgestoßen. Wahrscheinlich ein Kind oder ein Jugendlicher. Und die Nonne hatte nur die Kirche besichtigt. Für alles, was geschehen war, ließ sich eine vernünftige Erklärung finden.

»Wo ist der Juwelierladen?«, fragte sie, um sich wieder auf das zu konzentrieren, weswegen sie eigentlich hergekommen waren.

»Die Straße hinunter«, antwortete Nick. Sein scharfer Blick musterte die Umgebung.

Kayla sah sich ebenfalls um, entdeckte aber nichts Ungewöhnliches. Wenn ihr Kopf nicht so geschmerzt hätte, hätte sie sich wahrscheinlich einreden können, dass sie sich den ganzen Zwischenfall nur eingebildet hatte. Vorsichtig betastete sie die Beule an ihrem Kopf und zuckte zusammen.

»Vielleicht sollten wir Ihnen etwas Eis besorgen«, schlug Nick vor.«

»Nein, es geht schon. Nichts Dramatisches.«

»Dieses Mal nicht«, erklärte Nick mit einem Ernst, der nicht gerade dazu beitrug, ihre Stimmung zu verbessern.

»Was soll das heißen?«

»Es gefällt mir nicht, dass jemand diese Bibel auf Sie geworfen hat.«

»Wir wissen nicht, ob es sich so abgespielt hat. Es muss ein Versehen gewesen sein. Sie lag auf der Brüstung, und jemand ist daran gestoßen, sodass sie herunterfiel.«

»Und das gerade in dem Augenblick, als Sie direkt darunterstanden?«

»Es war trotzdem nur eine Bibel«, wandte sie ein. »Niemand hat versucht, mich zu erschießen oder so.«

»Dieses Mal nicht«, wiederholte er.

»Hören Sie damit auf! Sie machen mich ganz nervös. Jetzt

lassen Sie uns zu dem Juwelier gehen und sehen, ob wir etwas über die Uhr herausfinden können.«

»Gut.«

Sie gingen los, waren aber noch nicht weit gekommen, als Nick sagte: »Dann erzählen Sie mir mal von dem Gespräch mit Ihrer Großmutter. Kannte sie den Mann, der auf dem Foto die Uhr trägt?«

»Ja, er war ihre erste Liebe. Er hieß Johnny, und anscheinend musste er fortgehen, aber er gab ihr vorher die Uhr. Sie haben einander nie wiedergesehen. Ich nehme an, sie wollte niemandem von ihm erzählen, deshalb tat sie so, als wäre die Uhr von meinem Großvater.«

»Und wieso glaubt sie, die Uhr wäre gestohlen?«

»Das hat sie nicht gesagt«, erwiderte Kayla und dachte daran, wie ausweichend ihre Großmutter reagiert hatte. Nachdem sie verkündet hatte, dass die Uhr vielleicht gestohlen sein könnte, hatte sie das Gespräch entschieden abgebrochen. »Sie bat mich, die Sache fallen zu lassen. Angeblich will sie nicht, dass ich mich mit der Uhr beschäftige, weil sie Angst hat, dass der Diebstahl auf sie oder mich oder wen auch immer zurückfallen könnte. Ich bin mir nicht ganz sicher. Ich muss zugeben, dass ich Schuldgefühle habe, weil ich trotz ihrer starken Einwände weitermache.«

»Falls die Uhr gestohlen war, ist das doch fünfzig Jahre her, oder?«, fragte Nick. »Das ist eine lange Zeit, um einen Groll zu hegen. Falls die Uhr jemand anderem gehörte, gibt uns das vielleicht einen Hinweis darauf, was Evan langfristig plant.«

»Das glaube ich auch. Deshalb bin ich hier. Ich muss das bis zum Ende durchstehen. Ich muss einen Weg finden, für mich selbst die Sache zu bereinigen, und auch für Sie.«

»Das weiß ich zu schätzen.«

»Es tut mir leid, wenn ich irgendwie daran beteiligt war, Sie zu berauben.«

»Ich mache Sie nicht dafür verantwortlich.«

»Danke, aber so einfach ist es für mich nicht.« Sie hielt inne, als sie das Schild eines Juweliers namens Ricci sah. »Ist es das?« Der kleine Juwelierladen lag zwischen einem italienischen Lokal und einem Postkartengeschäft dicht am Broadway, was Kayla an den Ausflug ihrer Großmutter ins Strip-Gewerbe erinnerte, etwas, woran sie lieber nicht denken wollte.

Nick deutete auf das Logo mit dem D und dem R im Fenster. »Kommt Ihnen das bekannt vor?«

»Ja, es sind dieselben Initialen wie auf der Uhr.« Erregung durchflutete sie. Trotz Nicks Überzeugung, dass die Uhr sie zu Evan führen würde, hatte sie die Idee für sehr weit hergeholt gehalten, aber vielleicht war sie das ja nicht. Vielleicht konnten sie mehr über die Uhr herausfinden und in Erfahrung bringen, warum Evan sie haben wollte.

Als sie in den Laden traten, sah eine ältere Frau hinter der Kasse auf. Ihr Haar war mit grauen Fäden durchzogen, die Augen fast schwarz, und sie mochte in den Fünfzigern oder Sechzigern sein. »Kann ich Ihnen helfen?«, fragte sie.

»Wir möchten gern den Geschäftsführer sprechen«, sagte Nick. »Oder jemanden, der schon lange hier arbeitet.«

Sie lächelte. »Das wäre dann wohl ich. Ich bin Delores Ricci. Mein Großvater hat diesen Laden um die Jahrhundertwende eröffnet. Mein Vater Dominic hat ihn lange Zeit geführt, und jetzt führe ich ihn. Was kann ich für Sie tun?«

»Wir versuchen, etwas über die Geschichte und den Wert einer Taschenuhr wie dieser hier zu erfahren.« Nick nahm zwei Fotos aus einem Umschlag. Das eine war das Originalfoto, das Kayla ihm gegeben hatte, das andere eine Vergrößerung der Uhr. Er schob die Vergrößerung über die Theke. »Die Uhr ist aus Silber, und vorne ist etwas eingraviert, das wir nicht entziffern können. Es scheint aber die Fassade eines bestimmten Gebäudes zu sein. Auf der Rückseite ist eine Inschrift, nur ein paar Worte: *Des Himmels Erwarten*.«

Delores' Hand zitterte, als sie das vergrößerte Foto der Uhr aufnahm. Sie räusperte sich. »Was sagten Sie, wie die Inschrift lautet?«

»*Des Himmels Erwarten*«, wiederholte Nick. »Erkennen Sie die Worte wieder? Oder bedeuten Sie Ihnen etwas?«

Delores rieb sich die Schläfe und warf einen Blick über die Schulter zu einer Tür, die ins Hinterzimmer führte. Dann richtete sie die Augen wieder auf die beiden Besucher. »Es klingt wie aus der Bibel.«

Nun, das war keine große Hilfe, dachte Kayla. Aber Delores Ricci wusste etwas. Ihre ganze Haltung hatte sich verändert, seit sie das Foto gesehen hatte.

Delores setzte eine Brille auf und studierte die Aufnahme. Die Ader an ihrem Hals schien doppelt so schnell zu pochen. Etwa alle halbe Minute blickte sie wieder über die Schulter, als erwartete sie jemanden. Die Luft in dem Laden wurde dick, zumindest kam es Kayla so vor. Sie ermahnte sich, ihre Fantasie zu zügeln. Die Frau wartete wahrscheinlich nur auf einen Angestellten oder versuchte, sich zu erinnern, ob sie die Uhr schon einmal gesehen hatte.

»Sie sagten, die Uhr sei aus Silber?«, fragte Delores.

»Ja.«

»Und sie gehört Ihnen?« Sie sah von Nick zu Kayla.

»Mir«, log Kayla fürs Erste. Diese Frau stellte mehr Fragen, als sie beantwortete. »Sie gehörte meiner Großmutter. Sie hat sie mir vor Kurzem geschenkt.«

»Verstehe. Wie heißt Ihre Großmutter? Vielleicht kann

ich in den Büchern nachsehen. Wir führen Buch über alles, was wir je verkauft haben, wenn auch einige Bücher im Lager sind.«

»Die Uhr gehörte eigentlich nicht meiner Großmutter, sondern einem Mann, den sie kannte, dem Mann auf dem Foto«, erklärte sie, während Nick Delores das Originalfoto reichte, das nicht nur die Uhr zeigte, sondern auch Charlotte und deren erste Liebe. »Ich glaube, er hieß Johnny.«

Delores wurde blass, und ihre Augen glitzerten.

»Kennen Sie ihn?«, fragte Kayla.

»Johnny Blandino«, murmelte sie, wie zu sich selbst.

Kaylas Puls schlug rascher bei dieser Information. Sie hatten jetzt einen Nachnamen zu dem Vornamen. »War er ein Freund Ihres Vaters? Ein Kunde?«

Delores räusperte sich. »Ich bin mir nicht einmal sicher, ob es derselbe Mann ist. Das Foto ist nicht sehr deutlich. Warum lassen Sie mir nicht Ihren Namen und Ihre Telefonnummer da? Ich schaue in den Büchern nach und sehe zu, was ich finde.«

Kayla schrieb die Daten auf ein Stück Papier. »Ich wäre sehr dankbar für jede Auskunft, die Sie mir geben können. Es ist sehr wichtig.«

»Ein schönes Stück«, bemerkte Delores und fuhr mit dem Finger die Umrisse der Uhr auf dem Foto nach. »Warum haben Sie sie nicht mitgebracht?« Sie sah Kayla mit dunklen, fragenden Augen an.

»Ich wollte sie nicht verlieren«, flunkerte sie. Aus irgendeinem Grund mochte sie Delores nicht mehr erzählen, ehe sie nicht gesagt hatte, ob ihr Vater die Uhr angefertigt hatte oder nicht.

»Sind Taschenuhren wie diese wertvoll?«, erkundigte sich Nick. »Auf dem heutigen Markt?«

»Ich bezweifle, dass sie mehr als ein paar hundert Dollar wert ist«, antwortete Delores. »Wann können Sie sie herbringen?«

»Wann können Sie die Bücher prüfen?«, fragte Kayla zurück.

»Ich kann später am Abend nachsehen.«

»Prima. Rufen Sie mich doch an, wenn Sie die Bücher haben, dann bringe ich die Uhr vorbei«, schlug Kayla vor.

Delores nickte. »Das mache ich. Darf ich das Foto so lange behalten?«

»Wir behalten das Foto. Sie können die Vergrößerung haben.« Nick reichte das Originalfoto wieder Kayla. »Das wollen Sie doch bestimmt nicht verlieren.«

»Nein«, murmelte sie, während sie sich verabschiedeten und den Laden verließen.

Nick blieb vor dem Geschäft stehen. »Sie hat die Uhr und den Mann erkannt.«

»Das glaube ich auch. Und sie hat uns seinen Nachnamen verraten, Blandino, den meine Großmutter zu erwähnen vergaß.«

»Ich verstehe nicht, warum Ihre Großmutter so eine Geheimniskrämerin ist. Ihr Mann ist tot. Wen interessiert schon, mit wem sie vor so vielen Jahren zusammen war?«

Kayla wünschte, sie hätte eine gute Antwort darauf. »Ich weiß es nicht.«

»Die Uhr muss etwas wert sein«, meinte Nick. »Deswegen reagiert jeder so merkwürdig darauf. Übrigens, wo wollen Sie die Uhr hernehmen, wenn Delores Sie morgen anruft?«

»Darüber mache ich mir dann Gedanken. Wenn sie wüsste, dass wir sie nicht haben, würde sie bestimmt auch nicht in den Büchern nachsehen. Warten wir ab, ob sie irgendetwas findet. Dann sehen wir weiter.«

»Ich bringe Sie zurück zu Ihrem Auto. Ich würde gern im Internet nachsehen, ob wir etwas über Johnny Blandino finden können.«

»Gute Idee.« Auf dem Weg zum Auto begann Kaylas Magen zu knurren, als ihr eine Woge von Knoblauchduft in die Nase stieg. »Äh, Nick …«, sagte sie und blieb abrupt stehen.

»Was denn?«, fragte er und sah sich rasch um.

»Ich bin am Verhungern. Und hier duftet es himmlisch.« Sie deutete auf das nahe gelegene Lokal. »Haben Sie schon gegessen?«

»Nein, aber …«

»Aber was? Sie müssen essen. Nach einer köstlichen Lasagne können Sie wieder besser denken – ganz bestimmt.«

Ein kleines, zögerndes Lächeln umspielte zum ersten Mal an diesem Tag seine Mundwinkel, und sie bemerkte auf einmal, wie attraktiv er war, wenn er nicht finster dreinblickte oder die Stirn runzelte. Sie verspürte den unwiderstehlichen Drang, dafür zu sorgen, dass dieses Lächeln auf seinem Gesicht blieb.

»Also schön, überredet«, meinte er. »Erst ein Mittagessen.«

Das italienische Restaurant war überfüllt, offenbar ein bevorzugter Treff dieser Gegend. Sobald Nick einen Blick auf die Speisekarte geworfen und die Schüsseln mit Minestrone gesehen hatte, die vorbeigetragen wurden, merkte er, wie hungrig er war. Er war froh, dass Kayla auf einer Pause bestanden hatte. Sie konnten beide eine gute Mahlzeit vertragen.

Er sah zu, wie sie ihre langen braunen Haare zu einem

Pferdeschwanz zusammennahm, den sie auf dem Kopf feststeckte. Sie hatte ein schönes Gesicht mit wunderbarer Haut, die einen natürlichen rosigen Schimmer besaß. An ihren Ohren baumelten farbenfrohe, flippige Ohrringe. Der kurze Rock mit dem kleinen Blumenmuster ließ tolle Beine sehen, und ihr sexy rosa Top war … nun ja, wirklich scharf. Kein Wunder, dass Evan beschlossen hatte, ihr die Uhr durch eine Liebesgeschichte abzunehmen. Wenn sie eine hässliche alte Hexe gewesen wäre, hätte Evan ihr wohl nur die Uhr geklaut und wäre verduftet.

Auch wenn es ihn nicht wunderte, dass Evan sich entschieden hatte, sie zu verführen, erstaunte es ihn noch immer, dass Kayla sich so heftig in ihn verliebt hatte. Sie war schließlich kein albernes Püppchen. Vielmehr schien sie über einen gut funktionierenden Verstand zu verfügen. Und sicher mangelte es ihr auch nicht an Verehrern. Warum hatte sie sich dann auf eine so überstürzte Heirat eingelassen?

Wahrscheinlich würde er die Frauen nie verstehen. Sein Gespräch mit Jenny hatte ihn ebenso verwirrt. Evan hatte ihr Leben ruiniert, trotzdem schien sie noch immer eine Schwäche für ihn zu haben. Warum bloß?

Evan musste den beiden wirklich überzeugend weisgemacht haben, dass sie alles von ihm bekommen würden, was sie sich wünschten. Wünsche waren der wunde Punkt. Sobald ein Mensch sich nach etwas sehnte, wurde er zur Zielscheibe für alle, die es ihm geben konnten.

»Was nehmen Sie?«, fragte Kayla und nahm einen Schluck Wasser.

»Gestern Abend hatten wir Pizza, also nehme ich heute die Cannelloni.«

»Stimmt. Wir haben italienische Woche«, sagte sie lächelnd. »Aber in North Beach gibt es auch das beste italienische Essen außerhalb Italiens.«

»Waren Sie schon mal in Italien?«

»Ja, in Rom und Florenz. Dort kann man einige der schönsten Kirchen und Fenster auf der Welt sehen.«

»Glauben Sie, dass Sie nach dem heutigen Tag immer noch ein Kirchenfan sein können?«

»Ich bin sicher, es war nur ein Unfall. Meine Fantasie ist in den vergangenen Wochen überstrapaziert worden. Ich muss mich wirklich zusammenreißen.«

»Tun Sie Ihre Instinkte nicht einfach so ab«, riet er. »Wenn Ihr Bauch Ihnen sagt, etwas stimmt nicht, dann sollten Sie auf ihn hören.«

»Ich werde daran denken.« Sie hielt inne, als der Kellner kam, um ihre Bestellung aufzunehmen, dann fuhr sie fort: »Ich möchte, dass Sie mir etwas versprechen, Nick. Und bitte überlegen Sie gut, ehe Sie antworten.«

Sein Körper spannte sich bei ihrem ernsten Ton an. Er hoffte, er würde ihr das Versprechen geben können. Hoffentlich verlangte sie nicht von ihm, die Sache mit Evan locker zu nehmen! Denn das konnte er um nichts in der Welt versprechen. »Worum geht es?«

»Sagen Sie mir die Wahrheit – immer. Egal, worum es geht, egal, wie hässlich oder schmerzhaft diese Wahrheit ist. Ich kann keine Lügen mehr ertragen. Ich muss mich auf Ihr Wort verlassen können.« Sie streckte die Hand aus. »Einverstanden?«

Er ergriff ihre Hand, blickte in ihre schönen braunen Augen und vergaß völlig, was er sagen wollte. Sie zu berühren hatte einen elektrischen Impuls reiner, unverfälschter Lust in ihm ausgelöst. *Mist!* Wo zum Teufel kam das her? Er hätte am liebsten seine Hand zurückgerissen, wollte aber auch nicht wie ein Idiot dastehen. »Einverstanden«, antwortete er. »Keine Lügen zwischen uns.«

»Gut.« Sie entzog ihm ihre Hand und leckte sich die Lippen.

Diese kleine Geste hätte ihm fast den Rest gegeben. Er wollte sich nicht von ihr angezogen fühlen. Zum Kuckuck, sie war die letzte Frau auf der Welt, von der er sich angezogen fühlen wollte! Sie hatte Evan geheiratet, seinen Feind, um Himmels willen! Er sollte sie nicht einmal mögen … und noch viel weniger etwas anderes für sie empfinden.

Das einzige Problem war, dass er sie mochte – zu sehr. Sie faszinierte ihn. *Verdammt.*

»Stimmt etwas nicht?«, fragte sie leise.

»Nein, alles bestens.« In der Hoffnung, es würde ihn von innen her abkühlen, nahm er einen Schluck Eiswasser.

»Wir sollten noch über etwas anderes sprechen«, begann Kayla.

Meine Güte. Was jetzt noch?

»Unsere Ehe«, fuhr sie fort.

Ihre Worte beschworen ein Bild herauf von einer Kayla in weißer Seidenwäsche, die ihn in ihr Bett lockte. Er räusperte sich und blinzelte. Was um alles in der Welt war nur los mit ihm? »Unsere … unsere Ehe?«, murmelte er.

»Keine Panik. Ich meine nur, wir sollten wohl mit einem Rechtsanwalt darüber sprechen, wie man sie auflöst. Mit mir verheiratet zu sein ist sicher das Letzte, was Sie wollen«, setzte sie mit einem scherzhaften Lächeln hinzu.

Nick wollte ihr gern sagen, dass sie absolut recht hatte und dass es das Schrecklichste auf der Welt war, doch er konnte beim besten Willen keinen Ton herausbringen. Er nahm noch einen Schluck Wasser und hoffte, er würde damit den Kloß in seinem Hals los.

»Und ich habe geglaubt, Sie wären ein Typ, der vor nichts und niemand Angst hat«, bemerkte sie. »Aber Sie sind praktisch ausgeflippt, als ich das Wort *Ehe* auch nur ausgesprochen habe. Sie gehören zu den Männern, die Angst vor einer Bindung haben, nicht wahr?«

»Ich kann mir eben nicht vorstellen, jemanden nach drei Wochen zu heiraten«, fauchte er.

»Autsch.«

»*Sie* haben damit angefangen. Und fürs Protokoll: Ich habe vor nichts Angst, vor allem nicht vor Bindungen. Ich habe nur beschlossen, mein Leben allein zu verbringen. Ich hatte genug Verantwortung für eine Familie, dass es für ein Leben reicht. Ich brauche nicht noch eine anspruchsvolle Frau an meiner Seite.«

»Sehen Sie so Ihre zukünftige Frau? Als anspruchsvolles, forderndes Wesen?«

»Ich habe noch nie eine Frau kennengelernt, die nicht anspruchsvoll gewesen wäre.«

Sie runzelte die Stirn und lehnte sich zurück. »Das klingt ganz schön zynisch.«

»Ich nenne es lieber realistisch. Ich nenne es so, wie ich es sehe.«

»Da wir gerade so offen zueinander sind: Ich habe noch nie einen Mann getroffen, der nicht das Sagen haben wollte. Dieses ganze Machogehabe kann einem wirklich auf die Nerven gehen.«

»Warum dann dieser Drang zu heiraten, Kayla? Warum nicht lieber allein bleiben, warum nicht Ihr Leben, Ihr Haus, Ihre Fernbedienung unter Kontrolle behalten?«

»Glauben Sie mir, diese Vorstellung hat in den letzten zwei Wochen erheblich an Reiz gewonnen.« Sie blickte auf den Ring an ihrem Finger, und nach kurzem Zögern zog sie ihn ab und reichte ihn Nick. »Warum versuchen Sie nicht, ob Sie ihn verkaufen können?«

Das Metall war noch warm von ihrer Haut. Seine Handfläche kribbelte. Er war froh, dass sie Evans Ring abgenommen hatte, aber gleichzeitig fragte er sich, ob es nicht einfacher wäre, wenn dieser goldene Reif zwischen ihnen gestanden hätte. »Sind Sie sicher?«, fragte er, um ihre Entschlossenheit zu prüfen.

Ihr Blick flackerte nicht. »Ganz sicher. Von jetzt an werde ich mich nie mehr als Mrs. Nick Granville betrachten.«

»Gute Idee«, sagte er, merkwürdig berührt von den Worten *Mrs. Nick Granville.*

»Jetzt heißt es wieder Kayla Sheridan.« Sie hob ihr Wasserglas. »Darauf, dass wir Evan Chadwick ein für alle Mal aus unserem Leben vertreiben.«

Nick hob sein Glas. »Darauf trinke ich.«

KAPITEL 6

Als sie wieder bei Nicks Haus ankamen, war es fast vier Uhr. Kayla konnte kaum glauben, dass der Nachmittag so rasch vergangen war. Nachdem sie auf Evans endgültigen Abschied aus ihrem Leben angestoßen hatten, hatte sich das Gespräch neutraleren Themen zugewandt, und sie hatte die gemeinsame Zeit wirklich genossen. Nick war klug, belesen und hatte einen trockenen Humor, der offener zutage trat, wenn er nicht damit beschäftigt war, Evan zu jagen. Er hatte ihr von seiner Arbeit erzählt, und seine Leidenschaft für das, was er tat, klang bei jedem Wort an. Eine Zeit lang hatte sie ganz vergessen, warum sie zusammensaßen, und sich einfach entspannt.

Leider war ihre Anspannung in dem Moment zurückgekehrt, als sie vor Nicks Haus vorfuhren. Ihr wurde noch unbehaglicher zumute, als sie ihm die Treppe hinauf in sein Schlafzimmer folgte, wo sie an seinem Computer arbeiten wollten. Immer wieder sah sie zum Bett hinüber und dachte an das letzte Mal, als sie in diesem Zimmer gewesen war ... und in diesem Bett.

Evan war ihr nach oben gefolgt, nachdem sie Wein über ihre Bluse verschüttet hatte. Sie hatte den Fleck auswaschen wollen. Doch sie hatten angefangen, sich zu liebkosen, zu küssen, zu berühren und waren schließlich aufs Bett gefallen ... Kayla sah vor ihrem geistigen Auge jedes herrliche, farbige und jetzt etwas peinliche Detail. Sie wünschte verzweifelt, jede Minute, die sie zusammen verbracht hatten, aus ihrem Gedächtnis tilgen zu können.

»Ist etwas?«, fragte Nick und zog ihre Aufmerksamkeit wieder auf sich. Er reckte das Kinn vor, als sein Blick zum Bett wanderte. »Erinnerungen, was?«

»Ich will nicht darüber reden.«

»Gut, ich möchte nämlich auch nichts darüber hören.« Nick setzte sich vor den Computer und deutete auf den Sessel. »Ziehen Sie sich den heran, wenn Sie mögen.«

Sie schob den Sessel zurück und blickte ihm über die Schulter, als er *Johnny Blandino* in die Suchmaschine eingab. Kurz darauf erschien eine Seite mit Einträgen. Es schien eine Menge Johnny Blandinos auf der Welt zu geben. »Grenzen Sie es auf San Francisco ein!«, schlug sie vor.

Einen Augenblick später hatte er eine Reihe neuer Einträge. »Sehen Sie sich das mal an!« Er deutete auf den ersten Eintrag. *Johnny Blandino, Ausbruchsversuch, Alcatraz.*

»Das kann doch nicht unser Johnny Blandino sein«, wehrte sie ungläubig ab.

»Prüfen wir es nach.«

Er klickte auf den Link zu einem Artikel in der *San Francisco Tribune*, der über einen der berühmtesten Fluchtversuche von Alcatraz und das Erscheinen eines neuen Buches mit dem Titel *Geschichten vom Felsen* berichtete. Nick las weiter: »*Einer der berühmtesten Fluchtversuche von Alcatraz ereignete sich 1960, als eine berüchtigte Bande von Bankräubern aus San Francisco, Johnny Blandino, Nathan Carmello und Frankie Damon, aus dem Inselgefängnis flüchteten. Drei Tage später wurde Frankies Leiche an Land gespült. Die beiden anderen Männer wurden niemals gefunden, aber man nahm allgemein an, dass sie in den gefährlichen Strömungen rings um die Insel ertrunken waren. Ihre Flucht bleibt eins von Alcatraz' ungelösten Geheimnissen.*« Nick sah Kayla an. »Was halten Sie davon?«

Sie wusste nicht, was sie denken sollte, doch ihr war plötzlich kalt, sie zitterte. Ihre Großmutter hatte ihr erzählt, Johnny hätte fortgehen müssen – ins Gefängnis? »Ich will es nicht glauben, aber ich muss wohl.« Sie las weiter, wo Nick aufgehört hatte. *»Die drei Männer, ehemals Messdiener der Kirche St. Basil in North Beach, terrorisierten die Geschäftswelt von San Francisco fast fünf Jahre lang. Sie wurden schließlich einen Monat, nachdem sie ein Vermögen in ungeprägten Goldmünzen aus der Münzanstalt der Vereinigten Staaten in San Francisco geraubt hatten, festgenommen. Während des Raubes wurden zwei Sicherheitsbeamte getötet. Die Goldmünzen wurden nie wiedergefunden. Die Männer wurden gefangen genommen und zu lebenslanger Haft in Alcatraz verurteilt, hatten aber erst fünf Jahre abgesessen, als ihnen die Flucht glückte.«* Kayla holte tief Luft, schockiert von dem, was sie soeben gelesen hatte. »Das kann nicht derselbe Typ sein. Großmama hat bestimmt keinen Mörder geliebt.« Sie sah die Wahrheit in Nicks Augen, eine Wahrheit, die sie nicht akzeptieren wollte. »Das ist unmöglich.«

»Es erklärt, warum sie Ihnen nur so widerwillig etwas über ihn erzählt hat. Was mich mehr interessiert, ist der Schatz der verlorenen Goldmünzen. Das klingt nach etwas, auf das Evan Jagd machen würde.« Nick lehnte sich zurück und rieb sich das Kinn, während er nachdachte. »Es ist ein bisschen weit hergeholt, aber ich schätze, dass die Uhr, die früher Johnny gehörte, irgendetwas mit diesem verlorenen Schatz zu tun hat. Außerdem erschien dieser Artikel kurz nach Neujahr in der Zeitung. Wann haben Sie Evan kennengelernt?«

»Mitte Januar. Aber woher sollte er etwas über meine Großmutter oder mich wissen?«

»Ich weiß nicht, doch er hat den Kontakt zu Ihrer Großmutter angebahnt, kurz nachdem der Artikel erschienen war. Sie sagten, er hat sich ihr Haus wegen eines Gutachtens angesehen, was ihm reichlich Gelegenheit gegeben haben dürfte, dort nach der Uhr zu suchen. Dann hat er Sie kennengelernt.«

»Und hat sich mein Haus ebenfalls gründlich angesehen«, fuhr Kayla fort. »Er hat mich nach seiner Geschichte gefragt, wer wie lange darin gelebt hätte, solche Sachen. Ich erzählte ihm, dass meine Großmutter direkt nach ihrer Hochzeit in dieses Haus eingezogen sei und bis vor zwei Jahren darin gewohnt habe. Ich glaube, ich habe mich sogar beklagt, dass sie alles zurückgelassen hätte und dass ich nicht verstehen könnte, warum sie die Dinge aus ihrer Vergangenheit nicht bei sich haben wollte.« Sie holte tief Luft und versuchte, sich an ihre Gespräche zu erinnern. »Irgendwann haben wir angefangen, über Antiquitäten zu sprechen, und danach wanderte das Gespräch zu Schmuck.«

»Und nichts von all dem hat Sie misstrauisch gemacht?«

»Na ja, es ging ja nicht so schnell«, verteidigte sie sich. »Ich gebe Ihnen ja nur eine Kurzfassung.«

»Ihre ganze Beziehung hat weniger als einen Monat gedauert. Das ist schon ziemlich kurz, finde ich.«

Sie runzelte die Stirn über seinen Sarkasmus. »Die Bemerkung ist nicht gerade hilfreich.«

»Gut, reden Sie weiter.«

»Ich versuche, mich zu erinnern, wann ich ihm zuerst von der Uhr erzählt habe.« Sie hielt inne. »Ich weiß noch, dass wir in einem Antiquitätenladen waren. Als wir an dem Abend nach Hause kamen, fragte er mich, ob ich antike Schmuckstücke von meiner Großmutter hätte. ›Ich habe die Taschenuhr meines Großvaters‹, antwortete ich und zeigte sie ihm, und er war sehr interessiert daran. Er sagte, sie sei meisterlich gefertigt, und hat sie lange und gründlich studiert.«

»Hat er gefragt, ob er sie kaufen könnte?«

»Woher wissen Sie das?«

»Scheint mir ein vernünftiger nächster Schritt zu sein.« Er hielt inne. »Haben Sie ihm gesagt, Sie könnten die Uhr nicht verkaufen, weil sie ein Familienerbstück ist?«

»Ja.« Sie konnte in Nicks Augen sehen, dass sein Verstand bereits den nächsten Schritt getan hatte. Sie musste es nur noch bestätigen. »Ich erzählte ihm, ich würde sie dem Mann schenken, den ich heiratete. Dass sie sein Hochzeitsgeschenk sein würde.«

»Und am nächsten Tag bat er Sie, ihn zu heiraten.«

»Nein, es muss wenigstens ein paar Tage später gewesen sein. Da hatte ich unser Gespräch längst vergessen. Natürlich, jetzt, im Rückblick, scheint es ganz klar zu sein, aber es war ja nicht so, als hätten wir über ein Diamanthalsband gesprochen. Für mich hatte es keine große Bedeutung.«

Nick schwieg eine Weile. Sie musste nicht fragen, woran er dachte, sie wusste es bereits. Sie war ein Dummkopf gewesen, der sämtliche Warnsignale übersehen hatte, eingewickelt in einen Wirbelsturm aus Romantik und Versprechungen. Und sie konnte niemand anders dafür verantwortlich machen. Sie hatte Evan in ihr Leben gelassen. Sie hatte ihm geholfen, Nick zu ruinieren. Aber das war Vergangenheit – es war vorbei und einfach nicht mehr zu ändern. Sie musste sich auf die Gegenwart und die Zukunft konzentrieren.

»Hier steht, dass der Autor von *Tales from the Rock* in ein paar Tagen auf Alcatraz eine Autogrammstunde gibt. Wir sollten das prüfen und herausfinden, was er über Johnny Blandino weiß«, meinte Nick. »Doch in der Zwischenzeit müssen Sie noch einmal mit Ihrer Großmutter reden. Sagen Sie ihr, dass wir über Johnny Bescheid wissen. Finden Sie mehr über die Uhr heraus.«

»Sie haben recht. Vielleicht hört sie auf, mich beschützen zu wollen, wenn ich ihr vor Augen halte, was ich bereits weiß.«

»Hatte sie nicht gesagt, sie glaube, die Uhr wäre gestohlen?«

»Ja«, antwortete Kayla und klammerte sich an diese kleine Tatsache. »Vielleicht ist das der Schlüssel. Vielleicht gehörte die Uhr ja niemals Johnny, und der wahre Besitzer ist irgendwie wichtig.«

»Es wird interessant sein festzustellen, ob Delores Ricci uns sagen kann, ob Johnny Blandino diese Uhr von ihrem Vater gekauft hatte.«

»Vielleicht hatte er ja den Juwelierladen ausgeraubt.« Sie stieß einen müden Seufzer aus. »Ich muss ganz schön viel verarbeiten.« Ehe Nick antworten konnte, klingelte es an der Tür. »Erwarten Sie jemanden?«

»Nein, aber es könnte eine meiner Schwestern sein. Sie und meine Mutter kommen gern unangekündigt vorbei.«

Kayla zögerte, als Nick aufstand. Da sie nicht unbedingt von seiner Mutter oder seinen Schwestern in seinem Schlafzimmer erwischt werden wollte, folgte sie ihm nach unten. Als er die Tür öffnete, entdeckte sie ein Päckchen auf der obersten Stufe. Es war niemand zu sehen.

»Was ist das denn?«, murmelte Nick und trug die weiße Schachtel mit dem silbernen Schleifenband herein.

Er hielt die Karte hoch, und ihr Herz setzte einen Schlag aus. Der Umschlag war adressiert an *Mr. und Mrs. Nick Granville*.

»Wollen Sie das aufmachen?«, fragte Nick angewidert. »Sieht aus wie ein Hochzeitsgeschenk.«

»Wer sollte ein Hochzeitsgeschenk hierher schicken? Meinen Freunden habe ich diese Adresse nie gegeben.«

Nick öffnete den Umschlag und zog eine Karte heraus. »*Willkommen zu Hause, Nick*«, las er vor. »*Ich hoffe, dir gefällt deine neue Frau. Das war das Mindeste, was ich tun konnte. Evan.*«

Der Text war überwältigend und grausam in seiner Schlichtheit. Kayla hoffte für einen Moment, dass Nick sich verlesen hatte. Es konnte doch nicht sein, dass Evan sie geheiratet und für Nick als eine Art ... Trostpflaster zurückgelassen hatte? Das hätte er doch nicht getan ... oder? Sie legte eine Hand auf den Mund, da ihr bei dem Gedanken übel wurde. »Glauben Sie, es war Evan, der geklingelt hat?«

Nick sah sie an, dann warf er die Karte auf den Tisch und rannte zur Tür.

Sie folgte ihm auf den Fersen.

Hatte Evan vor ein paar Minuten vor der Tür gestanden? Hatte er persönlich das Geschenk für sie hinterlassen?

Nick hastete die Stufen hinunter zur Straße und sah sich in alle Richtungen um. Ein Auto fuhr vorbei. Kayla hielt den Atem an, bis sie einen älteren Mann und eine Frau auf den Vordersitzen erkannte. Es war nicht Evan. Er musste bereits fort sein. Oder?

Auf der Straße parkten viele Autos. Es war Wochenende. Jedermann war zu Hause. Er konnte in jedem dieser Autos sitzen und sie beobachten. Und genau das tat er wahrscheinlich auch, dachte sie. Er hatte das Geschenk aus einem bestimmten Grund abgegeben. Zweifellos war er noch in der Nähe, um ihre Reaktion mitzuerleben.

Nick kam mit grimmiger Miene zurück. »Falls er hier war, ist er jetzt weg.«

»Das glaube ich nicht.«

»Was meinen Sie?«

»Er will eine Show«, sagte sie. Sie fühlte eine Woge von

Zorn in sich aufsteigen, als sie an die gefühllosen Worte dachte: *Ich hoffe, dir gefällt deine neue Frau.* »Dann wollen wir ihm etwas bieten.«

»Wovon reden Sie?«

Sie schlang ihre Arme um Nicks Hals und küsste ihn fest auf die Lippen, ehe sie noch darüber nachdenken konnte, ob das klug war. Wut und Enttäuschung trieben sie weiter, sie schob ihre Zunge in seinen Mund und nutzte seine Überraschung aus. Nach einem Augenblick küsste Nick sie wieder, schlang die Arme um sie, zog sie fest an seine Brust und erwiderte fordernd ihren Kuss.

Plötzlich war nicht mehr sie diejenige, die die Initiative ergriff, es war Nick. Seine rastlosen, hungrigen Hände glitten über ihren Körper, umfassten ihren Po zogen sie gegen seine harten Hüften. Er verscheuchte jeden vernünftigen Gedanken aus ihrem Kopf. Sie wollte einfach nur fühlend und küssend einen Weg in gedankenloses Vergessen finden. Und Nick war bereit, mit ihr zu gehen, dachte sie ... aber plötzlich war er nicht mehr da.

Kayla griff nach ihm, doch er machte einen Schritt zurück, sein Atem ging keuchend und stoßweise. Sein Blick brannte sich mit einer Frage in den ihren, auf die sie nicht antworten wollte.

»Was zum Teufel sollte das?«, murmelte er.

»Ich ... ich weiß nicht genau«, sagte sie und fuhr sich mit der Hand durch die Haare, die er mit seinen Fingern zerwühlt hatte.

»Gehen Sie hinein«, befahl er.

Ihr gefiel sein Ton nicht, aber sie gehorchte trotzdem. Nick schloss die Tür und lehnte sich mit verschränkten Armen dagegen. Sein Blick war scharf, durchdringend und glitzerte noch immer vor Begehren. Kayla hatte das schreckliche

Gefühl, gerade ein wildes Tier geweckt zu haben. Sie wünschte sich, dass er etwas sagte, und hatte zugleich Angst davor.

»Es tut mir leid«, meinte sie, denn sie konnte die Spannung keine Sekunde länger ertragen. »Ich dachte, Evan schaut vielleicht zu.«

»Das hat er wahrscheinlich auch.«

»Er sollte auf keinen Fall glauben, er hätte die Situation unter Kontrolle. Das wollte ich nicht. Mir gefiel die Karte nicht. Er tat so, als hätte er mich für Sie hinterlassen. Es hat mich wütend gemacht. Ich habe nicht nachgedacht.«

Nick nickte langsam. »Ich habe verstanden«, sagte er gepresst, doch das glaubte sie ihm nicht. »Sehen wir nach, was noch in der Schachtel ist«, forderte Nick und schob sich an ihr vorbei.

Kayla war sich nicht sicher, ob sie es wissen wollte. »Es kann nichts Gutes sein«, murmelte sie. Und sie sollte recht behalten.

Nick zog ein Foto heraus. Er drehte es herum, um es ihr zu zeigen. Sie schluckte trocken. Es war ein Foto von ihr und Nick und zeigte sie, wie sie vor ein paar Stunden zusammen gegessen hatten. Über den Abzug hatte Evan die Worte gekritzelt: *Das glückliche Paar.*

»Evan war da. Er hat uns beobachtet«, sprach sie das Offensichtliche aus.

»Vielleicht war er auch in der Kirche«, meinte Nick.

»Und bei dem Juwelier. Ihm muss klar sein, dass wir versuchen, etwas über die Uhr in Erfahrung zu bringen. Aber warum folgt er uns? Warum tut er nicht, was immer er mit dieser verdammten Uhr vorhat?«

»Eine gute Frage. Einen Teil seiner Genugtuung bezieht er bestimmt daraus, mir dabei zuzusehen, wie ich mich aus den Schlingen herauswinde, die er mir um den Hals gelegt hat.«

»Und ich bin eine dieser Schlingen.« Ein Teil von ihr wünschte sich, Nick möge protestieren, doch er zuckte nur mit den Schultern. Kayla seufzte und fühlte sich plötzlich überwältigt und erschöpft. Sie hatte an einem einzigen Tag so viele Gefühle durchlebt, dass ihr Kopf dröhnte und sich alles vor ihren Augen drehte. »Ich muss gehen, Nick. Ich muss hier raus.«

»Kayla, warten Sie«, bat er, als sie zur Tür eilte. »Wo wollen Sie hin?«

»Nach Hause. Ich werde mich in meiner Werkstatt einschließen, mich auf meine Arbeit konzentrieren und versuchen, die vergangenen Wochen zu vergessen.«

»Sie können nicht den Kopf in den Sand stecken.«

»Ich kann es wenigstens versuchen.« Sie schnappte ihre Tasche vom Tisch und erstarrte. »Glauben Sie, er ist immer noch da draußen?«

»Ich weiß es nicht. Aber ich finde, Sie sollten nicht allein nach Hause gehen. Ich folge Ihnen in meinem Auto, um sicherzugehen, dass Sie gesund und munter heimkommen.«

»Er wird mir nichts tun. Jedenfalls nicht körperlich«, erwiderte sie, obwohl sie nicht überzeugt davon war, richtigzuliegen.

»Sie wissen nicht, zu was er fähig ist.« Nick wedelte mit dem Foto. »Sieht das wie das Werk eines Mannes aus, der völlig bei Verstand ist?«

Ihr Herz überschlug sich. Nein, ganz sicher nicht. Es machte ihr allzu deutlich, dass sie einen Mann geheiratet hatte, der höchstwahrscheinlich verrückt, grausam und teuflisch war. Hatte Evan sich als Nonne verkleidet? Sie konnte noch immer diese blauen Augen hinter den Brillengläsern sehen. Die Vertrautheit dieses Blickes hatte sie wie ein Schlag in den Magen getroffen, aber sie hatte die Wahrheit nicht sehen wollen. Was hatte er vor? Warum lungerte er noch in ihrer Nähe herum? Was blieb ihm noch zu tun?

»Meinen Sie nicht, er hat uns das Schlimmste schon angetan?«, fragte sie.

Nick schüttelte langsam den Kopf. »Sie haben mich gebeten, Ihnen immer die Wahrheit zu sagen. Es tut mir leid, Kayla. Ich glaube, das Spiel beginnt gerade erst.«

Kayla seufzte. Sie musste sich der Wirklichkeit stellen. »Wenn Sie mir nachfahren wollen, sage ich nicht Nein.«

»Dann fahre ich Ihnen nach.«

Als sie hinausgingen, war Kayla froh über Nicks Gegenwart. Sie stieg in ihr Auto und verriegelte es von innen, während Nick den Porsche aus der Garage holte. Kayla suchte die Straße nach etwas Ungewöhnlichem ab, fand aber nichts. Sie hatte das Gefühl, als wäre jeder Nerv ihres Körpers zum Zerreißen gespannt, und glaubte, sich erst wieder entspannen zu können, wenn sie zu Hause war.

Nick blieb auf der Fahrt durch die Stadt dicht hinter ihr. Hin und wieder suchte sie im Rückspiegel nach einem anderen Wagen, doch alles wirkte unauffällig. An ihrem Haus angekommen, bog sie in die Einfahrt und parkte dort. Nick holte sie auf der Veranda ein. Sie wühlte gerade in ihrer Tasche nach dem Hausschlüssel.

Das Licht auf der Veranda war aus, und sie war froh, Nicks kräftigen Körper hinter sich zu wissen. Sie versuchte, den Schlüssel ins Schloss zu stecken, und bekam einen Schock, als die Tür aufsprang, ehe sie sie entriegelt hatte. Hatte sie die Tür etwa offen gelassen?

Nick packte ihren Arm. »Warten Sie! Hatten Sie nicht abgeschlossen?«

»Ich dachte schon.«

»Es könnte jemand drinnen sein«, sagte er.

Sie bekam keine Luft mehr. War Evan gekommen, um ihr aufzulauern? Wartete er hier, wohl wissend, dass sie irgendwann nach Hause kam? »Was sollen wir tun?«, flüsterte sie.

»Ich gehe hinein. Sie bleiben hier.«

Nick stieß die Tür auf und trat in den Flur. »Wo ist der Lichtschalter?«

»Links an der Wand.«

Er tastete nach dem Schalter. Als das Licht aufflammte, ging er durch den Flur ins Wohnzimmer. Sie hörte ihn fluchen.

»Was ist los?«, rief sie.

»Jemand war hier«, erwiderte er und kam wieder in den Flur. »Im Wohnzimmer herrscht ein heilloses Durcheinander.«

»Ein Einbruch?«, entfuhr es ihr verblüfft. In den fünfzig Jahren, in denen ihre Großeltern in diesem Haus gelebt hatten, war noch nie eingebrochen worden.

»Oder jemand hat etwas gesucht«, entgegnete Nick ernst. »Und der könnte noch immer hier sein. Ich gehe nach oben. Wo ist Ihr Schlafzimmer?«

»Erste Tür rechts. Seien Sie vorsichtig.« Sie packte einen Schirm aus dem Schirmständer neben der Tür, nur für den Fall, dass sie eine Waffe brauchte. Es war nicht viel, aber besser als gar nichts.

Nick schoss die Treppe hinauf. Sie sah ihn in ihr Schlafzimmer gehen. »Haben Sie etwas gefunden?«, fragte sie, als er nicht sofort wiederkam. »Nick!«, rief sie erneut. Sie hörte ein lautes Poltern. Himmel, hatte ihn jemand angegriffen? »Nick, antworten Sie!«

Ihre Nerven zuckten, ihr Puls raste. Sollte sie hinaufgehen? Sollte sie die Polizei rufen? Ein Dutzend Möglichkeiten rangen in ihrem Kopf miteinander. Dann hörte sie einen Schritt hinter sich. Jemand war auf der Veranda!

Sie wirbelte herum.

Ein dunkler, großer Schatten ragte drohend hinter ihr auf. Adrenalin jagte durch ihre Adern. Sie hieb ihm den Schirm schwungvoll auf den Kopf und betete, sie würde ihn lange genug außer Gefecht setzen, dass sie entkommen konnte.

KAPITEL 7

Der Schatten war schneller als sie. Der Mann packte das andere Ende des Schirms mit sicherer, geschickter Hand. Kayla versuchte, ihm den Schirm zu entwinden, doch ihr Gegner war groß und stark. Sie trat nach ihm, ihr Stiefel traf sein Schienbein. Er presste sie gegen die Wand und drückte seinen Unterarm gegen ihre Kehle.

Zum ersten Mal konnte sie sein Gesicht sehen. Er hatte dunkelbraune, harte Augen. Und er war nicht Evan. Wer zum Teufel war er? Und warum versuchte er, sie zu erwürgen?

Nick kam aus dem Nichts und zerrte den Mann von ihr weg. Sie fasste sich an den Hals, denn sie konnte noch immer den Druck seines Arms gegen ihre Luftröhre fühlen. Nick schmetterte dem Angreifer seine Faust ins Gesicht. Der Mann stolperte, fing sich jedoch rasch wieder. Er schob Nick neben sie an die Wand und brüllte:

»Was zum Kuckuck ist los mit dir, Nick?«

Kayla rang nach Luft. Woher kannte der Kerl Nicks Namen?

Nick wirkte genauso verblüfft.

Einen angespannten Augenblick konnte sie nichts weiter hören als ihren keuchenden Atem im Takt mit der alten Standuhr. Sie hätte nicht sagen können, wie viele Sekunden vergangen waren, ehe Nick verwirrt fragte: »J. T.?«

»Richtig«, stieß der Mann hervor. Er ließ Nick los und trat zurück, eine Hand auf seinem rasch anschwellenden

Gesicht. »Verdammt miese Art, einen alten Freund zu begrüßen.«

»Ich dachte, du würdest Kayla angreifen.«

»Sie wollte mir einen Schirm über den Schädel ziehen«, sagte er finster.

»Sie haben versucht, mich zu erwürgen«, entgegnete Kayla.

»Ich wollte verhindern, dass Sie mir in die Eier treten.«

Mist. Dahin hätte sie als Erstes zielen müssen. »Ich dachte, Sie wären in mein Haus eingebrochen. Sie waren plötzlich hinter mir und haben mich erschreckt. Wer sind Sie übrigens?«

»Ich bin J. T. McIntyre«, antwortete er. »Ich arbeite für das FBI.« Er zog einen Ausweis aus der Tasche und hielt ihn ihr unter die Nase. »Ich nehme an, Sie sind Kayla Sheridan, diejenige, die Evan Chadwick geheiratet hat?«

»Ja ...«

»FBI?«, unterbrach Nick schockiert. Er riss J. T. den Ausweis aus der Hand. »Willst du mich verkohlen?«

»Nein. Ich arbeite beim Betrugsdezernat und bin Evan seit vier Jahren immer wieder auf den Fersen. Soviel ich höre, hat er dich hereingelegt, Nick.«

»Er hat mir alles gestohlen, während ich außer Landes war«, sagte Nick. »Er hat sogar wochenlang in meinem Haus gewohnt.«

»Entschuldigung.« Kayla konnte nicht mehr folgen. »Wieso kennen Sie beide sich?«

»Wir sind zusammen zur Schule gegangen«, erklärte Nick. »Genau genommen hat J. T. mit mir und Evan zusammengewohnt.«

Noch eine Verbindung zu Evan? Kayla war wie betäubt. Sie warf J. T. einen langen Blick zu. Wie Nick schien er Anfang dreißig zu sein. Er hatte kurzes, drahtiges, hellbraunes

Haar, dunkelbraune Augen, eine etwas krumme Nase, die aussah, als wäre sie einmal gebrochen gewesen, und einen Dreitagebart. Er trug Jeans, ein Polohemd und eine braune Lederjacke. Und er erwiderte ihren Blick mit einer lässigen Arroganz, die sie gegen ihn aufbrachte. Sie hatte keine Ahnung, was er über ihre Beziehung zu Evan wusste, aber seiner Miene nach zu urteilen, hielt er nicht viel von ihr.

Kayla schob die Hände in die Hosentaschen. »Dann sind Sie wegen Evan hier?«

»Bingo.«

»Erstaunlich. Als ich zur Polizei ging, schien meine Geschichte absolut niemanden zu interessieren.«

»Weil man damals noch nicht wusste, dass Sie von Evan sprachen.« J. T. hielt inne. »Warum setzen wir uns nicht? Wir haben viel zu bereden.«

Ohne nachzudenken, ging Kayla ins Wohnzimmer. In der Tür blieb sie abrupt stehen. Das Zimmer war ein einziges Chaos. Die Sofakissen lagen am Boden. Ein paar der Porzellanfiguren ihrer Großmutter waren zerbrochen. Die Schubladen des Couchtisches waren herausgezogen und ihr Inhalt auf den Boden gekippt worden. Ihr Strickgarn lag nun über die Couch verteilt. Über J. T.'s Erscheinen hatte sie ganz vergessen, dass jemand im Haus gewesen war. Jetzt wurde ihr langsam klar, wie ernst die Lage war.

»Wer war das?«, fragte J. T. Er trat ins Zimmer, seine scharfen Augen nahmen jede Einzelheit wahr.

»Wir wissen es nicht. Wir sind erst kurz vor dir eingetroffen«, antwortete Nick. »Ich habe oben nachgesehen. Es ist niemand da, aber in Kaylas Schlafzimmer sieht's noch schlimmer aus.«

Kayla ging zum Klavier und stellte ein Familienfoto wieder richtig hin.

»Nichts anfassen«, sagte J. T. rasch. »Die Polizei wird nach Fingerabdrücken suchen.«

Sie hielt unvermittelt inne. »Richtig. Ich habe nicht überlegt. Ich weiß nicht einmal, ob etwas fehlt. Deshalb sollte ich zunächst wohl mal alle Zimmer prüfen.«

»In einer Minute«, entgegnete J. T. mit befehlsgewohnter Stimme. »Zuerst möchte ich ein wenig mehr über Ihre Beziehung zu Evan wissen als das, was in den Akten steht.«

»Ich glaube kaum, dass es da mehr zu wissen gibt. Ich habe nämlich alles Wichtige zu Protokoll gegeben«, erwiderte sie. »Wir kannten einander erst ein paar Wochen, heirateten, dann verschwand Evan. Er hat die Taschenuhr meines Großvaters mitgenommen, die ich ihm als Hochzeitsgeschenk gegeben hatte. Das ist alles.«

J. T.'s Blick war nicht zu deuten. Sie hatte keine Ahnung, was er von ihrer sehr kurzen Geschichte hielt. »Und Sie haben nichts von ihm gehört, seit er Sie in Tahoe verlassen hat?«, hakte J. T. nach.

»Nicht bis gestern, als er hier anrief, und noch einmal heute Nachmittag. Da hat er ein Geschenk für uns vor Nicks Haus hinterlassen. Es war ein Foto, das er oder jemand anders von mir und Nick heute beim Mittagessen gemacht hat.«

J. T. nickte. Er sah zu Nick hinüber. »Willst du noch etwas hinzufügen?«

»Ja. Die Taschenuhr hängt mit einem berüchtigten Verbrecher der Fünfzigerjahre und einem vermissten Schatz an Goldmünzen zusammen. Daher rührt wohl Evans Interesse an der Uhr, denke ich.«

»Na, das ist ja eine interessante Wendung!«

»Vielleicht kannst du mehr über den alten Betrüger herausfinden, einen Mann namens Johnny Blandino.«

»Ich werde Nachforschungen anstellen. Noch etwas?«

»Bisher nicht. Außer dass ich mir nicht vorstellen kann, warum Kayla und ich zusammen in diese Sache verwickelt sind.«

»Wenn man deine und Evans Geschichte kennt, denke ich, dass zumindest, was dich angeht, persönliche Animositäten eine Rolle spielen, Nick. Den Rest müssen wir herausfinden.«

Kayla fühlte sich durch J. T.'s ruhige, bedächtige Art wieder zuversichtlicher. Wenn das FBI an dem Fall arbeitete, konnten sie Evan bestimmt fassen und die Uhr zurückbekommen.

»Was kannst du uns erzählen, J. T.?«, fragte Nick. »Du sagtest, du bist schon seit einigen Jahren hinter Evan her?«

»Ja. Er ist sehr gut geworden, besser als zu College-Zeiten. Niemand hat ihn bislang schnappen können. Er ist uns immer einen Schritt voraus. Evan hat eine Art, normalerweise vernünftige Leute zu überreden, ihm ihre Ersparnisse zu überlassen, ihren Schmuck, ihr Heim und alles, was sie sonst noch haben. Leider ist er auch gefährlicher geworden. Im letzten Jahr hat er die Identität eines Mannes angenommen, der drei Wochen zuvor unter mysteriösen Umständen ums Leben gekommen war. Evan schaffte es, die Familie des Verstorbenen zum Narren zu halten. Sie hatten ihren Sohn seit fünfzehn Jahren nicht gesehen, und Evan hat irgendwie eine Mutter und einen Vater davon überzeugt, ihr lange verschollener Sohn zu sein. Möglicherweise hat Evan den Mann getötet und seine Identität angenommen, wenn wir das auch nicht beweisen können.«

»Wie konnte er das?«, fragte Kayla erstaunt. »Wie konnte Evan Eltern davon überzeugen, ihr Sohn zu sein?«

»Wie ich schon sagte – er ist gut«, antwortete J. T. und hielt ihren Blick fest. »Er erzählte ihnen, was sie hören wollten, und sie sahen, was sie sehen wollten.«

Also genau wie bei mir, erkannte sie jetzt. »Ich kann immer noch nicht glauben, dass er jemanden töten würde. Aber das wollen Sie doch andeuten, oder?« War es wirklich möglich, dass sie einen Mörder geheiratet hatte? Ihr Herz wollte bei dem Gedanken stehen bleiben.

»Es ist entschieden eine Möglichkeit«, antwortete J. T. »Ich würde gern noch einmal alles durchgehen, was seit dem Tag geschehen ist, als sie Evan kennenlernten«, sagte er, dann wandte er sich an Nick. »Danach besprechen wir deine Situation. Zuerst müssen wir den Einbruch an die örtliche Dienststelle melden, auch wenn ich nicht erwarte, dass die Kollegen etwas finden. Evan ist zu schlau, um Fingerabdrücke zu hinterlassen.«

»Dann glauben Sie, es war Evan, der hier eingedrungen ist?« Kayla sah ihn zweifelnd an. »Er war oft genug hier, als wir uns kannten. Er hatte reichlich Gelegenheit zu stehlen, was er wollte.«

»Sie hat recht«, warf Nick ein. »Das ist nicht logisch. Oder schlau. Und wir wissen, dass Evan schlau ist und äußerst logisch vorgeht.«

»Dann müssen wir herausbekommen, wer noch im Spiel ist«, stellte J. T. fest.

Kayla drehte sich der Magen um bei dem Gedanken, dass noch jemand in die Sache verwickelt sein könnte. Die Situation wurde von Minute zu Minute schlimmer. Da sie das Bedürfnis hatte, etwas zu tun, erklärte sie: »Ich rufe die Polizei. Ich nehme das Telefon in der Küche, wenn es recht ist.«

»Aber fassen Sie nichts anderes an.«

Nachdem sie den Einbruch gemeldet hatte, sagte man ihr, dass in Kürze ein Beamter vorbeikommen würde. Sie hängte auf und untersuchte die Küche genauer. Alle Schubladen waren entweder halb oder ganz herausgezogen, als hätte jemand rasch den Raum durchsucht. Die Hintertür stand einen Spalt offen. Hatte sie die Tür nicht verschlossen gehabt? Sie wollte sich die Hintertür gerade näher ansehen, als Nick sie rief.

»Wo wollen Sie hin?«, fragte er.

»Die Polizei ist unterwegs«, sagte sie. »Ich muss in meiner Werkstatt und in der Garage nachsehen.«

»Ich komme mit Ihnen. J. T. telefoniert.«

Als sie über den dunklen Pfad zu ihrer Werkstatt gingen, hielt sich Kayla dicht bei Nick, dankbar für seine Nähe. Mindestens tausend Mal war sie schon des Nachts über diesen Pfad gegangen, doch heute Abend wirkten die Schatten wesentlich bedrohlicher. Als sie zur Tür kamen, sah sie, dass die Glasscheibe über dem Türknauf zerbrochen war, die Scherben lagen am Boden.

»Vorsicht«, wisperte Nick. Er stieß die Tür auf. Auf der Schwelle blieben sie stehen.

Kayla bemühte sich, in der Dunkelheit etwas zu erkennen. Nichts rührte sich. Endlich streckte sie die Hand aus und schaltete das Licht an. Die Werkstatt sah fast genauso aus, wie sie sie verlassen hatte. Sie war ungeheuer erleichtert, dass der Einbrecher nichts anderes getan hatte, als Schubladen und Schränke zu öffnen. »Was um alles in der Welt hat er nur gesucht?«, murmelte sie.

Nick schüttelte den Kopf. »Offensichtlich etwas, das klein genug ist, um in eine Schublade zu passen.«

»Das könnte alles sein.«

Nick ging zu ihrem Arbeitstisch und starrte auf das Glas. »Was ist das?«

»Ein Fenster, das ich für eine Kirche restauriere.«

»Eine Menge kleiner Stücke«, bemerkte er. »Das muss ja Stunden dauern.«

»Endlose Stunden und Tage, manchmal Wochen«, erwiderte sie.

»Dann müssen Sie viel Geduld haben.«

»Überrascht Sie das etwa?«

Er zuckte die Schultern. »Sie haben schließlich nach nicht einmal einem Monat geheiratet.«

Sie schnitt ihm eine Grimasse, nicht gerade glücklich, daran erinnert zu werden. »Ich weiß. Es war verrückt, und auch wenn Sie es nicht glauben, das ist eigentlich ganz und gar nicht meine Art. Ich glaube, ich war vorübergehend unzurechnungsfähig.«

»Und als Sie mich vorhin küssten, war das auch vorübergehende Unzurechnungsfähigkeit?«

Der plötzliche Themenwechsel überrumpelte sie. »Nein. Ich meine, ja. He, Sie haben mich schließlich zurückgeküsst. Was haben Sie für eine Ausrede?«

Er trat einen Schritt näher, sodass sein Atem sie streifte. »Mir gefiel es, Sie zu küssen.«

Sie schluckte trocken und überlegte, ob er sie wieder küssen würde. Sein Blick war auf ihren Mund gerichtet, und er war ihr nah, so nah. Kayla konnte kaum atmen. Sie wollte doch nicht, dass er sie küsste, oder? Sie hob eine Hand, nicht sicher, was sie damit vorhatte. Gewiss wollte sie ihn nicht berühren, aber irgendwie lag ihre Hand plötzlich auf seiner Brust. Er legte seine Finger auf ihre, trat noch einen Schritt näher und hielt sie so zwischen sich und ihrem Arbeitstisch gefangen.

Die Tür ging auf, und J. T. trat ein.

Kayla schob Nick von sich. Sie war sich sicher, schuldbewusst auszusehen. Ihr Gesicht war heiß, und ihr Herz klopfte. J. T. warf ihr einen neugierigen Blick zu, sagte aber nur:

»Die Polizei ist jetzt da. Sie wartet im Haus.«

Kayla eilte zur Tür. Sie musste Abstand zwischen sich und Nick schaffen, zu Atem kommen, nachdenken. Zu viel geschah in zu kurzer Zeit, und sie wollte nicht noch mehr Fehler machen.

Eine Stunde später öffnete Nick Kaylas Kühlschrank und fand zu seiner Enttäuschung nichts als Cola Light und Saft. Er hätte ein Bier vertragen können, aber im Augenblick war er mit allem zufrieden, wenn es nur kalt war. Er nahm zwei Dosen heraus und stellte eine vor J. T. auf den Tresen, der gerade ein Gespräch auf seinem Handy beendete. Die Polizeibeamten waren ein paar Minuten zuvor gegangen, und Kayla räumte oben ihr Schlafzimmer auf.

Nick riss seine Dose auf und nahm einen langen Schluck, dann zog er sich einen Hocker neben J. T. an die Theke. »Dein Boss?«, fragte er, als J. T. fertig war.

»Ein Mitarbeiter«, antwortete er. »Ich schließe gerade einen Fall ab. Am Montag muss ich in L.A. vor Gericht erscheinen.« Er nahm sich stirnrunzelnd die Dose. »Cola Light, hm?«

»Was anderes hat sie nicht.«

»Dann nehme ich sie eben.«

J. T.'s rechtes Auge war inzwischen blauschwarz angelaufen, die Wange geschwollen. Nick hatte ein schlechtes Gewissen, weil er so hart zugeschlagen hatte. Er stand auf, holte einen Eisbeutel aus dem Gefrierschrank und warf ihn vor J. T. auf die Arbeitsplatte. »Das solltest du lieber auf dein Gesicht legen.«

J. T. sah ihn finster an und ließ das Eis liegen. »Es ist schon gut. Du schlägst wie ein Mädchen, Granville.«

»Vielleicht solltest du einen Blick in den Spiegel werfen, ehe du meine Technik kritisierst.« Nick blickte auf seine Fingerknöchel, die immer noch schmerzten. »Ich kann mich nicht erinnern, wann ich das letzte Mal jemanden geschlagen habe.«

»Beim nächsten Mal kannst du dir ruhig erst ansehen, wen du schlägst.

»Ich habe nur gesehen, wie Kayla gegen dich kämpfte. Ich dachte, du wärst Evan oder wer sonst in ihr Haus eingebrochen sein mag.«

»Was eine weitere interessante Frage aufwirft.« J. T. warf Nick einen prüfenden Blick zu. »Wieso stehst du auf so freundschaftlichem Fuß mit der Frau, die Evan dabei geholfen hat, dich zu berauben?«

»Weil Kayla auch ein Opfer ist. Sie glaubte, was Evan ihr sagte. Sie kannte seine Vorgeschichte nicht. Und sie hat nicht erkannt, dass er seinen Lebensunterhalt damit bestreitet, andere zu betrügen.«

»Bist du sicher, dass Evan sie nicht eingeweiht hat und ihr vielleicht einen Anteil oder so was angeboten hat? Sie hat den Kerl nach ein paar Wochen geheiratet. Wer, der halbwegs von Verstand ist, tut so etwas schon?«

»Frauen tun so etwas«, antwortete Nick. »Aber frag mich nicht, warum.«

»Guter Punkt.«

»Wie ist es bei dir gelaufen, J. T.? Als ich das letzte Mal von dir hörte, wolltest du Footballprofi werden.«

»Manche Dinge ändern sich eben«, erwiderte J. T., wieder ernst.

»Ich kann immer noch nicht fassen, dass du beim FBI bist. Du hast doch autoritäre Persönlichkeiten und Strukturen immer gehasst. Du wolltest niemals einen Anzug tragen und auf keinen Fall von neun bis um fünf in einem Büro sitzen. Was ist passiert?«

»Eine Menge. Zu viel, um jetzt darüber zu reden.«

Nick entdeckte einen Anflug von Schmerz in der Stimme seines alten Freundes, aber offensichtlich wollte er nicht darüber reden. Und Nick hatte noch nie seine Nase in die Angelegenheiten anderer gesteckt. »Weiß Evan, dass du ihm auf der Spur bist?«, fragte er stattdessen.

»Oh ja. Er hat mich sogar vor ein paar Jahren persönlich eingeladen, in seinem Spiel mitzuspielen.«

»Was soll das heißen?«

»Er hatte mit uns beiden noch eine Rechnung offen, Nick.« J. T. sah ihn nachdrücklich an und ließ die Worte wirken.

»Richtig. Was hat er dir angetan?«

»Er hat vor ein paar Jahren meinen Vater ruiniert. Dad war ein Spieler; er hat immer geglaubt, eines Tages mit einem geglückten Wurf oder auf der Rennbahn ein Vermögen zu machen. Evan bot ihm Wetten mit angeblich besseren Chancen, so einen raffinierten Investment-Plan, den er ausgebrütet hatte. Ich erfuhr erst davon, als es zu spät war, als mein Vater alles verloren hatte, einschließlich seines Hauses. Meine Mutter machte meinen Vater verantwortlich, beschimpfte ihn wüst und erklärte, dass sie seine närrischen Träume leid sei. Sie hat ihn verlassen und ist zu ihrer Schwester gezogen.« J. T. starrte auf seine Coladose, als hielte sie die Antwort auf das Leben bereit. »Drei Wochen später hat mein Vater sich umgebracht. Evan hat zwar nicht den Finger am Abzug gehabt, aber das spielt keine Rolle.« Als J. T. den Kopf hob und Nicks Blick begegnete, waren seine Augen eiskalt. »Ich werde Evan einlochen, und wenn es das Letzte ist, was ich tue.«

Nicks Magen verkrampfte sich bei der schrecklichen Geschichte. J. T. hatte immer eine konfliktgeladene Beziehung zu seinem Vater gehabt, der auch sein Football-Coach gewesen war. Das hatte eine manchmal brisante Kombination ergeben. Doch trotz ihrer vielen Streitereien wusste Nick, dass J. T. seinen Vater mehr geliebt hatte als jeden anderen Menschen. Evan hatte das auch gewusst. *Zur Hölle mit ihm!*

»Das mit deinem Vater tut mir sehr leid. Ich werde dir helfen, Evan festzunageln«, sagte Nick. »Er wird für das bezahlen, was er getan hat.«

»Das wird er«, stimmte J. T. zu. »Da wir gerade von Familie sprechen – wie geht es Jenny?«

Nick gefiel die Frage nicht. J. T.'s Geschichte hatte ihm vor Augen geführt, dass Evans Rache keine Grenzen kannte. »Ich habe sie heute getroffen. Sie sagte, sie hätte seit Jahren nicht mit Evan geredet, aber vor einer Weile bekam sie anonyme Päckchen mit der Post, und sie gab zu, gedacht zu haben, Evan könnte dahinterstecken. Ich kann die Vorstellung nicht ertragen, dass er sie beobachtet. Und ich ärgere mir die Pest an den Hals, dass sie ihn immer noch nicht hasst, nach allem, was er ihr angetan hat. Wenigstens ist Kayla jetzt wütend. *Sie* sieht, wie es um Evan wirklich steht. Warum gehen Jenny die Augen nicht endlich auf?«

»Sie hatte es schwer erwischt. Erste Liebe und der ganze Mist. Du weißt doch, wie das läuft.«

Nick war sich da nicht so sicher. Er hatte schon Beziehungen gehabt, aber er hatte noch nie eine Frau getroffen, für die er hätte sterben wollen, ohne die er nicht hätte leben können. Er hatte auch bei seinen Eltern und bei Jenny aus erster Hand erlebt, wie sich Liebe ins Gegenteil verkehren konnte. Und so weit es ihn betraf, wurde das Gefühl weit überschätzt.

»Was macht Jenny jetzt?«, fragte J. T.

»Sie schneidet Haare.«

»Ist sie verheiratet?«

»Nein. Sie hatte ein paar Jahre lang einen Freund, doch der ist von der Bildfläche verschwunden. Ich weiß nicht, warum.« Nick dachte daran, wie vielversprechend die Zukunft seiner Schwester einmal ausgesehen hatte. »Sie hätte alles werden können, nicht wahr? Sie war so klug, so gut in der Schule. Ich weiß noch, als sie Ärztin werden wollte. Wenn sie nicht hätte abbrechen müssen, wenn Evan ihr Leben nicht ruiniert hätte, hätten sich die Dinge ganz anders entwickelt.«

»Sagt sie das?«

»Sie behauptet, glücklich zu sein.« Nick zuckte die Schultern. »Sie beklagt sich nicht, also weiß ich nicht, ob es wirklich stimmt.«

»Ich glaube, ich schaue mal bei ihr auf einen Schwatz vorbei.«

Nick nickte. »Denkst du, sie ist in Gefahr?«

»Absolut«, erklärte J.T. rundheraus. »Jeder in deiner Umgebung ist in Gefahr. Wenn Evan dich völlig vernichten will, wird er nicht nur deine Brieftasche angreifen.«

»Du sagtest, du wärst ihm seit Jahren auf den Fersen. Warum hast du ihn nie geschnappt?«

»Bislang war er der bessere Spieler«, gestand J.T., »aber jetzt, da die Sache persönlich wird, hat er vielleicht einen entscheidenden Fehler gemacht.«

»Inwiefern?«

»In der Nähe zu bleiben, um zuzusehen, wie Kayla und du euch krümmt.«

»Vielleicht ist er auch in der Nähe, weil er noch etwas anderes plant. Oder weil er nicht das bekommen hat, hinter dem er her war. Deswegen hat er auch dieses Haus auseinandergenommen.«

»Ich weiß nicht, ob er das war. Es sieht nicht aus wie seine Handschrift.«

»Hältst du es etwa für einen zufälligen Einbruch?«, fragte Nick ungläubig.

»Nein, ich glaube schon, dass es mit Evan zu tun hat. Es ist noch jemand im Spiel. Wie müssen herausfinden, wer.«

»Vielleicht ein Komplize«, schlug Nick vor. »Was hast du noch über Evan in Erfahrung gebracht? Ich habe ihn seit Jahren nicht gesehen. Du bist offenbar auf einem neueren Stand.«

»Sein wirklicher Name ist Evan Jones. Er nahm den Namen Chadwick als Teenager an, weil er ihn eindrucksvoller fand. Vater unbekannt. Mutter starb an einer Überdosis Drogen, als Evan acht war. Er wurde durch das System geschubst und landete schließlich mit fünfzehn auf der Straße, wo er sich mit Stehlen und Schwindeleien durchschlug. Er ändert seinen Namen, trägt Verkleidungen und wird zu jeder Person, zu der er werden will.«

»Dieses Mal hat er sich nicht verkleidet. Kayla hat ein Foto von den beiden. So habe ich ihn überhaupt identifizieren können. Ich weiß immer noch nicht, wie sein Wunsch, sich an mir zu rächen, mit der Uhr zusammenhängt, die er Kayla abgenommen hat.«

J. T. rieb sich das Kinn. »Ich finde es wirklich interessant, dass ein alter Schatz mit dieser Uhr, die Evan da nun hat, in Verbindung steht.«

»Anscheinend gehörte der ursprüngliche Besitzer der Uhr, Johnny Blandino, zu einer Bande, die San Francisco in den späten Fünfzigerjahren terrorisierte. Er wurde nach Alcatraz geschickt. Und jetzt pass auf: Er und seine Kumpel versuchten fünf Jahre später zu fliehen, und nur einer von ihnen wurde je an Land gespült – und das war nicht Johnny.

Niemand hat ihn seitdem gesehen. Und niemand hat die Goldmünzen gefunden.«

»Ich prüfe das nach. Diese Münzen könnten heute viel wert sein.«

»Genau. Was mich zu der Annahme führt, dass Evan zu wissen glaubt, wo die Münzen sein könnten, denn er hat bestimmt nicht all die Mühen auf sich genommen, nur um an eine fünfzig Jahre alte silberne Taschenuhr zu gelangen. Ich weiß nur nicht, wie eine Uhr ihn zu den Münzen führen könnte. Obwohl«, setzte er hinzu und sog die Luft ein, »es gibt da eine Inschrift – *Des Himmels Erwarten*. Es könnte vielleicht eine Art Code oder Hinweis auf etwas anderes sein.«

»Es ist jedenfalls wert, genauer betrachtet zu werden. Ich würde jedoch die Theorie nicht gänzlich verwerfen, dass Evan diese Uhr einfach für sich selbst haben wollte. Er liebt Familienerbstücke. Er hat auch anderen Menschen welche abgenommen, und sie haben nicht zu verborgenen Schätzen geführt. Evan liebt vor allem Gegenstände mit Gravuren oder Initialen. Ich bin kein Seelenklempner, doch ein Profiler hat mir mal gesagt, dass Evan sich wahrscheinlich immer als Außenseiter gefühlt hat. Wenn er neue Identitäten annimmt und zu einer anderen Person wird, nährt er seinen Traum, irgendwo dazuzugehören. Familienerbstücke vervollständigen das Bild in seinem Kopf.«

Nick dachte einen Moment darüber nach. All das ergab auf eine seltsame Art Sinn. Nicht, dass es ihn einen Pfifferling scherte, dass Evan keine Familie hatte. Nicht jedes Waisenkind wurde zum Verbrecher. Evan musste für seine Taten verantwortlich gemacht werden. Aber zog er vielleicht voreilig falsche Schlüsse? Hatte Evan die Uhr einfach nur haben wollen?

Trotz seiner Überlegungen sagte ihm sein Bauch, dass das

nicht zutraf. Der Plan war zu ausgetüftelt gewesen, zu kompliziert – und warum sollte sich Evan immer noch in der Nähe herumtreiben, wenn das alles war, was er wollte?

»Weißt du, Nick, ich kann nicht fassen, dass du deine Konten nicht besser geschützt hast«, unterbrach J. T. seine Gedanken. »Du warst doch immer der Kopf unserer Gruppe. Hast du noch nie etwas von einem Passwort gehört?«

Nick wurde nicht gern daran erinnert. »Ich lebe allein. Ich hielt es nicht für nötig, meinen Computer zu sichern. Glaub mir, ich habe meine Lektion gelernt.«

»Was hast du in den letzten Jahren so getrieben? Soweit ich weiß, ist es noch keiner Frau gelungen, dich vor den Altar zu schleppen.«

»Nein. Und bei dir?«

»Ich war ein paar Jahre lang verheiratet. Es lief immer schlechter.« Ein Vorhang senkte sich vor seine Augen. »Jedenfalls war es irgendwann vorbei. Ich bin ein freier Mann. Das passt auch besser zu meinem Job.«

Auch Nick liebte seine Freiheit. Wenigstens meistens. Jetzt, da seine Ersparnisse dahin waren, begriff er allmählich, dass er die erworbene Sicherheit, die es ihm erlaubt hatte, völlig sorglos zu leben, nie genug geschätzt hatte. Er musste einen Weg finden, sie zurückzugewinnen.

»Ich muss los«, sagte J. T., erhob sich seufzend und reckte sich. »Ich muss ein Flugzeug nach L.A. erwischen. Aber sei versichert, dass ich an dem Fall dran bin. Und ich müsste Dienstag wieder zurück sein, und dann hast du meine ungeteilte Aufmerksamkeit.« Er zog eine Visitenkarte heraus und hielt sie Nick hin. »Du kannst mich zu jeder Tages- oder Nachtzeit unter dieser Nummer erreichen.« Nick griff nach der Karte, doch J. T. zog sie weg. »Noch eins. Ich will, dass du dich da heraushältst, Nick. Versuch nicht, Evan auf eigene Faust aufzuspüren. Er ist keine neunzehn mehr. Er ist gefährlich. Sein Hirn ist falsch verdrahtet. Ich glaube nicht, dass einer von uns weiß, wozu er wirklich fähig ist.«

»Ich weiß deine Besorgnis zu schätzen, doch ich werde nicht brav dasitzen und nichts tun, während Evan mein Geld ausgibt.«

»Denk daran, was das letzte Mal passiert ist, Nick. Du hast versucht, den Helden zu spielen, und dabei wäre Jenny fast ums Leben gekommen.«

Nick wurde bei der Erinnerung ganz heiß. Er hatte sich blindlings und rücksichtslos in die Sache gestürzt. Und Jenny war seinetwegen verletzt worden. Nick hatte sich lange Zeit deswegen schuldig gefühlt. »Das wird nicht wieder passieren«, versprach er.

»Lass mich die Sache in die Hand nehmen. Das ist mein Job: Ich schnappe die bösen Buben.«

»Vielleicht kannst du meine Hilfe gebrauchen. Bislang ist Evan dir entwischt«, konnte Nick sich nicht verkneifen zu betonen.

J. T. sah ihn finster an. »Ich werde ihn fangen – und wenn es das Letzte ist, was ich tue. Ich will nur nicht, dass es das Letzte ist, was du tust, Nick.

Die *Drachenpagode* war ein beliebtes Restaurant in Chinatown. Evan ging durch das Hauptrestaurant die Treppe hinauf in den privaten Speisesaal. Zwei Männer in dunklen Anzügen empfingen ihn an der Tür. Einer baute sich rasch vor ihm auf.

»Das ist eine private Gesellschaft«, sagte er.

»Ich bin eingeladen. Evan Chadwick. Gehen Sie und fragen Sie nach.«

Einer der Männer schlüpfte in den Raum, während der andere ihn finster ansah. Evan ließ sich nicht einschüchtern. Er hatte noch nie Angst vor Muskeln gehabt. Am Ende gewann immer das Hirn. Der erste Mann kehrte zurück. »Sie können hineingehen«, sagte er und hielt die Tür auf.

Evan hatte nichts anderes erwartet.

Der Raum war in Schatten getaucht und wurde nur von Kerzen erhellt. Der Duft von Weihrauch erfüllte die Luft. Dicke Vorhänge bedeckten die Fenster. So pompös, dachte er, als interessierte es irgendjemanden, wer den Raum benutzte. Sie war nicht nur reich, sie war paranoid. Es war dieses Element von Wahnsinn in ihrer Persönlichkeit, das ihm gefiel. Der Rest ihres Dramas langweilte ihn. Aber sie hatte ihn vor eine Herausforderung gestellt, eine Mutprobe, und er hatte noch nie einem Spiel wie diesem widerstehen können.

Am Tisch saßen noch zwei weitere Männer. Als er den Raum durchquerte, standen sie auf und gingen ohne Gruß, ohne Erklärung. Sie hatte immer schon Gehorsam von ihren Männern verlangt, aber er gehörte nicht zu ihren Männern.

Evan wartete, bis sie ganz allein waren. Er setzte sich nicht, denn er hatte nicht die Absicht, länger zu bleiben. »Jemand ist in Kayla Sheridans Haus eingebrochen.« Er beobachtete scharf ihre Reaktion. Sie zeigte keine, außer gelangweiltem Desinteresse. War es vorgetäuscht? Oder echt?

Sie nahm ihr Weinglas und trank einen Schluck. »Warum sollte mich das interessieren?«

»Weil ich es nicht war.« Evan hielt inne. »Nick und Kayla waren bei Ricci. Sie wissen über die Uhr Bescheid.«

»Sie waren dumm. Sie hätten ihr mehr wegnehmen sollen als die Uhr, dann hätten sie Ihre wahre Absicht nicht erkannt. Wenn Sie auch ihren anderen Schmuck genommen hätten oder ihr Bargeld, hätten sie nichts in der Hand gehabt.«

»Ich weiß schon, was ich tue«, entgegnete er beherrscht. Er würde auf den richtigen Augenblick warten, um sie für diese Bemerkung zu bestrafen. »Ich lasse nicht zu, dass Sie sich einmischen. Wenn Sie jemand anderen geschickt haben sollten …«

»Dann wäre das meine Entscheidung gewesen.«

»Nein, das wäre Ihr Ende gewesen«, sagte Evan rundheraus.

Sie lachte. »Glauben Sie, Sie hätten hier das Sagen? Wie putzig und ausgesprochen naiv.«

»Ich habe das Sagen. Und Sie brauchen mich – viel mehr als ich Sie brauche. Wir machen das auf meine Art oder gar nicht. Sie haben mich schon einmal auf eine fruchtlose Jagd geschickt.«

»Das war ein notwendiger Zug. Wir mussten diese Seite der Familie ausschließen.«

»Es war Zeitverschwendung. Von jetzt an folge ich meinen Instinkten, nicht Ihren. Und jetzt will ich eine Antwort auf meine Frage.«

Das angespannte Schweigen zog sich in die Länge. Dann sagte sie langsam und nachdrücklich: »Ich habe niemand anderen geschickt.«

Evan gefiel die Antwort nicht besonders. Wenn sie es nicht gewesen war, wer dann? Wer war noch an dem Spiel beteiligt? »Dann finde ich heraus, wer es war.«

»Tun Sie das. Die Zeit läuft uns davon. Und machen Sie keinen Fehler. Falls Nick Granville und Kayla Sheridan mir in die Quere kommen, werde ich sie eliminieren, mit oder ohne Sie.«

Evan machte sich nicht die Mühe zu antworten. Nick und

Kayla würden ihnen nicht in die Quere kommen. Sie waren seine Marionetten. Er gab den Ton an. Wenn er wollte, dass sie tanzten, dann würden sie tanzen. Und wenn er wollte, dass sie starben, dann würden sie sterben.

KAPITEL 8

Es war fast ein Uhr morgens, und Kayla konnte nicht schlafen. Sie hatte das Haus aufgeräumt, vor allem ihr Schlafzimmer, aber es war unmöglich, das Chaos zu vergessen, das sie vorgefunden hatte. Der Inhalt ihrer Kommodenschubladen hatte als großer Wäschehaufen auf ihrem Bett gelegen. Man hatte ihren Schmuckkasten durchwühlt, aber erstaunlicherweise nichts mitgenommen. Ihr Schrank, ihre Schreibtischschubladen, sogar ihr Wäschekorb waren ausgeleert worden. Sie hatte nicht die geringste Ahnung, wonach jemand gesucht haben könnte. Evan hatte die Uhr doch schon. Was konnte er sonst noch wollen?

Kayla befahl sich, ihn zu vergessen. Sie musste sich entspannen. Morgen war ein neuer Tag. Sie konnte neu beginnen, versuchen, aus dem Ganzen schlau zu werden.

Sie fragte sich, ob Nick wohl schlief. Er hatte sich geweigert, sie allein im Haus zu lassen, und obwohl sie halbherzig Einwände erhoben hatte, war sie innerlich erleichtert gewesen, dass er blieb. Sie hatte mehr als nur ein bisschen Angst. Man hatte ihr Heim geschändet, ihre Privatsphäre verletzt. Jemand hatte in ihrer Unterwäsche gewühlt und alles angefasst. Sie schauderte bei dem unheimlichen Gedanken und fühlte sich mit jeder Minute unbehaglicher. Schatten, die der Mondschein durch die Ritzen der Jalousie warf, tanzten wie unheimliche Monster an den Wänden. Die Uhr auf dem Nachttisch tickte wie eine Zeitbombe. Jedes Knacken ließ sie an Schritte denken. Stand Evan vor der Tür?

Kayla strampelte unruhig unter der Decke, drehte sich auf den Rücken und starrte an die Decke. Ihre Gedanken wanderten von Evan zu Nick und J. T. Die drei Männer hatten im College zusammengewohnt und waren jetzt wieder zusammengeführt worden. Das konnte kein Zufall sein. Sie hätte Nick fragen sollen, ob es da noch jemanden gegeben hatte, noch einen Mitbewohner, der aus der Versenkung auftauchen konnte. Sie hätte ihn danach ausfragen sollen, was damals im College passiert war. Sie musste genau wissen, warum Evan Rache wollte und wie weit er gehen würde, ehe er zufrieden war. Und sie musste wissen, warum sie, Kayla, inmitten ihrer alten Streitigkeiten stand.

War sie nur ein Trostpflaster? Hatte Evan sie geheiratet, um sie an Nick zu binden, um seinem alten Feind einen weiteren Strick um den Hals zu legen? War Evan die Uhr überhaupt wichtig? Vielleicht hatte sie ihm einfach nur gefallen, und er hatte sie deshalb behalten. Seinen Ehering hatte er jedenfalls nicht behalten. Den hatte er in die Tasche des Jacketts gestopft, das er in den Abfall geworfen hatte. Er hätte ihn versetzen können. Wenn auch nicht viel, so hätte er doch etwas dafür bekommen. Oder war ein schlichter Goldreif zu banal für Evan?

Doch woher sollte sie das wissen? Er war ein Fremder für sie. Es war schwer zu glauben, wie rasch ihre Liebe in Hass umgeschlagen war. Hass und Liebe waren wirklich zwei Seiten einer Medaille. Natürlich waren Lügen und Verrat dafür verantwortlich, dass sich die Medaille drehte. Und irgendwo auf dem Weg hatte Zorn Trauer und Sorge verdrängt. Sie empfand nichts mehr für Evan, weil er nie wirklich gewesen war, er war nur eine Illusion. Er war tatsächlich ihr »Traummann« gewesen. Das konnte sie jetzt erkennen.

Kayla hatte Dinge erwähnt, die ihr gefielen, und plötzlich

hatte er sie ihr geschenkt. Zu der Zeit war es raffiniert gewesen, aber im Rückblick war es klar und durchschaubar. Selbst mit einem Zauberstab hätte sie keinen besseren Mann erschaffen können.

Nun, es war erledigt, aus und vorbei. Jetzt wollte sie nur noch zwei Dinge: ihre Uhr zurück ... und Evan ins Gefängnis bringen. Dann konnte sie wirklich ihr Leben weiterleben.

Sie rollte sich auf die Seite. Nebenan körte sie ein lautes Poltern. War das das Bettgestell, das gegen die Wand stieß, oder etwas Bedrohlicheres? Dann eine Stimme – Nicks? Telefonierte er mit jemandem? Ihr Magen verkrampfte. Stimmte etwas nicht? Sie starrte auf die geschlossene Zimmertür und wünschte, sie hätte abgeschlossen.

Es war nichts, sagte sie sich und hielt den Atem an, bis alles wieder still war. Ihre Fantasie machte nur Überstunden. Sie musste endlich schlafen.

Kayla zwang sich, die Augen zu schließen, und versuchte, an etwas Schönes zu denken. Sie hatte immer den Strand bei Sonnenuntergang geliebt, all diese herrlichen Farben – der Himmel, das Meer, die Sonne –, die sich miteinander mischten. Sie konnte vor ihren Augen sehen, wie die Gelbtöne zu Orange und Rot wurden, wie das Wasser im nachlassenden Tageslicht glitzerte, die Hitze, die durch ihren Körper wallte, als Nicks Mund näher kam ... Moment mal, so ging das nicht. Sie versuchte, sich auf das Meer, den Sonnenuntergang zu konzentrieren, aber sie konnte die Erinnerung an ihren Kuss, diesen dummen, ungestümen, wütenden Kuss nicht verdrängen, der eine Flamme entzündet hatte, die sie nicht ganz zu löschen vermochte.

Es waren nur der Adrenalinschub und die Angst vor dem Unbekannten, die ihre Sinne so aufwühlten. Es lag nicht an

Nick. Es lag nicht an ihr. Es lag nur an der Situation, sagte sie sich entschlossen. Sie musste einfach schlafen …

Nick warf sich hin und her, der Traum übernahm sein Hirn. Er wollte nicht dorthin. Er wollte sich nicht an jene Nacht erinnern, aber Evans spöttische blaue Augen zogen ihn zurück.

Er ging die Treppe zum Keller ihres Wohnhauses hinunter, in den Lagerraum, wo Evan, wie er wusste, eine Pokerrunde veranstaltete. Heute Abend würde er beweisen, dass Evan ein Lügner und ein Dieb war. Er musste Jenny vor sich selbst schützen. Sie hatte ihm nicht geglaubt, als er ihr gesagt hatte, dass Evan so viele Betrügereien am Laufen hatte, dass Nick nicht wusste, wie er überhaupt noch Zeit zum Schlafen fand. Evan hatte einen weiblichen Reinigungsservice auf die Beine gestellt, der angebliche Zimmermädchen in die Schlafsäle schickte, die jedoch eine Menge mehr taten als putzen, und Evan kassierte das Geld.

Jenny hatte ihm nicht geglaubt, als er ihr von dem Callgirl-Ring oder dem Schneeballsystem oder den Testverkäufen und dem Drogenhandel berichtet hatte. »Du hast das alles nur erfunden, um uns auseinanderzubringen«, hatte sie ihm vorgeworfen.

Dabei wusste Nick es besser: Jenny kannte den Mann nicht, mit dem sie ins Bett ging. Sie war ein liebes, unschuldiges Mädchen, das Evan für einen guten Menschen hielt, aber Nick hatte inzwischen herausgefunden, dass nichts Gutes an dem Mistkerl war, den er in den vergangenen sechs Monaten seinen Freund genannt hatte.

Er hatte Evan aufgefordert, sich von Jenny fernzuhalten, doch Evan hatte ihm ins Gesicht gelacht. Und Jenny hatte ihm befohlen, sich aus ihrem Leben herauszuhalten.

Nick blieb also keine andere Wahl, als Evan auszuschalten. Er rief die Polizei an. Man sagte, der Fall würde untersucht werden. Aber so lange konnte er nicht warten und stieg auf eigene Faust in den Keller des Wohnhauses. Er öffnete die Tür und sah sechs Typen um einen Kartentisch sitzen. Ein Stapel Geld und Jetons wiesen Evan als Gewinner aus. Nicht für lange.

Evan lächelte ihn an, als er ihn sah, so als wären sie Freunde. Aber das waren sie nicht.

»Er betrügt«, sagte Nick. »Die Karten sind gezinkt. Ich kann es beweisen.«

Alle fingen gleichzeitig an zu reden, alle außer Evan. Ihre Blicke trafen sich. Evan erhob sich.

Plötzlich war es nicht mehr nur eine Auseinandersetzung zwischen ihnen beiden. Jenny kam herein und wollte wissen, was vor sich ging.

Einer der anderen Männer sprang auf. »Evan betrügt, er klaut unser Geld«, rief er. Seine Augen glitzerten, wer weiß, was er getrunken oder geraucht hatte!

Nick sah das Messer im selben Augenblick, als Jenny einen Schritt näher vor Evan trat.

Er schrie: »Nein!«, doch da hatte das Messer sie bereits getroffen.

Bis er an ihrer Seite war, lag sie am Boden. Ihre Bluse war voller Blut, die Augen waren weit aufgerissen im Schock.

»Halt durch!«, flehte er. »Rufen Sie einen Krankenwagen«, brüllte er, aber alle Anwesenden rannten aus dem Zimmer, einschließlich Evan. Er hielt nur inne für eine letzte spöttische Bemerkung.

»Du hast ihr das angetan«, sagte Evan. »Das ist deine Schuld.«

Nick drehte sich wieder zu seiner Schwester um, er wollte

sie unbedingt retten. Ihre Augenlider flatterten und schlossen sich.

»Nein!«, schrie er. »Du darfst nicht sterben. Bitte nicht.« Er sah sich mit wildem Blick um, aber der Raum war leer. »Ich brauche Hilfe. Ich brauche Hilfe!«

Alle waren fort. Seine Schwester war verletzt, und es war seine Schuld. Nick versuchte, aufzustehen und zur Tür zu gelangen. Er schien sich nicht bewegen zu können; er hing fest, saß in der Falle, und Jenny lag im Sterben. Er schrie frustriert auf. Er musste ihr Leben retten. Er musste …

Kayla glaubte, jemand wäre eingebrochen und griffe Nick an, doch er träumte nur und rang mit den Decken, als kämpfte er um sein Leben. Sie streckte vorsichtig eine Hand aus. Er schlug sie weg.

»Nick, wachen Sie auf«, sagte sie laut.

»Muss Hilfe holen. Hilfe holen«, murmelte er und versuchte aufzustehen.

Sie legte ihm eine Hand auf die Schulter. Er trug kein T-Shirt. Seine Haut war heiß und feucht, sein Atem ging in Stößen, als wäre er im Schlaf einen Marathon gelaufen. Das braune Haar war verklebt und schweißnass. Sie rüttelte ihn. Er blinzelte und packte ihre Arme, während er sich ruckartig aufrichtete. »Nicht«, sagte er wild. »Versuchen Sie nicht, mich aufzuhalten.«

»Nick, Sie träumen. Ich bin es, Kayla.«

»Jenny stirbt.«

»Jenny ist nicht hier. Ich bin es nur. Kommen Sie, Nick, wachen Sie auf.«

Sein verschleierter Blick begann, sich zu klären. »Kayla«, murmelte er. Seine Hände brannten auf ihren Armen. Sie hätte sie gern weggezogen, aber sie wollte ihn nicht erneut erschrecken, bis er ganz wieder bei Sinnen war.

»Wovon haben Sie geträumt?«, fragte sie leise.

Er dachte einen Moment nach. »Jenny. Mein Gott. Es war Jenny. Ich dachte, sie stirbt.«

»Jenny ist Ihre Schwester, ja?«

Er nickte. »Sie hätte an jenem Abend gar nicht da sein sollen. Sie sollte nicht verletzt werden. Ich wollte Evan fertigmachen, nicht sie. Aber sie stellte sich vor ihn. Jenny bekam ein Messer in die Brust. Sie verlor so viel Blut. Ich war ganz voll davon, meine Hände, mein Hemd, die Hose.« Er brach gedankenverloren ab. »Sie wäre fast gestorben. Es dauerte ewig, bis der Krankenwagen kam.«

»Aber sie ist nicht gestorben, richtig?«, bemerkte Kayla, um ihn an diese wichtige Tatsache zu erinnern.

Nick schluckte und räusperte sich. »Nein, sie ist nicht gestorben, aber es hätte passieren können. Ich habe es vermasselt. Ich habe sie nicht beschützt. Dabei war ich doch ihr großer Bruder. Es war meine Aufgabe. Ich habe versagt.«

Sie hörte den bitteren Selbstvorwurf in seiner Stimme. Nick war ein Mann, der es hasste zu versagen und der sich für seine Familie verantwortlich fühlte. Das bewunderte sie. »Sie haben es versucht. Das ist mehr, als die meisten Menschen tun.«

»Ich bin nicht ›die meisten Menschen‹. ›Versuchen‹ ist nicht gut genug.«

»Manchmal muss das reichen.« Als sie in seine Augen blickte, sah sie, wie sich dort etwas veränderte. Er hatte diesen abwesenden Blick in die Vergangenheit verloren. Jetzt befand er sich wieder in der Gegenwart. Seine Hände streichelten ihre Arme. Sein fester, muskulöser Oberkörper mit den dunklen Härchen war nur Zentimeter von ihren Brüsten entfernt, Brüsten, die aus ihrem Hemdchen quollen. Sie hatte es so eilig gehabt, zu ihm zu kommen, dass sie nicht einmal etwas übergezogen hatte, und plötzlich war sie sich der knappen Shorts und des engen Shirts nur allzu bewusst.

Nicks Blick glitt von ihrem Gesicht zu ihrem Hals, ihrem Oberkörper und blieb auf ihrem Busen hängen. Sie spürte, wie sich ihre Brustwarzen als Reaktion aufrichteten, und ein Schauer lief ihr über den Rücken, doch das lag nicht an der Kälte, sondern an der Hitze, die sie erfasst hatte. Sie versuchte, den Blick abzuwenden – vergebens. Sie mochte die kleinen Härchen auf seiner Brust, die in einem Dreieck über seine Bauchmuskeln verliefen und dann in seinen Boxershorts verschwanden, Shorts, die eine deutliche und eindrucksvolle Ausbuchtung aufwiesen.

»Ich ... ich muss gehen«, sagte sie hastig.

Seine Hände schlossen sich fester um ihre Arme. »Wirklich?«

Musste sie? Oh Himmel, warum ließ sich die Frage so schwer beantworten?

»Bleib«, murmelte Nick. »Wir können ... reden.«

»Sie sollten lieber wieder schlafen.«

»Die Augen zu schließen ist im Moment das Letzte, was ich will.«

Er beugte sich so langsam vor, dass sie reichlich Gelegenheit hatte, sich zu bewegen, ihre Möglichkeiten abzuwägen ... zu gehen, wenn sie es wollte. Aber sie konnte nicht denken, wenn ihr Körper vor Erwartung kribbelte.

Nick küsste sie auf den Mundwinkel, dann glitt seine Zunge über ihre Lippen in den anderen Winkel. Es war eine herausfordernde Bewegung, die sie nach mehr verlangen ließ.

Nur ein Kuss, sagte sie sich. Was konnte das schon schaden?

Seine Lippen waren heiß und sinnlich. Sie fühlte, wie sie innerlich schmolz. Er legte eine Hand in ihren Nacken und zog sie näher, wickelte ihre Haare um seine Finger, während er sie wieder und wieder mit dem Mund kostete. Jedes Mal wollte sie zurückweichen. Jedes Mal gab sie wieder nach. Sie wollte nicht denken. Denken wurde völlig überschätzt. Fühlen war so viel besser.

Sein Mund verließ ihre Lippen und wanderte langsam über ihre Wange. Seine Zunge tastete sich um ihre Ohrmuschel, dann über den empfindlichen Punkt an ihrem Hals, wanderte zu ihrer Kehle, zu der Ader, die dort wie wild pochte. Er zog ihre Haut sanft zwischen die Zähne, ein Zeichen der Leidenschaft. Sie konnte die Spannung spüren, die sich in ihm und in ihr aufbaute.

Ihre Sinne schrien widersprüchliche Befehle. *Schneller, langsam, nein, ja ...* Sie sagte sich: Ich will das nicht, aber das stimmte nicht. Sie wollte alles.

Seine Hände umfassten ihre Brüste und massierten sie, seine Finger fuhren über ihre Brustwarzen. Sein Mund wanderte tiefer. Seine Zunge glitt am Rand ihres Tops entlang. Kayla fuhr mit den Fingern durch seine Haare, als er ihr Hemdchen herunterschob und seinen Mund an ihre Brust legte. Es ließ sich dort Zeit, widmete sich erst der einen, dann der anderen Brust. Seine Hitze durchströmte sie, bis ihre Nerven in Flammen standen.

Nick rollte sie auf dem Bett auf den Rücken. Sein Blick stellte eine Frage, die sie nur mit einem Nicken beantwortete. Er hob den Saum ihres Tops. Sie half ihm dabei, es über ihren Kopf zu ziehen, dann sank sie wieder in die Kissen, während sein Mund zu ihren Brüsten zurückkehrte, ehe er weiter abwärts glitt zu ihrem Nabel, den er mit seiner Zunge erkundete. Seine Hände waren an ihren Shorts, verweilten eine lange Sekunde an ihrem Bündchen. Sie wollte ihn dort haben – sie wollte ihn überall.

Und sie wollte Nick ebenso berühren, wie er sie berührte. aber er drehte sich weg und zog ihre Shorts herunter, während er sich zwischen ihre Beine schob. Er nahm ihre Pobacken in die Hände. Sein Atem streifte die weichen Löckchen, die er dort fand. In qualvoller Erwartung hielt sie den Atem an. Dann war seine Zunge an ihr, sein Mund, seine Finger ... Ihr Körper bebte und zitterte. Sie fühlte, wie sich der Druck in ihr aufbaute, und warf den Kopf auf dem Kissen hin und her, flehte ihn an aufzuhören ... weiterzumachen ...

Er leckte sie, bis das Beben sie durchlief, bis sie seinen Namen rief, dann glitt er an ihr herauf. Sie spürte seinen harten Körper zwischen ihren Schenkeln, und er küsste sie hart auf den Mund. Sie schob seine Boxershorts herunter. Nichts als Haut und Muskeln sollte zwischen ihnen sein. Nick nahm ihr Gesicht in beide Hände, seine Augen brannten vor Verlangen. Sie sah eine Frage darin.

»Psst«, murmelte sie. »Sag nichts.«

»Willst du es dir noch einmal überlegen?«, raunte er, ohne auf ihr Flehen einzugehen.

»Ich will ganz bestimmt nicht überlegen.«

»Bist du sicher?«

»Ja. Liebe mich einfach, Nick.«

Er zog sich zurück. Sie versuchte, seinen Arm zu packen. »Wo willst du hin?«

Nick griff nach seiner Jeans, die auf dem Stuhl lag, und zog ein Kondom heraus.

Verhütung. Himmel, wenigstens einer von uns kann noch denken!

Er streifte das Kondom rasch über, kam zum Bett zurück, schob ihren Rücken gegen die Kissen und drang in sie ein, ehe sie noch einen Gedanken fassen konnte. Als er sie ansah, lag in seinem Blick nichts als Begehren. Es war genug, mehr als genug. Er nahm ihr den Atem mit einem weiteren Kuss. Sie bewegten sich, als wären sie eins, jeder Stoß tiefer und härter als der vorangegangene, bis sie nicht mehr wusste, wo sie aufhörte und er anfing. Sie schlang die Beine um seine Taille, die Arme um seinen Hals und genoss die Kraft seiner Umarmung, die Intensität und die Leidenschaft, und als sie gemeinsam den Höhepunkt erreichten, schrie sie vor Erlösung auf.

Eine Weile hielten sie einander fest umarmt, dann glitt Nick aus ihr heraus und legte seinen Arm um ihre Schultern. Ihr Kopf lehnte an seiner Brust, und sie konnte den kräftigen Schlag seines Herzens hören. Kayla schloss die Augen und fühlte sich wie in einem warmen, sicheren Kokon. Endlich konnte sie schlafen.

Nick erwachte vom Klingeln des Telefons.

Sonntagmorgen. Er brauchte einen Augenblick, um zu begreifen, dass er in Kaylas Gästezimmer lag, in ihrem Bett, doch wo war Kayla? Die Laken waren zerwühlt, Zeugnis ihrer Leidenschaft, aber sie war fort, ihre Seite des Bettes schon kalt. Er stand auf und griff nach seinem Jackett, das über einem Stuhl hing. Er zog sein Handy heraus. »Hallo?«, meldete er sich ärgerlich.

»Ich bin's, Jen.«

Sein Verstand schärfte sich bei dem Ton ihrer Stimme, und sein Herz begann zu klopfen. »Was ist los?«

»Nichts. Ich habe über Evan und seine Familie nachgedacht, seinen Hintergrund – ob mir etwas einfällt, das helfen könnte. Darum hattest du mich doch gebeten«, setzte sie trotzig hinzu.

Er holte tief Luft und setzte sich auf die Bettkante. »Erzähl.«

»Evan hat mich einmal auf die Rennbahn bei den Golden Gate Fields mitgenommen. Er hat mich einem Typen namens Will vorgestellt. Evan erzählte mir, dass Will ihn aufnahm, als er noch ein Junge war und auf der Straße lebte, und dass Will der einzige Mensch sei, der sich je um ihn geschert hätte. Er hatte Evan alles beigebracht, was er wusste. Hilft dir das weiter?«

»Weißt du noch, wie der Typ mit Nachnamen hieß? Wie er aussah?«

»Er hatte Tätowierungen auf den Armen und war übergewichtig, nicht sehr gut gekleidet. Er sah aus wie jemand, der ziemlich viel Pech im Leben hatte, du weißt schon. Er hatte ein rotes Gesicht, schien zu viel zu trinken. An mehr erinnere ich mich nicht. Aber er war nett. Er schlug Evan auf den Rücken und erklärte mir, wie toll Evan sei. Zwischen ihnen schien eine Freundschaft zu bestehen.«

»Der Name, Jen?«, drängte er.

»Den Nachnamen weiß ich nicht mehr. Aber er hatte einen Spitznamen – Lucky Seven. Angeblich hat er immer das siebte Rennen gewonnen. Evan meinte, er sei eine Legende auf der Rennbahn.«

Nick war nicht sicher, ob er was mit der Information würde anfangen können. Sie war immerhin schon zwölf Jahre alt. Wie sollte er einen alten Kerl namens Will auf einer Rennbahn finden? Die Chancen standen entschieden gegen ihn. Auf der anderen Seite war Will ein Zocker mit einem Spitznamen. Vielleicht kannte ihn irgendjemand.

»Also war es richtig, dass ich angerufen habe?«, fragte Jen. »Oder ist das keine brauchbare Information?«

»Natürlich war es richtig, dass du angerufen hast. Ich bin dir sehr dankbar.«

»Hast du seit gestern etwas Neues erfahren?«

»J. T. McIntyre ist aufgetaucht. Erinnerst du dich noch an ihn? Wusstest du, dass er jetzt fürs FBI arbeitet?«

»Im Ernst?? J. T.? Der Rebell aus Überzeugung?«

»Genau der. Er versucht seit ein paar Jahren, Evan dingfest zu machen, aber der verdammte Mistkerl wechselt ständig Namen und Identität. J. T. hat sich übrigens nach dir erkundigt.«

»Ja, klar. Er wollte wahrscheinlich wissen, ob ich wieder auf Evan hereingefallen bin, oder?«, fragte sie bitter.

»Du bist damals seinetwegen fast umgekommen. Letzte Nacht habe ich von dem Augenblick geträumt, als du das Messer abbekommen hast. Evan hat dich blutend dort zurückgelassen.«

»Er hat den Krankenwagen gerufen.«

»Das bezweifle ich.«

»Hat er«, sagte sie entschieden. »Ich weiß es. Ich habe ihn gefragt.«

»Wahrscheinlich hat er gelogen. Er hat versucht, zu entkommen, sich selbst zu schützen.«

»Er wusste, dass du dich um mich kümmern würdest, und das hast du ja auch«, wandte Jenny ein. »Aber ich glaube nicht, dass er mich verletzen wollte. Ich sollte an dem Abend gar nicht dort sein. Ich war auf der Suche nach dir. Und ich hatte das Gefühl, dass du versuchen wolltest, etwas zu beweisen.«

Ihre Worte erinnerten ihn daran, wie rücksichtslos er gewesen war. »Ich hätte auf die Polizei warten sollen.«

»Wahrscheinlich. Doch es ist schon lange vorbei.«

»Das dachte ich auch, aber ich habe mich geirrt.«

»Ich muss zur Arbeit. Lass mich wissen, wenn du etwas herausfindest.« Sie hielt inne. »Sei vorsichtig, Nick. Ich habe vielleicht einmal geglaubt, dass Evan eine gute Seite hat, doch jetzt bin ich älter und ... na ja, ich denke zwar nicht, dass Evan mir je körperlich etwas antun würde, bei dir bin ich mir nicht so sicher.«

»Unterschätze Evan auch nicht, wenn es um dich geht, Jen. Sollte er dich anrufen oder sonst Verbindung zu dir aufnehmen, lass es mich wissen, ja?«

»Auf Wiedersehen, Nick.«

Nick schaltete ab und fühlte sich entschieden unbehaglich. Ihm fiel auf, dass Jen nicht versprochen hatte, ihn anzurufen, falls sie etwas von Evan hörte. Er hoffte, sie beging nicht den Fehler zu glauben, sie könnte ihn allein aufhalten. Mit einem Seufzer legte er sich seinen nächsten Schritt zurecht. Er musste duschen und sich anziehen. Dann musste er Kayla finden. Nick hatte keine Ahnung, wie sie über die letzte Nacht dachte, aber als er einen Blick auf das Bett warf, spannte sich sein Körper vor Lust an. Es war verdammt gut gewesen, doch was zum Teufel hatte er sich dabei gedacht?

Das Problem war, dass er gar nicht gedacht hatte. Und sie auch nicht.

Oder irrte er sich da? Plötzlich fiel ihm ein, dass Kayla ihn zuerst geküsst hatte, um Evan eins auszuwischen, um etwas zu beweisen. Hatte sie deshalb auch mit ihm geschlafen? Um es Evan zu zeigen? Der Gedanke hinterließ einen bitteren Nachgeschmack.

Nick hatte das Gefühl, als wäre sein ohnehin chaotisches Leben noch komplizierter geworden.

Das Auto war zu klein, zu leise und viel zu eng. Kayla war sich des Mannes neben sich allzu bewusst, seines maskulinen Duftes, seines Pfefferminzatems, seines unglaublichen Körpers – derselbe Körper, den sie noch immer nackt und schön vor sich sah, wenn sie die Augen schloss. Nur dass sie die Augen nicht schließen musste, weil er direkt neben ihr saß. Sie wollte sich auf die Fahrt konzentrieren, auf das, was sie vorhatten, aber sie konnte an nichts weiter denken als an die Nacht, die sie zusammen verbracht hatten, die leichtsinnige, impulsive, leidenschaftliche Nacht. Kayla konnte es nicht fassen, dass sie ihn geliebt hatte. Nicht, dass es Liebe gewesen wäre. Es war Sex gewesen. Oder?

In der Nacht zuvor hatte alles so einfach und unkompliziert gewirkt, doch jetzt war sie mehr als nur ein wenig verwirrt; sie war sogar ein bisschen frustriert. Kayla verspürte den Drang, eine Hand auf seinen harten, muskulösen Schenkel zu legen, ihre Finger in seinen Schritt gleiten zu lassen, sich gegen ihn zu lehnen und sich einen Kuss zu stehlen. Sie ballte die Fäuste, ihr Kopf kämpfte mit ihrem Körper. Himmel, sie musste wirklich anfangen, logisch und emotionslos zu denken! Sie stieß einen Seufzer aus. Leider lenkte das Nicks Aufmerksamkeit auf sie. Rasch wandte sie die Augen vor seinem scharfen Blick ab, weil sie sich vor dem fürchtete, was sie darin entdecken mochte – und noch mehr davor, was er in ihren Augen lesen mochte.

»Alles in Ordnung?«, fragte er.

»Bestens.«

Nick trommelte ungeduldig mit den Fingern auf das Lenkrad, als sie an eine Ampel kamen. Sie hatten heute ihren praktischen und nicht gerade sexy Honda genommen und den Porsche in Nicks Garage gelassen. In diesem Auto fühlte sie sich wohler, und sie vermutete, dass es Nick ebenso ging. Der Porsche passte eindeutig besser zu Evan. Da ihr nicht besonders viel am Fahren lag, hatte sie Nick die Ehre überlassen. Sie hatte genug um die Ohren, ohne sich auch noch um den Verkehr kümmern zu müssen.

»Du hast nicht gerade viel zu sagen«, bemerkte er.

»Es überrascht mich, dass dich das kümmert.«

»Das überrascht mich auch«, gab er zu und warf einen raschen Seitenblick auf sie. »Und es macht mich neugierig.«

»Ich will nicht über letzte Nacht reden.« Sie hatte Angst, ein Gespräch könnte etwas Schmerzliches oder Unangenehmes zwischen ihnen ans Licht bringen. Im kalten Tageslicht hatte sie überlegt, dass er sie vielleicht nur geliebt hatte, um es Evan heimzuzahlen. Sie hasste den Gedanken, aber möglicherweise stimmte es ja. Und wenn, dann fühlte sie sich nicht stark genug, das auch noch zu hören.

»Na schön«, stimmte er zu. »Reden wir nicht darüber.«

»Gut, sprechen wir über deine Schwester.«

Er runzelte die Stirn. »Was soll ich sagen? Jenny ist mir ein Rätsel, vor allem, wenn es um Evan geht. Sie kann anscheinend nicht akzeptieren, dass er ein übler Bursche ist.«

»Dann ist sie nicht so zynisch wie du?«

Er neigte den Kopf. »Nein, sie ist eher ein Optimist. Frauen neigen dazu, optimistisch zu sein.«

»Das ist aber eine ziemliche Verallgemeinerung.«

»Nach meiner Erfahrung verlieren Frauen den Verstand, wenn es um Männer geht. Nachdem mein Vater ausgezogen war, glaubte meine Mutter noch jahrelang, er würde zurückkommen. Warum sie diesen betrügerischen Mistkerl wiederhaben wollte, weiß ich nicht. Jenny trauerte monatelang um Evan, vielleicht sogar Jahre, nachdem sie sich getrennt hatten.«

»Was passierte eigentlich, nachdem sie niedergestochen wurde?«

»Die Polizei schnappte Evan. J. T. und ich waren die Hauptzeugen, die gegen ihn aussagten. Es gab zahlreiche Anklagepunkte. Er hatte etliche Betrügereien auf dem Kerbholz. Er wurde der Uni verwiesen und wanderte für etwa zwei Jahre in den Knast. Ich glaube, er kam zu der Zeit wieder heraus, als wir unser Examen machten.«

»Interessantes zeitliches Zusammentreffen. Evan muss das Gefühl gehabt haben, du hättest ihn um diesen Moment betrogen.«

Nick lachte rau auf. »Er hatte diesen Moment nicht verdient. Er hatte sich mit gefälschten Unterlagen ins College geschwindelt. Nichts an ihm war echt.«

»Warum hat er das getan? Ich meine, warum wollte er überhaupt aufs College, vor allem, wenn er kein Interesse daran hatte, etwas zu lernen?«

Nick antwortete nicht sofort. »Ich nehme an, er wollte einfach die Erfahrung machen. J. T. hat mir gestern Abend erzählt, dass Evans Profil aussagt, dass er sich immer als Außenseiter gesehen hat, als das Kind, das von draußen durchs Fenster zu der glücklichen Familie im Innern des Hauses sieht. Manchmal findet er eine Familie, in die er sich einschleicht.«

»Oder Situationen wie College und Studentenverbindungen«, meinte sie. »Das ergibt Sinn. Wer ist dieser Mann, an den sich deine Schwester erinnert?«

»Irgendein alter Knabe, der sich angeblich um Evan kümmerte, als er noch jung war. Hört sich nach einem Verlierer an, und es ist eher unwahrscheinlich, dass wir ihn überhaupt auftreiben.«

»Wenigstens tun wir etwas. Die Warterei ist das Schlimmste. Nachdem Evan verschwunden war, wartete ich zwei Wochen lang darauf, dass das Telefon klingelte oder die Tür aufging oder ein Brief mit der Post kam. Ich war sicher, es müsste eine gute Erklärung für alles geben.« Sie lächelte in sich hinein, als ihr klar wurde, was sie gerade gesagt hatte. »Ich bin wohl genau wie die Frauen, die du kennst – viel zu optimistisch, wenn es um Männer geht.«

Er warf ihr einen raschen, vertraulichen Blick zu, der sie schnurstracks zur vergangenen Nacht zurücktrug, als sie nackt ineinander verstrickt gewesen waren. Glaubte er, sie wollte etwas von ihm? Vermutlich. Aber sie wollte nichts. Oder doch? Schnell verbannte sie diesen Gedanken.

Er wandte den Blick ab und sagte dann: »Warum Evan? Was hat ihn für dich zum Richtigen gemacht?«

»Alles. Jetzt sehe ich, dass er alles tat, was ich auch wollte. Ich ließ Andeutungen fallen, und er griff sie auf. Ich hielt ihn einfach nur für aufmerksam. Er hat mit mir gespielt. Er hat mir genau das gegeben, was ich wollte und mir gerade wünschte, damit er nehmen konnte, was *er* wollte. Ich weiß nicht, warum ich das in dem Moment nicht begriffen habe.«

»Weil du nicht danach gesucht hast. Du kannst dich nicht gegen einen Feind verteidigen, den du nicht kennst. Mir ging es doch genauso: Ich habe meine Konten ungeschützt gelassen, weil ich nicht damit gerechnet habe, dass jemand sich daran vergreifen würde. Aber das hätte ich tun sollen. Evan hat mir schließlich geschworen, eines Tages Rache zu nehmen.«

»Etwas früher hättest du bestimmt noch damit gerechnet.«

»Ich bin nachlässig geworden«, gab Nick zu. »Ich habe vergessen. Das passiert mir nicht wieder.«

Sie hörte die wilde Entschlossenheit in seinem Ton und wusste, dass er Evan unter allen Umständen festnageln und selbst Rache nehmen wollte. Sie fragte sich, wie weit er wohl gehen würde, um sie zu bekommen.

»Wir sind da«, sagte Nick und bog von der Schnellstraße

ab. Er fuhr auf den Parkplatz hinter den Golden Gate Fields und schaltete den Motor ab. »Na, Lust auf ein Wett-Spielchen?«

Als Nick dieses Scheinwerferlächeln auf sie richtete, spürte sie tatsächlich Lust, die aber nichts mit Wetten und Glücksspiel zu tun hatte.

KAPITEL 9

Die Haupttribüne der Golden Gate Fields war riesig und umfasste mehrere Ebenen, beginnend mit Stehplätzen, über billige Sitzplätze in der Sonne bis schließlich zu den Clubhaus- und Rennclub-Abschnitten, wo es erlesene Speisen und private Wettschalter gab. Nick und Kayla waren zu dem Schluss gekommen, dass jemand mit dem Spitznamen Lucky Seven am ehesten auf der Haupttribüne zu finden war, und hatten die billigen Tickets gekauft. Jetzt schlenderten sie durch das Wettgelände, wo Spieler vor Schaltern Schlange standen oder ihre Wetten in spielautomatenartigen Maschinen platzierten.

Beim Hinausgehen sahen sie, wie die Pferde auf der Koppel vor der Haupttribüne gesattelt wurden. Zahlreiche Menschen drängten sich am Zaun. Einige machten sich Notizen in ihren Programmheften. Andere hielten ihre Kinder hoch, damit sie die Pferde sehen konnten. Im Hintergrund spielte Musik. Es herrschte Jahrmarktsatmosphäre; die Luft war erfüllt von Energie und Erregung.

Kayla ging näher an den Zaun, um besser sehen zu können. Es war ein schöner Frühlingstag. Ein böiger Wind wehte und blies ihr das Haar ins Gesicht. Sie versuchte, es hinter die Ohren zu streichen, aber immer wieder lösten sich Strähnen. Dabei bemerkte sie, wie Nick sie ansah, und wollte schon etwas Unverfängliches sagen, als das Begehren in seinem Blick sie innehalten ließ. Ihr Magen schlug einen kleinen Salto rückwärts. Sie hätte gern weggesehen, konnte es aber nicht.

Er streckte die Hand aus und schob ihr eine Locke aus dem Gesicht, dann beugte er sich vor und küsste sie auf den Mund. Es war nur der Hauch einer Berührung, eine federleichte Liebkosung, die sie noch einmal spüren wollte. Doch sie wusste, es durfte nicht sein. Sieh weg, befahl sie sich streng. Denk an etwas anderes. Sie zwang sich, ihre Aufmerksamkeit wieder auf die Pferde zu richten, und war dankbar, als Nick am Zaun entlangging und ein bisschen Abstand zwischen ihnen schuf, so, als bedauerte er den Kuss ebenfalls. Gut. Es war nötig, dass auch er gegen ihre gegenseitige Anziehung ankämpfte. Allein schaffte sie es nämlich nicht.

Die letzte Nacht war ein Fehler gewesen. Sie waren zu schnell zu weit gegangen. Doch sie konnte nicht so tun, als hätte er sie dazu überredet. Sie hatte mit ihm schlafen wollen. Aber jetzt war der nächste Tag, und sie musste der Tatsache ins Gesicht sehen, dass ihre Beziehung ziemlich verwirrend war.

Kayla befahl sich, sich nicht verrückt zu machen, nicht zu viel zu analysieren, zu viel zu denken. Sie brauchte nichts herauszufinden. Gestern Nacht war gestern Nacht, basta. Im Augenblick wollte sie es dabei bewenden lassen.

Sie machte ein paar tiefe, beruhigende Atemzüge und sah zu, wie die Pferde in die Laufbahn geführt wurden. An verschiedenen Stellen sprangen die Jockeys auf, dann wurden die Pferde auf die Rennbahn geführt. Kayla musste zugeben, dass die Vollblüter schöne, kraftvolle Geschöpfe waren. Einige wirkten nervös, tänzelten und wichen vor ihren Stallburschen zurück. Andere wirkten ruhig, geradezu gelangweilt, als hätten sie dies schon hundert Mal erlebt.

»Welches gefällt dir?«, fragte Nick.

Sie war dankbar für den beiläufigen Ton. »Ich weiß nicht, worauf ich achten muss. Du etwa?«

Er zuckte die Schultern. »Nicht die geringste Ahnung. Es gibt bestimmt Tricks, wie man Gewinner erkennt. Mir kommt das alles wie reines Glücksspiel vor. Ich wette lieber auf Dinge, die ich kontrollieren kann.«

Das konnte sie verstehen. Nick mochte sein Leben nicht in die Hände anderer legen. »Ich glaube nicht, dass man es noch *Spiel* nennen kann, wenn man es kontrollieren kann«, meinte sie. »Das Risiko-Moment ist ja gerade das Aufregende.«

»Dann findest du es aufregend, auf Pferde zu wetten?«, neckte er.

Das schelmische Funkeln in seinen Augen erregte sie weit mehr als die Pferde, aber das würde sie ihm nicht sagen. »Es könnte Spaß machen«, meinte sie leichthin.

»Welches nimmst du?«

Als die Pferde vor den Zuschauern auf und ab paradierten, entschied sie, dass ihr die Nummer acht gefiel. »Das da.« Sie deutete auf das einzige graue Pferd im Feld. »Weil sie nicht so hübsch ist.«

»Vielleicht ist sie auch nicht so schnell.« Er hob ein weggeworfenes Programm auf und blätterte es durch. »Sie ist auch keine Sie«, sagte er lachend. »Rate mal? Das Pferd, das du dir ausgesucht hast, heißt Mr. Right.«

»Kommt nicht infrage.« Sie schnappte sich das Programm. Mist, er hatte recht! »Dann nehme ich ein anderes. Das hier – Pats Nerzmantel. Das gefällt mir. Klingt nach einer starken, unabhängigen Frau.«

»Das Pferd ist auch ein Hengst«, betonte Nick.

»Schön, dann kann Pat mir auch einen Nerzmantel kaufen, wenn er gewinnt.«

Nick lächelte belustigt. »Wie viel willst du riskieren?«

Sie warf einen Blick in ihre Börse. »Fünf Dollar?«

»Ah, einer der letzten Verschwender.«

Sie schnitt ihm eine Grimasse und ging zu einem Wettautomaten. Eine Minute später hatte sie einen Wettschein in der Hand. »Ich glaube, ich habe heute Glück«, sagte sie. Es war schwer, nicht in Begeisterung zu geraten. Die Luft war erfüllt von den Hoffnungen und Träumen Hunderter Menschen, die glaubten, dass sie heute ihr Glück machen würden. Vielleicht gelang ihr das ja auch.

»Gut, dann hoffen wir, dass dein Glück uns hilft, etwas über Evans alten Kumpel in Erfahrung zu bringen.«

Sie gingen zu einer nah gelegenen Bar und warteten, bis eine Frau mittleren Alters die bestellten Getränke ausgeschenkt hatte. Sie war Ende vierzig, hatte ein faltiges Gesicht und auf dem Handgelenk einen Anker tätowiert. Laut Namensschild hieß sie Cass.

»Hallo«, sagte Nick und schenkte Cass ein entwaffnendes Lächeln. »Wir suchen nach Pferdeexperten. Typen, die jeden Tag der Woche bei Wind und Wetter hier rumhängen und anscheinend nie so viel gewinnen, wie sie verlieren.«

»Süßer, damit hast du die Hälfte aller Kerle auf der Rennbahn beschrieben«, erwiderte sie belustigt.

»Einer der Typen hört auf den Spitznamen Lucky Seven. Schon mal gehört?«

»Klar kenne ich Lucky. Habe ihn allerdings schon eine Weile nicht mehr gesehen. Sie sollten mit Roger reden. Er hat immer mit Lucky herumgehangen. Sie schwören, sie haben ein geheimes System, um die Pferde auszuwählen. Behaupten, die Jockeys senden ihnen Signale von der Koppel.« Sie deutete mit dem Kopf auf zwei Männer, die in der Nähe an einem Tisch saßen. »Das ist Roger, der mit der Mütze. Möchten Sie was trinken?«

»Nein, danke«, antwortete er und schob einen Zehn-Dollar-Schein über den Tresen.

»Kommen Sie jederzeit wieder.«

Nick lächelte Kayla an, als sie sich von der Bar entfernten. »Sieht aus, als hielte deine Glückssträhne an.«

»Oder deine.« Sie blickte zu den Männern hinüber, die Cass ihnen gezeigt hatte. Roger wirkte wie Mitte sechzig und hatte eine Kappe auf dem fast kahlen Schädel. Sein Kumpel wirkte eher noch älter, sein Gesicht war verwittert, seine Hände zitterten leicht, als er sein Bierglas an die Lippen setzte. Vor ihnen ausgebreitet lagen mehrere Zeitungen, als stellten die beiden ernsthafte Recherchen an.

»Entschuldigen Sie, sind Sie Roger?«, fragte Nick, als sie an den Tisch kamen.

Der Mann sah misstrauisch auf. »Wer hat das behauptet?«

»Die Barkeeperin, Cass.«

»Ach so, wenn Sie ein Freund der Kleinen sind, dann können Sie sich setzen.« Er stieß mit dem Fuß gegen den Stuhl, der neben ihm stand.

»Klasse. Ich hoffe, Sie können mir dabei helfen, jemanden zu finden«, sagte Nick, während er und Kayla Platz nahmen. »Er heißt Will und hört auf den Spitznamen Lucky Seven. Kennen Sie ihn?«

Roger wechselte einen Blick mit dem anderen Mann. »Natürlich kenne ich Lucky. Jeder kennt ihn. Er ist hier so was wie 'ne Legende. Gewinnt immer das siebte Rennen. Ich sag Ihnen, manchmal hab ich gedacht, er hätte den Jockey in der Hosentasche.«

»Ist er heute hier?«, fragte Kayla.

»Nee. Lucky ist schon seit ein paar Monaten nicht mehr hier gewesen«, antwortete er. »Hatte vor 'ner Weile einen Anfall, und dann hat er 'ne Pechsträhne gehabt.«

Kayla sank der Mut. Großartig, gerade als sie gedacht hatte, sie würden vorankommen ...

»Wissen Sie, wo wir ihn finden können?«, hakte Nick nach. »Wo er wohnt?«

»Wie heißt das Hotel noch mal?«, fragte Roger seinen Freund. »Wo Lucky wohnt?«

Der andere Mann runzelte die Stirn. »Irgendwas mit ’nem Vogel drin.«

»*Pelikan*, genau!«, rief Roger und schnippte mit den Fingern. »In ’ner Nebenstraße von der Sixth Street in San Francisco. Was wollt ihr beiden denn vom alten Lucky?«

»Wir wollen mit ihm über einen seiner Freunde sprechen.«

Roger lachte schallend. »Lucky hat keine Freunde. Der Kerl lügt, wenn er den Mund aufmacht, so war er immer schon. Er würde sogar seine eigene Mutter beklauen.«

Das hörte sich durchaus nach einem von Evans Freunden an, fand Kayla. Vielleicht waren sie auf der richtigen Spur.

»Ich würde kein Wort von dem glauben, was er sagt«, fuhr Roger fort. »Lucky kann ’ne Lüge nicht von der Wahrheit unterscheiden.«

»Danke, wir werden daran denken«, meinte Nick und stand auf. Er hielt inne. »Sie kennen nicht zufällig einen Freund von Lucky namens Evan – einen großen, blonden Typen?«

Roger zuckte die Schultern. »Glaube nicht.«

»Wie ist eigentlich Luckys richtiger Name?«, wollte Kayla wissen.

»Will Jacobson«, antwortete Roger.

Kayla erhob sich ebenfalls. »Vielen Dank, dass Sie für uns Zeit hatten.«

»Was meinst du?«, fragte sie Nick beim Hinausgehen.

»Ich glaube, wir sollten versuchen, dieses Hotel an der Sixth Street mit dem Wort *Pelikan* im Namen zu finden.«

»Wieder so eine vage Sache.«

»So weit, so gut. Hey, ich glaube, dein Pferd läuft gerade.«

Sie rannten zurück an die Umzäumung. Kayla hielt den Atem an bei dem großartigen Anblick, der sich ihr bot: die fliegenden Hufe und wehenden Mähnen, die Jockeys, die um die beste Position kämpften, die Erregung der Menge, die ihre Favoriten anfeuerte ... Das graue Pferd war vorne ... Mr. Right. Wäre ja passend, dass er ausgerechnet dann gewann, wenn sie sich einmal gegen ihn entschieden hatte.

»Sieht aus, als hätten wir uns an das Unwahrscheinliche halten sollen«, murmelte Nick.

»Wo ist Pats Nerzmantel?«

»Ganz hinten, glaube ich.«

Sie stellte sich auf die Zehenspitzen, um besser die andere Seite der Bahn sehen zu können. »Ich glaube, er rückt auf.« Und prompt verkündete der Sprecher: »Auf den zweiten Platz schiebt sich Pats Nerzmantel.«

Kayla packte die Absperrung fester, als die Pferde in die letzte Kurve gingen. Sie donnerten die Gerade entlang, die Jockeys setzten die Gerten ein, die Pferde gaben mit jeder Bewegung alles. Plötzlich legte Pats Nerzmantel noch einmal zu.

»Lauf!«, schrie Kayla. Pats Nerzmantel ging mit einer Nasenlänge als Erster durchs Ziel. »Gewonnen! Gewonnen!« Sie sprang auf und ab, und plötzlich lag sie in Nicks Armen. Sie wusste nicht, wer wen zuerst küsste, aber die noch glimmenden Funken der vergangenen Nacht loderten plötzlich wieder auf. Ein Kuss wurde zu zwei, zu drei. Schließlich schob sie Nick von sich, um Luft zu holen, ihr Haar zu ordnen und ihre Sinne wieder zu sammeln.

»Lass uns unseren Gewinn abholen«, schlug Nick vor. Seine Stimme hatte einen seltsamen Klang. »Dann entscheiden wir, was wir als Nächstes unternehmen.«

Seine Worte klangen seltsam unheilverkündend. Aber er meinte das nicht in persönlicher Hinsicht, ermahnte sie sich streng. Ihr nächster Schritt würde es sein, Will zu finden, dann Evan. Nick war nur so lange bei ihr, bis sie Evan fanden. Danach … war es vorbei.

Nicks Nerven lagen blank, als sie die Rennbahn verließen. Er fürchtete, dass sein letzter Adrenalinschub nichts mit der Information, die sie bekommen hatten, oder mit Kaylas Wettgewinn zu tun hatte. Sein Herz klopfte wegen Kayla schneller, weil er nicht aufhören konnte, an sie zu denken und sie zu begehren. Er hatte das schreckliche Gefühl, sich in ihren großen braunen Augen verlieren zu können, in ihrem üppigen, weichen Körper, und nie wieder herauszufinden.

Er musste sich konzentrieren. *Hör auf, sie zu berühren!*

Eins nach dem anderen – er musste Evan finden. Nichts anderes war wichtig. Das wusste sein Hirn ganz sicher. Leider hatte sein Körper leichte Probleme damit, dieselben Prioritäten zu setzen.

Sie sagten kein Wort, als sie wieder auf die Schnellstraße fuhren. Kayla brauchte unverhältnismäßig lange dafür, ein Stäubchen von ihrer Jeans zu pflücken. Natürlich erinnerte ihn ein Blick auf ihre Jeans nur daran, wie toll ihr Hintern war. Nick räusperte sich und stellte die Klimaanlage an. Er musste sich rasch abkühlen.

Um möglichst schnell an ihr Ziel zu gelangen, trat er das Gaspedal durch. »Elender Verkehr«, murmelte er. »Es ist doch Sonntag. Wieso sind die Leute nicht zu Hause?«

»Der Tag heute ist zu schön, um drinnen zu bleiben. Und

es war ein langer Winter. Die Leute kriegen Frühlingsgefühle.«

Vielleicht war das sein Problem, dachte er, als ihr Lächeln seinen Blick auf ihren weichen Mund, ihre schönen, köstlichen Lippen lenkte.

»Nick, hör auf, mich so anzusehen«, flüsterte sie.

Er zuckte zusammen, verriss das Lenkrad und polterte über die Spurbegrenzungen. Sofort korrigierte er und wandte seinen Blick wieder der Straße zu. Kayla hatte recht. Er musste aufhören, sie so anzusehen. Er musste Evan finden und dann sein Leben fortsetzen. Und Kayla musste das Gleiche tun. Was sie beide *sonst* noch brauchten, darüber wollte er nicht nachdenken.

Als sie über die Bay Bridge wieder nach San Francisco hineinfuhren, rutschte Kayla auf ihrem Sitz hin und her, froh darüber, dass sie jetzt über etwas anderes nachdenken konnte als über Nick. Sie mussten das Hotel finden, in dem Evans alter Freund wohnte. Die Sixth Street war sehr lang, wurde aber zunehmend zwielichtiger, als sie sich dem Teil San Franciscos näherten, den man das »Lendenstück« nannte. Obdachlose und zerlumpt aussehende Schnorrer waren überall, manche standen an Kreuzungen, in der Hand Pappschilder, auf denen sie um Essen bettelten, andere lagen in Türeingängen oder kauerten auf Stufen, ein Betrunkener lag halb im Rinnstein. Kayla war nicht sicher, ob er noch lebte oder schon tot war.

»Ich war lange nicht mehr in dieser Gegend«, sagte sie leise. »Es ist ziemlich schrecklich.«

»Vielleicht sollte ich dich lieber nach Hause bringen.«

»Sei nicht albern! Ich bin ein großes Mädchen, außerdem ist es helllichter Tag.«

»Das ist hier nicht deine hübsche Welt aus buntem Glas.«

»Es ist auch nicht deine Welt, Nick, aber sie existiert, und ich habe keine Angst davor. Wenn überhaupt würde ich gern etwas tun, um zu helfen. Ich war in den letzten Wochen so sehr mit mir selbst beschäftigt, dass ich den Rest der Welt ganz vergessen habe.« Plötzlich erkannte sie, wie vollkommen gefangen sie in der Fantasiewelt gewesen war, die sie mit Evan geschaffen hatte. Es war, als hätte sie eine Dämmerzone betreten, eine andere Dimension, in der nichts wirklich war. Aber jetzt war sie zurück.

»Ich glaube, hier ist es.« Nick deutete auf ein vierstöckiges, baufälliges Gebäude, von dem an einem Nagel ein Schild mit der Aufschrift *Grand Hotel Pelikan* baumelte. Weder an dem Hotel noch an dem kleinen Pelikanbrunnen vor dem Eingang, der gerade als Pinkelbecken genutzt wurde, war etwas Großartiges.

Kayla verzog das Gesicht, als ein Mann seine Hose schloss und davontorkelte.

Nick fand nicht allzu weit entfernt einen Parkplatz. Er nahm ihre Hand, als sie zusammen zum Hotel gingen. Ein paar Penner schnorrten sie um Kleingeld an, aber Nick verscheuchte sie. Sie würde ihr Gewissen später beruhigen, indem sie einem Obdachlosenheim eine großzügige Spende zukommen ließ, dachte sie.

Das *Pelikan* war ein Hotel für Dauermieter mit wenig Geld, erkannte Kayla, als sie in das düstere, schmutzige Innere traten, das nach Schnaps und anderem roch, dem sie lieber nicht genauer auf den Grund gehen wollte. Nachdem sie sich nach Will Jacobson erkundigt hatten, brummte der gelangweilte Portier am Empfang, der die Wiederholung einer Quizsendung sah: »Zweiundsechzig, sechster Stock.«

Erleichtert, dass sie endlich weiterkamen, nahmen sie den

Fahrstuhl in den sechsten Stock. Die Tür zu Nummer 62 öffnete sich nach dem ersten Klopfen, und sie standen einem heruntergekommenen alten Mann gegenüber, der in den Sechzigern zu sein schien. Sein Haar war weiß und stand ihm in Büscheln vom Kopf ab. Die Wangen waren unrasiert, der Schnurrbart grau. Er hatte eine große Knollennase, ein rotes Gesicht und blutunterlaufene blaue Augen. Er trug ein altes T-Shirt und Pyjamahosen.

»Wer sind Sie?«, fragte er mit verwirrtem Gesichtsausdruck. »Sie sind nicht Candy. Candy sagte, sie kommt vorbei und bringt mir mein Essen. Wo ist mein Essen?«

Kayla wusste nicht, was sie darauf antworten sollte. Sie schob sich ein bisschen dichter an Nick heran, ohne zu wissen, warum sie so beunruhigt war. Dieser Mann würde ihnen nichts tun, aber das ganze Haus wirkte etwas unheimlich.

»Candy kommt später«, meinte Nick. »Wir möchten mit Ihnen reden, Will. Nennt man Sie auch Lucky Seven?«

Plötzlich riss er den Mund auf, die Augen blickten klarer. »Das bin ich. Wer hat Ihnen von mir erzählt? Haben Sie einen Tipp für den alten Lucky?«

»Ihr Freund Roger sagte, dass wir Sie hier finden könnten«, erklärte Nick. »Dürfen wir hereinkommen?«

Will trat zurück und winkte sie in den vollgestopften, unordentlichen Raum mit alten Möbeln und zahlreichen Zeitungen. Er schaltete den laut gedrehten Fernseher aus und warf einen Haufen Kleider auf den Boden, damit sie sich auf die durchgesessene Couch setzen konnten.

Kayla hatte noch nie eine so heruntergekommene Wohnung gesehen. Alles darin war alt, kaputt, angestoßen oder verblichen. Außer ... plötzlich fiel ihr auf, dass der Fernseher neu war, und Will besaß auch einen DVD-Player. Sie hatte immer schon besser Details wahrgenommen als das große

Ganze. Plötzlich sprangen diese Details ihr ins Auge – das Handy auf dem Tisch, die neue Decke auf der Lehne der zerschlissenen Couch.

Will war nicht völlig mittellos. Er musste irgendwoher Geld bekommen. Von Evan? Ihr Herz schlug schneller. Vielleicht kamen sie ihm endlich näher.

»Wer sind Sie noch mal?«, fragte Will. »Noch mehr Reporter? Ich sage nichts, wenn ich kein Geld für meine Geschichte bekomme.«

»Welche Geschichte denn, Will?«, fragte Nick leichthin, während er sich setzte.

»Wie man das Geld finden kann«, sagte er und beugte sich vor, als fürchtete er, in seiner eigenen Wohnung belauscht zu werden.

Kayla hielt bei der Inbrunst in seiner Stimme den Atem an. Von welchem Geld sprach er? Warum lebte er denn in diesem Loch, wenn er wusste, wie man Geld finden konnte?

Der alte Mann setzte sich wieder und grinste sie diabolisch an. »Aber das werde ich Ihnen doch nicht auf die Nase binden. Ich bin nicht blöd, wissen Sie. Ich kenne Sie nicht. Und Eric sagt, ich soll nicht mehr mit Reporten sprechen. Eric ist schlau.« Er tippte sich an die Stirn. »Schlau wie ein Fuchs. Ihm entgeht nichts.«

Eric? Der Name war »Evan« nicht ganz unähnlich, aber Eric war eben nicht Evan. Oder doch? War das sein wirklicher Name – Eric – oder einer seiner vielen falschen?

»Das erwarte ich auch nicht von Ihnen«, meinte Nick gelassen. »Wollten die anderen Reporter ebenfalls wissen, wo das Geld ist?«

»Nee, sie wollten etwas über die Insel hören«, antwortete er mit einer Handbewegung. »Der alte Joel selbst hat ein Buch über all die Fluchtversuche geschrieben. Er hat mir nie etwas abgegeben, obwohl ich ihm so viel erzählt habe. Jetzt spielt er im Fernsehen den Experten. Unter uns gesagt, er weiß gar nichts! Er war damals nur ein lausiger kleiner Wachmann.«

»Von welcher Insel reden Sie?«, fragte Kayla.

»Von Alcatraz natürlich.«

»Alcatraz?«, echoten Kayla und Nick.

Sie tauschten einen raschen Blick. Sie waren gekommen, um Will nach Evan zu fragen, aber jetzt schien es, als führe er sie zurück nach Alcatraz.

Der alte Mann wandte den Kopf, um sie anzusehen, seine Augen blickten plötzlich verwirrt. »Sie sind nicht Candy. Candy hat rote Haare. Ich mochte Rothaarige immer schon. Rose, sie hatte rote Haare. Meine rote, rote Rose.« Seine Augen tränten plötzlich.

Kayla fragte sich, ob Will betrunken war oder bloß alt und krank. Er wirkte leicht durcheinander. »Ich liebe Geschichten über die Insel«, sagte sie. »Ich wette, Sie kennen die besten.«

Er nickte, seine Miene entspannte sich. »Klar. Ich war fast zwei Jahre da. Der kälteste Ort, an dem ich mich je aufgehalten hab. Die Jungs waren böse. Die schlimmsten Hundesöhne, die man sich vorstellen kann. Ich hatte Glück, dass ich am Leben geblieben bin. Ich hätte gar nicht dort sein sollen, wissen Sie. Ich war unschuldig. Ich hab nur den Wagen gefahren. Ich wusste nicht, dass jemand die Bank ausraubte.«

»Kannten Sie Johnny Blandino?«, hakte sie nach. Wenn Will zur selben Zeit in Alcatraz gewesen war wie der frühere Liebhaber ihrer Großmutter, hatten sie vielleicht einen Anfang, um alles zu verknüpfen.

»Klar doch. Aber Johnny hatte nicht viel zu sagen. Ich war mit Nate besser befreundet. Er hat mehr geredet.« Will bekam einen längeren Hustenanfall und räusperte sich. »Nate hat mir alles über ihre Pläne erzählt, wissen Sie. Er konnte nicht zwei Sekunden still sein. So hab ich das von dem Geld erfahren. Auf die Jungs wartete bei ihrer Entlassung ein Vermögen. Und noch mehr Zeug – Zeug, von dem niemand anders wusste. Ich weiß mehr, als die meisten Leute glauben.« Er tippte sich wieder an die Stirn. »Ich hab 'ne Menge Zeugs im Kopf. 'ne ganze Menge Zeugs. Kann mich nur manchmal nicht an alles erinnern, das ist alles.«

»Dann ist Eric also hinter dem Geld her?«, fragte Nick. »Das alles liegt schon lange zurück. Es könnte inzwischen weg sein.«

»Irgendjemand hätte was gesagt, wenn man es gefunden hätte.« Will runzelte die Stirn und kratzte sich am Kinn. »Zuerst dachte ich, die Jungs hätten sich das ausgedacht, verstehen Sie? Sie waren klug und stark. Nate war ein guter Schwimmer. Er schwamm als Kind immer in der Bucht. Er kannte die Strömungen. Dann wurde die Leiche vom armen Frankie an Land gespült. Sie haben ihn in den Hof gelegt, damit wir ihn alle sehen konnten. Zur Abschreckung.« Will holte tief Luft. »Aber Nate und Johnny haben es vielleicht geschafft.«

Kayla überlegte, ob die Männer überlebt haben konnten. Andererseits hatte Johnny nie versucht, ihre Großmutter zu finden oder ihr mitzuteilen, dass er noch lebte. Und warum sollte er nicht nach seiner Uhr gefragt haben, wenn sie so wichtig gewesen war? Hätte er sich nicht den Schatz geholt, wenn er noch lebte? Zu viele Fragen! Sie brauchte mehr Antworten.

Will zog die Mundwinkel nach unten. »Eric sollte mich anrufen. Wissen Sie, wo er ist?«

»Wir hatten gehofft, Sie wüssten es«, sagte Kayla.

»Eric ist ein guter Junge. Er kommt zurück und kümmert sich um mich. Rose sagte immer, er wäre etwas Besonderes, schlau.«

»Das hört sich an, als hätten Sie Eric eine Weile nicht gesehen«, meinte sie. »Was, wenn er verletzt oder krank ist? Vielleicht sollten wir ihn suchen – für Sie«, setzte sie hinzu. Sie hatte das Gefühl, die schlechteste Lügnerin der Welt zu sein.

Zum Glück schien der alte Mann seine Sinne so wenig beisammenzuhaben, dass er es nicht bemerkte. »Eric ist ein guter Junge«, wiederholte er. »Er muss nur erst die anderen Uhren holen. Dann kommt er wieder. Wo ist Candy? Können Sie Candy für mich suchen?«

Kaylas Herz setzte einen Schlag aus, als sie begriff, dass er von mehreren Uhren gesprochen hatte. Wie konnte das sein? »Uhren?«, fragte sie scharf. »Es gibt mehr als eine Uhr?«

Er versteifte sich plötzlich und presste die Lippen zu einem schmalen Strich zusammen. »Ich sage gar nichts mehr. Sie müssen gehen. Gehen Sie.« Er stand auf und marschierte zur Tür, wobei er die ganze Zeit wiederholte: »Gehen Sie.«

Der Mann wurde immer erregter. Kayla tat es leid, dass sie ihn so unvermittelt unterbrochen hatte, aber er hatte ihr mit der Erwähnung von mehr als einer Uhr einen Schock versetzt.

»Ist schon gut«, beruhigte Nick ihn. »Ganz ruhig. Wir gehen ja, Will. Es ist alles gut. Candy wird bald hier sein.«

»Candy kommt«, murmelte Will und nickte. Sobald sie die Wohnung verlassen hatten, schlug er die Tür hinter ihnen zu.

Kayla stieß einen Seufzer aus und packte Nicks Arm. »Oh, mein Gott! Es gibt mehr als eine Uhr! Was hat das zu bedeuten?«

»Es bedeutet, dass wir einen weiteren Hinweis haben«, sagte er mit glänzenden Augen. »Eine Spur, der wir folgen können. Evan muss auf der Suche nach den anderen Uhren sein.«

»Sie müssen den Männern gehört haben, die mit Johnny ins Gefängnis wanderten«, folgerte sie.

»Das glaube ich auch.« Er drückte auf den Knopf für den Fahrstuhl. Die Türen öffneten sich fast sofort, und sie traten hinein. »Ich wusste, dass die Uhr deines Großvaters wichtig ist. Ich wusste es.«

»Freu dich nicht zu früh. Wir wissen noch nicht viel mehr als vorher.«

»Wir wissen genug«, widersprach er.

»Ich dachte, du wärst Pessimist.«

»Heute nicht«, sagte er grinsend. Er beugte sich vor und küsste sie fest auf die Lippen.

Der Boden unter ihren Füßen tat einen Ruck. Im ersten Moment dachte sie, das wäre nur ihre Reaktion auf Nicks Kuss, dann ruckelte der Fahrstuhl wieder. Sie japste. Nick nahm sie fest in die Arme, als die Aufzugskabine knirschend anhielt. »Was ist passiert?«

»Ich glaube, wir stecken fest«, meinte er. Sein Lächeln verblasste.

»Das kann nicht sein.« Sie fühlte einen Anflug von Panik in sich aufsteigen. Schon an guten Tagen mochte sie Fahrstühle nicht besonders, vor allem keine alten, stinkenden, engen Fahrstühle in heruntergekommenen Gebäuden.

»Ganz ruhig, Kayla. Es ist okay. Der Fahrstuhl setzt sich bestimmt gleich wieder in Bewegung.

»Bestimmt?«, fragte sie. »Hast du dir das Haus mal angesehen, als wir hineingingen? Ich kann mir nicht vorstellen, dass dieser Fahrstuhl in den letzten zehn Jahren einen Techniker auch nur von Weitem gesehen hat. Was, wenn niemand merkt, dass er kaputt ist?«

»Die Leute, die hier wohnen, werden schon bemerken, dass der Fahrstuhl nicht funktioniert, und der Typ am Empfang wird Hilfe holen«, sagte er. Das klang logisch. Nick streichelte ihren Arm und schenkte ihr ein beruhigendes Lächeln. »Es wird schon alles wieder gut.«

»Ich habe kein gutes Gefühl.« Sie sah sich um. Es gab einen roten Alarmknopf, aber kein Notfalltelefon. Sie drückte den Knopf, doch es war nichts zu hören. »Glaubst du, er ist auch kaputt?«

»Ich weiß es nicht.«

Sie warf ihm einen gereizten Blick zu. »Mir wäre eine tröstliche Lüge lieber gewesen.«

Er lächelte. »Du hast Platzangst.«

»Hm. Meinst du? Es ist nicht so sehr die Enge, die mich bedrückt, sondern die Vorstellung, nur an ein paar Kabeln in der Luft zu hängen, die jederzeit reißen können, sodass wir in den Tod stürzen.«

»Okay, das wollte ich gerade nicht hören.« Er legte die Arme um sie und zog sie eng an sich. »Ich lasse nicht zu, dass dir etwas geschieht, Kayla.«

Sie verbarg ihr Gesicht an seiner Brust und holte tief Luft. In seinen Armen fühlte sie sich besser, seine Stärke, die sie umfing, gab ihr Kraft. Sie wusste, er würde sein Bestes tun, um sie zu beschützen, aber er war nicht Supermann ... oder, in diesem Fall, Fahrstuhltechniker.

Der Aufzug ruckte erneut und sackte wieder einige Zentimeter ab. Sie klammerte sich fester an Nick. »Oh, Gott«, murmelte sie. »Das gefällt mir nicht. Das gefällt mir gar nicht.«

»Denk an etwas anderes.«

»Zum Beispiel?«

Er hob ihr Gesicht mit der Hand und küsste sie erneut.

»Das wird nicht funktionieren«, murmelte sie, doch die Spannung baute sich bereits in ihr auf.

»Gib mir eine Chance«, flüsterte er und lächelte, ehe er den Kuss vertiefte.

Als seine Zunge mit ihrer spielte und seine Hände zu ihrem Hintern wanderten, begannen ihre Brüste zu prickeln, und ihr Körper ließ von der Panik ab und hieß das Begehren willkommen. Sie konnte nur noch seinen männlichen Duft riechen, nur noch seinen Atem an ihrem Ohr hören. Nur noch seine Hitze fühlen.

Und dann unternahm der Fahrstuhl einen weiteren Sturzflug. Sie schrie auf und hielt sich an Nicks Armen fest, als sie fielen.

KAPITEL 10

Evan lachte bei Kaylas Schreien auf. Manche Dinge waren einfach zu leicht. Er warf den Hebel nach vorn und brachte den Fahrstuhl so abrupt zum Halten. Jetzt hing er knapp unter dem dritten Stock. Evan ging zurück zum Empfang. Wie erwartet war der Angestellte noch immer fort. Der alte Henry konnte einem Drink oder einem knisternden Zwanzig-Dollar-Schein nie widerstehen. Ohne zu überlegen, war er in die nächste Bar gehastet. Evan nahm ein Stück Papier vom Schreibtisch und kritzelte *Außer Betrieb* darauf. Dann klebte er den Zettel an den Fahrstuhl.

Er sprang die Stufen zum dritten Stock empor, stellte sich vor den Fahrstuhl und zerrte die Türen gut zehn Zentimeter auseinander. Die obersten Zentimeter der Kabine befanden sich zu seinen Füßen. Er kniete nieder, sodass er die beiden in der Kabine durch den schmalen Spalt sehen konnte. Kayla lag in Nicks Armen. Ihr Gesicht war weiß, ihre Augen voller Entsetzen. Aber Nick sah keineswegs verängstigt aus, nur stocksauer, vor allem, als er erkannte, wer für die vermeintliche Aufzugpanne verantwortlich war.

»Wie geht's?«, fragte Evan.

»Du!«, keuchte Kayla schockiert.

»Du Hundesohn«, fluchte Nick und ließ Kayla los. »Was zum Teufel soll das?«

»Ihr habt mich doch gesucht. Hier bin ich.« Evan konnte sehen, dass Nick nach einem Ausweg suchte, wahrscheinlich um ihn zu erwürgen. Aber es gab keinen Ausweg. Dafür hatte Evan gesorgt. Das war *sein* Spiel. »Schön, dich wiederzusehen, Kayla.«

»Nicht schön, *dich* wiederzusehen«, fauchte sie. »Warum hast du mich angelogen? Warum hast du mich geheiratet? Warum bist du ohne ein verdammtes Wort verschwunden?«

»So viele Fragen!«, spöttelte er. Er hatte damit gerechnet, dass sie wütend war, aber er musste zugeben, dass ihn das Feuer in ihren Augen überraschte. Sie hatte sich in den vergangenen Wochen verändert. Lag das an ihm? Oder an Nick?

»Verdammt. Antworte! Ich verdiene die Wahrheit.«

»Wir hatten viel Spaß. Es war vorbei. So einfach ist das.«

»Du Mistkerl! Du hast mit meinen Gefühlen gespielt. Ich würde dich am liebsten ... schlagen.«

»Na, na, Kayla, das ist nicht nett. Das kränkt mich wirklich. Ich dachte, du würdest mich wenigstens ein bisschen vermissen.«

»Dich vermissen? Ich kenne dich ja nicht einmal«, erwiderte sie. »Du bist nicht der Mann, für den ich dich gehalten habe.«

»Das könnte niemand sein, Schätzchen. Einen solchen Mann kann es gar nicht geben. Du hast sehr hohe Ansprüche.«

»Nenn mich nicht *Schätzchen*. Und offenbar hatte ich bei dir viel zu niedrige Ansprüche.«

»Aua. Du weißt, wo man treffen muss, damit es wehtut. Aber die Wahrheit ist: Ich habe dir alles gegeben, was du wolltest, und im Gegenzug habe ich nur ein kleines Zeichen deiner Zuneigung genommen.«

»Hinter was bist du her, Evan?«, unterbrach Nick die beiden. »Du hast mir bereits alles genommen.«

Evan lächelte. »Nicht alles, Nick. Ich fange gerade erst an.«

»Warum hast du bis jetzt gewartet, um es mir heimzuzahlen?«

»Heutzutage hast du mehr, was ich dir nehmen kann«, antwortete Evan schlicht. »Und wir waren noch nicht miteinander fertig, oder?«

»Sind wir immer noch nicht«, sagte Nick mit tödlicher Entschlossenheit. »Du kommst mir nicht davon. Ich werde dich aufhalten.«

»Du kannst es ja versuchen«, lachte Evan.

»Wir wissen alles«, sagte Nick. »Will hat uns erzählt, hinter was du her bist.«

»Du willst doch nicht etwa einen Schwindler beschwindeln, oder?«, fragte Evan. Er bezweifelte, dass Will ihnen viel erzählt hatte, obwohl es ihn ärgerte, dass sie ihn mit dem alten Mann in Verbindung gebracht hatten. Jenny musste mit Nick gesprochen haben. Sie hatte ihn verraten. Er würde mit ihr darüber sprechen müssen. »Will ist ein alter Mann«, sagte er. »Er hat schon vor Jahren den Verstand verloren. Heute redet er nur noch eine Menge Unsinn.«

»Mir kam er ganz helle vor«, widersprach Nick.

»Also, ich würde ja gern noch bleiben und mit euch plaudern, aber ich habe noch viel zu erledigen, muss Leute treffen und so weiter.« Er zog eine Schachtel Pralinen hervor, dunkle Schokolade mit weicher Füllung, und warf sie in den Fahrstuhl. »Deine Lieblingssorte, Kayla.«

Sie fing die Schachtel mit einer Hand und starrte sie an, als wäre es eine Bombe. »Was ist das?«

»Falls ihr Hunger bekommt«, meinte Evan. »Seht ihr, ich bin doch kein so schlimmer Junge.« Ohne auf eine Antwort zu warten, ließ er die Fahrstuhltüren zufallen. Er stand auf, ging in aller Ruhe die Treppe hinunter und trat dann in den hellen Sonnenschein hinaus.

Nick bebte vor Wut. Er hatte Evan seine Gefühle nicht zeigen wollen, aber jetzt musste er seinem Zorn Luft machen. Er hieb mit der Faust gegen die Wand. Der Schmerz, der von seinen Knöcheln zum Ellenbogen strahlte, trug nicht eben dazu bei, die Anspannung zu lindern. Nick sah zu Kayla. Sie starrte auf die Pralinenschachtel. Ihre dunklen Augen waren weit aufgerissen, schockiert. Sie zitterte, und ihr Gesicht war geisterhaft bleich. Er ging zu ihr, nahm ihr die Schachtel aus der Hand und warf sie auf den Boden. »Die willst du nicht«, sagte er. Sie lehnte sich gegen die Wand und schlug die Arme um sich, als wäre ihr kalt.

»Alles okay?«, fragte er.

»Nein. Evan sah so ... normal aus. Aber er klang so ... böse.« Ihre Stimme zitterte. »So hat er früher nicht geklungen. Er war nicht so kalt, als hätte er kein Herz. Ich wusste nicht, dass es ein Spiel war. Ich wusste nicht, dass er nur so tat als ob. Ich hielt alles für echt. Ich war so dumm! Er hat sich überhaupt nichts aus mir gemacht. Und als ich ihn eben ansah, war es, als sähe ich einen völlig Fremden. Ich habe ihn nicht erkannt.«

Nick ließ sie reden. Sie musste die Dinge für sich selbst klären, und er wusste, dass sie es schaffen würde. Sie hatte es ja schon fast geschafft. Es hatte ihm gefallen, wie sie sich gegen Evan gewehrt hatte, vor allem, da sie entschieden im Nachteil gewesen waren, weil Evan über ihnen gethront hatte und offenbar derjenige war, der sie in dem Fahrstuhl gefangen hatte. Was die Frage aufwarf: Wie sollten sie aus der Kabine herauskommen? Vermutlich würde es eine Weile dauern. Im Augenblick wurde Kayla von ihren Gedanken abgelenkt. Aber irgendwann würde ihr klar werden, dass sie immer noch festsaßen.

Nick ließ das kurze Gespräch noch einmal Revue passieren. Evan hatte nichts zugegeben. Aber die Tatsache, dass er von ihrem Treffen mit Will gewusst hatte, sagte ihm, dass Evan ihnen immer dicht auf den Fersen gewesen war. Er war ihnen vermutlich zur Rennbahn gefolgt.

Er, Nick, hätte besser aufpassen und öfter in den Rückspiegel schauen müssen.

Evan irrte sich in ihm. Er war klug genug, das Spiel mitzuspielen, er musste nur endlich damit anfangen. Er musste einen Weg finden, Evan einen Schritt voraus zu sein, anstatt ihn immer einholen zu wollen. Vielleicht hatte Evan noch nicht alle Uhren gefunden. Vielleicht hatten sie noch Zeit. Denn wenn Evan sich die Mühe machte, sie aufzuhalten, mussten sie ziemlich nah vor einer Entdeckung stehen.

»Was machen wir jetzt?«, fragte Kayla.

Nick runzelte die Stirn, als er sah, wie sie zitterte. »Du frierst.«

»Dürfte ich eigentlich nicht. Draußen ist es schließlich warm.«

»Wir sind aber nicht draußen. Ich glaube, du stehst unter Schock.«

»Evan hat uns in diesem Fahrstuhl gefangen.«

Nick nickte. »Ich glaube, er wollte uns für eine Weile außer Gefecht setzen.«

»Das ist ihm gelungen.« Sie versuchte ein Lächeln, das aber kläglich misslang. »Wie lange werden wir wohl hier festsitzen?«

»Ich weiß es nicht.« Er wünschte, er hätte eine bessere Antwort, denn er konnte sehen, wie verängstigt sie war.

»Vielleicht hat er eine Bombe in den Fahrstuhlschacht gelegt«, fuhr sie fort. »Vielleicht geht er einfach raus und drückt auf einen Zünder.«

Dieser Gedanke war ihm noch gar nicht gekommen, doch

er konnte die Möglichkeit nicht ausschließen, dass Evan vorhatte, sie umzubringen. Er hatte gesagt, er fange gerade erst an. Trotzdem … »Ich glaube, wenn er uns in die Luft jagt, wäre das Spiel zu Ende«, meinte Nick. »Und dazu ist Evan bestimmt noch nicht bereit.«

»Na, das ist ja tröstlich!«, murmelte Kayla.

Nick freute sich, dass ihre Wangen wieder etwas Farbe bekommen hatten. Sie ließ sich nicht unterkriegen. »Wir müssen auf der richtigen Spur sein, sonst hätte Evan sich nicht die Mühe gemacht, uns aufzuhalten. Das ist die gute Nachricht.«

»Prächtig. Da dachte ich schon, es gäbe keine guten Nachrichten, und schon ist eine da. Ich fühle mich bereits viel besser.«

»Und ich erst!« Er legte ihr die Hände auf die Schultern und sah ihr in die Augen. »Uns passiert schon nichts.«

»Vielleicht nicht heute. Aber das war eine Warnung.«

»Allerdings. Du musst nicht weiter mitmachen, Kayla. Du kannst jederzeit aufhören. Ich würde es dir nicht verübeln.«

»Was ist mit dir?«

»Ich werde dafür sorgen, dass Evan wieder ins Gefängnis wandert.«

Sie warf ihm einen langen, prüfenden Blick zu. »Du klingst so zuversichtlich, aber sieh dir an, wo wir gelandet sind. Und sieh dir an, wo Evan steht. Er hat die Kontrolle, nicht wir.«

»Das kann sich ändern. Es *wird* sich ändern.« Er machte eine Pause. »Vertrau mir, Kayla.«

Sie schüttelte den Kopf. »Das ist im Moment etwas viel verlangt.«

»Da hast du wohl recht.« Er wünschte, er könnte das

Misstrauen aus ihren Augen wischen, aber er wusste, das war unmöglich. Nur sie selbst würde es überwinden können.

»Glaubst du, es gibt einen Weg hier heraus? Kann ich mich durch diese Öffnung quetschen?«

»Das sind nur ein paar Zentimeter. Ich glaube nicht, dass du da hindurchpasst«, erwiderte er. Sie sah zu Decke hinauf. »Ist das so etwas wie eine Falltür?«

Das war es, doch er glaubte nicht, dass er sie mit einem Sprung erreichen konnte, und in der Kabine gab es nichts, woran man sich hochziehen konnte, nicht einmal einen Handlauf. Die einzige Hoffnung bestand darin, dass Kayla sich auf seine Schultern stellte und versuchte, sich durch die Falltür nach oben zu ziehen. Aber was dann?

»Es geht nur, wenn *ich* es versuche, oder?«, fragte Kayla, als hätte sie seine Gedanken gelesen.

»Ich finde, wir sollten bleiben, wo wir sind. Irgendjemand wird schon kommen und den Fahrstuhl wieder in Gang setzen. Hier leben schließlich Menschen.«

»Säufer und Penner und Menschen, um die sich keiner schert«, sagte sie. »Wir könnten stundenlang hier feststecken.« Sie holte tief Luft, und er sah ein entschlossenes Funkeln in ihren Augen. »Ich mach das. Wir wissen, dass wir dicht unter einem Stockwerk stecken. Wir konnten es eben sehen.«

»Du bist wahrscheinlich nicht kräftig genug, um die Türen aufzuschieben.«

»Ich kann es wenigstens versuchen, oder? Halte mir eine Räuberleiter.«

Sie stellten sich in die Mitte der Fahrstuhlkabine. Kayla legte die Hände auf seine Schultern und stellte ihren Fuß in seine verschränkten Hände. Dann stieß sie gegen die Deckenplatte. Sie ließ sich mühelos bewegen und enthüllte ein klaffendes Loch. Nick schob Kayla höher, sodass sie ihre Hände auf das Kabinendach stützen konnte. Sie schob und strampelte, und er hob sie so hoch, wie er nur konnte – bis es ihr schließlich gelang hinauszukrabbeln.

»Was siehst du?«, fragte er. Er fühlte sich hilflos und frustriert, weil er nicht derjenige war, der sein Leben riskierte.

»Es ist dunkel, doch ich kann die Fahrstuhltüren sehen. Sie sind gleich rechts von mir. Ich versuche, sie ganz aufzuschieben, sodass ich mich durchquetschen kann.«

»Sei vorsichtig.« Er hörte, wie sie sich bewegte, stöhnte und fluchte. »Was ist?«

»Ich bekomme die Türen nicht auf.«

Einen Moment später erschien ihr Gesicht in der Öffnung. »Was soll ich jetzt machen?«

Ehe er antworten konnte, hörte er das Surren eines Motors.

Kayla japste. »Oh, mein Gott, er bewegt sich.«

»Spring«, befahl er.

»Ich kann nicht.«

»Du musst. Spring. Ich fang dich auf. Beeil dich.«

Ihr Körper prallte auf seinen, als der Fahrstuhl in die Tiefe fuhr. Er schlang die Arme um sie, damit sie oben blieb, als er selbst rückwärts zu Boden ging. Nick hatte keine Ahnung, wie tief sie fallen würden, und war schockiert, als der Fahrstuhl einen Moment später anhielt. Die Türen gingen auf. Der alte Mann vom Empfang sah sie an und schüttelte vorwurfsvoll den Kopf.

»Wenn ihr Sex wollt, müsst ihr ein Zimmer mieten.« Er riss ein Stück Papier von der Tür, auf dem *Außer Betrieb* stand. »Und jetzt macht, dass ihr rauskommt.«

Kayla war noch nie so froh gewesen, den Himmel über sich zu sehen, die Stadt, ja selbst die Penner am Straßenrand. Sie blieb stehen und holte tief Luft. Nick legte ihr eine Hand auf die Schulter.

»Alles in Ordnung?«, fragte er.

»Du hast mich aufgefangen.«

»Ich sagte doch, vertrau mir.«

»Ja.« Sie gab ihm einen dankbaren Kuss. »Danke. Es ist schön, wieder draußen zu sein.

»Stimmt. Wollen wir?«

»Unbedingt. Ich will nie mehr hierher zurück.«

»Hoffentlich brauchen wir das auch nicht.«

Sie gingen so rasch wie möglich zum Auto. Als Kayla ihren Sicherheitsgurt anlegte, sah sie sich rasch um, weil sie überlegte, ob Evan sie wohl immer noch beobachtete. Nick folgte ihrem Blick. »Siehst du etwas?«, wollte sie wissen.

»Nein, aber von jetzt an müssen wir es schlauer anstellen.« Er drehte den Zündschlüssel und sagte: »Ich bringe dich jetzt nach Hause.«

Das gefiel ihr nicht. »Wo gehst du hin?«

»Ich will sehen, ob ich mehr über die Existenz der anderen Uhren herausbekomme.«

»Dann komme ich mit.«

»Bist du sicher? Du siehst ziemlich mitgenommen aus.«

»Es geht mir gut. Solange wir nicht in absehbarer Zeit wieder in einen Fahrstuhl steigen müssen, ist alles gut.«

»Ich finde, wir sollten noch mal zu dem Juwelier gehen«, sagte Nick. »Und mit Delores reden.«

Kayla nickte. »Gute Idee.«

»Und anschließend sollten wir noch einmal mit deiner Großmutter schwatzen«, setzte Nick hinzu, während er sich in den Verkehr einfädelte.

Kayla wusste, dass er recht hatte. Charlotte musste mehr über Johnny wissen, als sie ursprünglich gesagt hatte. Wen wollte sie schützen? Kayla? Sich selbst? Johnnys Andenken? Kayla glaubte allmählich, dass ihre Großmutter sie aus ganz persönlichen Gründen gebeten hatte, die Sache auf sich beruhen zu lassen, Gründen, die nichts mit ihr, Kayla, zu tun hatten.

»Habe ich schon erwähnt, wie sehr du mich im Fahrstuhl beeindruckt hast?«, fragte Nick.

Sie sah ihn überrascht an. »Beeindruckt? Wieso?«

»Wie du freiwillig versucht hast, uns zu retten.«

»Es ist mir ja nicht gelungen.«

»Du hast es aber versucht. Obwohl du Angst hattest.«

Die Bewunderung in seinen Augen rührte sie, und sie fühlte sich seltsam aufgewühlt. Der Stress der letzten Stunde hatte dafür gesorgt, dass sie mit den Nerven am Ende war. »Sag nichts mehr. Sonst muss ich weinen.«

»Jetzt?«, meinte er verblüfft. »Jetzt willst du weinen?«

Sie lächelte ihn unter Tränen an. »Reine Frauensache. Aber danke für das Kompliment. Schließlich hätten wir nur warten müssen. Beim nächsten Mal bin ich geduldiger. Als der Fahrstuhl sich in Bewegung setzte, dachte ich, ich würde sterben. Ich glaube nicht, dass ich schon jemals solche Angst hatte.«

»Denk nicht mehr dran.«

»Mach ich auch nicht.« Sie hielt inne. »Meinst du, wir sollten J. T. anrufen? Ihm von Will und Evan erzählen?«

»Richtig. J. T.! Er musste nach L.A., aber er hat mir seine Handynummer gegeben. Ich rufe ihn an, wenn wir mit Delores gesprochen haben. Vielleicht kann sie uns mehr Informationen geben.«

Zu Kaylas Überraschung hing ein Schild mit der Aufschrift *Geschlossen* an der Tür des Juwelierladens. »Komisch. Bei den Öffnungszeiten steht, dass sie auch sonntags geöffnet haben.«

»Im Geschäft ist jemand«, sagte Nick und deutete auf das Fenster. »Vielleicht hat Delores nur vergessen, das Schild umzudrehen. Versuch mal, die Tür zu öffnen.«

Kayla drehte den Knauf. Es war abgeschlossen. Sie klopfte gegen das Glas. Eine junge Frau kam herbei, betrachtete sie prüfend und öffnete dann die Tür. Ihre Augen waren rot und geschwollen, als hätte sie geweint. »Wir haben geschlossen«, erklärte sie.

»Oh, ich ... wir wollten zu Delores. Wir wollen nichts kaufen«, erklärte Kayla. »Wir müssen mit ihr reden. Stimmt etwas nicht?«

»Meine Tante Delores hatte heute Morgen einen Unfall«, antwortete die junge Frau. »Sie liegt im Krankenhaus und ist nicht bei Bewusstsein. Es tut mir leid, aber Sie müssen ein andermal wiederkommen.«

»Was ist passiert?«, erkundigte sich Kayla, ernsthaft schockiert von dieser Neuigkeit.

»Das weiß keiner. Sie kam ziemlich früh heute Morgen zum Laden und muss einen Einbrecher aufgeschreckt haben. Sie wurde niedergeschlagen.«

»Oje. Das tut mir sehr leid«, murmelte Kayla.

»Danke. Ich weiß nicht, wann sie wieder arbeiten kann. Sie müssen später wiederkommen.« Sie schloss die Tür und drehte den Riegel.

Kaylas Magen begann zu revoltieren.

»Evan war vor uns hier«, sagte Nick mit einer Gewissheit, die auch sie empfand. »Er wollte diese Akten oder was Delores sonst an Informationen hatte.«

Kayla fühlte sich schrecklich. »Das ist unsere Schuld. Sie wurde unseretwegen verletzt.«

Nick runzelte die Stirn. Sie wusste, dass er dasselbe dachte und sich nicht wohl dabei fühlte. »Du hast recht«, gab er zu. »Wir haben Evan hergeführt.«

Obwohl sie sich schrecklich schuldig fühlte, konnte sie sehen, dass Nick es noch schwerer nahm. Er fühlte sich immer so verantwortlich für die Menschen in seiner Umgebung, selbst für Menschen, die er gar nicht kannte. Kayla wollte es ihm leichter machen. »Möglichweise hat Evan sie auch selbst gefunden, Nick. Er hat die Uhr. Die Initialen D.R. stehen darauf. Vielleicht wäre er ohnehin hergekommen. Warum bitten wir nicht J. T., den Überfall bei der Polizei zu überprüfen und festzustellen, was genau passiert ist, ob etwas gestohlen wurde, ob Delores' Akten durchwühlt wurden, solche Sachen?«

»Ich rufe ihn vom Auto aus an. Ich will nicht, dass uns jemand zuhört.«

Kayla hielt Ausschau nach Evan, als sie zum Honda zurückgingen. Sie sah ihn nicht, aber das hieß nicht, dass er nicht da war. Er schien überall zu sein. Steckte er allein hinter all diesen Vorfällen? Es war schwer zu glauben, dass eine einzige Person dafür verantwortlich sein sollte, in ihr Haus einzubrechen, Delores niederzuschlagen und Nick und sie in einem Fahrstuhl festzusetzen, und das alles innerhalb von vierundzwanzig Stunden. Wer also steckte noch mit in dieser Geschichte … und warum?

Charlotte betrachtete das silberne Teeservice, das Elizabeth Pasano gerade vor sie auf den Kaffeetisch gestellt hatte. Das Service musste rund hundert Jahre alt sein. Es war schön, vornehm und eindrucksvoll, also genauso, wie seine Besitzerin es liebte. Elizabeth war stolz darauf, dass sie reich und mit einem erfolgreichen Geschäftsmann verheiratet war und ein gutes Leben führte. Sie hatte es immer schon zu etwas bringen wollen, und das hatte sie gewiss erreicht.

»Zucker?«, fragte Elizabeth. Ihre dunklen Augen blickten kühl und nicht gerade einladend. Sie war so höflich, dass ihr kein Wort des Tadels über die Lippen gekommen war, als Charlie uneingeladen vor ihrer Tür gestanden hatte. Aber Charlotte bezweifelte, dass Elizabeth sich freute, sie zu sehen. Sie hatten einander zu einer Zeit in ihrem Leben gekannt, die sie beide lieber vergessen wollten.

»Nein, danke.« Sie nahm die Tasse aus Elizabeths Hand entgegen und stellte sie auf den silbernen Untersetzer. Charlotte war weder durstig noch hungrig, sie war besorgt. Und sie war nicht sicher, ob sie hätte herkommen sollen, doch jetzt war es zu spät.

Elizabeth lehnte sich zurück und schlug die schlanken Beine übereinander. Sie war Ende sechzig und trug ein schönes, rosafarbenes Armani-Kostüm, dessen Rock ihr züchtig bis zu den Knien reichte, helle Strümpfe und konservative, aber teure Pumps. Sie passte so gut in ihr elegantes, zweistöckiges Herrenhaus, dass niemand je auf die Idee gekommen wäre, sie könnte von der anderen Seite des Bahndamms stammen.

»Wie geht es dir, Charlotte?«, fragte Elizabeth höflich. »Wie ich höre, bist du verwitwet.«

»Ja. Edward starb vor zwei Jahren.«

Elizabeth nickte. Ihr Ehemann, Robert, hatte über die Jahre hinweg mit Edward geschäftlich zu tun gehabt, und gelegentlich hatten sich ihre gesellschaftlichen Kreise überschnitten. In diesen seltenen Augenblicken waren ihre Gespräche nie über Small Talk hinausgegangen, aber das würde sich jetzt ändern.

»Jemand hat Johnnys Uhr gestohlen«, platzte sie unvermittelt heraus.

Elizabeth zuckte kaum mit der Wimper. »Ich verstehe nicht.«

Charlotte senkte den Blick nicht. »Ich glaube schon.«

Elizabeth runzelte die Stirn. »Warum bist du gekommen? Johnny starb vor Jahren, zusammen mit den anderen. Ich will nicht über die Vergangenheit sprechen.«

»Ich bin hier, weil ich vermute, dass jemand nach den anderen Uhren sucht. Und das letzte Mal, als ich Nates Uhr sah, stecktest du sie in deine Bluse. Es war auf Nates Geburtstagsparty, erinnerst du dich? Du scherztest, er hätte so viele Geschenke bekommen, dass er dir auch etwas abgeben müsse.«

Zwei rote Flecken brannten auf Elizabeths Wangen. »Nate hat sich die Uhr später zurückgeholt«, sagte sie mit dem Anflug jenes säuerlichen Tonfalls, den sie sich nie bemüht hatte zu verbergen, als sie noch jünger gewesen war und mit dem Rest von ihnen auf der Bühne gestrippt hatte.

Charlotte war nicht sicher, ob sie ihr glauben sollte, doch für den Moment würde sie es dabei bewenden lassen. »Weißt du, was mit der Uhr geschah, als sie ins Gefängnis gingen?«

»Ich habe keine Ahnung. Vielleicht hat er sie seiner Schwester gegeben, Janine. Sie schien auch alles andere von ihm zu haben. Janine ist inzwischen tot; sie starb vor ungefähr fünf Jahren an Lungenkrebs. Sie konnte nicht mit dem Rauchen aufhören.«

Charlotte tat es leid, das zu hören. Sie hatte Janine immer gemocht. »Was ist mit einer seiner anderen Schwestern? Du kanntest Nate doch ziemlich gut. Wenn er die Uhr jemandem zur Aufbewahrung geben wollte, wem hätte er sie dann anvertraut? Dana?«

»Himmel, nein! Er traute Dana nicht über den Weg. Sie hat es aber möglicherweise geglaubt. Nur weil er mit ihr schlief, heißt das nicht, dass er sie nicht als die hinterhältige Ziege sah, die sie war.«

Charlotte hatte vergessen, dass die beiden Frauen sich nicht ausstehen konnten. Sie hatten sich oft in denselben Mann verliebt, auch in Nate waren sowohl Dana als auch Elizabeth verliebt gewesen.

»Willst du das Geld finden, Charlie? Nach all diesen Jahren? Glaubst du etwa, es existiert noch?«

Charlotte runzelte die Stirn, ihr gefiel das Funkeln in Elizabeths Augen nicht. Nicht zum ersten Mal fragte sie sich, wie die Freundin von einst ihren Reichtum eigentlich erworben hatte. Stammte alles von ihrem Mann? Oder hatte sie irgendwie die Münzen in die Finger bekommen? »Ich suche das Geld nicht. Ich versuche, meine Familie zu beschützen«, sagte sie. »Meine Enkelin hat sich mit einem Betrüger eingelassen, der hinter Johnnys Uhr her war. Ich vermute, er ist auf der Suche nach den Münzen, und vielleicht arbeitet er mit jemandem zusammen.«

»Nun, wenn er Johnnys Uhr schon hat, worüber machst du dir dann Sorgen?«

Charlotte zögerte. Sie konnte Elizabeth nicht die Wahrheit sagen, denn sie traute ihr nicht. »Ich versuche nur herauszufinden, was hier läuft. Wir alle haben eine Vergangenheit, die wir schützen wollen. Wer weiß, was noch ans Licht kommt, falls jemand das Geld entdeckt?«

»Sicherlich nicht die Beute aus anderen Raubüberfällen«, meinte Elizabeth und sah Charlotte direkt in die Augen. »Dafür hast du mit Dana schon gesorgt, nicht wahr?«

»Dein Mann lebt noch. Willst du, dass er erfährt, wie tief du dich mit Nate eingelassen hattest, ehe er ins Gefängnis wanderte?«

»Ach, komm! Du machst dir doch nicht die geringsten Sorgen um mich«, erwiderte Elizabeth. »Ich glaube, du sorgst dich vielmehr um dich selbst. Alle haben sich immer gefragt, wie die Männer so schnell und einfach aus der Münzprägeanstalt herausgelangen konnten. Sie verschwanden einfach. Wenn sie nicht so dumm gewesen wären, diesen Zeugen ihre Gesichter zu zeigen, wären sie vielleicht davongekommen. Aber sie waren berühmter, als gut für sie war.«

»Ich weiß nicht genau, was du mir vorwirfst«, entgegnete Charlotte scharf. »Aber ich versichere dir, dass ich nichts mit diesem Raub zu tun hatte.«

»Oh, du kannst mir versichern, was du willst«, sagte Elizabeth mit einer wegwerfenden Handbewegung. »Ich glaube dir nicht. Inzwischen hast du vielleicht ein Gewissen, doch damals hattest du keins. Ich dachte immer, dass du das Geld hast. Oder Dana. Wie sonst konnte sie drei Nachtclubs finanzieren? So eine gute Stripperin war sie nun auch wieder nicht.«

»Dana besitzt drei Nachtclubs? Ich dachte, ihr gehört nur der *Illusion*.«

Elizabeth lächelte. »Ihr gehört der neue Club südlich von Market und noch einer in der Nähe des Broadways. Sie ist heute sehr wohlhabend.« Elizabeth hielt inne. »Wir alle haben es geschafft, nicht? Wer hätte gedacht, dass wir drei aus diesem dunklen Club emporsteigen und etwas aus unserem Leben machen würden? Nicht, dass Dana weit gekommen wäre ...«

»Dann hast du Nates Uhr also wirklich nicht?«

»Wirklich nicht.« Nach einer Pause fragte Elizabeth: »Ist es die Uhr, die du willst – oder die Karte?«

»Die Karte?«, wiederholte Charlotte, ohne einen nervösen Unterton unterdrücken zu können. Sie räusperte sich. »Wovon redest du?«

»Nate hat nach dem Sex immer viel geredet. Er sagte, Dominics Bruder hätte ihm eine Karte gezeichnet, und die würde ihnen allen viel Geld einbringen. Ich habe nur darüber gelacht, bat ihn, sie mir zu zeigen. Aber das konnte er natürlich nicht.«

»Ich weiß nichts von einer Karte.«

»Du würdest es mir auch nicht sagen, wenn du es wüsstest. Warum bist du hier, Charlotte?«

»Ich wollte dich warnen, dass du vorsichtig sein solltest, falls du die Uhr hast.«

»Ich habe sie nicht.«

»Dann gehe ich jetzt«, entschied Charlotte und erhob sich. »Es sei denn, du kannst mir sagen, wer die Uhr haben könnte.«

»Vielleicht suchst du einfach an der falschen Stelle, Charlie. Wir waren die bösen Mädchen, die diese Jungs zum Vergnügen hatten. Es gab auch die guten Mädchen, weißt du, eine für jeden von ihnen. Und Nate hatte ein ganz bestimmtes.«

Charlotte zuckte zusammen. Elizabeths Worte hatten unvermittelt eine alte Erinnerung zurückgebracht. An einem Tag waren sie an dem Blumenladen in der Straße von St. Basil stehen geblieben. Nate war hineingelaufen. Als er ihn wieder verließ, waren seine Wangen gerötet wie die eines Schuljungen. Johnny neckte ihn wegen Anne Marie. »Das ist nicht lustig!«, erwiderte Nate aufbrausend. »Ihre Eltern hassen mich. Ich werde nie ein Mädchen wie dieses bekommen.«

»Du weißt, von wem ich spreche, nicht wahr?«, fragte Elizabeth jetzt. »Ich sehe es deinem Gesicht an.«

»Nein, ich kann mich nicht erinnern«, log Charlie. »Es ist so lange her. Ich sollte jetzt lieber gehen. Danke, dass du mich empfangen hast.«

»Keine Ursache.«

»Pass auf dich auf, Elizabeth. Auch wenn du Nates Uhr nicht hast, könnte jemand glauben, du hättest sie. Und wir haben beide aus erster Hand gesehen, wozu Gier Männer treiben kann.«

»Und Frauen«, setzte Elizabeth hinzu. »Ich passe immer auf, Charlie. Das ist eine Sache, die ich von dir und Dana gelernt habe: wie ich mich schützen kann. Diese Lektion habe ich vielleicht besser gelernt als ihr beide.« Sie deutete mit der Hand auf die Haustür. »Ich bringe dich hinaus.«

Charlotte hätte gern mehr Zeit zur Verfügung gehabt, um ihre Gedanken zu ordnen, ehe sie mit Kayla sprach, aber als sie nach Hause kam, fand sie ihre Enkelin auf der Schwelle, und sie wirkte fest entschlossen und recht verärgert.

»Ich wusste nicht, dass du vorbeikommen wolltest, Kayla«, sagte Charlotte munter, in dem Versuch, so zu tun, als wäre dies ein ganz normaler Besuch. Aber Kayla wollte davon offenbar nichts wissen.

»Wir müssen reden – noch einmal«, erwiderte sie. »Und dieses Mal wirst du mir erzählen, was du mir beim letzten Mal verschwiegen hast.«

Charlotte stellte ihre Tasche ab und ging in die Küche. Sie holte eine Flasche Bourbon vom Regal, füllte zwei Gläser mit Eis und schenkte sie randvoll. Eines reichte sie Kayla und ging ins Wohnzimmer.

»Werde ich das brauchen?«, fragte Kayla.

»Ich glaube schon.« Charlotte setzte sich in den Sessel, Kayla auf die Couch. Charlie nahm einen tiefen Schluck, um sich Mut zu machen, während ihre Enkelin ihr Glas auf den Tisch stellte.

»Du machst mir Angst, Großmama«, sagte Kayla. »Ich habe dich noch nie am helllichten Tag trinken sehen. Du musst mit mir reden. Was immer du für dich behältst, es frisst dich offenbar auf. Ich weiß heute eine Menge mehr als gestern – und davon hättest du mir einiges erzählen können. Zum Beispiel, dass Johnny Blandino, dein alter Freund, ein Dieb und Mörder war und dass er in Alcatraz eingesessen hat.«

Eine ihrer größten Befürchtungen war jetzt wahr geworden. Ihre Enkelin kannte Johnnys wahre Geschichte. All die Jahre hatte Charlotte versucht, die Wahrheit vor ihrer Familie zu verbergen, und sie nun so kühn und unverblümt zu hören war schockierend. Ihr Herz begann zu rasen. Sie nahm noch einen Schluck Bourbon.

»Großmama«, begann Kayla erneut. In ihrem Blick lagen Ungeduld und Besorgnis zugleich. »Was geht hier vor? Warum ist die Uhr wichtig? Und gibt es mehr als eine Uhr? Wenn ja, wer hat die anderen?«

Ihr verschlug es bei den Fragen den Atem. Kayla wusste bereits so viel. »Also gut, es stimmt – alles, was du gerade über Johnny gesagt hast.«

»Und die Uhren? Es gibt mehr als eine Uhr, richtig?«

»Johnny und seine Freunde hatten jeder eine Uhr. Ich weiß nicht, was mit den anderen geschehen ist. Ich nehme an, sie wurden in den Familien weitergereicht.«

»Haben sie etwas mit einem vermissten Schatz an Münzen zu tun, die aus der U.S.-Prägeanstalt gestohlen wurden?«

Charlotte räuspere sich. Sie wollte wirklich nicht über diesen letzten Raubüberfall sprechen. »Ich weiß nicht, wo die Münzen sind, Kayla, oder ob sie überhaupt noch existieren.« Wenigstens das entsprach völlig der Wahrheit.

»Großmama, bitte, du kannst nicht immer um den heißen Brei herumreden«, erklärte Kayla bestimmt. »Bei mir wurde letzte Nacht eingebrochen.«

»Nein!«, keuchte Charlotte.

»Doch. Jemand hat nach etwas gesucht, aber es wurde nichts gestohlen, nicht einmal das Bargeld, das ich in meiner Kommode hatte. Wonach haben sie gesucht?«

Charlotte sah ihre Enkelin lange an und forschte in ihrem Gesicht nach Spuren. Sie hatte Kayla nie in Gefahr bringen wollen. »Geht es dir gut? Du bist nicht verletzt?«

»Nein. Ich war gar nicht zu Hause. Ich kam heim und fand alles durcheinander.«

»Du kannst nicht in dem Haus bleiben. Du ziehst besser zu mir oder zu deiner Mutter.«

»Ich glaube, es ist sicherer zu bleiben, wo ich bin, denn wer auch immer das Haus durchwühlt hat, hat es bereits getan. Außerdem hat Mom ihr eigenes Leben mit ihrer zweiten Familie. Wir haben kaum Kontakt.«

»Ich weiß, dass sie dich trotzdem auf ihre Weise liebt«, sagte Charlotte fest.

»Ja, wenn es ihr gerade in den Kram passt. Es ist okay, Großmama. Ich habe es aufgegeben, aus ihr die Mutter machen zu wollen, die ich mir wünsche, und ich nehme an, sie hat es aufgegeben, mich zu der Tochter machen zu wollen, die sie sich wünscht.«

Es stimmte Charlotte traurig, die Bitterkeit in Kaylas Stimme zu hören, wenn sie von ihrer Mutter sprach, doch es würde Jahre dauern, diese Entfremdung aufzuheben. »Ich glaube nicht, dass das stimmt«, meinte sie, »aber belassen wir es vorerst dabei.«

»Gut, denn ich habe dir noch mehr zu sagen. Ich habe Evan heute gesehen.«

Charlotte sank das Herz. »Was ist passiert? Hat er versucht, dir etwas anzutun?«

»Nein, genau genommen hat er gelächelt und mich und Nick verhöhnt. Er sagte, das Spiel sei noch nicht vorüber. Falls du weißt, um was für ein Spiel es sich handelt, dann musst du es mir wirklich erzählen, denn ich glaube, ich könnte mir eine Menge Ärger einhandeln, wenn ich es auf eigene Faust herauszufinden versuche.«

Charlotte nickte. Sie wusste, es war Zeit, noch ein paar Karten auf den Tisch zu legen. »Schön. Ich werde dir sagen, was ich weiß. Wie ich schon erwähnte, war Johnny meine erste Liebe, und tief im Inneren war er ein guter Mann, aber er hat in seinem Leben Fehler gemacht. Du musst verstehen, dass er eine harte Kindheit hatte. Sein Vater hat sich umgebracht, als Johny erst acht Jahre alt war. Er erhängte sich im Elternschlafzimmer mit einem Gürtel. Dort haben sie ihn gefunden.«

»Das ist ja furchtbar«, flüsterte Kayla.

»Das war es«, stimmte Charlotte zu. »Johnnys Mutter hatte alle Hände voll zu tun, um fünf Kinder aufzuziehen, und Johnny war der einzige Junge. Er hätte einen Vater gebraucht, doch seine Mutter heiratete nicht mehr. Also wandte er sich zum Trost seinen Freunden zu. Sie entpuppten sich nicht gerade als gute Menschen.«

»Sie entpuppten sich als Verbrecherbande«, erklärte Kayla brüsk. »Das ist allgemein bekannt, Großmama. Ich weiß nur nicht, warum du mir das nicht schon früher erzählt hast.«

»Ich hatte gehofft, es würde nicht nötig sein. Bitte versteh, dass es nicht so schmutzig war, wie es jetzt klingt. Ja, Johnny hat ein paar schlimme Dinge getan. Aber für das Schlimmste ist er nicht verantwortlich. Zwei Wachleute wurden während des Überfalls getötet, doch das war Frankies Fehler. Frankie war immer leicht erregbar. Er wurde nervös, geriet in Panik und benutzte seine Waffe, obwohl es nicht nötig gewesen wäre. Es sollte eigentlich eine saubere, sichere und einfache Sache sein.«

»Hat Johnny dir das erzählt?«

»Ja.«

»Großmama, wie konntest du ihm nur glauben? Er hatte gerade die amerikanische Prägeanstalt überfallen. Daran ist nichts Sauberes, Sicheres oder Einfaches.«

Charlotte runzelte die Stirn, das war nicht die Reaktion, die sie sich von Kayla gewünscht hatte. »Willst du mir zuhören, oder willst du mich verurteilen?«

Kayla, die aufgesprungen war, setzte sich wieder hin und verschränkte die Arme. »Ich höre zu.«

»Ich weiß, ich habe dir erzählt, dass meine Eltern streng und sehr religiös waren, doch du sollst die ganze Geschichte meiner Vergangenheit erfahren, damit du begreifst, woher ich komme. Ich wuchs in einem kleinen Städtchen auf dem Land auf. Ich durfte nicht ausgehen, durfte kein Make-up tragen oder meine Freunde bei mir übernachten lassen. Ich durfte nur zur Schule gehen und zur Kirche und hin und wieder meinem Vater in seinem Gemüseladen helfen. Ich wollte mehr – viel mehr. Also rebellierte ich.« Sie nahm noch einen Schluck, dann fuhr sie fort: »Nach der Highschool brannte ich nach San Francisco durch. Ich wollte Tänzerin werden. Ich war gut, aber es war schwerer, als ich angenommen hatte.« Sie hielt inne und dachte an diese wilden und verrückten Tage, als sie für einen Traum gelebt hatte. »Um es kurz zu machen: Ich tat, was immer ich konnte, um kleine Rollen auf der Bühne zu bekommen, und ich habe alle möglichen Jobs angenommen. Ich begegnete Johnny, als ich einundzwanzig war. Ich hielt ihn für den bestaussehenden Mann, den ich je gesehen hatte. Er hatte Geld, und er behandelte mich gut, und ich war es leid, arm zu sein und jeden Cent zweimal umdrehen zu müssen, um eine warme Mahlzeit zu bekommen. Es war nicht *so*«, setzte Charlotte rasch hinzu, als sie den Abscheu auf Kaylas Gesicht sah. »Ich habe mich nicht an Johnny verkauft! Ich war *verliebt*. Johnny auch. Aber er war viel unterwegs. Ich wusste damals nicht, womit er sein Geld verdiente, und ich stellte keine Fragen. Tief im Innern wusste ich wohl, das er etwas Unrechtes tat. Aber so war ich eben. Als das Geld knapp wurde, traf ich ein Mädchen, das mir sagte, wie ich mehr Geld verdienen könnte. Ich müsste nur mein Oberteil ausziehen. Sie sagte, ich hätte meine Vorzüge, und ich sollte sie nutzen.«

»Oh, Großmama«, murmelte Kayla.

Wieder flackerte Enttäuschung in Kaylas Augen auf. Charlotte straffte die Schultern und fuhr fort:

»Ich war verzweifelt. Ich konnte die Miete nicht mehr zahlen. Und nach Hause zurückkehren konnte ich auch nicht. Meine Eltern hatten mir klargemacht, dass ich für sie gestorben war. Also nahm ich eine Stelle als Stripperin in einem Club am Broadway an. Beim ersten Mal war es hart. Ich war schüchtern. Verlegen. Doch dann konzentrierte ich mich auf den tänzerischen Teil. Ich verlor mich in der Musik und sah das Publikum nicht an. Ich versenkte mich in mich selbst und tanzte. Auf der Bühne war ich ein anderer Mensch. Ich war nicht mehr Charlotte, ich war ›Sweet Charlie‹. Und Sweet Charlie war sexy und sehr beliebt.« Sie holte tief Luft und stieß sie aus. »Wenn Johnny in die Bar kam, behandelte er mich wie eine Königin. Er wollte sogar, dass ich mit diesem Job aufhörte. Er sagte, ich wäre zu gut für den Laden und er wolle mich heiraten.«

»Du warst mit ihm verlobt?«, wollte Kayla wissen.

»So weit ist es nie gekommen. Aber nur zu wissen, dass er mich heiraten wollte, machte mich froh. Es waren die Fünfzigerjahre, Kayla. Es gab eine klare Unterscheidung zwischen guten und bösen Mädchen, und ich hatte die Trennlinie eindeutig überschritten. Kein ehrbarer Mann würde mich heiraten, dachte ich. Ich hatte nicht vor, Johnnys Absichten infrage zu stellen. Dann lief alles schief – sehr schief. Johnny wurde wegen des Raubes in der Münzprägeanstalt festgenommen und wegen Mordes verurteilt. Ich war verzweifelt. Ich konnte nicht glauben, dass er ein so schreckliches Verbrechen begangen hatte. Auch wenn Frankie den Abzug gedrückt hatte, wusste ich, dass Johnny genauso für den Tod der Wachmänner verantwortlich war. Ich war schließlich nicht völlig dumm. Mir war klar, dass Johnny ins Gefängnis wandern würde, wahrscheinlich für immer, und das hat mich fast umgebracht.«

»War es das, Großmama? Die ganze Geschichte?«

»Nein. Da ist noch etwas. Ich möchte dir erklären, warum ich dir die Uhr gegeben habe.«

»Ich weiß, warum. Du wolltest noch einmal von vorn anfangen. Du hast alles zurückgelassen. Ich verstehe das nicht ganz, weil ich gern die Dinge aus meiner Vergangenheit um mich habe. Aber du nicht. Darin unterscheiden wir uns.«

»Das stimmt, doch das ist nicht alles.« Ihre Hand zitterte, als sie ihr Glas absetzte. »Ich bin nicht sicher, ob ich dir das erzählen soll. Es wird alles ändern. Aber andererseits, ich bin alt, ich weiß nicht, wie lange ich noch da bin. Jetzt, da die

Uhr gestohlen ist und du verfolgt wirst ... ich kann dich nicht länger im Ungewissen lassen.«

»Sag's einfach, Großmama, egal, was es ist. Ich möchte lieber die Wahrheit wissen, als noch mehr Lügen aufgetischt zu bekommen.«

»Ich hoffe, du bist gleich auch noch dieser Meinung.« Sie schloss die Augen und sammelte ihre Kräfte. Dann öffnete sie sie wieder und richtete den Blick auf Kaylas Gesicht. »Als Johnny nach Alcatraz ging, war ich nicht nur verzweifelt, ich war auch schwanger.«

»Was?«

»Deine Mutter ...«

»Oh, mein Gott!« Kayla sprang auf.

»Johnny ist dein Großvater, der biologische Vater deiner Mutter.«

KAPITEL 11

Kayla konnte nicht atmen, nicht sprechen – sie konnte ihre Großmutter nur ungläubig anstarren. Sie war in der Erwartung hergekommen, mehr über Johnny oder die Uhr zu erfahren – aber sie hatte nicht im Entferntesten mit einem solchen Geheimnis gerechnet. »Bist du … bist du sicher?«

»Ganz sicher«, antwortete Charlotte sanft. »Ich war im dritten Monat, als Johnny verurteilt wurde.«

Kayla lief im Wohnzimmer auf und ab, ihre Gedanken überschlugen sich. Sie hatte so viele Fragen und wusste nicht, welche sie zuerst stellen sollte. »Was ist mit Großpapa?«, stieß sie schließlich hervor. »Wusste er, dass er nicht Moms Vater war?«

»Edward wusste, dass ich schwanger war«, erwiderte Charlotte ruhig.

»Und er hat dich trotzdem geheiratet?«

Charlotte nickte. »Wir waren befreundet. Ich kannte einen seiner Cousins. Wir hatten schon öfter Zeit miteinander verbracht – außerhalb meines ›anderen‹ Lebens. Er kannte mich nicht als Sweet Charlie, sondern nur als Charlotte. Er war schon damals ein solider, liebevoller Mann. Eines Tages fand er mich weinend und fragte mich, was los sei. Ich platzte mit der ganzen schmutzigen Geschichte heraus und nahm an, er würde mich verurteilen, wenn er erführe, dass ich oben ohne getanzt und Sex gehabt hatte, ohne verheiratet zu sein – beides war in jenen Tagen etwas ganz Schlimmes. Aber er hat mich nicht kritisiert. Er hörte einfach nur zu. Und ich konnte mich an seiner Schulter ausweinen. Mehr erwartete ich auch nicht von ihm. Als er mir vorschlug, ihn zu heiraten, war ich schockiert. Ich sagte natürlich Nein, denn ich fand es nicht fair, von ihm zu verlangen, dass er das Kind eines anderen aufzog, doch er beharrte darauf, dass es das Richtige wäre.«

Sie holte tief Luft und fuhr fort: »Damals waren andere Zeiten, Kayla. Ich glaubte nicht, dass ich es schaffen würde, allein ein Baby aufzuziehen. Ich wollte mein Kind nicht zur Adoption freigeben, aber ich wusste, meinen Job als Tänzerin konnte ich auch nicht weiter ausüben. Ich musste einen Weg finden, sowohl für das Baby als auch für mich zu sorgen.«

Kayla ahnte, wie schwer es gewesen sein musste. Selbst jetzt klang die Verzweiflung ihrer Großmutter noch in ihrer Stimme an, in den Fältchen um ihre Augen.

»Edward ließ nicht locker«, setzte Charlotte hinzu. »Und schließlich sagte ich Ja. In der darauf folgenden Woche heirateten wir.«

Ein langes Schweigen folgte ihren Worten. Kayla wusste, dass sie etwas sagen sollte, aber was? Sie konnte noch immer nicht fassen, dass der Großvater, den sie ihr ganzes Leben lang geliebt hatte, gar nicht ihr leiblicher Großvater gewesen war. »Das ist ... das ist unglaublich.«

»Ich weiß, du brauchst Zeit, um das zu verarbeiten.«

»Zeit? Ich glaube nicht, dass alle Zeit der Welt dazu ausreicht.«

»Es klingt schlimm, ich weiß.« Charlotte drehte ihren Ehering am Finger.

Kayla betrachtete den Ring. Sie erinnerte sich daran, wie ihr Großvater ihrer Großmama den zweikarätigen Diamantring an ihrem fünfunddreißigsten Hochzeitstag geschenkt hatte. Er hatte gesagt, der schlichte Goldreif, den sie immer getragen hatte, genüge nicht. Jetzt wusste sie, wie er das gemeint hatte: Der erste Ring war in Eile geschenkt worden. Und was hatte er symbolisiert? Liebe? Freundschaft? Pflichtgefühl?

»Warum? Warum hat er dich gebeten, ihn zu heiraten?«, fragte Kayla. »Er hätte dir doch auch einfach Geld geben und dir so helfen können. Er musste doch nicht sein ganzes Leben für dich und das Baby aufgeben.«

»Edward wollte, dass das Kind einen Namen bekam, seinen Namen. Und er wollte für mich sorgen. Er war fast zehn Jahre älter als ich und war bereit für Ehe und Kinder. Schließlich überzeugte er mich, dass wir es schaffen konnten, eine gute Ehe zu führen. Wir konnten mit Freundschaft anfangen und sehen, wohin uns das führen würde.«

»Dann hast du ihn also nie geliebt. Du hast ihn geheiratet, weil du schwanger warst – und nicht einmal von ihm.« Kayla schüttelte verwundert den Kopf. »Ich verstehe das nicht. Warum bist du so lange bei ihm geblieben?«

»Weil ich mich in ihn verliebte«, erwiderte Charlotte. »Genau wie er es vorausgesagt hatte. Er war sich dessen immer ganz sicher gewesen. Edward erzählte mir Jahre nachdem wir geheiratet hatten, dass er mich schon die ganze Zeit geliebt hatte, aber er hatte mich nicht verschrecken wollen. Ich hatte Glück, dass er eine so großzügige Einstellung besaß, dass er bereit war, mich anzunehmen, auch mit dem Makel, der an mir haftete.« Sie räusperte sich. »Ich bin nicht stolz darauf, Kayla. Wie schon gesagt, ich führte damals ein anderes Leben. Aber das einzig Wahre in meinem Leben war immer Edward.«

Kayla hätte ihr gern geglaubt, doch wie konnte sie? Ihre Großmutter hatte in einer wichtigen Angelegenheit gelogen, die für ihre Familiengeschichte entscheidend war. Wie konnte sie ihr jetzt noch trauen? »Weiß Mom das?«, fragte sie, als ihr plötzlich einfiel, dass es jemanden gab, der noch stärker betroffen war als sie.

»Nein. Ich wollte es ihr nie sagen. Und ich will es immer noch nicht.«

»Aber du musst! Sie hat ein Recht, es zu erfahren. Du hättest es ihr vor Jahren erzählen sollen, als es noch nicht eine so große Sache war, eine so große Lüge.«

»Es war eigentlich keine Lüge ...«, begann Charlotte.

»Oh bitte, Großmama, komm mir nicht damit, ja?«

Charlotte schürzte die Lippen. »Edward war ein wunderbarer Vater für Joanna. Das war keine Lüge.«

»Aber er war nicht Moms biologischer Vater.«

»Blut ist nicht alles«, erklärte Charlotte mit einem Anflug von Härte in der Stimme. »Edward war mitten in der Nacht für Joanna da, wenn sie schrie. Er hob sie auf und küsste sie, wenn sie sich das Knie aufgeschlagen hatte. Er war bei ihrer Abschlussfeier von der Highschool. Er hat bei ihrer Hochzeit die Rolle des Brautvaters übernommen. Das alles ist es, was einen Vater ausmacht.«

Kayla setzte sich wieder. Sie wusste tief in ihrem Herzen, dass ihre Großmutter recht hatte, doch es fühlte sich noch immer so falsch an, dass nicht Edwards Blut in ihren Adern floss. Und er war nun nicht da, um seine Sicht der Geschichte zu erzählen. Sie hatte nur das Wort ihrer Großmutter – einer Großmutter, die sie kaum noch wiedererkannte.

»Was ist mit dem Buntglas?«, wollte Kayla abrupt wissen. »Großpapa sagte, ich hätte das Familiengen dafür geerbt. Aber das kann nicht sein, weil ich das Gen ja nie in mir trug. Ich war ja nicht wirklich seine Enkelin. Er hat also damals gelogen, denn er wusste ja, dass ich gar nichts geerbt haben konnte.«

»Kayla, hör auf damit. Bei dir hört es sich so schrecklich an«, flehte Charlotte. »Geh nicht jedes Gespräch mit deinem Großvater noch einmal durch und mach eine Lüge daraus.«

»Aber es ist schrecklich. Ich bin die Enkelin eines Mörders. Gott! Mörderblut – das ist das Blut, das in meinen Adern fließt.«

»Nenn Johnny nicht so«, sagte Charlotte scharf. »Nenn ihn niemals so.«

»Warum nicht? Es ist doch wahr, und du bist ja diejenige, die es auf einmal so mit der Wahrheit hat.« Kayla hatte das Gefühl, in ihrer Brust zöge sich ein Knoten zusammen. Sie bekam kaum noch Luft. »Warum? Warum erzählst du mir das alles jetzt?«

Charlotte sah sie lange an. »Wegen der Uhr. Ich habe dir die Uhr gegeben, weil sie Johnny gehörte, und ich wollte, dass du etwas von ihm besitzt, obwohl du es nicht wusstest. Ich dachte, mittlerweile wäre es in Ordnung. So viele Jahre sind vergangen. Die Uhr konnte nicht mehr wichtig sein. Aber wie es aussieht, habe ich mich geirrt.«

»Ja, es scheint so.«

»Ich sehe, dass die Uhr dir Probleme eingehandelt hat. Ich wollte nicht, dass du mit verbundenen Augen umherläufst, für den Fall, dass du jemandem begegnest, der womöglich Johnnys Enkelin in dir vermutet.«

»Wieso würde das eine Rolle spielen?«

»Ich sage ja nicht, dass es so sein müsste, aber …«

»Aber?«

»Johnnys Clique war wie seine Familie.«

»Du meinst, wie eine Bande?«

»Nein, ich meine, wie eine richtige Familie, wie Brüder. Sie waren loyal zueinander. Sie wuchsen zusammen in North Beach auf. Sie waren gemeinsam Messdiener in St. Basil. Sie hatten ihren eigenen Ehrenkodex. Falls durch Zufall einer von ihnen die Flucht aus Alcatraz überlebt hat, will er womöglich sicherstellen, dass niemand anders einen Anspruch auf den verborgenen Schatz erhebt.«

»Also weißt du, dass etwas verborgen wurde«, schlussfolgerte Kayla, entschlossen, der Wahrheit auf den Grund zu gehen. »Denn vorher sagtest du, du wüsstest es nicht.«

»Ich sagte, ich wüsste es nicht, und ich weiß es auch nicht. Johnny wollte mich schützen. Je weniger ich über seine Geschäfte wusste, desto sicherer war ich.«

»Ich kann nicht glauben, dass du dieses Geheimnis all die Jahre für dich behalten hast. Es muss doch in den vergangenen fünf Jahrzehnten einmal der Punkt gekommen sein, an dem du überlegt hast, die Wahrheit zu sagen, zum Beispiel, als Mom mit mir schwanger war oder immer dann, wenn es um eine medizinische Vorgeschichte ging.«

»Glücklicherweise waren wir alle stets sehr gesund«, entgegnete Charlotte. »Ich habe verschiedentlich mit der Idee gespielt, es euch beiden zu erzählen, vor allem deiner Mutter. Aber sie stand ihrem Vater so nahe. Sie war immer mehr Edwards Tochter als meine, und darin liegt die eigentliche Ironie. Sie waren sich charakterlich ähnlich, hatten ähnliche Träume und Ziele. Er verstand ihren Drang nach Erfolg und unterstützte ihren Ehrgeiz. Edward war für deine Mutter ein Held. Sie bewunderte und respektierte ihn. Und sie wollte genauso sein wie er. Wie hätte ich ihr das nehmen können?«

Kayla wusste es nicht. Ihre Großmutter hatte in diesem Punkt recht, aber trotzdem ... Verdiente ihre Mutter nicht, die Wahrheit zu erfahren? »Was machen wir jetzt, Großmama? Sollen wir es ihr nun sagen?«

»Müssen wir?«

»Ich glaube schon.« Aber Kayla war nicht gerade glücklich bei der Aussicht. Ihre Mutter würde an dieser Neuigkeit verzweifeln. Es würde sie in ihren Grundfesten erschüttern und ihr unendlichen Kummer bereiten. Und was sollte es nützen?

»Ich finde, wir sollten noch warten«, meinte Charlotte.

»Weil du Angst hast. Du weißt, dass Mom außer sich sein wird.«

»Vielleicht solltest du es ihr erzählen.«

»Im Leben nicht. Das ist dein Geheimnis. Ich wünschte nur, ich wüsste, was das Richtige ist. Früher war es so einfach, Gut und Böse zu unterscheiden, Schwarz und Weiß, aber jetzt ist alles so durcheinander, so kompliziert.«

Charlotte nickte, in ihrem Blick lag Verständnis. »Mein Leben war sehr kompliziert, ehe ich Edward begegnete. Er hat es für mich leichter gemacht. Als ich ihn heiratete, ließ ich all diese Gefühle und das Theater hinter mir. Edward war so gut zu mir, Kayla. Es war nicht schwer, ihn zu lieben. Er hat es nicht verlangt. Er machte sich nur so unersetzlich, dass ich nie jemand anderen brauchte. Zwischen uns wuchs Liebe. Ich weiß nicht genau, wann oder wie, doch aus der Freundschaft, die uns verband, erblühte Liebe. Ich bedaure nicht, ihn geheiratet zu haben. Ich hätte mich im Laufe der Jahre scheiden lassen können. Die Zeiten ändern sich. Niemanden hätte es gekümmert. Ich bin nicht wegen Joanna bei ihm geblieben, so edelmütig war ich nie. Ich blieb bei ihm, weil es schön war, mich einfach sicher zu fühlen, nachdem der größte Teil meines früheren Lebens so turbulent gewesen war.«

»Sicher klingt nicht gerade nach leidenschaftlicher Liebe. Es klingt, als hättest du dich damit zufriedengegeben.« Der Gedanke enttäuschte sie.

»Dann erkläre ich es nicht richtig, denn so empfinde ich nicht. Es gibt verschiedene Arten von Liebe, die wir zu verschiedenen Zeiten in unserem Leben empfinden. Du liebtest deinen Freund David eine lange Zeit. Dann liebtest du Evan. Die beiden Männer waren sehr unterschiedlich.«

Kayla gefiel die Wendung nicht, die das Gespräch genommen hatte. »Sie waren keine gute Wahl, weder der eine noch der andere, und mein pathetisches Liebesleben lassen wir besser aus dem Spiel.«

»Ich will damit nur Folgendes sagen: Was wir wollen – *wen* wir wollen –, ändert sich, abhängig davon, wie wir wachsen und zu wem wir werden.«

»Wenn Johnny nicht ins Gefängnis gegangen wäre, hättest du vielleicht ihn geheiratet.«

»Das habe ich auch eine Zeit lang geglaubt. Doch als ich älter wurde, wusste ich, dass das nicht passiert wäre. Johnny war nicht der Typ zum Heiraten.«

»Wusste er, dass du schwanger warst?«

»Ja, ich sagte es ihm, unmittelbar bevor er ins Gefängnis musste. Er war sehr glücklich darüber und meinte, er würde einen Weg finden, damit wir zusammen sein könnten.«

»Wie bitte? Er hatte doch ›lebenslänglich‹ bekommen, Großmama?«

»Ja.«

»Wie wollte er dann rauskommen? Wie wolltet ihr zusammen sein?« Kayla sah, wie ihre Großmutter sich wand. »Du wusstest, dass er versuchen würde zu fliehen, nicht wahr?«

»Ich wusste es nicht bestimmt. Ich hielt es nicht einmal

für möglich, doch er war unbeirrbar darin, dass er eines Tages zurückkommen würde. Ich sagte, ich würde nicht auf ihn warten. Schließlich musste ich tun, was für das Kind das Richtige war. Er sagte, er würde es verstehen, dennoch versprach er mir, dass er eines Tages wieder auftauchen würde.«

Kayla lief ein Schauer über den Rücken. War es möglich, dass ihr Großvater noch lebte? Seine Leiche war nie gefunden worden. Aber wenn er noch am Leben war, warum war er dann nicht zurückgekommen?

»Willst du jetzt tun, worum ich dich bereits gebeten habe?«, fragte ihre Großmutter. »Wirst du aufhören, nach der Uhr zu suchen?«

»Das kann ich nicht. Und ich werde nicht nur nach Johnnys Uhr suchen, sondern nach allen dreien, weil sie irgendwie zusammenhängen, und sie sind der Grund dafür, dass Evan mein Leben so durcheinandergewürfelt hat, und die einzige Möglichkeit, wie Nick und ich ihn schnappen können.«

»Nick und du?«, wiederholte ihre Großmutter. »Du kennst den Mann doch kaum. Seine Probleme sind nicht die deinen.«

»Jetzt schon, weil wir zusammen in der Sache drinhängen. Du hast getan, was du tun musstest, Großmama. Jetzt bin ich an der Reihe.«

Charlotte sah sie lange an. »Na schön, dann werde ich versuchen zu helfen. Ich habe darüber nachgedacht, wo die anderen Uhren sein könnten. Eins hatten alle drei Männer gemeinsam: Sie standen ihren Familien nicht sehr nahe. Sie vertrauten ihren Freunden mehr als ihren Verwandten. Ich glaube, deshalb hat Johnny mir die Uhr gegeben und nicht einer seiner Schwestern oder seiner Mutter.«

»Gut, das ergibt Sinn. Was ist mit den anderen?«

»Nate hatte viele Freundinnen. Er war eine sehr angenehme Erscheinung und äußerst charmant. Nate hing mit Johnny und Frankie im Club herum, und die Mädchen umschwärmten ihn.«

»Vielleicht hat Nate sie also einer seiner Freundinnen gegeben«, überlegte Kayla.

»Ich habe zwei von ihnen gefragt. Beide behaupteten, sie nicht zu haben. Ich glaube ihnen. Ich halte beide Frauen nicht für besonders vertrauenswürdig, aber eine erinnerte mich an etwas Wichtiges. Wir waren die bösen Mädchen. Die Männer hatten auch ihre guten Mädchen. Eins davon war Anne Marie Davis. Sie war jünger als wir, knapp achtzehn, und arbeitete im Blumenladen ihrer Familie in North Beach. Sie war hübsch und blond, eine vollkommene weiße Rose, wie Nate sich ausdrückte, die Art von Mädchen, die ein Mann heiraten würde.«

»Hast du eine Ahnung, was mit Anne Marie geschehen ist?«

»Ich weiß, dass es den Blumenladen noch gibt. Er heißt *Blumenboutique*, und Anne Maries Tochter Connie führt ihn. Ich habe dort angerufen. Ich weiß nicht, ob Anne Marie überhaupt noch lebt, die Frau am Telefon arbeitet nur stundenweise dort. Ich wollte selbst dorthin gehen, aber vielleicht möchtest du das ja auch übernehmen.«

»Warum wolltest du dort vorbeigehen? Du sagst mir doch die ganze Zeit, ich soll die Sache fallen lassen«, betonte Kayla.

»Ich hatte das Gefühl, dass du nicht auf mich hören würdest. Und ich will dich nicht in Schwierigkeiten bringen. Ich bin eine alte Frau. Mir wird niemand etwas antun.«

»Möglicherweise irrst du dich da. Du weißt weit mehr über die Vergangenheit als ich. Du hast sie *gelebt*. Vielleicht weißt du etwas, das du nicht wissen solltest.«

»Falls das zutrifft, dann hätte mich wohl schon vor langer Zeit jemand aufgespürt.«

»Dazu kann ich nichts sagen, Großmama. Etwas hat sich offenbar geändert, sodass irgendjemand sich auf die Suche nach den Uhren – beziehungsweise den Münzen – machen will. Sie müssen das sein, was alle wollen, oder?«

»Keine Ahnung, von wem du sprichst«, erwiderte Charlotte. »Aber verlorene Schätze haben es an sich, alle Glücksritter auf den Plan zu rufen. Viele Leute haben im Laufe der Jahre schon versucht, die Münzen zu finden. Niemandem ist es gelungen.«

»Na schön«, meinte Kayla. Sie fühlte sich ausgesprochen matt. »Ich gehe wohl besser.«

»Warte. Da ist noch etwas, das ich dir zeigen muss.«

»Was denn? Noch etwas?«, fragte Kayla ungläubig, voll banger Erwartung, was sie denn nun noch zu hören bekommen würde.

Ihre Großmutter ging zu einem zierlichen Schreibtisch. Sie holte eine kleine Schmuckschachtel heraus und öffnete sie.

Kayla erwartete, einen Ring zu sehen. Stattdessen erblickte sie einen kleinen Schlüssel. »Was ist das?«

»Er war in der Uhr. Im Gehäuse befindet sich ein kleines Fach. Ich glaube, wer immer gestern Abend dein Haus durchwühlt hat, hat wahrscheinlich das hier gesucht.«

Kayla betrachtete das kleine Stück Metall und überlegte, was es zu bedeuten hatte. »Ich habe nie ein Geheimfach gesehen.«

»Es ließ sich auf besondere Weise öffnen.«

»Ich frage mich, ob Evan wusste, dass die Uhr einen Schlüssel enthielt. Was ist mit der Inschrift? Hatten die anderen Uhren andere Inschriften?«

Charlotte zuckte die Schultern. »Ich glaube schon, doch wenn ich sie je kannte, kann ich mich nicht mehr daran erinnern. Tut mir leid.«

»Ist das alles, Großmama? Oder gibt es noch etwas, das ich wissen sollte?«

Wenn Kayla sie nicht so scharf beobachtet hätte, wäre ihr die leise Unentschlossenheit im Blick ihrer Großmutter entgangen, aber so fiel sie ihr auf, und das machte sie nervös.

»Ich habe dir erzählt, was ich kann«, sagte Charlotte. Sie schien ihre Worte überlegt zu wählen, als wollte sie eine direkte Lüge vermeiden.

»Wenn nicht, bin ich bald wieder hier«, warnte Kayla sie.

»Komm auf jeden Fall wieder, Kayla. Du bist meine Enkelin, und ich liebe dich. Was du auch sonst von mir denken magst, vergiss das bitte nie.«

Kayla wusste, dass sie nach Hause fahren sollte, aber sie hatte Angst davor, nur neue Schrecken dort zu finden. Sie konnte auch nicht zu Nick gehen. Dort würde sie alles wiederholen müssen, was ihre Großmutter ihr erzählt hatte, und die Information war noch zu frisch, zu roh, um durchs Mikroskop betrachtet zu werden. Nick würde Fragen stellen. Er würde alles wissen wollen, wie immer. Und er würde sie drängen weiterzugehen, und im Augenblick hatte sie nicht die Kraft, auch nur noch einen Schritt zu machen. Ihre Familiengeschichte hatte sich in der vergangenen Stunde von Grund auf verändert. Sie wünschte, sie könnte die Uhr zurückdrehen bis zu dem Tag, an dem sie Evan kennengelernt hatte, und anstatt seine Einladung zum Kaffee anzunehmen, würde sie sie ausschlagen. Sie würde davongehen und ihn nie wiedersehen.

Er hätte wahrscheinlich trotzdem einen Weg gefunden, um an die Uhr zu gelangen, aber es wäre nicht so persönlich, so grausam gewesen, und vielleicht hätte sie nie herausgefunden, dass die Uhr alles war, was er gewollt hatte. Dann hätte sie nicht mir ihrer Großmutter reden und an all den alten Geheimnissen rühren müssen; die Leichen im Keller wären unentdeckt geblieben.

Nein, sie konnte nicht nach Hause, also fuhr und fuhr sie, bis der Tank fast leer war und die Uhr im Armaturenbrett Mitternacht anzeigte. Der Tag war vorüber. Sie hatte ihn durchgestanden. Aus irgendeinem Grund schien das wichtig zu sein, als hätte sie einen Meilenstein passiert.

Als sie endlich nach Hause kam, sah sie Nick auf der Veranda auf und ab gehen. Er lief ihr entgegen, ehe sie noch den Motor abstellen konnte, und riss die Tür auf.

»Wo zum Teufel warst du? Warum hast du mich nicht zurückgerufen? Ich habe dir ein Dutzend Nachrichten hinterlassen.« Die zornigen Worte sprudelten nur so aus ihm heraus. Seine Haare standen zu Berge, als wäre er etliche Male mit den Fingern hindurchgefahren.

Sie löste den Sicherheitsgurt. Er war kaum zurückgeschnellt, als Nick schon ihre Hand packte und sie aus dem Auto zog. Er rüttelte sie an den Schultern. »Was ist los, Kayla? Was ist passiert? Hast du Evan gesehen? Hat er dir etwas getan?«

Seine Fragen trafen sie wie Pistolenschüsse. Sie wusste nicht, welche sie zuerst beantworten sollte. Ehrlich gesagt, wusste sie nicht einmal, ob sie überhaupt eine beantworten konnte. Sie bekam kaum noch Luft.

»Verdammt, Kayla, rede mit mir! Du machst mir Angst. Ich kann deinem Gesicht doch ansehen, dass etwas nicht stimmt.«

»Gib mir eine Sekunde«, bat sie schließlich.

Er verkniff sich eine weitere Frage, ließ sie aber nicht los.

»Du tust mir weh«, sagte sie.

Er lockerte seinen Griff etwas. »Rede. Ich bin bei deiner Großmutter gewesen. Sie meinte, du wärst schon vor Stunden gegangen. Und sie sah genauso schlecht aus wie du jetzt.«

Es hätte Kayla nicht überraschen dürfen, dass er dort gewesen war. Nick handelte lieber, als untätig zu bleiben, und sie hatte versprochen, ihn anzurufen. Es war nicht fair gewesen, ihn stundenlang warten zu lassen. »Was hat meine Großmutter noch gesagt?«

»Sie meinte, ich müsste dich fragen. Also frage ich.«

»Lass uns hineingehen. Ich kann das nicht hier draußen. Evan könnte uns beobachten.«

Nick folgte ihr zum Haus. Sie schloss die Haustür auf und trat in den Flur, erleichtert, dass das Haus genau so zu sein schien, wie sie es verlassen hatte. Es war immer noch unordentlich, doch es gab keine neue Unordnung. Sie musste wirklich endlich alle Räume aufräumen. Das hätte sie tun sollen, anstatt stundenlang durch die Stadt zu fahren! Sie hätte sich mit etwas Vernünftigem beschäftigen sollen. Kayla hob ihre Stricknadeln auf und sah, dass die meisten Maschen gefallen waren. Sie würde den Pullover noch einmal von vorn beginnen müssen, denn das Muster war kompliziert. So viel in ihrem Leben würde sie noch einmal von vorn beginnen müssen.

Nick packte ihren Arm, als sie das nächste Teil aufsammeln wollte. »Lass das«, bat er ruhig.

Sie blickte in seine grünen Augen und sah nicht nur Ungeduld, sondern auch Besorgnis darin. Sie war nicht fair ihm gegenüber. Er hatte ein Recht zu erfahren, was sie wusste.

»Es tut mir leid, dass ich nicht angerufen habe. Ich brauchte Zeit zum Nachdenken.«

»Ich dachte, dir wäre etwas zugestoßen. Ich habe sogar J. T. angerufen.«

»Und jetzt sucht das FBI nach mir?«

»Nein. Er sagte, ich solle ihn wieder anrufen, wenn du bis Mitternacht nicht aufgetaucht wärst. Du hast es zwei Minuten vorher geschafft.«

»Die Uhr in meinem Auto muss vorgehen. Ich dachte, es wäre schon Mitternacht. Ich dachte, wenn ich nach Hause käme und es wäre schon ein neuer Tag, dann wäre vielleicht alles anders.« Sie blinzelte eine Träne zurück, erstaunt, dass ihre Augen so feucht waren. Sie würde nicht weinen. Ganz bestimmt nicht. Aber ihre Lippen zitterten, und sie konnte ein Schluchzen nicht unterdrücken.

»Kayla, was ist passiert?«

»Nimm mich in den Arm«, flüsterte sie. »Bitte.«

Nick zögerte. »Ich weiß nicht, ob das eine gute Idee ist. Wenn ich dich berühre, lasse ich mich sofort hinreißen.«

»Tu es trotzdem.«

Nick breitete die Arme aus, und sie glitt in seine Umarmung. Sie legte den Kopf an seine Brust und schloss die Augen. Zum ersten Mal seit langer Zeit fühlte sie sich sicher, als könnte nichts mehr schiefgehen. Er schien ihr Bedürfnis nach Sicherheit zu spüren und schloss die Arme fester um sie. Minutenlang standen sie einfach nur so da. Dann durchbrach seine Stimme die tröstliche Stille.

»Kayla. Wir müssen reden.«

»Ich kann nicht. Jetzt nicht«, murmelte sie. Sie hob den Kopf und sah ihn an. »Es ist zu viel.«

Sie konnte sehen, dass er widersprechen wollte, doch irgendetwas hielt ihn zurück.

»Erzählst du es mir später?«

Sie nickte. »Versprochen. Aber es wird ...« Ihre Stimme brach, sie leckte sich die Lippen und ihre Gedanken wanderten zu einer glücklichen Erinnerung zurück.

»Es wird *was?*«, hakte er nach.

Sie versuchte, ihre Gedanken zu sammeln. Ihr Verstand schaltete ab. Ihre Sinne übernahmen die Kontrolle. Sie lag in Nicks Armen und brauchte nicht mehr zu denken. »Viel später«, murmelte sie. »Wir reden viel später, ja?« Sie versuchte, ihn zu küssen, doch er hielt sie auf Abstand.

»Warum?«, wollte er wissen.

»Ich will dich«, sagte sie schlicht.

»Du weißt gar nicht, was du willst, Kayla.«

»Vielleicht nicht in anderen Dingen«, gab sie zu, »aber hierbei habe ich keinerlei Zweifel.«

»Wirklich nicht?«

Kayla legte ihre Hände in seinen Nacken, ihre Finger spielten mit den drahtigen Strähnen seines Haares. Sie ließ ihm eine Sekunde, falls er etwas einzuwenden hatte, doch er schien nichts weiter zu sagen zu haben. Also zog sie seinen Kopf zu sich herunter und küsste ihn. Sie gab nicht auf, bis er die Lippen öffnete und ihre Zunge einließ, und genau dort wollte sie sein.

»Himmel, Kayla, du machst mich verrückt«, murmelte Nick an ihren Lippen. »Ein Teil von mir glaubt, dass du nur ausweichst, weil du dann meine Fragen nicht beantworten musst. Oder vielleicht willst du einfach nicht mehr nachdenken. Du benutzt mich als Ablenkung.«

»Und der andere Teil?«, fragte sie. Sie wollte nicht zugeben, dass er den Nagel auf den Kopf getroffen hatte.

»Dem anderen Teil ist es völlig egal, warum du mich küsst. Er will nur nicht, dass du aufhörst.«

»Dann machen wir mit dem Teil weiter.« Sie nahm seine Hand und zog ihn zur Treppe.

»Aber später wirst du mir alles erzählen, was ich wissen will«, warnte Nick, als sie die Treppe hinaufliefen.

»Zuerst tue ich alles, was du willst«, lachte sie und öffnete die Schlafzimmertür.

Sie blieb mitten im Zimmer stehen und hob die Hand, als er näher kommen wollte. »Warte«, bat sie. Sie hielt noch eine Sekunde inne, dann zog sie sich langsam den Pullover über den Kopf und warf ihn auf einen Stuhl. Danach wanderte ihre Hand zum Vorderverschluss ihres BHs. Nicks Blick folgte jeder ihrer Bewegungen. Sie zögerte wieder. »Keine Fragen mehr. Nicht denken, Nick. Okay?«

»Falls du deinen BH ausziehst, ist das praktisch gebongt.«

Sie öffnete den Verschluss und ließ den BH von den Schultern gleiten. Nick sah sie einen langen Moment an, und unter seinem intensiven Blick fühlte sie sich gewollt, begehrt und sehr weiblich. Sie musste dennoch gegen den Drang ankämpfen, ihre Brüste mit den Händen zu bedecken und ihrer Verlegenheit nachzugeben.

Nick hatte ihre Gedanken offenbar gelesen, denn er sagte: »Nicht.«

»Nicht *was?*«

»Nicht aufhören.«

Ihre Hand fuhr an den Verschluss ihrer Jeans. Sie öffnete den Knopf und zog langsam den Reißverschluss auf. Dann schob sie die Jeans zusammen mit ihrem Slip herunter. Sie hörte, wie Nick keuchte. Gut, sie mochte es, wenn er sprachlos war. Sie wollte, dass er andere Dinge mit seinem Mund tat …

»Du bist schön, Kayla.«

»Und du bist zu weit weg.«

»Das kann ich ändern.« Er kam zu ihr; sein heißer Blick glitt von Kopf bis Fuß über ihren Körper und ließ jeden Nerv erbeben. Dabei hatte er sie noch nicht einmal berührt. Er blieb Zentimeter von ihr entfernt stehen. Sie wartete auf seinen Kuss, seine Berührung, erstaunt und ein wenig nervös, als beides ausblieb.

»Du starrst mich an«, murmelte sie.

»Ich kann die Augen nicht von dir lassen.«

Sie hielt den Atem an bei dem tiefen Gefühl, das in seiner Stimme mitschwang. »Mir geht es genauso. Aber du hast viel zu viel an.«

»Da hast du recht.« Er zog sich das T-Shirt über den Kopf und warf es auf ihre Kleider. Beim Anblick seiner nackten, muskulösen Brust schluckte sie. Er hatte kein Gramm Fett am Leib. Sie konnte jeden Strang seiner Bauchmuskeln erkennen. Und als er aus seiner Jeans stieg und sie mit einer Bewegung seines Beines zur Seite schleuderte, war Kayla überwältigt, wie unglaublich großartig er war – und wie unglaublich erregt.

Statt nach ihr zu greifen, trat er zur Seite und überraschte sie so erneut. Er setzte sich auf die Bettkante und streckte die Hand aus. »Komm her.«

Sie nahm seine Hand, und er zog sie zu sich. Seine Hände umfassten ihren Hintern, als er ihren Bauchnabel küsste, mit der Zunge um den Rand fuhr und sie verrückt machte, weil sie seinen Mund an jedem Zentimeter ihres Körpers spüren wollte. Aber sie wollte nicht die Kontrolle verlieren. Sie wollte ihn auf ihre Art lieben. Kayla legte ihm die Hände auf die Schultern und stieß ihn aufs Bett.

Er fiel in die Kissen und lag nun ausgesteckt vor ihr wie ein Festmahl. Und genau das wollte sie: ihn genießen, ihn jede Sekunde auskosten. »Ich bin an der Reihe«, flüsterte sie.

Seine Augen verdunkelten sich, als sie ihn in die Hand nahm und streichelte und dann ihre Hand durch ihren Mund ersetzte. Sein Stöhnen erregte sie. Seine Hände, die ihren Kopf umfassten, trieben sie weiter. Kayla wollte ihn so bis über den Rand bringen, aber plötzlich bewegte er sich und zog sie weg.

»Mit dir«, raunte er und setzte sie auf sich.

Sie nahm ihn in sich auf. Er füllte sie mit einer köstlichen, ungeduldigen Hitze, die ihre Nerven zum Klingen brachte. Sie bewegten sich gemeinsam, bis sie beide keinen klaren Gedanken mehr fassen konnten und halb wahnsinnig vor Leidenschaft und schließlich völlig verausgabt waren.

Es war ein neuer Tag, ein neuer Anfang. Sie würden sich ihm gemeinsam stellen.

KAPITEL 12

Jenny öffnete die Tür ihrer Wohnung und schaltete das Licht im Wohnzimmer ein. Ihr blieb das Herz stehen. Auf der Couch saß so selbstverständlich, als gehörte er dorthin, der Mann, der ihr vor über einem Jahrzehnt das Herz gebrochen hatte. Groß, sonnengebräunt, blond, mit strahlenden blauen Augen und einem sinnlichen Mund, der mehr Lügen als Wahrheiten sprach, war Evan genauso, wie sie ihn in Erinnerung hatte. Aber er war älter geworden. Auf seiner Stirn und um seinen Mund zeigten sich feine Fältchen. Er hatte etwas zugenommen, und er war kein Junge mehr, sondern ein Mann. In seinen Augen funkelte jetzt mehr als nur jugendlicher Schalk.

Als er langsam aufstand, begann ihr Puls zu rasen.

Warum um alles in der Welt war er hergekommen? Was konnte er von ihr wollen? Jenny hatte Angst, eine der beiden Fragen laut zu stellen.

»Hallo, Jenny.« Seine Stimme trug sie zurück zu einer Zeit, als sie sich jede Sekunde eines Tages danach gesehnt hatte, sie zu hören. Er war ihre erste Liebe gewesen, der erste Mann, mit dem sie geschlafen hatte, der erste Mann, dem sie vertraut und den sie gehasst hatte. Du darfst den Hass nicht vergessen, ermahnte sie sich streng. Sie musste sich an seine Lügen erinnern.

»Wie bist du hereingekommen?«, fragte sie.

Er zuckte die Schultern. »Spielt das eine Rolle?«

»Was willst du?«

»Du hast Nick von Will erzählt, nicht wahr?«

Er machte einen Schritt auf sie zu. Jenny wich unwillkürlich zurück. Sie berührte die Tür mit den Handflächen, und für den Bruchteil einer Sekunde überlegte sie, ob es klug war davonzulaufen. Er würde sie wahrscheinlich einholen. Es machte ihn womöglich wütend. Vielleicht war es besser, zu bleiben und so zu tun, als wäre es ihr egal, als spielte sie mit.

»Früher warst du in meiner Nähe nicht so nervös«, bemerkte Evan. Seine Augen waren überschattet vor Enttäuschung und leiser Wut. »Nick hat dir eine Gehirnwäsche verpasst.«

»Du hast ihm auch allen Grund dafür gegeben, nicht vor zwölf Jahren, sondern letztes Wochenende. Du hast ihm sein sauer verdientes Geld abgenommen. Du hast ihn ruiniert.«

»Noch nicht«, widersprach er.

Ihr gefiel die versteckte Drohung nicht. »Warum kannst du ihn nicht in Ruhe lassen? *Uns* in Ruhe lassen? Reicht es nicht, dass du ihm sein Geld gestohlen und mir das Herz gebrochen hast?« Sie hatte das Gefühl, dass es wichtig war, ihn daran zu erinnern.

Sein Blick wurde weicher. »Du warst immer so süß, so unschuldig, so schön.« Er fuhr ihr mit dem Finger über die Wange.

Sie versuchte stillzuhalten, aber er musste gemerkt haben, wie sie sich leicht versteift hatte, weil seine Hand herabfiel und seine Stimme härter klang, als er sagte: »Du hast dich verändert.«

»Du dich bestimmt auch. Wir sind beide erwachsen geworden.«

»Früher hättest du mich nie verraten und Nick meine Geheimnisse erzählt.« Er schwieg einen langen, angespannten Moment. »Tu das nie wieder, Jenny. Mach mich nicht böse.«

Sie hatte das schreckliche Gefühl, dass er bereits böse war, dass er den schmalen Grat zwischen Wahnsinn und Normalität bereits überschritten hatte. Sie hatte gewusst, dass er eine dunkle Seite besaß, aber erst, nachdem die vielen Lügen ans Licht gekommen waren, hatte sie gesehen, wie dunkel diese Seite wirklich war. »Du warst immer selbst dein Feind, Evan. Du bist der Betrüger. Du hast die Verbrechen begangen. Wenn Nick dich nicht geschnappt hätte, hätte es jemand anders getan. Es war nur eine Frage der Zeit.«

»Du bist schuld, dass er mich geschnappt hat«, sagte Evan. »Du hast dich verplappert.«

Sie schüttelte den Kopf. »Nein, ich habe dich verteidigt, denn ich habe dir vertraut. Ich wusste nicht, dass er dich zu Recht beschuldigte, sondern dachte, Nick wäre im Irrtum. Er hat meine Ansichten über dich nicht geändert – das hast du selbst durch deine Taten erreicht.«

Evan blinzelte, als wäre er verwirrt. War da ein Riss in seiner Rüstung? Gab es einen Weg, zu diesem so gewieften, kalten Mann durchzudringen?

»Weißt du nicht mehr, wie verliebt ich in dich war?«, drängte sie weiter. »Ich wäre für dich gestorben. Das bin ich ja fast auch.«

»Ich wollte nie, dass dir etwas geschieht. Auch das war Nicks Schuld.«

»Es ist so lange her. Lass es ruhen, Evan. Lass Nick in Ruhe. Und mich auch.«

»Das kann ich nicht. Du musst erfahren, wie gut ich bin.«

»Wieso ist das wichtig?«

»Weil es so ist«, erwiderte er rätselhaft. »Weil du die Einzige bist, die je wichtig war.«

Sie sog rasch und scharf die Luft ein und schüttelte abwehrend den Kopf. »Sag das nicht.«

»Es ist die Wahrheit, Jenny.«

»Nein, ist es nicht. Du hast kein Herz. Wenn du eins hättest, würdest du Nick in Ruhe lassen.«

»Das kann ich nicht, nicht weil er dafür gesorgt hat, dass ich vom College geflogen bin, oder weil er gegen mich ausgesagt hat. Es hat mit etwas anderem zu tun, das er mir genommen hat.« Sein Blick bohrte sich in ihren und forderte sie heraus, die Wahrheit einzugestehen.

»Darüber will ich nicht reden.«

»Nick weiß es nicht, oder? All die Jahre hast du unser kleines Geheimnis bewahrt.«

»Ich möchte, dass du gehst«, sagte sie.

Schweigen folgte ihren Worten. Sie drehte den Türknauf in ihrem Rücken und öffnete die Tür, nachdem sie beiseitegetreten war. Sie hatte keine Ahnung, was sie tun sollte, wenn er nicht ging.

»Na schön, Jenny. Ich gehe. Aber ich komme wieder. Du und ich – wir sind noch nicht miteinander fertig.«

»Daran könnte ich mich gewöhnen«, sagte Kayla, als Nick ihr eine Tasse Kaffee reichte, während sie noch im Bett lag. Es war erst acht Uhr morgens, doch er hatte schon geduscht. Sein Haar war feucht, seine Wangen rosig. Sie nahm einen Schluck Kaffee und stellte erfreut fest, dass er genau richtig war – stark und heiß. »Sehr schön«, meinte sie.

Er beugte sich vor und küsste sie auf den Mund, dann fuhr er sich mit der Zunge über die eigenen Lippen. »Hm, schmeckt gut.«

»Dann solltest du dir auch eine Tasse holen.«

»Das gefällt mir besser.« Er stahl ihr noch einen Kuss, ließ sich Zeit und weckte in ihr die Erinnerung an die Leidenschaft der vergangenen Nacht. Die Funken glommen noch. Es brauchte nicht viel, um sie wieder hell auflodern zu lassen. Aber Nick war schon auf dem Rückzug, griff nach seinem Hemd und streifte es über Kopf und Schultern.

»Warum ziehst du dich so schnell an?«, fragte sie. »Musst du irgendwohin?«

»Allerdings. Ich muss im Büro vorbeischauen. Ich habe noch ein paar Tage Urlaub, und ich möchte klären, dass ich sie jetzt nehmen kann. Aber zuerst müssen wir über das reden, was deine Großmutter dir gesagt hat.«

Sie lehnte sich gegen das Kopfende und seufzte. »Ich hatte gehofft, es wäre alles nur ein böser Traum.«

»Komm schon, spuck es aus. Womit hat sie dich dermaßen aus der Fassung gebracht?«

»Wo soll ich nur anfangen?«, murmelte sie. »Es ist eine lange Geschichte.«

»Fang vorne an.«

»Na schön. Großmama erzählte mir von ihrer Beziehung zu Johnny. Anscheinend musste er ins Gefängnis, als sie schwanger war, und ... ja, er war der Vater des Kindes.« Sie sah, wie die Erkenntnis in seinen Augen aufblitzte.

»Ist das dein Ernst?«

»Ja. Johnny Blandino ist der leibliche Vater meiner Mutter, was ihn zu meinem leiblichen Großvater macht.« Egal, wie oft sie es aussprach, es klang immer noch falsch in ihren Ohren.

Nick stieß einen Pfiff aus. »Wow.«

»Das kannst du laut sagen! Ich bin mit einem Schwerverbrecher verwandt anstatt mit einem geachteten Bankangestellten, der auch ein wunderbarer Großvater war.« Sie spürte, wie ihr Tränen in die Augen schossen, aber sie blinzelte sie weg. Sie musste sich auf Tatsachen konzentrieren und nicht auf Gefühle. Darum würde sie sich später kümmern, viel später.

»Das tut mir leid.« Er hielt inne. »Doch das ändert nichts daran, wer du bist, Kayla.«

»Nicht? Ich dachte immer, ich wüsste, woher ich komme, von wem ich meine Augen geerbt habe oder mein Lächeln oder meine Nase. Ich habe angeblich das Händchen meines Großvaters für Buntglas geerbt. ›Du hast das Familiengen‹ – das haben alle gesagt –, aber das war eine Lüge. Ich habe keinerlei Talent für das Kunsthandwerk geerbt. Ich habe wahrscheinlich eines zum Safeknacken mitbekommen, nur dass ich es nicht wusste.« Nick versuchte, sich das Grinsen zu verkneifen, aber sie konnte es in seinen Augen sehen. »Das ist nicht lustig, Nick.«

»Nein, natürlich nicht. Doch es spielt keine Rolle, wer dein Großvater war. Die Tatsache, dass du vielleicht sein Talent nicht geerbt hast, macht deines nicht weniger wertvoll. Wahrscheinlich ist es umso mehr wert, weil du alles aus eigener Kraft geschafft hast. Du hattest es in dir, und so ist es immer noch. Das hat sich nicht geändert.«

»Aber alles andere. Jedes Mal, wenn ich einen Schritt mache, fängt meine Welt an, sich zu drehen. Ich habe das Gefühl, als säße ich auf einem Karussell und könnte nicht absteigen. Und da ist noch etwas, das du wahrscheinlich interessanter findest als meine persönliche Familiengeschichte.«

»Was?«

»Warte, ich muss aufstehen. Ich muss dir etwas zeigen. Es ist in meiner Tasche. Ich glaube, ich habe sie im Wohnzimmer gelassen.« Kayla schlüpfte aus dem Bett, angelte ihren Morgenrock von dem Haken an der Tür und ging nach unten, dicht gefolgt von Nick. Sie öffnete ihre Tasche, zog die Ringschachtel heraus und klappte sie auf. »Dieser Schlüssel gehört in ein kleines Fach im Gehäuse der Uhr. Anscheinend hat Großmama ihn vor einer Weile herausgenommen.«

Nick nahm den Schlüssel aus dem Kästchen und drehte ihn zwischen den Fingern. »Sieh mal an! Ich nehme an, sie weiß, zu welchem Schloss er passt?«

»Wenn ja, dann sagt sie es nicht. Sie behauptet, sie hätte mir alles erzählt, aber ich weiß nicht, ob ich ihr das abkaufen soll. Sie scheint mir nur zu erzählen, was ich ihrer Meinung nach im Moment wissen muss. Als ich ihr sagte, dass man bei mir eingebrochen hat und ich keine Ahnung hätte, wonach man gesucht hatte, zauberte sie diesen Schlüssel hervor.«

»Und warum hat sie ihn aus der Uhr genommen?«

»Das hätte ich sie wohl fragen sollen.«

Nick dachte eine Weile darüber nach, welche Auswirkungen dieser Fund haben konnte. »Ich frage mich, ob Evan von der Existenz dieses Schlüssels weiß oder ob er gemerkt hat, dass er nicht in der Uhr ist, wo er sein sollte.«

»Wenn er von dem Schlüssel wusste, wäre es möglich, dass er hier danach gesucht hat.«

»Die anderen Uhren haben wahrscheinlich auch Schlüssel«, überlegte Nick. »Was bedeutet, dass es etwas gibt, das sich damit öffnen lässt. Eine Tür? Ein Safe?«

»Er ist so klein. Er erinnert mich ein bisschen an den Schlüssel, mit dem ich mein Tagebuch abschließen konnte.«

Seine Augen leuchteten auf. »Interessant. Ich frage mich, ob er wirklich zu einem Tagebuch gehört.«

»Schwer vorstellbar, dass ein harter Bursche wie Johnny Tagebuch geschrieben hat. Das ist eher etwas für dreizehnjährige Mädchen.«

»Stimmt. Noch was?«

Sie nickte. »Großmama sagte, dass Johnny und seine Freunde eins gemeinsam hatten: Sie trauten ihren Freunden mehr als ihren Familien. Sie glaubt, wenn die Uhren weitergegeben worden sind, dann nicht in der Verwandtschaft. Deshalb hat Johnny die Uhr ihr gegeben und nicht einer seiner Schwestern oder seiner Mutter.«

Nick nickte. »Da stimme ich dir zu. Hatte sie denn eine Ahnung, wer diese Freunde sein könnten?«

»Nate ging wohl mit einer Frau namens Anne Marie Davis aus. Anne Maries Tochter führt einen Blumenladen in North Beach, der *Blumenboutique* heißt. Wir wissen nicht, ob Anne Marie noch lebt oder ob die Tochter etwas weiß, aber wir können hinfahren und es nachprüfen.«

»Und genau das werden wir«, sagte er mit einem anerkennenden Lächeln. »Gute Arbeit.«

»Bedank dich bei meiner Großmutter, nicht bei mir. Sie hat die Beinarbeit erledigt, was wirklich interessant ist, da sie mir ja nahegelegt hat, die Sache fallen zu lassen.«

»Und wie erklärt sie das?«

»Dass sie so versucht, mich zu beschützen. Wovor, hat sie allerdings nicht verraten.«

»Am besten ziehst du dich an, Kayla. Wir halten an meinem Büro, und dann fahren wir zu dem Blumenladen. Vielleicht haben wir ja Glück.«

Sie hatten tatsächlich Glück. Connie Davis hielt sich im Laden auf, und auch wenn sie nichts über die Uhren wusste, rief sie ihre Mutter Anne Marie an, die gesund und munter in San Francisco lebte. Anne Marie war mit ihrem Besuch einverstanden. Kurz nach Mittag wurden Nick und Kayla in ihr zweigeschossiges Haus in Presidio Heights geführt, einem vornehmen Wohnviertel.

Anne Marie, ein zierliches Persönchen, schien Ende sechzig zu sein, hatte ein scheues Lächeln und ein anmutiges Benehmen. Nachdem sie sich vorgestellt hatten und ihnen Erfrischungen angeboten worden waren, die sie ablehnten, ging Anne Marie ins Wohnzimmer voran. Kayla war beeindruckt von dem schönen, eleganten Raum, der mit teuren Antiquitäten und hervorragenden Kunstwerken erlesen ausgestattet war.

»Wer ist der Künstler?«, fragte Kayla. »Wie ich sehe, haben Sie mehrere seiner Bilder.«

»Das bin ich«, antwortete sie. »Ich pfusche ein wenig herum, wenn ich Zeit habe.« Sie sah sie erwartungsvoll an. »Ich bin mir nicht ganz sicher, warum Sie hier sind. Connie sagte, Sie hätten Fragen zu jemandem aus meiner Vergangenheit. Das klingt ziemlich geheimnisvoll.«

»Erinnern Sie sich an einen Mann namens Nathan Carmello?«, wollte Kayla wissen.

Sofort fiel ein Schatten über ihr Gesicht. »Nathan Carmello. Den Namen habe ich schon sehr lange nicht mehr gehört. Warum fragen Sie mich ausgerechnet jetzt nach ihm?«

Kayla zögerte, sie wusste nicht recht, wie sie es erklären sollte. Deshalb fing sie mit der einfachsten Antwort an. »Meine Großmutter ist Charlotte Cunningham-Hirsch. Vielleicht kannten Sie sie als …«

»Sweet Charlie«, unterbrach Anne Marie sie. »Ich erinnere mich an den Namen. Nate hat ständig von ihr gesprochen. Sie war Johnnys Freundin.«

Kayla wechselte einen raschen Blick mit Nick. »War Nate Ihr Freund?«

Anne Marie lachte bescheiden. »Nein. Er wäre es gern

gewesen, aber mein Vater war sehr streng, und Nate war so etwas wie ein böser Junge. Doch er sah sehr gut aus. Ich mochte ihn wirklich gern.« Ihre Stimme verebbte, und sie schien sich in Gedanken zu verlieren.

Nick räusperte sich, sodass Anne Marie ihm wieder ihre Aufmerksamkeit schenkte. »Sie sagten, Nate wäre ein böser Junge gewesen. Sie wissen, dass er wegen Mordes ins Gefängnis kam.«

»Das war wegen Frankie. Frankie hat die Nerven verloren. Er wollte niemanden töten.«

Das war dieselbe Geschichte, die ihre Großmutter erzählt hatte, dachte Kayla. Wenigstens etwas passte zusammen.

»Hat Nate Ihnen vielleicht eine Taschenuhr gezeigt, die er immer bei sich trug?«, fuhr Nick fort. »Sie war aus Silber, hing an einer Kette und trug eine Inschrift.«

»Ja, ich habe sie gesehen. Warum fragen Sie?«

»Weil meine Großmutter auch so eine Uhr hatte«, sagte Kayla. »Sie hat mir erst kürzlich erzählt, dass sie Johnny gehörte. Die Sache ist die: Jemand hat sie mir gestohlen, ehe ich ihre Geschichte kannte. Ich glaube, diese Person versucht, auch die anderen Uhren zu finden.«

»Warum?«

»Weil es möglich ist, dass diese Uhren irgendwie zu dem verschwundenen Münzschatz führen. Johnny, Nate und Frankie haben in den Fünfzigerjahren ja die Prägeanstalt in San Francisco beraubt.«

Anne Marie riss die Augen auf. »Wie könnten die Uhren zu dem Geld führen?«

»Das wissen wir nicht. Vielleicht sind die Inschriften Hinweise«, antwortete Kayla. »Wissen Sie, was mit Nates Uhr geschah, als er ins Gefängnis kam?«

Anne Marie klopfte mit den Fingern auf die Armlehne

ihres Stuhls. »Nate liebte diese Uhr. Er sagte, sie wäre ein Symbol ihrer Brüderschaft. Sie standen sich so nahe – alle. Diese Jungs sind zusammen aufgewachsen, müssen Sie wissen. Ich lernte Nate in der Kirche kennen. Er ging jeden Sonntag hin. Wir waren zusammen im Chor. Er hatte einen wundervollen Bariton.«

Kayla hätte sie gern unterbrochen und sie gebeten, die Frage zu beantworten. Aber andererseits, je mehr Anne Marie redete, desto mehr konnten sie erfahren. Sie warf einen Blick zu Nick hinüber. Er zuckte leicht mit den Schultern, als wollte er die Entscheidung ihr überlassen. Sie entschied sich für einen anderen Weg. »Hat Dominic Ricci die Uhren für Nate, Johny und Frankie angefertigt?«, fragte sie.

»Oh ja. Dominic war ein sehr geschickter Uhrmacher. Es war sein Familienbetrieb, wissen Sie. Nate nahm mich ein paar Mal mit dorthin. Er fragte immer, welchen Ring ich gern zur Hochzeit hätte. Das war natürlich albern. Wir hätten ja nie heiraten können.«

»Dominic ging mit Nate zur Schule, nicht wahr?«, vermutete Nick, um sie wieder aufs Thema zu bringen.

»Ja, Dominic war ein guter Freund, aber Nate stand ihm nicht so nahe wie die anderen Männer. Dominic hatte Frau und Kinder. Er hatte jung geheiratet, direkt nach der Schule, und war stabiler und gefestigter als die anderen Jungen. Es war sehr traurig, als er starb. Er war beim Angeln, als eine Welle ihn über Bord warf. Niemand konnte ihn finden. Seine Familie war verzweifelt. Lorenzo, Dominics Sohn, weinte, als wäre sein Herz gebrochen. Und ich sehe immer noch Dominics niedliche kleine Tochter Delores, wie sie Rosenblüten auf seinen Sarg warf. Kein Kind sollte je einen so jungen Vater zu Grabe tragen müssen.«

»Was ist mit Nate? Er muss doch sehr bekümmert gewesen sein?«, hakte Kayla nach.

Anne Marie wandte den Blick ab. »Nate war nicht da. Keiner der Männer war da. Sie waren zu der Zeit untergetaucht. Es war kurz nach dem Raubüberfall.«

»Dann war Dominic also an ihren kriminellen Taten nicht beteiligt?«, fragte Nick. »Vor allem an dem Raub in der Münzprägeanstalt nicht?«

»Nein.« Anne Marie schüttelte den Kopf. »Dominic hat bei keiner ihrer Taten mitgemacht. Es waren stets nur die drei. Ich wusste, dass sie etwas Großes planten. Nate tat sehr geheimnisvoll und redete immer von einem großen Glückstreffer. Er sagte, wir könnten durchbrennen, und wir würden niemanden brauchen, weil er genug Geld hätte, um mir ein Leben zu bieten, wie ich es gewohnt war. Ich hätte versuchen sollen, ihn zurückzuhalten. Ich spürte, dass er zu tief abrutschte. Dabei hatte er so ein gutes Herz. Und ich wusste, dass er Johnny und Frankie liebte, aber sie waren gieriger als er. Je mehr krumme Sachen sie drehten, desto einfacher schien es, damit fortzufahren. Ich flehte Nate an, mit den anderen zu brechen. Aber er sagte, sie wären seine Brüder, und er würde für sie sterben. Ich glaube, am Ende ist es genau so gekommen.«

»Sie denken nicht, dass es ihm möglicherweise gelungen ist zu entkommen?«, vergewisserte sich Kayla. »Wäre es vorstellbar gewesen, dass er es ans Ufer schaffte?«

»Oh nein. Falls er ... nun, ich glaube, ich hätte es gewusst. Ich hoffte eine Zeit lang gegen jede Vernunft auf dieses Wunder, aber die Zeit verging.« Sie zuckte mit den Schultern. »Irgendwann stirbt auch der letzte Funken Hoffnung.«

»Vielleicht konnte er es niemandem sagen«, schlug Nick

vor. »Er konnte schließlich nicht riskieren, geschnappt zu werden.«

»Ich bin mir ganz sicher, ich hätte es gewusst«, widersprach Anne Marie, diesmal sehr bestimmt.

»Sie haben noch immer nicht meine Frage beantwortet«, sagte Kayla. »Wissen Sie, was mit Nates Uhr passiert ist?«

Anne Marie zögerte wieder. »Ist das wirklich wichtig?«

»Ja«, erklärte Kayla. »Falls Sie die Uhr haben, wird derjenige, der danach sucht, Sie wahrscheinlich aufspüren. Und er ist bestimmt kein guter Mensch. Ich weiß nicht, wie weit er gehen würde, um die Uhr zu bekommen, oder wem er wehtun könnte. Er ist ein Betrüger, ein Dieb, mit einer langen Liste an Straftaten. Unserer Ansicht nach ist er davon überzeugt, dass die Uhren zu dem Schatz führen. Und wie Sie sagten: Gier treibt Männer zu schrecklichen Dingen.«

Anne Marie warf ihr einen langen, abschätzenden Blick zu. »Na schön. Ich beantworte Ihre Frage. Nate gab mir die Uhr, ehe die Polizei ihn festnahm. Er sagte, er wolle, dass ich etwas von ihm hätte, das ich immer mit mir tragen würde, sodass wir miteinander verbunden wären, auch wenn wir nicht zusammen sein könnten.«

Kayla wurde ganz aufgeregt. Anne Maries Geschichte klang ganz wie die, die ihre Großmutter ihr erzählt hatte.

»Nate versprach, eines Tages wiederzukommen und sie zu holen. Natürlich traf das nie ein. Jahre später schenkte ich die Uhr meinem Sohn zu seinem einundzwanzigsten Geburtstag. Er starb letztes Jahr. Er war erst achtundvierzig. Ein tragischer Verkehrsunfall. Meine Enkelinnen haben seine Sachen sortiert. Vielleicht haben sie die Uhr. Oder sie haben sie verschenkt. Ich weiß es nicht. Seit Jahren habe ich nicht mehr an diese Uhr gedacht.«

»Können wir mit Ihren Enkelinnen sprechen?«, bat Nick.

»Ich könnte sie anrufen und fragen.«

»Das wäre sehr wichtig«, sagte er. »So bald wie möglich.«

»Ich rufe gleich an. Wenn Sie mich entschuldigen würden?« Auf ihr Nicken hin erhob sie sich und verließ das Wohnzimmer.

»Wir haben die zweite Uhr gefunden!«, rief Kayla aus. »Ich kann es kaum glauben.«

»Noch haben wir sie nicht.«

»Aber ich glaube, wir sind dicht davor ... dichter als Evan, weil er wahrscheinlich bei Nates Familie sucht. Vielleicht weiß er nicht einmal etwas von Anne Marie.«

Nick runzelte plötzlich die Stirn. Er stand auf und ging zum Fenster, um auf die Straße hinauszuschauen. Kaylas Magen zog sich zusammen. »Sag mir nicht, er ist da draußen.«

»Ich kann niemanden sehen. Ich habe Ausschau gehalten, als wir hierher unterwegs waren. Und ich bin mir ziemlich sicher, dass niemand hinter uns war.«

»*Ziemlich* sicher klingt nicht wie *ganz* sicher«, meinte sie.

Er warf ihr einen gereizten Blick zu. »Du hättest ja auch aufpassen können.«

»Ich wollte damit nicht andeuten, ich hätte es besser gemacht. Ich sorge mich nur. Evan scheint immer zu wissen, wo wir hingehen, fast bevor wir es selbst wissen.«

Nick ließ den Vorhang wieder fallen. »Ja, er ist ein echter Houdini.«

»Ein wirklich böser Junge«, sagte Kayla. »Er passt gut zu den anderen Kerlen, Johnny, Nate und Frankie. Ich war genauso blind wie meine Großmutter und sogar Anne Marie und habe mich in einen Schurken verliebt. Ich sah nur, was ich sehen wollte, und war wirklich dumm.«

»Du bist einfach zu nett, finde ich«, gab Nick zurück. »Du vertraust zu leicht.«

»Vielleicht.«

»Aber am Ende hat deine Großmutter einen großartigen Mann gefunden. Sieht so aus, als hätte Anne Marie es auch gut getroffen. Die ›bösen Jungs‹ gingen ins Gefängnis und starben beim Fluchtversuch. Die Frauen führten ein schönes Leben.«

»Für sie ging alles gut aus«, stimmte Kayla zu. »Das Gute triumphierte über das Böse ... bis Evan auf den Plan trat. Ich frage mich, ob es Will war, der ihn ins Spiel brachte, der ihm von den Münzen und den Uhren erzählte.«

»Das ergibt Sinn. Will hat mit den Männern im Gefängnis geredet. Er wusste wahrscheinlich genauso viel wie jeder, der noch am Leben ist.«

Kayla sah auf, als Anne Marie wieder hereinkam. »Ich konnte mit meiner Enkelin Lisa sprechen«, sagte sie. »Sie erinnert sich, dass eine Taschenuhr unter den Sachen ihres Vaters war, aber sie ist gerade auf dem Weg zur Arbeit, also kann sie erst später am Abend nachsehen.«

»Können wir mit ihr reden?«, bat Nick.

»Ich habe ihr Ihren Namen genannt, und sie war einverstanden, dass ich Ihnen ihre Telefonnummer gebe. Wenn Sie nach zehn Uhr abends anrufen, müsste sie eigentlich zu Hause sein.«

»Wo ist ihr Zuhause?«, fragte Kayla.

»Oh, tut mir leid. Sie lebt in Reno und ist in einem der großen Hotels angestellt, im *Peppermill*. Sie arbeitet als Black-Jack-Kartengeber. Ihr Name ist Lisa Palmer. Mein Sohn ist mit seiner Familie vor Jahren dorthin gezogen. Er mochte die Wüste schon immer.« Anne Marie reichte Kayla einen Zettel mit der Telefonnummer. »Ich habe Lisa gebeten, Ihnen die Uhr zu zeigen. Wenn sie sie behalten will, sollte sie sie unbedingt in ein Bankschließfach legen. Sie trauert noch immer um ihren Vater, und sie will seine Sachen nicht weggeben. Ich konnte ihr nicht die ganze Geschichte der Uhr erzählen, denn ich möchte niemanden aus der Familie einweihen. Sie wissen nichts über meine Beziehung zu Nate. Und es wäre mir lieb, wenn Sie nichts darüber verlauten lassen würden. Ich habe nur eingewilligt, Ihnen zu helfen, weil ich nicht möchte, dass meine Mädchen in Gefahr geraten.«

»Das verstehen wir«, antwortete Kayla. Sie zögerte und entschied dann, dass sie Anne Marie genauso gut fragen könnte. »Haben Sie je in die Uhr hineingeschaut?«

Anne Marie schien die Frage zu verwirren. »Natürlich habe ich sie geöffnet, um nach der Zeit zu sehen.«

»Nein, ich meine, es gab ein kleines Fach im Gehäuse. Es enthielt einen winzigen Schlüssel.«

»Das wusste ich nicht.«

Kayla sah sie lange an, war aber überzeugt, dass sie die Wahrheit sagte. »Jedenfalls danke, dass Sie sich Zeit genommen haben.«

»Wissen Sie, ich höre immer noch Nates Stimme: ›Erzähle nie jemandem, dass du meine Uhr hast.‹ Ich hoffe, ich tue das Richtige.«

»Bestimmt«, versicherte Nick entschieden.

Anne Marie wirkte nicht überzeugt. »Hoffentlich. Nate vertraute mir, und jetzt habe ich mein Versprechen gebrochen.«

»Du hast mir ein Versprechen gegeben«, sagte Dana. »Du hast es gebrochen.«

Charlotte sah ihre alte Freundin an, mehr als nur ein wenig erstaunt, Dana auf ihrer Schwelle zu entdecken.

»Wir müssen reden«, setzte Dana hinzu und betrat die Wohnung, ohne auf eine Aufforderung zu warten.

»Du hattest doch gesagt, wir beide hätten nichts miteinander zu bereden«, erwiderte sie, verwirrt und misstrauisch, weil Dana jetzt mit ihr sprechen wollte.

»Mach die Tür zu.«

Charlotte gehorchte. So war es immer zwischen ihnen gewesen: Dana führte, und sie folgte. Das war das jahrzehntealte Muster. Dabei fühlte Charlotte sich inzwischen zu alt, um jemandem einfach zu folgen. Trotzdem war sie neugierig.

»Du hast Elizabeth besucht«, begann Dana.

»Wie kannst du dir da so sicher sein?«

»Sie hat mich angerufen. Sie wollte wissen, ob ich Nates Uhr hätte oder ob er sie dem Mädchen gegeben hat, das er für besser als mich hielt.« Dana warf den Kopf zurück, Arroganz in jeder Linie ihres Gesichtes. »Warum rührst du alles auf?«

»Weil jemand Johnnys Uhr gestohlen hat. Das sagte ich bereits.«

»Falls Nate seine Uhr diesem dummen Mädchen gegeben hat, bringe ich ihn um.«

»Er ist schon tot«, erinnerte Charlotte sie. »Oder?« In Danas Blick lag etwas, das ihr nicht gefiel.

»Ja, natürlich. Es war nur eine Redewendung. Ich habe dieses Mädchen, diese Anne Marie, eben immer gehasst und hasse sie noch heute. Nate sprach von ihr, als wäre sie eine Heilige, eine verdammte Jungfrau, etwas Besseres als wir anderen. Dabei war sie nicht besser. Sie hatte nur mehr Glück: Ihre Eltern hatten Geld.«

»Sie *war* besser als wir«, widersprach Charlotte. »Wir

haben einige ziemlich schlimme Dinge getan, Dana. Ich habe versucht, das zu vergessen, doch seit ein paar Tagen sind alle Erinnerungen wieder da. Ich fürchte, meine Enkelin wird all meine Geheimnisse lüften und mich für den Rest ihres Lebens hassen. Ich könnte das nicht ertragen. Sie ist schon außer sich, weil ich ihr sagen musste ...«

»Das mit Johnny?«

Charlotte nickte und hielt dem wissenden Blick ihrer ehemaligen Freundin stand. Dana hatte immer gewusst, dass Johnny der Vater ihres Kindes war.

»Du hättest es ihr nicht erzählen sollen.«

»Ich musste. Ich dachte, sonst erfährt sie es von anderen.«

»Du meinst, von mir.« Dana sah sie hart an. »Ich hätte es ihr gesagt, wenn ich dazu gezwungen gewesen wäre. Wenn es bedeutet hätte, meine Kinder, meine Familie zu schützen – vor dir.«

»Ich habe mein Versprechen dir gegenüber nicht gebrochen«, erklärte Charlotte. »Ich habe Elizabeth nichts gesagt. Ich habe sie nur gefragt, ob sie Nates Uhr hätte. Das ist alles. Und sie erwähnte Anne Marie. Sonst ist nichts passiert.«

»Du hättest überhaupt nicht mit Elizabeth sprechen sollen. Jetzt ist sie neugierig wegen der Uhren und stellt Fragen.«

»Ich hatte keine andere Wahl. Meine Enkelin wird belästigt, verfolgt. Bei ihr wurde eingebrochen.«

»Halte ab jetzt den Mund«, warnte Dana.

»Das werde ich nicht. Aber ich habe etwas Interessantes erfahren, als ich mit Elizabeth sprach. Sie meinte, dir gehörten drei Clubs. Wie um alles in der Welt bist du so reich geworden, Dana?«

Dana lächelte zynisch. »Ist das deine Art zu fragen, ob ich die Münzen gefunden habe?«

»Es kam mir in den Sinn, dass du dein Geld irgendwo herhaben musst.«

»Vielleicht habe ich einfach klug oder besonders ehrgeizig investiert. Ich hatte nicht den Luxus eines reichen Ehemannes, Charlie. Ich war alleinerziehende Mutter, die drei Söhne allein großziehen musste. Ihre Väter blieben nie lange genug, um die Miete zu zahlen oder sich überhaupt nützlich zu machen. Aber ich brauchte sie nicht. Ich habe alles aus eigener Kraft geschafft. Meine Jungen, Jacob, Albert und Donald, führen jeweils einen meiner Clubs. Sie sind sehr gut in dem, was sie tun, und jedes Jahr verdienen wir mehr Geld.«

»Das freut mich für dich.« Charlotte wusste noch immer nicht genau, wie Dana an ihr Startkapital gekommen war, doch ihr war klar, dass ihre alte Freundin ihr nicht mehr verraten würde.

»Ich werde nicht zulassen, dass jetzt noch jemand mein Leben durcheinanderbringt«, erklärte Dana, und es klang wie eine Warnung. »Also hör auf zu reden, Charlie. Hör auf, deine alten Freunde aufzusuchen und Ärger zu provozieren. Rund fünfzig Jahre herrschte Schweigen. Lass es noch ein paar Jahre mehr werden.«

KAPITEL 13

Kayla konnte kaum glauben, dass sie unterwegs nach Reno war. Sie hatten ein paar Mal die Nummer von Anne Maries Enkelin gewählt, doch immer war nur der Anrufbeantworter angesprungen, was verständlich war, da Lisa ja arbeitete. Nick, ungeduldig wie immer, schlug vor, gleich nach Reno zu fahren. Auf diese Weise waren sie vor Ort, falls Lisa Palmer tatsächlich die Uhr haben sollte, und sie mussten nicht bis zum nächsten Tag warten, um sie aufzusuchen.

Die vier Stunden dauernde Fahrt durch die Berge der Sierra hatten Kayla an ihre spontane Hochzeits-Fahrt nach Tahoe erinnert, das nur eine halbe Stunde von San Francisco entfernt lag. Bislang hatte sich Nevada als nicht besonders guter Staat für sie entpuppt. Sie hoffte, dass diese Reise erfolgreicher sein würde als die letzte.

Sie verließen die Autobahn an der Ausfahrt Virginia Street und fuhren die Hauptstraße hinunter, vorbei an den verschiedenen Casinos: dem *Circus Circus*, dem *El Dorado* und dem *Silver Legacy*. Renos Ursprung lag in den Tagen des Goldrausches, als man in Virginia City, also ganz in der Nähe, Gold und in der Comstock-Mine Silber gefunden hatte. Jetzt versuchten die Besucher von Reno nicht mehr, in den Bergen oder den Bachläufen Gold zu finden, sie suchten ihr Glück an den Spieltischen und den Einarmigen Banditen. Kayla hoffte, dass sie ein bisschen Glück bei Lisa Palmer haben würden.

Wenn man das Casino des Hotels *Peppermill* betrat, kam

man in eine andere Welt: eine Welt aus rosa, blauen und grünen Neonlichtern, niedrigen Decken, tonnenweise Spiegeln, dichtem Zigarettenrauch und unentwegtem, ohrenbetäubendem Bimmeln und Pfeifen. Kayla blieb stehen, damit ihre Augen sich an das Licht gewöhnen konnten. Die Einarmigen Banditen vor ihr waren dicht von Touristen umlagert. Ihr Blick blieb am Rücken eines Mannes hängen, eines blonden Mannes, der an einem Viertel-Dollar-Automaten spielte. Da war etwas an seiner Haltung …

War das Evan? Der Gedanke schoss ihr durch den Kopf. War er ihnen hierher gefolgt?

»Was ist los?«, fragte Nick, der ihre Anspannung spürte.

»Dieser Mann da.« Sie deutete mit dem Kinn auf die Reihe der Spielautomaten. »Ist das …« Sie brach abrupt ab, als der Mann aufstand und sie sein Gesicht sehen konnte. Er ging direkt an ihr vorbei und lächelte sie neugierig an, als wunderte er sich, weshalb sie ihn so anstarrte, und schlenderte dann unter fröhlichem Pfeifen davon. Kayla stieß den Atem aus. »Ich dachte eine Sekunde lang, es wäre Evan.«

»Halt jedenfalls die Augen offen. Lass uns die Black-Jack-Tische suchen. Vielleicht können wir jetzt mit Lisa reden.«

Sie blieben am ersten Tisch stehen und fragten die Kartengeberin, ob Lisa Palmer Dienst habe.

»Lisa hat gerade Pause. Sie wird aber in einer Stunde zurück sein«, antwortete die Casino-Angestellte.

Enttäuscht, nicht sofort mit ihr sprechen zu können, beschlossen sie, sich ein Zimmer im Hotel zu nehmen und ihr Gepäck dort zu lassen.

Das Zimmer lag im neunten Stock am Ende eines langen Flurs. Kayla machte sich nicht die Mühe auszupacken. Sie hatte ohnehin nur ein Nachthemd und Kleidung zum

Wechseln eingepackt. Neugierig ging sie zum Fenster und betrachtete die Aussicht. Von hier oben konnte man meilenweit sehen. Reno war im Grunde eine braune, staubige Wüstenstadt, umgeben von niedrigen, sanften, kahlen Hügeln. Vom Fenster aus übersah man praktisch die ganze Stadt. Die einzigen Lichtblicke waren die Casinos, die Spielplätze für Erwachsene. Ihr Blick wanderte vom Fenster zu dem großen Bett, und sie stellte sich vor, welche Erwachsenenspiele sie später mit Nick spielen könnte.

Irgendwann würde sie wirklich darüber nachdenken müssen, was zum Kuckuck mit ihnen los war, aber nicht jetzt.

Sie sah, dass Nick sie beobachtete. Die Spannung im Raum stieg plötzlich um einige Grade.

»Wenn wir jetzt nicht hier rauskommen, werden wir noch ganz lange hierbleiben«, sagte er langsam, während sein Blick genüsslich über ihren Körper wanderte.

»Das klingt sehr selbstbewusst«, neckte sie ihn lächelnd. »Glaubst du wirklich, es würde so lange dauern?«

»Willst du es ausprobieren?«

»Du reagierst auch immer so schnell auf Herausforderungen.« Ihr Blick wanderte an ihm herab. »In mehr als einer Hinsicht.«

»Macht das Spaß?«, fragte er mit einem trockenen Lächeln. »Quälst du mich gern?«

»Ich hätte noch mehr Spaß, wenn du nicht so weit weg wärst.«

»Das lässt sich ändern.«

»Aber«, erwiderte sie und hob die Hand, »ich habe Hunger. Also sollten wir vielleicht hinuntergehen und uns das Buffet ansehen, ehe wir mit Lisa reden.«

»Jetzt, da du mich so angemacht hast, soll ich essen gehen?«

»Du wirst es überleben«, lachte sie. »Doch iss bloß keine Austern. Das könnte dir den Rest geben.«

Er nahm ihren Arm, als sie an ihm vorbeiging. »Du hast mir schon den Rest gegeben, Kayla. Das weißt du auch, oder?«

Plötzlich war aus dem lockeren Geplänkel etwas viel Ernsteres, viel Gefährlicheres geworden.

»Nick ...« Was hatte sie sagen wollen? Sie wusste nicht, was sie einander bedeuteten ... oder was sie wünschte, dass sie einander bedeuten sollten. Sie brauchte Zeit, um das herauszufinden. Zeit, die sie nicht hatten.

»Lass uns essen gehen«, meinte Nick abrupt.

Als sie ihm aus dem Zimmer folgte, hatte sie das Gefühl, gerade etwas Wichtiges vermasselt zu haben.

Eine Stunde später dachte Kayla weder an Nick noch an Evan. Sie dachte daran, wie viel sie gegessen hatte. »Ich bin pappsatt«, stöhnte sie. »Diese Buffets müssten verboten werden. Es gibt viel zu viel verlockende Sachen.« Sie lehnte sich zurück und rieb sich den Magen.

»Du musst es ja wissen. Schließlich hast du von allem probiert, was da war«, meinte Nick.

Kayla freute sich, dass der lockere Ton wieder in seine Stimme zurückgekehrt war. Sie hatten genug um die Ohren, ohne sich auch noch gleichzeitig über ihre Beziehung Gedanken machen zu müssen. »Es ist nicht sehr gentlemanlike, das zu sagen«, erklärte sie, »und du hast dich auch ganz wacker geschlagen.«

Er grinste. »Zumindest haben wir etwas für unser Geld bekommen.« Er blickte auf seine Uhr. »Es ist fast acht. Hoffentlich ist Lisa wieder im Dienst!«

»Ja, hoffentlich«, stimmte sie zu. Sie hielt inne, als ihr Blick auf einen Mann fiel, der ein Stück entfernt saß. Er trug eine Sportjacke, ein weißes Hemd und eine dunkle Hose. Sein Haar war schwarz und fettig, und er hatte ein grobes, wettergegerbtes Gesicht. Sein Blick war verschleiert, als wäre er müde oder betrunken oder stünde unter Drogeneinfluss. Kayla hätte sein Äußeres exzessivem Spielen zugeschrieben, aber er starrte sie an, als ... hasste er sie. Es dauerte einen Moment, bis sie diese Erkenntnis durchzuckte. Wie konnte er sie hassen? Er kannte sie doch gar nicht. Als er merkte, dass sie zurückstarrte, wandte er rasch den Blick ab.

»Was ist los?«, fragte Nick. »Wer ist der Kerl?«

»Ich weiß nicht.« Sie sah zu, wie der dunkelhaarige Mann ein paar Geldscheine auf den Tisch warf, aufstand und ging. Der Gedanke an ihn machte ihr zu schaffen. »Ich habe das Gefühl, ihn schon einmal gesehen zu haben. Er war auf dem Parkplatz.« Hatte das etwas zu bedeuten? Und wenn er auf dem Parkplatz gewesen war? Aber der Blick, den er ihr vor ein paar Minuten zugeworfen hatte, hatte sie frösteln lassen. »Er hat mich angestarrt, als könnte er mich nicht leiden.«

»Bist du sicher, dass er dich angesehen hat?«

Kayla sah sich um. »Wen sonst? In dieser Ecke ist niemand außer dir und mir.«

Nick deutete mit dem Kopf auf das Casino hinter ihnen. »Es könnte jemand dahinten gewesen sein.«

Er hatte recht. Wahrscheinlich hatte sie sich das Ganze nur eingebildet. »Ich habe allmählich Wahnvorstellungen.«

»Nein, das hast du nicht. Ich möchte nicht, dass du irgendeine Möglichkeit ausschließt. Aber ich habe diesen Mann überhaupt nicht wiedererkannt.«

»Und es ist Evan, der uns verfolgt«, sagte sie.

»Das wissen wir nicht mit Sicherheit. Er könnte mit jemandem zusammenarbeiten.«

»Stimmt. Auf jeden Fall ist der Mann weg. Also ist es sehr fraglich, dass er uns beobachtet hat.«

»Für den Moment ist er fort, ja. Aber sag mir, wenn du ihn noch mal siehst.«

Nick nahm seine Geldbörse heraus und legte Trinkgeld auf den Tisch. Dann gingen sie zurück zum Casino. Es dauerte nicht lange, bis sie Lisa Palmer gefunden hatten. Sie war die einzige Frau, die an einem Black-Jack-Tisch arbeitete.

»Können wir einen Augenblick mit Ihnen sprechen?«, bat Nick.

»Wenn Sie etwas zu sagen haben, während Sie spielen, kann ich zuhören«, erwiderte sie.

Sie setzten sich an den Tisch, und Nick reichte ihr einen Fünfzig-Dollar-Schein. Sie schob einen Stapel Jetons über den Tisch. Nick gab die Hälfte davon Kayla.

»Ich kann nicht gut Karten spielen«, murmelte sie.

»Versuch's einfach.«

Lisa teilte die Karten aus. Kayla bekam eine Zehn und eine Vier. Vierzehn. Sie wusste nicht, was sie tun sollte. Es war so eine niedrige Zahl. Daher beschloss sie, noch eine Karte zu nehmen. Sie bekam eine Neun – und hatte insgesamt fünfundzwanzig Punkte. Sie war aus dem Spiel. Nick hatte zwanzig Punkte. Die Bank zog siebzehn.

»He, du hast gewonnen«, rief Kayla. »Sieht aus, als hättest du heute Abend Glück.«

»Hoffen wir es.«

Die anderen beiden Männer am Tisch gingen und ließen Nick und Kayla mit Lisa allein.

»Wir haben heute mit Ihrer Großmutter gesprochen«,

sagte Nick, während Lisa erneut die Karten austeilte. »Wir sind diejenigen, die nach der Uhr suchen.«

»Oh«, murmelte sie überrascht. »Ich dachte, Sie würden mich später anrufen.«

»Wir haben beschlossen, gleich vorbeizukommen. Wissen Sie, ob Sie die Uhr haben?«

»Komisch, dass Sie das fragen! Ich habe meine Schwester angerufen, nachdem ich mit meiner Großmutter gesprochen hatte, und sie meinte, es wäre schon ein Mann auf der Suche danach zu ihr gekommen. Er sagte, er wäre Antiquitätenhändler. Es war seltsam.«

Kaylas Herz tat einen Satz. »Wissen Sie, wie er aussah? War er groß, blond, gut aussehend?«

»So hat meine Schwester Beth ihn beschrieben, ja. Warum interessiert sich jeder für eine alte Uhr? Ist sie wertvoll? Wir könnten ein bisschen zusätzliches Geld gut gebrauchen.«

»Möglicherweise ist sie etwas wert«, antwortete Nick. »Hat Ihre Schwester ihm die Uhr gegeben?«

»Nein, und Sie müssen weiterspielen, sonst bekomme ich Ärger.«

Gehorsam spielten sie. Nick warf seine Karten hin. Kayla versuchte es noch einmal – diesmal mit einer Dreizehn. Sie bekam noch eine Neun. Zweiundzwanzig. Die Bank gewann mit achtzehn Punkten.

»Meine Schwester wusste nicht, wo die Uhr war, Gott sei Dank«, fuhr Lisa fort. »Sonst hätte sie sie ihm vielleicht gegeben. Sie ist nicht besonders vernünftig. Wenn die Uhr etwas wert ist, will ich auch den vollen Preis dafür bekommen.«

»Dann wissen Sie, wo die Uhr ist?«, hakte Kayla nach.

»Klar. Sie ist in meiner Kommode im Schlafzimmer.«

Kayla seufzte erleichtert auf. »Gut. Der Mann, mit dem Ihre Schwester gesprochen hat, ist kein Antiquitätenhändler, er ist ein Betrüger, und er wird Ihnen die Uhr wahrscheinlich eher stehlen, als Ihnen auch nur einen Cent dafür zu bezahlen.«

»Sie muss wirklich etwas wert sein, wenn ein Betrüger hinter ihr her ist.« Lisa teilte wieder Karten aus. Gehorsam machten sie ihre Ansagen und spielten die Runde.

»Wann haben Sie Feierabend?«, erkundigte sich Kayla. »Wir würden uns sehr gern noch länger mit Ihnen unterhalten. Sie wissen nicht zufällig, ob eine Inschrift auf der Uhr ist, oder?«

»Ja. Sie lautet ... *Bis Zum Tage*. Ich habe mich immer gefragt, was das bedeuten soll. Um zehn Uhr habe ich frei. Wir können uns an der Rezeption treffen und weiterreden.«

»Was ist mit Ihrer Schwester? Vielleicht könnten wir in der Zwischenzeit mit ihr sprechen«, schlug Nick vor.

»Sie arbeitet auch. Abgesehen davon will ich nicht, dass sie in meinen Schubladen herumstöbert.«

»Dann reden wir um zehn weiter«, entschied Kayla.

Sie standen auf und gingen, als drei andere Männer sich zum Spielen an Lisas Tisch niederließen. »Sie hat die Uhr noch«, sagte Kayla, als sie zur Empfangshalle gingen. »Das ist doch was.«

»Es ist bestimmt kein gutes Zeichen, dass Evan vor uns hier war«, gab Nick bedrückt zurück.

»Aber vielleicht braucht er Zeit, um die Uhr zu finden, wenn sie sie in einer Schublade versteckt hat.«

»Ich weiß nicht, Kayla. Es fühlt sich nicht richtig an. Ich wünschte, wir müssten nicht noch zwei Stunden warten, bis wir mit ihr reden können«, sagte er frustriert. »Das dauert zu lange. Ich rufe J. T. an. Vielleicht kann er ein paar Strippen ziehen und uns eine Adresse geben.«

Sie blieben in der Halle bei der Sitzgruppe stehen, damit

Nick telefonieren konnte. »Er geht nicht dran«, murmelte er, als die Mailbox ansprang. »Ja. J. T., ich bin's, Nick. Ruf mich an. Ich glaube, wir haben den Besitzer einer der anderen Uhren gefunden, und Evan war schon vor uns hier. Sie heißt Lisa Palmer und arbeitet als Black-Jack-Kartengeberin im *Peppermill*-Casino in Reno. Da sind wir im Augenblick auch. Lisa glaubt, die Uhr ist bei ihr zu Hause. Wir treffen uns um zehn Uhr mit ihr. Ruf mich unter dieser Handy-Nummer so schnell wie möglich zurück.«

»Ich schätze, wir warten ab«, meinte Kayla, als er auflegte.

Ehe Nick antworten konnte, klingelte ihr Mobiltelefon. Sie war erstaunt. Auf ihrem Handy rief nur selten jemand an. Sie klappte es auf, erkannte die Nummer aber nicht. »Hallo?«

»He, Baby, wie geht's?«

Bei dem Klang der sehr vertrauten männlichen Stimme blieb ihr der Mund offen stehen.

»Weißt du denn nicht, dass man bei einer Vierzehn nie noch eine Karte nimmt?«, fuhr Evan fort. »Das machen nur Dummköpfe. Hast du denn gar nichts von mir gelernt, Kayla?«

Ihr Herz begann zu rasen, auf ihre Stirn trat Schweiß. »Woher weißt du, dass ich noch eine Karte genommen habe?« Sie blickte sich um, sicher, dass Evan in der Nähe war. Auf Nicks fragenden Blick hin, sagte sie lautlos: »Evan.«

»Ich weiß alles«, antwortete er. »Gute Spur mit der Uhr, übrigens. Wer hat dir das erzählt – Großmama?«

»Ich weiß nicht, wovon du redest. Nick und ich haben nur beschlossen, einen Ausflug zu unternehmen.«

»Die Hochzeitsreise, die du nie hattest, Liebling?«

Ihr Blut fing bei dieser Bemerkung an zu kochen. »Verdammt, Evan. Du bist ein Schwein.«

»Das fandest du früher aber nicht, als wir ...«

Sie schnitt ihm das Wort ab, indem sie das Handy zuklappte.

»Was hat er gesagt?«, wollte Nick wissen.

»Er war schrecklich«, antwortete sie. »So gemein. Ich konnte nicht mit ihm reden.«

»Kayla, was hat er gesagt?«, wiederholte Nick.

»Er meinte, dass wir ihn auf die Spur mit der Uhr gebracht hätten. Evan ist hier, Nick. Er beobachtet uns, denn er wusste, welche Karten ich gespielt habe. Er ist überall. Ich kann ihn nicht sehen, doch ich kann ihm nicht entkommen. Ich halte das nicht aus. Und ich kann das nicht mehr.« Sie sah sich um, in wilder Verzweiflung, der Falle zu entkommen, in der sie saß. »Ich brauche eine Pause.«

»Schön, dann legen wir eine ein.«

»Nein, allein. Ich brauche frische Luft. Ich muss allein sein.« Sie wirbelte auf dem Absatz herum und eilte auf den nächsten Ausgang zu.

Die Tür führte aus dem Casino in die Gartenanlagen und zum Pool. Die Nachtluft war erfrischend und kühlte die wütende Hitze, die durch ihren Körper strömte. Kayla ging zum gegenüberliegenden Ende des Pools, wo ein Springbrunnen über schön arrangierte Steine plätscherte. Das Geräusch des Wassers beruhigte ihre Nerven. Sie war dankbar für die Stille. Nach dem Lärm im Casino und Evans verstörendem Anruf brauchte sie einen Moment, um sich wieder zu fassen.

Vielleicht konnte Nick immer weitermachen, ohne Luft zu holen, aber sie konnte das nicht. Zu vieles passierte in zu kurzer Zeit. Kayla fühlte sich wie ein Hamster in seinem Rad, als liefe sie, so schnell sie konnte, ohne je irgendwo anzukommen. Und die Wände des Käfigs schlossen sich immer enger um sie zusammen.

Sie hörte ein Stöhnen, dann einen dumpfen Aufprall und fuhr herum. Nur ein paar sanfte Lichter säumten den Pfad. Die Büsche und Bäume im Garten waren plötzlich voller dunkler Schatten, und sie bemerkte, wie allein sie war.

»Nick«, rief sie. War er ihr in den Garten gefolgt, hielt aber genügend Abstand, damit sie den Freiraum hatte, um den sie gebeten hatte? »Nick?«

Keine Antwort. Beunruhigt ging sie den Weg zurück, den sie gekommen war. Während sie auf die Tür zulief, schaute sie sich immer wieder misstrauisch um. Sie sah nach oben, nicht nach unten, und deshalb wäre sie beinahe über Nick gestolpert. Sie keuchte auf. Er lag mit dem Gesicht nach unten im Gras – bewusstlos!

»Oh, mein Gott!«, rief sie entsetzt. Ehe sie niederknien konnte, um nach ihm zu sehen, schloss sich ein Arm um ihren Hals und riss sie gegen einen harten männlichen Körper. Sie wand sich und versuchte zu erkennen, wer sie gepackt hielt, konnte sich jedoch nicht rühren. Der Angreifer war stark. Sie trat um sich und versuchte, sich an alles zu erinnern, was sie in ihrem Selbstverteidigungskurs gelernt hatte.

»Wo ist sie?«, knurrte er ihr ins Ohr. »Wo ist die Uhr?«

Es dauerte einen Augenblick, bis sie begriff, was er wollte. »Ich ... ich habe sie nicht.«

»Du lügst.« Sein Arm umschloss ihren Hals fester und drohte, ihr die Luft abzuschnüren.

»Ich habe sie nicht«, sagte sie wieder. »Evan hat sie mir abgenommen. Der Mann, den ich in Tahoe geheiratet habe, er hat sie genommen. Ich schwöre es.«

»Wer hat die anderen Uhren? Wer?«, fragte er mit einer tiefen, ungeduldigen, ja zornigen Stimme. »Das Mädchen, mit dem ihr gerade geredet habt?«

Sie versuchte, mit den Händen seinen Arm wegzuziehen, doch es war sinnlos. »Ich weiß es nicht.«

Die Tür zum Casino wurde geöffnet, und ein junges Paar trat heraus. Der Mann gab Kayla einen Stoß, sodass sie auf den Knien landete. Sie drehte den Kopf, um zu erkennen, wer sie angegriffen hatte. Aber er war fort, so schnell verschwunden, wie er gekommen war. Das Paar hatte einen anderen Weg eingeschlagen, sie ahnten wohl nicht, was sie gerade unterbrochen hatten. Kayla sah auf Nick herab. Er begann, sich zu regen, Gott sei Dank.

Sie kroch zu ihm und legte eine Hand auf seinen Arm. »Nick, alles in Ordnung?«

Er stöhnte und versuchte, sich umzudrehen. Sie half ihm, sich zu setzen. Blut rann aus einer Platzwunde an der Stirn über sein Gesicht. Er wirkte benommen und verwirrt und zuckte merklich zusammen, als er sich an den Hinterkopf fasste. »Was ist passiert?«

»Jemand hat dich k.o. geschlagen.«

Er starrte sie an. »Wer?«

»Ich weiß nicht. Er packte mich, aber es kamen Leute, und da ließ er mich los.«

»Evan?«

»Ich glaube, nicht. Der Kerl fühlte sich anders an, und die Stimme passte auch nicht. Er fragte mich, wer die anderen Uhren hätte.« Sie versuchte, aus dem schlau zu werden, was gerade vorgefallen war. »Er kam von hinten. Ich konnte ihn nicht sehen. Aber er war stark. Er hat mir den Arm um den Hals gelegt. Ich dachte, er wollte mich erwürgen.« Sie hörte auf zu reden, als sie bemerkte, dass Nick immer noch benommen wirkte. »Wir müssen dich zu einem Arzt bringen.« Sie suchte in ihrer Tasche nach einem Taschentuch und drückte es sanft auf seinen Kopf.

»Schon gut. Ich brauche nur etwas Eis«, sagte er und schob ihre Hand weg.

»Nick. Du bist verletzt. Du blutest.«

»Ja, habe ich bemerkt. Kannst du mir aufhelfen, Kayla?«

Sie zog ihn auf die Füße, und er klammerte sich einen Moment wackelig an sie.

»Oha«, murmelte er.

»Willst du zum Auto? Ich bringe dich in die Notaufnahme.«

»Nein, lass uns einfach aufs Zimmer gehen. Es ist schon gut.«

Sie sah ihm an, dass es nicht stimmt, doch er würde ausgesprochen stur sein, wenn sie ihn zu überreden versuchte. Also stützte sie ihn, als sie zurück zum Hotel gingen und dann den Fahrstuhl zu ihrer Etage nahmen. Glücklicherweise begegneten sie niemandem.

Kayla öffnete die Tür, und Nick stolperte durchs Zimmer und ließ sich auf das Bett fallen. »Ich hole Eis«, sagte sie und griff nach dem Kübel.

»Sei vorsichtig«, bat er.

»Bin ich.« Als sie den Eiskübel nahm, fiel ihr ein, dass Evan genau das Gleiche in ihrer Hochzeitsnacht getan hatte, nur dass er nie zurückgekommen war. Das würde heute Abend anders sein.

Nick wurde aufmerksam, als sie innehielt. »Vielleicht sollte ich gehen«, schlug er vor.

»Nein. Du bleibst da sitzen.« Sie schob ihn sanft zurück, als er versuchte aufzustehen. »Der Automat ist gleich beim Fahrstuhl. Ich beeile mich, versprochen.«

Als sie das Zimmer verließ, sah sie den Flur entlang. Niemand war zu sehen. Kayla ging zum Ende des Korridors und öffnete die Tür zu dem kleinen Raum, in dem der Eiswürfelautomat stand. Sie füllte den Eimer, so rasch sie konnte; ihr Herz schlug drei Mal so schnell wie sonst. Jeden Moment erwartete sie den Mann, der sie gepackt hatte, zurück.

Als der Eimer voll war, machte sie kehrt, um zu Nick zurückzugehen. In diesem Moment wurde die Tür geöffnet.

KAPITEL 14

Ein Mann betrat den kleinen Raum. Er hatte leuchtend rotes Haar und trug ein gelbes Hawaiihemd, das über dem Bauch spannte. In der Hand hielt er einen Eiskübel. Sie stieß einen erleichterten Seufzer aus. Es war nur irgendein anderer Gast.

»Wie geht's, kleine Dame?«, fragte er mit schleppendem texanischem Akzent.

»Gut«, antwortete sie und versuchte, an ihm vorbeizugehen, doch er verstellte ihr die Tür.

»Schon Glück gehabt hier in Reno?«, wollte er im Plauderton wissen.

»Nicht viel.«

»Bist ein hübsches Ding. Hast du einen Freund?«

»Ja«, sagte sie rasch. Ihre Erleichterung verwandelte sich in Sorge. »Ich muss zu ihm zurück. Darf ich?«

Er zögerte, dann trat er zur Seite.

Als sie an ihm vorbeiging, sah sie direkt in seine Augen – funkelnde blaue Augen. Ihr drehte sich der Magen um. Sie kannte ihn nicht. Oder?

»Evan?«, wisperte sie.

»Süße, du kannst mich nennen, wie du willst, wenn du einen mit mir trinkst.«

Sie schüttelte den Kopf. Ihr Hirn spielte ihr Streiche. Das war nicht Evan. Der Mann sah ihm überhaupt nicht ähnlich – außer vielleicht die Augen. Sie stieß die Tür auf und eilte auf ihr Zimmer.

Nick stand gerade auf, als sie eintrat. »Wo warst du so lange?«, fragte er brummig.

»Ich bin mit jemandem zusammengestoßen. Er wollte quatschen.«

»Wer?«

Sie zögerte. »Er hatte rote Haare und einen Bauch und sah überhaupt nicht wie Evan aus, doch irgendetwas an seinen Augen ... Nein, er kann es nicht gewesen sein. Er war groß und schwammig.«

»Schon mal davon gehört, dass man sich ein Kissen unters Hemd stopfen kann? Ich gehe jetzt nachschauen.«

»Nein, das lässt du schön bleiben«, widersprach sie und legte ihm eine Hand auf die Brust. »Du brauchst Eis und Ruhe. Wenn es Evan gewesen wäre, hätte er wohl mehr zu mir gesagt. Meine Fantasie ist nur mit mir durchgegangen. Ich sehe Evan in letzter Zeit überall.«

»Du weißt, dass er sich gern verkleidet.«

»Er war es nicht, okay?«

Nick sah aus, als wollte er ihr widersprechen, doch als er sich bewegte, schwankte er und musste sich wieder setzen. »Vielleicht gehe ich gleich nachsehen«, murmelte er.

»Klar.« Kayla eilte ins Bad und wickelte etwas Eis in ein Handtuch, dann trug sie es zu ihm. Er zuckte zusammen, als er es sich an den Kopf hielt.

»Tut weh, was?«, fragte sie mitfühlend.

»Geht schon.«

»Möchtest du auch Eis für deine Stirn? Ich glaube, du bist auf dem Gesicht gelandet. Gut, dass du ins Gras und nicht aufs Pflaster gefallen bist.« Sie setzte sich neben ihn. »Tut mir leid, dass ich einfach so hinausgerannt bin. Das wäre nie passiert, wenn ich nicht in Panik geraten wäre. Ich hatte nur das Gefühl, unbedingt an die frische Luft zu müssen.«

»Ich wusste, ich hätte dich nicht gehen lassen sollen. Deshalb bin ich dir nachgelaufen. Erzähl mir von dem Mann, der dich gepackt hat.« Nick schwang die Beine aufs Bett und streckte sich aus.

»Ich konnte ihn nicht sehen. Aber er wollte wissen, wo die Uhr wäre – ob ich sie hätte.«

Nick sah sie mit einem verwirrten Stirnrunzeln an. »Also dachte er, du hättest die Uhr? Ich frage mich, von welcher Uhr er sprach.«

»Er fragte auch, ob das Mädchen, mit dem wir geredet hätten, eine der anderen Uhren besäße. Ich behauptete, es nicht zu wissen. In dem Moment kamen Leute nach draußen, und er verschwand. Wer ist er?«, murmelte sie. »Was hat er mit allem zu tun? Es klingt nicht so, als arbeitete er mit Evan zusammen.«

»Nein.«

»Ob Evan wohl von ihm weiß?«, murmelte sie. »Es wird allmählich kompliziert.«

»Das kannst du laut sagen!«, meinte Nick und schloss die Augen.

Sie betrachtete lange sein Gesicht. Auf der Stirn hatte er eine Beule, die sich langsam schwarzblau färbte. Kayla fand jedoch, dass der Bluterguss ihn nur noch attraktiver machte. Er hat ein schönes Gesicht, dachte sie müßig – gebräunte Haut, dichte, dunkle Brauen, lange schwarze Wimpern, kräftige Wangenknochen und einen breiten, großzügigen Mund, der wie geschaffen ist zum Küssen. Sie spürte den Drang, seine Lippen mit den Fingern nachzufahren, und gab sich innerlich einen Rüffel, weil ihre Gedanken schon wieder in dieser Richtung unterwegs waren. Nick brauchte Ruhe.

Aber als sie sich von seinem Gesicht abwandte, wanderte ihr Blick leider über seinen langen, schlanken Körper, seine breiten Schultern und seine schöne Brust. Sie mochte die kleinen dunklen Härchen, die sie im Ausschnitt seines Polohemdes sehen konnte. Und vor allem mochte sie es, mit den Fingern hindurchzufahren. Okay, sie musste wirklich die Bremse anziehen. Schließlich konnte sie ihre Zeit sinnvoller nutzen, als sich Nick nackt vorzustellen.

Aber es war schwer, diesen Mann nicht anzuschauen. Er war mit ihr verbunden, war in ihrem Kopf, in ihrem Herzen, unter ihrer Haut. Sie wollte ihn den ganzen Tag lang ansehen, wollte ihn berühren, ihn küssen, mit ihm schlafen, und einmal wäre nicht genug. Sie wollte es immer und immer wieder.

»Kayla?«

Bei dem Klang seiner Stimme fuhr sie zusammen.

Er öffnete ein Auge. »Was machst du da?«

»Ich sitze einfach hier und denke nach.«

»Worüber?«

Das würde sie ihm ganz bestimmt nicht verraten. »Über alles Mögliche«, log sie. »Du solltest dich ausruhen, doch vielleicht nicht schlafen. Du könntest eine Gehirnerschütterung haben. Ich glaube immer noch, wir sollten einen Arzt rufen. Hier im Casino gibt es doch bestimmt einen Arzt oder Sanitäter, oder?«

»Mir geht es gut. Ich habe nur Kopfschmerzen. Du hast nicht zufällig ein Aspirin?«

»Doch, ich glaube schon.« Sie griff in ihre Tasche und förderte ein Fläschchen zutage. »Ich hole dir etwas Wasser.« Sie war dankbar für die Ablenkung.

Nick nahm die Tabletten, dann klopfte er neben sich aufs Bett. »Warum setzt du dich nicht? Ich brauche nur ein paar Minuten, um mich zu erholen.«

»Du brauchst bestimmt mehr als ein paar Minuten.«

»Wir müssen Lisa um zehn treffen.«

Kayla sah auf die Uhr. »Wir haben noch eine Stunde Zeit, aber ich weiß nicht, ob du in der Verfassung bist, irgendwohin zu gehen.«

»Ich schaffe das schon. Nur das Dröhnen in meinem Schädel muss aufhören.«

»Vielleicht hilft das Aspirin«, sagte sie.

»Hoffentlich.«

Er schloss die Augen, und nach ein paar Augenblicken des Schweigens dachte Kayla, er wäre eingeschlafen. Sie wollte aufstehen und sich in den Sessel am Fenster setzen, damit sie ihn nicht störte, doch er griff nach ihr. »Geh nicht«, murmelte er und schlug die Augen wieder auf. »Bleib einfach bei mir.«

In seinen Augen stand ein Bedürfnis, das er nicht mit Worten ausdrücken konnte, und es rührte sie. Nick war so ein starker Mann. Er hasste es, Schwäche zu zeigen.

»Okay.« Sie streckte sich neben ihm aus. Er legte einen Arm um ihre Schulter und zog sie an sich. Kayla bettete den Kopf an seine Brust und stieß einen Seufzer aus, als ihre Welt wieder an den richtigen Platz rückte. Sie schloss die Augen und versuchte, sich zu entspannen. Es war überraschend einfach. In Nicks Armen löste sich ihre Anspannung und fiel von ihr ab. Sie fühlte sich sicher und geborgen – und das war ihr letzter Gedanke, bis sie durch das Klingeln des Telefons abrupt aus dem Schlaf gerissen wurde.

Sie warf einen Blick auf die Uhr. Es war zwei Uhr morgens, und Nicks Handy klingelte. Sie versuchte, sich zu bewegen, dann merkte sie, dass Nick und sie völlig ineinander verschlungen waren. Sein Arm lag um ihre Taille, eins seiner Beine hielt sie umklammert, als hätte er Angst gehabt, sie würde verschwinden, während er schlief.

Kayla stieß ihn sanft an. »Nick, wach auf!«

Er blinzelte schläfrig, sein Gesicht nur Zentimeter von dem ihren entfernt. »Hm«, murmelte er, dann beugte er sich vor und küsste sie.

Kayla öffnete den Mund, um zu protestieren, aber sie bekam keinen Ton heraus, weil Nicks Zunge in ihren Mund glitt, sie liebkoste und erforschte und alle Gedanken an ein Nein aus ihrem Kopf vertrieb. Kayla schlang die Arme um ihn und zog ihn auf sich. Sie liebte das Gefühl seiner Brust auf ihrer, seines Beines zwischen ihren Schenkeln.

Sie fuhr mit den Händen unter sein Hemd und ließ sie über seine Muskeln gleiten. Er stöhnte bei ihrer Berührung, und eine Sekunde später setzte er sich und zog sein Hemd über den Kopf. Allmählich wich die Schläfrigkeit aus seinem Blick.

Er berührte ihren Mund mit seinen Fingern, dann wanderte seine Hand zu ihrem Kinn, herunter zu ihrem Schlüsselbein, über ihre Brüste, sodass ihre Nerven vibrierten und Begehren sie durchströmte. Sie lege eine Hand in seinen Nacken und zog ihn zu sich herunter. Seine Lippen hatten ihre kaum berührt, als sein Handy erneut klingelte. Plötzlich begriff sie, was sie überhaupt geweckt hatte. »Dein Telefon«, sagte sie.

Nick sah erst sie an, dann das Handy auf dem Nachttisch. »Mitten in der Nacht hat das nie etwas Gutes zu bedeuten.«

»Geh lieber dran.«

Er nahm das Handy. »Hallo.« Einen Moment später hörte sie, wie er alarmiert die Luft einsog. »Was? Bist du sicher?«

Kayla setzte sich auf. Nicks ganzer Körper hatte sich versteift, seine Lippen bildeten eine schmale Linie. »Richtig. Ja, hab ich.«

Er klappte das Telefon zu und warf es auf den Tisch.

»Was ist los?«, fragte sie ungeduldig. »Wer war das?«

»J. T.« Nick sah sie an. »Lisa Palmer wurde angegriffen, als sie heute Abend nach Hause kam. Sie liegt im Krankenhaus, und ihr Haus wurde durchwühlt. Die Uhr ist höchstwahrscheinlich weg.«

Kayla schlug die Hände vor den Mund. »Oh Gott! Wir sollten sie um zehn treffen. Wir sind eingeschlafen und nicht zu dem Treffpunkt gegangen.« Sie brauchte eine Minute, um zu begreifen. »Was ist mit ihr? Wird sie wieder gesund?«

»J. T. sagt, sie ist bewusstlos. Sieht so aus, als hätte jemand sie die Treppe hinuntergestoßen.«

»Glaubst du, es war derselbe Kerl, der dich niedergeschlagen hat?«

»Ja. Oder Evan. Wir wissen, dass beide hier in Reno sind.«

»Ich fasse es nicht! Wohin wir auch gehen, folgt uns Ärger.«

»J. T. will uns hier morgen früh treffen. Er sagt, wir sollen bleiben, wo wir sind, nirgends hingehen und mit niemandem reden. Das Übliche.«

Kayla zog die Beine unter sich, ihr war kalt. »Die arme Frau. Wir sind schuld, Nick. Wir haben sie gefunden und die Schurken direkt zu ihr geführt. Und jetzt ist sie verletzt. Gott, ich fühle mich schrecklich!«

Nick setzte sich neben sie und lehnte sich gegen das Kopfteil. »Evan war in Lisas Haus, ehe wir überhaupt nach Reno kamen. Weißt du nicht mehr?«

»Stimmt. Er hatte sie zuerst gefunden. Ich frage mich nur, wie.«

»Wer weiß? Das Entscheidende ist, dass die Uhr vermutlich gestohlen ist. Damit sind zwei Uhren weg. Eine fehlt noch.«

»Das heißt, wir müssen uns um Frankie und seine Uhr

kümmern.« Sie legte sich wieder hin und bettete den Kopf auf die Kissen. »Jedes Mal, wenn wir mit jemandem reden, wird er verletzt. Ich weiß nicht, wie wir weiter nach den Uhren suchen sollen, ohne Chaos und Schmerz zu provozieren. Ich bin frustriert, Nick.«

»Ich auch.« Er legte sich neben sie und stützte den Kopf auf den Ellenbogen. »Ich wünschte, ich wäre nicht ans Telefon gegangen – aus mehreren Gründen.«

Sie spürte, wie sie bei diesen Worten und bei seinem Blick rot wurde. »Ich glaube, der Moment ist vorbei, Nick.«

»Ich habe befürchtet, dass du das sagen würdest. Meine Erinnerung ist immer noch etwas verschwommen. Was ist eigentlich genau passiert? Ich weiß, wir sind ins Zimmer zurückgekommen, und ich habe für ein paar Minuten die Augen zugemacht.«

»Und wir sind beide eingeschlafen. Als Nächstes hast du mich geküsst.«

»Wirklich? Ich dachte, du hättest mich geküsst«, erwiderte er mit Schalk im Blick, während er näher an sie heranrückte.

Sie räusperte sich, als er seine Hand auf ihren Bauch legte und die Wärme seiner Finger durch ihr T-Shirt drang.

»Ich weiß noch, wie ich dachte, wie gern ich mit dir aufwache. Du bist so weich und warm«, murmelte er und zeichnete Kreise auf ihrem Bauch.

Sie hielt seine Hand fest. »Ich glaube, jetzt fantasierst du.«

Er lächelte, doch in seinen Augen stand auch Ernst. »Ich möchte mit dir schlafen, Kayla. Für mich ist der Moment nicht vorüber.«

»Du bist verletzt, Nick. Das ist keine gute Idee.«

»Man soll Beulen küssen. Hast du das noch nie gehört?«, fragte er grinsend.

»Ich glaube nicht, dass es deine Beule ist, die ich küssen soll.«

»Kluge Frau.«

»Bin ich das?«, gab sie seufzend zurück. Sie schob eine Haarsträhne von seiner verfärbten Stirn und dachte dabei, dass Nick hätte getötet werden können, ebenso wie sie. »Ich habe das Gefühl, das ist eine Nummer zu groß für mich. Als bewegte ich mich auf unerforschtem Gebiet.«

»Ich auch«, sagte er, »und ich spreche nicht von Evan oder Uhren oder verlorenen Schätzen.«

Ihr Herz setzte einen Schlag aus, so intensiv war sein Blick. »Von mir?«, fragte sie erstaunt.

»Ja, von dir. Bei dir möchte ich ...«

Er ließ den Satz in der Luft hängen, und das machte sie verrückt. »Bei mir möchtest du was?«

Nick schüttelte den Kopf. »Ich glaube nicht, dass wir jetzt darüber reden sollten. Ich könnte eine Gehirnerschütterung haben. Wer weiß, ob ich noch klar denken kann? Wer weiß, was ich sagen will?«

Sie runzelte die Stirn. »Wenn das mal keine Ausrede ist! Du kannst nicht einfach so einen Satz anfangen und dann mittendrin aufhören.«

»Lassen wir es dabei bewenden.« Sein Daumen strich über ihr Kinn, während er sich vorbeugte und sie wieder küsste. »Gute Nacht.«

»Du willst jetzt einfach schlafen?«, fragte sie überrascht, als er sich auf den Rücken drehte. Sie hatte gehofft, ein Kuss würde zum anderen führen.

»Du sagtest doch, ich sollte mich ausruhen«, meinte er und schloss die Augen. »Wenn du es dir anders überlegen solltest, klopf mir einfach auf die Schulter.«

Kayla sah das Lächeln, das seine Mundwinkel umspielte,

und fand, dass er die Lage eindeutig zu sehr genoss. Ihr blieb nichts anderes übrig, als den Spieß umzudrehen. Sie fuhr mit der Hand über seine Brust, seinen Bauch, zwischen seine Schenkel und über seine rasch anschwellende Erektion.

»Äh, Kayla, das ist nicht meine Schulter«, murmelte er.

Sie lachte. »Ich weiß. Und, Nick – ich habe es mir anders überlegt.«

Ohne den dröhnenden Schädel würde er sich großartig fühlen, dachte Nick, als er, an Kaylas weichen, üppigen, nackten Körper geschmiegt, aufwachte, das Gesicht in ihrem Haar vergraben. Noch nie hatte die Chemie zwischen ihm und einer Frau so perfekt gestimmt wie mit ihm und Kayla, noch niemals hatte er in einer Beziehung so viel Befriedigung gefunden. Wenn er mit Kayla zusammen war, war er mit sich und der Welt im Reinen. Gott, klang das kitschig! Wie ein albernes Klischee. Es ging um Sex. Sie hatten einfach Spaß aneinander. Es war rein körperlich.

Vielleicht war es aber auch ein bisschen seelisch. Nur ein bisschen.

Vielleicht war sogar ein wenig Gefühl mit im Spiel. Aber nur ein wenig.

Oh, Himmel, wem glaubte er eigentlich, etwas vormachen zu können? Bestimmt nicht sich selbst. Er mochte Kayla. Er mochte ihre Widersprüchlichkeit, ihre Verletzlichkeit, gepaart mit Tapferkeit, ihre Unschuld, verbunden mit Leidenschaft, ihre Entschlossenheit zu kämpfen und ihre gleichzeitige Sorge, dass jemand zu Schaden kommen könnte. Und er mochte ihre Art zu küssen, sich zu bewegen, wie sie ihn großzügig in sich willkommen hieß und vor allem, wie sie ihn anlächelte. Dabei blieb ihm buchstäblich das Herz stehen, sein Körper verhärtete sich, und schon war er wieder bereit.

Sie regte sich in seinen Armen, räkelte sich sinnlich wie eine Katze an ihm, sodass seine Nerven vibrierten.

»Hm«, murmelte sie verschlafen.

Seine Hand streichelte ihren Bauch und ihre Schenkel. Er fand, dass er ohne größere Anstrengung auch eine bessere Reaktion hervorrufen könnte als ein *Hm*.

»Nick«, sagte sie, jetzt völlig wach. Sie blinzelte. »Ist es schon Zeit?«

Er sah über die Schulter auf die Uhr. »Ich glaube, schon.«

»Wir müssen aufstehen. Wir müssen J. T. treffen.«

»Wir haben noch eine halbe Stunde oder so«, meinte er voller Hoffnung.

»Ich glaube nicht, Nick. Und wenn wir nicht zu J. T. gehen, wird er bestimmt zu uns nach oben kommen.«

»Ich hänge das *Bitte nicht stören*-Schild an die Tür.«

»Damit werden wir wohl kaum das FBI aufhalten. Ich ziehe mich an.«

»Wirklich? Jetzt?«

Sie lachte, als sie sich aus seinen Armen wand, aus dem Bett sprang und ihm ihr wunderschönes Hinterteil präsentierte, während sie ins Bad ging. Sie steckte den Kopf wieder durch die Tür. »Wenn du mit mir unter die Dusche gehst, sparen wir natürlich Zeit.«

Jetzt wusste er, was er noch an ihr mochte ... sie war ausgesprochen praktisch veranlagt.

Eine Stunde später betraten sie den Frühstücksraum des Hotels. J. T. saß mit dem Rücken zur Wand, die Augen auf die Tür gerichtet. Er trug Jeans und eine braune Lederjacke.

Als sie zu ihm gingen, nickte er ihnen finster zu. Er sah müde aus, als wäre er die ganze Nacht auf gewesen. Seine Augen waren blutunterlaufen, und er hatte eine Rasur nötig.

»Hallo«, begrüßte J. T. sie. »Wenigstens ihr beide seid noch in einem Stück.«

»Sozusagen«, antwortete Nick, dem einfiel, dass er J. T. über einige ihrer Abenteuer in Reno noch ins Bild setzen musste. »Ich vergaß zu erwähnen, dass mich gestern Abend jemand angefallen hat, der auch Kayla gepackt hatte. Es war aber nicht Evan.«

»Warum hast du mir das nicht schon früher erzählt?«

»Ich hatte einen ziemlich dicken Kopf, als du mitten in der Nacht anriefst.«

»Großartig, einfach großartig.«

Nick zog einen Stuhl heran und setzte sich neben Kayla. »Was hast du in Erfahrung bringen können?«

»Lisa Palmer hat sich genügend erholt, um auszusagen, dass jemand sie die Treppe hinuntergestoßen hat. Leider konnte sie nicht sehen, wer es war. Ich habe auch mit ihrer Schwester Beth gesprochen, die bestätigte, dass Evan tatsächlich gestern bei ihr war und ihr die Uhr abkaufen wollte.«

»Wird Lisa wieder gesund?«, wollte Kayla wissen.

»Sie hat Glück gehabt. Sie hat sich das Handgelenk und das Schlüsselbein gebrochen. Ansonsten geht es ihr gut.«

»Gott sei Dank«, sagte Kayla und wechselte einen raschen Blick mit Nick.

Er sah das Mitgefühl in ihren Augen und auch die Angst. Lisa Palmer hätte getötet werden können. Sie beide wussten das. »Was noch?«, fragte Nick.

»Die Uhr ist weg.«

»Natürlich ist sie weg! Evan war vor uns hier, wie üblich.«

»Weil du mich nicht angerufen und mir gesagt hast, dass du Lisa Palmer hier suchen willst. Hättest du mich informiert, wäre ich vielleicht zuerst bei ihr gewesen«, erklärte J. T. mit Nachdruck.

»Ich habe dich bei unserer Ankunft angerufen«, gab Nick zurück, der sich über den Tadel ärgerte. Trotzdem wusste er, dass J. T. recht hatte. Er hätte ihn sofort informieren sollen, nachdem sie von Lisa Palmer erfahren hatten, aber das hatte er nicht. Nick war es einfach nicht gewohnt, um Hilfe zu bitten.

»Wissen Sie, wer noch in die Sache verwickelt ist?«, fragte Kayla und unterbrach damit das angespannte Schweigen. »Der Mann, der mich gepackt hatte, war kleiner als Evan. Er wirkte kräftiger, muskulöser, und sein Arm um meinen Hals fühlte sich dick und stark an. Ich wünschte, ich hätte sein Gesicht sehen können.«

Nick drehte sich der Magen um bei der Vorstellung, dass Kayla von einem Fremden gewürgt worden war, während er k.o. am Boden gelegen hatte. *Verdammt.* Er hatte auch das vermasselt. Dieser Fehler würde ihm kein weiteres Mal mehr unterlaufen. Er würde dafür sorgen, dass sie in Sicherheit war. Dass sie beide in Sicherheit waren.

»Damit kann man nicht viel anfangen«, stellte J. T. fest, »doch ich kann mir noch einmal ein paar von Evans früheren Gaunereien ansehen und feststellen, ob kürzlich jemand aus dem Knast entlassen worden ist, der ihm nun vielleicht hilft. Im Allgemeinen arbeitet Evan allein. Allerdings haben wir einige Fingerabdrücke in Lisa Palmers Haus gefunden. Wir lassen sie gerade durch den Computer laufen, um zu sehen, ob wir unseren Mann identifizieren können. Ist einem von euch beiden in der Zwischenzeit mal der Gedanke gekommen, dass Evan euch benutzt, um die anderen Uhren zu finden?«

»Natürlich ist uns der Gedanke gekommen«, fauchte Nick. »Aber wenn du einen besseren Plan hast, nur zu – ich höre. Du hattest Jahre, um Evan zu schnappen, und bist ihm nicht mal nahe gekommen.«

»Das war ein Tiefschlag.«

»Ich sage nur, wie ich es sehe«, erwiderte Nick.

»Nick«, warnte Kayla. »Wir stehen auf derselben Seite.«

J. T.'s Blick blieb hart. Er beugte sich vor. »Du hast recht, Nick. Ich habe Fehler gemacht, und zwar deshalb, weil ich genauso vorgegangen bin wie du jetzt – als wäre es etwas Persönliches, eine Sache zwischen mir und Evan. Aber das ist es nicht. Es sind auch andere Menschen in diese Geschichte verwickelt, unschuldige Menschen, die zu Schaden kommen könnten – zu Schaden gekommen sind«, verbesserte er sich. »Du und Kayla, ihr müsst nach Hause fahren und mich meinen Job machen lassen.«

Nick hörte, was J. T. sagte, aber er konnte nicht versprechen, sich herauszuhalten. Er konnte sich nur bemühen, vorsichtiger zu sein.

KAPITEL 15

Nick lehnte es ab, Kayla von Reno zurückfahren zu lassen. Obwohl sein Kopf immer noch schmerzte, saß er lieber am Steuer. Wenigstens konnte er sich auf diese Weise einreden, so etwas wie Kontrolle über sein Leben zu haben. Er warf einen raschen Blick zu Kayla hinüber, als er sah, wie sie ihr Handy aus der Tasche nahm. »Wen rufst du an?«

»Meine Großmutter. Ich will mich vergewissern, dass es ihr gut geht.« Sie wartete einen Augenblick und stieß dann ungeduldig die Luft aus. »Sie meldet sich nicht. Ich frage mich, wo sie steckt? Es ist Dienstagmorgen. Ich glaube nicht, dass sie dienstags etwas Besonderes vorhat.« Kayla warf Nick einen besorgten Blick zu. »Glaubst du, es geht ihr gut?«

»Bestimmt. Wenn deine Großmutter ein Ziel wäre, hätte sie schon längst jemand angegriffen.«

»Ich weiß nicht, ob das stimmt, doch ich freue mich, dass du dich bemühst, mich zu beruhigen. J. T. war ziemlich sauer auf uns.«

Nick zuckte die Schultern. »Ist mir egal.«

»Wie nah standet ihr euch am College? Jetzt scheint ihr nicht mehr besonders befreundet zu sein.«

Nick dachte über ihre Frage nach und überlegte, warum sie so schwer zu beantworten schien. »Wir waren gute Freunde. Wir haben uns im ersten Jahr im Schlafsaal kennengelernt und sind dann im zweiten Jahr mit Evan und einem anderen namens Garrett Thompson in eine Wohnung gezogen.«

»Wirklich? Dann war da noch jemand? Steht er auch auf Evans Abschussliste?«

»Ich weiß es nicht. Garrett wandte sich von Evan ab, aber nicht so wie J. T. und ich. Er lief eher so nebenher. Nach dem Fiasko mit Evan zog J. T. in ein Verbindungsheim, und ich nahm mir ein Apartment. Wir haben nicht mehr viel voneinander gesehen.« Nick hielt inne. »Ich habe mich damals wahrscheinlich wie ein Trottel benommen. Ich war auf jeden sauer, einschließlich J. T., und dachte, niemand würde mir genügend helfen, um Evan festzunageln und ihn von meiner Schwester loszueisen. Evan stand zwischen mir und J. T., und selbst als er weg war, kamen wir uns wohl nicht mehr so nahe wie vorher. Keiner von uns machte sich die Mühe.«

»Was ist mit Jenny? Was passierte mit ihr, nachdem sie verletzt wurde?«

»Sie brach sofort die Schule ab und zog wieder nach Hause. Meine Familie lebte damals in Monterey. Sie war so wütend auf mich, dass sie mir verbot, nach Hause zu kommen. Also hielt ich mich fern. Schließlich, als die Jahre vergingen, konnten wir wieder miteinander in Verbindung treten. Aber ich vermute, dass sie mich lange Zeit hasste. Sie konnte mir nie in die Augen sehen. Es gab einen Teil von ihr, den sie vor mir verbarg.«

»Sie muss doch wissen, dass du das, was du getan hast, nur aus Liebe zu ihr getan hast. Du wolltest sie beschützen.«

»Sie hat wohl geglaubt, ich wollte ihr Leben zerstören. Jen mochte es nicht, wenn ich den großen Bruder spielte oder den ›Ersatzvater‹, wie sie es nannte. Aber ich hatte keine Wahl. Als mein Vater uns verließ, zerbrach meine Mutter. Jenny und meine andere Schwester, Dee, brauchten jemanden, der alles zusammenhielt, der sich um sie kümmerte, also übernahm ich diese Aufgabe. Es gefiel ihnen nicht. Aber ich tat es nicht, weil ich mich nach ihrer Anerkennung sehnte. Ich tat es, weil es das Richtige war.«

»Ich weiß.«

Er warf ihr einen raschen Blick zu und sah Verständnis in ihren Augen, sogar ein wenig Achtung. »Danke.«

Nick fuhr langsamer, als die Straße in die Berge führte. Die zweispurige Landstraße wand sich in vielen Kurven zum Gipfel am Donner's Lake. Zum Glück herrschte nur wenig Verkehr, sodass sie gut vorankamen.

Vor einer Kurve trat Nick auf die Bremse. Sie reagierte unerwartet weich, träge. Das Pedal ließ sich bis zum Boden durchdrücken, trotzdem wurde der Wagen nicht langsamer. Die Straße wurde steiler. Schilder warnten vor einem starken Gefälle – langsame LKW, heiß gefahrene Bremsen.

»Nick, was ist los?«, fragte Kayla und umklammerte die Armlehne. »Du fährst schrecklich schnell.«

»Die Bremsen funktionieren nicht richtig«, sagte er, so ruhig er konnte.

Er hörte, wie sie aufkeuchte. »Was? Was soll das heißen?«

Wie sollte er ihr die Wahrheit begreiflich machen? Die Bremsen waren hinüber. Irgendjemand hatte sie manipuliert! Irgendjemand wollte ihren Tod – und zwar sofort. Es ging nicht länger um einen möglichen bevorstehenden Anschlag – dieser Moment war da. Nick sah Kayla an. Sie wusste es auch.

»Gott, Nick. Wir werden sterben, oder?«

»Nicht, wenn ich es verhindern kann.«

Nick hielt das Steuer fest und lenkte, so gut er konnte, während ihre Geschwindigkeit weiter zunahm. Er musste immer wieder die Spur wechseln, um dem langsameren Verkehr auszuweichen. Wieder und wieder trat er auf die Bremse und schaltete so weit wie möglich herunter. Der Motor grunzte und heulte, aber der Honda wurde nur noch schneller. Die Straße fiel zu steil ab. Er betete um eine Abzweigung – vergebens, es gab keinen Ausweg.

Falls er nach links zog, würden sie gegen eine Felswand krachen. Wenn er sich rechts hielt, würden sie Hunderte von Metern tief über die Kante in die Schluchten und Spalten und Bergbäche stürzen. Nick kämpfte, so lange es ging, aber der Wagen war längst außer Kontrolle.

Ganz plötzlich folgte die Straße einer Kurve. Schon brachen sie durch eine kümmerliche Leitplanke, das zerborstene Metall flog an ihnen vorbei, während sie durch die Luft schossen. Nick konnte nichts als den blauen Himmel sehen. Es schien ewig zu dauern, bis sie irgendwo aufkamen. Vielleicht tat sterben gar nicht so weh, dachte er, kurz bevor sie mit einem betäubenden Aufprall auf dem Boden auftrafen.

Instinktiv hielt er seinen Arm vor Kayla, doch vergeblich. Er konnte sie nicht vor dem schützen, was auf sie zukam.

Evan gelangte in Rekordzeit zurück nach San Francisco. Er hatte sich für seine Heimfahrt ein heißes rotes Cabrio vom Parkplatz des *Peppermill* Hotels geborgt. Nicht zum ersten Mal dachte er, wie vollkommen Jenny auf dem Beifahrersitz aussehen würde. Natürlich musste sie etwas lockerer werden, ihr schönes braunes Haar im Wind wehen lassen und so lächeln wie früher, als hätte sie keinerlei Sorgen auf der Welt, als lägen vor ihr nichts als neue aufregende Möglichkeiten. Keine Grenze. Keine Regeln. Kein großer Bruder, der versuchte, ihr Schuldgefühle einzureden.

Jenny war die einzige Frau in seinem Leben, die ihn beinahe daran hatte glauben lassen, dass das Leben schön sein konnte. Ein paar kurze Monate lang hatte sie ihm eine andere Seite der Welt gezeigt, die helle Seite. Sie hatte ihn akzeptiert, als wäre er ein ganz normaler Junge auf diesem College-Campus. Jenny hatte an ihn geglaubt wie noch nie jemand zuvor. Sie hatte ihn nicht für ein wertloses »Stück Mist« gehalten, wie seine eigene Mutter ihn wieder und wieder genannt hatte.

Jenny hatte ihn angesehen, als wäre er ihr Held, ein verdammter weißer Ritter in glänzender Rüstung. Bis Nick sie beeinflusst hatte, sie verwirrt und ihr Lügen erzählt hatte und alles viel schlimmer hatte klingen lassen, als es in Wirklichkeit war. Was machte es schon, dass er diesen dummen reichen Typen Geld abgeknöpft hatte? Sie hatten es sich mühelos leisten können, jeden Cent zu verlieren, denn sie hatten nur nach Hause zu ihren Daddys mit ihren unendlich tiefen Taschen voller Geld laufen zu brauchen. Aber aus Nicks Mund hatte es geklungen, als wäre er, Evan, eine Bedrohung für die Gesellschaft, als könnte er vielleicht sogar Jenny wehtun – seiner süßen Jenny.

Nein, Evan würde ihr nie etwas antun. Er hatte sich lange Zeit von ihr ferngehalten. Sie aus seiner Welt herausgehalten. Er würde sie erst zurückholen, wenn die Zeit gekommen war, wenn er ihr zeigen konnte, dass er der Beste der Besten war. Dann würde er sie mit Geschenken überschütten. Er würde sie verwöhnen. Und er würde die Familie haben, die er verdiente.

Jenny war vielleicht wütend über das, was er Nick angetan hatte, aber das würde er ihr schon ausreden. Sie würde einsehen, dass sie keinen großen Bruder brauchte, sie brauchte *ihn*. Zusammen würden sie die Welt erobern. Sie brauchte nicht mehr in diesen blöden Salon arbeiten zu gehen, die ganze Zeit auf den Beinen zu sein und anderen Frauen die Haare zu schneiden, um am Abend eines langen Samstages grau und alt auszusehen. Er würde dafür sorgen, dass *sie* Maniküre und

Pediküre und Massagen bekam. Er würde sie wie seine Königin behandeln. Evan lächelte bei dem Gedanken und stellte sich vor, wie sie beide die Welt beherrschten.

Jenny hatte immer schon zu hart gearbeitet. Nick und sie hatten auf jeden Fall diese Arbeitseinstellung gemeinsam. Nicht dass Nick im Augenblick viel arbeitete. Er war zu sehr damit beschäftigt, seinem Schwanz nachzujagen.

Nick und Kayla spielten ihm direkt in die Hände. Kayla musste durch ihre Großmutter von Lisa Palmer erfahren haben. Er hatte schon vermutet, dass die alte Hexe mehr wusste, als sie sagte. Seine Instinkte, was Menschen anbetraf, drehten sich immer um Geld. Er hätte Charlotte weitere Informationen entlocken sollen, anstatt sich ablenken zu lassen …

Ach, er hätte sich nie einverstanden erklären dürfen, mit jemandem zusammenzuarbeiten, vor allem nicht mit einer Frau, die sich einbildete, sie hätte das Sagen und wäre klüger als er – als wäre das auch nur im Entferntesten möglich! Im Augenblick würde er die Dinge laufen lassen. Doch wenn es ihm passte, ihre Vereinbarung zu beenden, dann würde er es tun.

Sein Handy klingelte, und er meldete sich mit einem einzigen Wort: »Was?«

»Haben Sie sie?«

»Selbstverständlich.«

»Ich kann nicht fassen, dass sie sie hatte.«

»Und ich kann nicht fassen, dass ich zwei Wochen damit vergeudet habe, fruchtlose Spuren in Nates Familie zu verfolgen. Das war das letzte Mal, dass ich auf Sie gehört habe.«

»Sie sind noch nicht fertig«, erinnerte sie ihn. »Und jetzt fangen andere an zu reden. Die alte Ziege Charlotte rüttelt die Leute auf.«

»Sie kann uns nicht aufhalten.«

»Was ist mit ihrer Enkelin und deren Freund?«

»Kein Problem.«

»Da muss ich widersprechen. Sie sind nicht länger von Nutzen für uns, Evan. Und sie lenken Sie ab. Ich will, dass sie verschwinden.«

»Noch einmal: Überlassen Sie Nick und Kayla mir! Sie werden uns nicht mehr in die Quere kommen.«

»Vergib mir, Vater, denn ich habe gesündigt.« Charlotte kniete in dem dunklen Beichtstuhl und sah den Schatten des Priesters durch das kleine Fenster. Er wartete darauf, dass sie fortfuhr. »Es ist …« Sie zögerte, ehe sie weitersprach. »Es ist sehr lange her, dass ich gebeichtet habe.«

»Und welche Sünden möchtest du beichten?«, fragte er in einem tiefen Bariton, in dem die Weisheit seines Glaubens und wohl auch seiner Jahre mitschwang.

Sie hatte gewusst, dass der Monsignore heute die Beichte abnahm, nur deswegen war sie gekommen. Der Monsignore war nicht irgendjemand, er war Johnnys Halbbruder, der Sohn von Johnnys Mutter und eines anderen Mannes. Marcus Serrano war siebzehn Jahre jünger als Johnny, und er musste jetzt Ende fünfzig sein. Er war seit zwanzig Jahren in St. Basil, und bestimmt wusste niemand hier, dass er Johnny Blandinos Halbbruder war. Sie trugen verschiedene Nachnamen, und sie hatten gewiss ganz unterschiedliche Wertvorstellungen. Seit Johnny ins Gefängnis gekommen war, hatte Charlotte nie mit Marcus gesprochen, nie den Versuch unternommen, mit ihm in Verbindung zu treten und Fragen zu stellen.

Sie hatte wahrlich die Vergangenheit hinter sich gelassen … bis jetzt.

»Ich habe gelogen«, sagte sie. »Aber ehe ich Ihnen mehr erzähle, muss ich Ihnen eine Frage stellen. Ich muss wissen, ob Sie es sind, Marcus Serrano.«

Sie wartete, wie ihr schien, unendlich lange.

»Warum musst du das wissen?«, entgegnete er leise.

»Weil ich es bin, Charlotte Cunningham. Ich war vor langer Zeit mit Ihrem Bruder Johnny befreundet. Wir haben Sie ein paar Mal mit in den Park genommen und Ihnen Mokka-Karamell-Eiscreme gekauft. Das war Ihre Lieblingssorte.«

Der Priester räusperte sich. »Fahre fort.«

»Ich bin gekommen, um Ihnen eine Frage über Johnny zu stellen. Ich habe es nicht gewagt, in der Öffentlichkeit mit Ihnen zu sprechen. Ich glaube, ich werde beobachtet.«

»Ich höre«, sagte er.

»Lebt Johnny noch? Hat er es ans Ufer geschafft? Hat er sich all die Jahre versteckt?«

»Warum stellen Sie mir solche Fragen?«, entgegnete er. »Er ist vor vielen Jahren für tot erklärt worden.«

»Das weiß ich, doch seine Leiche wurde nie gefunden.« Sie holte tief Luft. »Ich muss wissen, ob Johnny hinter dem steckt, was vor sich geht, ob er nach all den Jahren zurückgekommen ist, um das zu fordern, was sein ist.«

»Was geht denn vor?«

»Jemand hat seine Uhr gestohlen, die Taschenuhr, an der ihm so viel lag. Und die Uhren, die den anderen gehörten – jemand sucht nach ihnen. Ich glaube, sie sind hinter den verschollenen Münzen her und vielleicht hinter einigen von Johnnys anderen Geheimnissen.«

»Und Sie kennen diese anderen Geheimnisse?«

Charlotte fürchtete sich fast, darauf zu antworten. Aber er war Priester. Sie konnte ihm vertrauen, oder nicht? »Ich weiß ein paar Dinge«, bekannte sie. »Doch ich mache mir Sorgen, dass jemand mehr weiß, jemand, der mehr will.«

»Der Schatz«, murmelte er.

»Ja«, sagte sie. »Johnny hat Sie so geliebt. Ich dachte, vielleicht hätte er Ihnen etwas erzählt, hätte vielleicht die Dinge für Sie und Ihre Mutter leichter machen wollen. Ich dachte, wenn er zurückgekommen wäre, wären Sie wohl der einzige Mensch, dem er vertrauen könnte. Als Priester würden Sie seine Geheimnisse bewahren.«

»Das würde ich«, gab er ihr recht.

»Können Sie mir sagen, ob er am Leben ist?«

»Ich fürchte, das kann ich nicht«, antwortete er nach kurzer Pause. »Wie Sie selbst sagten, ich bin Priester. Was man mir anvertraut, das bleibt bei mir.«

Ihr sank das Herz. »Es ist nur so, dass ich es wirklich wissen muss.«

»Alle Dinge werden enthüllt, wenn die Zeit gekommen ist.«

Charlotte nahm an, er wollte sie damit trösten, aber das gelang ihm nicht. Sie hatte glauben müssen, dass Johnny tot war, es war die einzige Möglichkeit gewesen, die Jahre zu überstehen. Doch jetzt war sie sich nicht mehr so sicher.

»Gibt es noch etwas, wie ich Ihnen helfen kann?«, fragte er. »Vielleicht können Sie mir mehr über die Schwierigkeiten erzählen, die Sie haben.«

Charlotte zögerte, sie war unsicher, ob es klug war, noch mehr preiszugeben. Sie hatte so lange nur auf sich selbst vertraut, dass es ihr nun schwerfiel, einem anderen zu vertrauen. »Nein, danke. Aber falls Sie Johnny sehen oder ihm eine Nachricht zukommen lassen können – falls er am Leben ist, heißt das –, ich weiß es ja immer noch nicht …« Sie versuchte, ihre Gedanken zu sammeln. »Sagen Sie ihm, wenn er noch etwas zu beschützen hat, soll er es tun. Bevor es zu spät ist. Oh, und sagen Sie ihm, dass ich die beiden Dinge getrennt hatte, nur für alle Fälle.«

»Welche beiden Dinge?«

»Er wird wissen, was ich meine.« Sie unterbrach sich. Marcus' letzte Frage, aber auch seine Bemerkung zuvor hatten sie nervös und stutzig gemacht. Hätte er so geredet, wenn Johnny wirklich tot wäre? »Können Sie mir nicht einfach sagen, ob er noch lebt?«

»Es tut mir leid.« Das Fenster zwischen ihnen schloss sich, und Charlotte stieß die Luft aus. Sie sprach ein stummes Gebet, nicht sicher, ob Gott sie erhören würde. In der Vergangenheit hatte sie nicht immer zu seinen Ehren gehandelt, aber vielleicht hatte er ihr vergeben, dass sie jung, dumm und verliebt gewesen war. Auch wenn nichts davon eine Entschuldigung war.

Sie legte die Hände zusammen und murmelte: »Lieber Gott, bitte hilf mir, jetzt das Richtige zu tun! Bitte hilf mir, alles in Ordnung zu bringen. Und behüte Kayla, Herr! Sie ist ein unschuldiges Mädchen. Beschütze sie. Mach, dass sie in Sicherheit ist! Das ist das Wichtigste.« Sie schlug ein Kreuz und erhob sich.

Als sie den Beichtstuhl verließ, bemerkte sie, dass die Tür zur mittleren Kabine, in der normalerweise während der Beichte der Priester saß, offen stand, obwohl noch eine Stunde lang Beichtzeit war.

War das nur Zufall? Oder hatte sie gerade wieder einen Fehler gemacht, indem sie eine Tür zur Vergangenheit aufgestoßen hatte, die besser hätte geschlossen bleiben sollen?

Kayla roch Rauch. Grillte da jemand? Aber es roch nicht nach Grill, eher nach Benzin. Sie blinzelte und fragte sich, warum sie sich nicht rühren konnte. Schlief sie? War das einer dieser Träume, in denen man nicht nach draußen gelangen, nicht schreien und sich nicht bewegen konnte? Sie versuchte, gegen das Gewicht anzukämpfen, das sie niederdrückte. Ihre Augen waren so schwer! Es gelang ihr einfach nicht, sie aufzuschlagen.

»Kayla.«

Sie hörte Nicks Stimme, aber er klang so weit entfernt, als wäre er in einem Tunnel oder unter Wasser. Wie konnte er unter Wasser sein? Sie waren ... ja, wo waren sie eigentlich? Warum konnte sie sich nicht erinnern? Sie waren in Reno. Nick hatte eins über den Schädel bekommen. Sie hatten sich die ganze Nacht lang unglaublich geliebt. Moment mal, das war gestern gewesen, oder? Warum war sie so durcheinander? Weshalb konnte sie nicht mehr klar denken?

»Kayla, wach auf! Um Himmels willen, wach auf! Wir müssen hier raus.«

Er klang so ungeduldig, so entschlossen. Aber so war Nick eben. Immer in Eile. Er war so stark, so zuversichtlich. Sie wusste, er konnte alles erreichen, was er sich einmal in den Kopf gesetzt hatte. Immer wenn sie dachte, sie könnte keinen Schritt mehr weiter, brachte Nick sie dazu, es doch noch einmal zu versuchen. Er hatte sie aus dem Loch gezogen, in das sie nach Evans Verschwinden gefallen war. Zusammen würden sie es Evan zeigen. Sie würden ihm einen Dämpfer versetzen. Und sie würde ihr Leben zurückbekommen.

»Kayla, verdammt! Wenn du mich hören kannst, mach die Augen auf! Oder drück meine Hand! Ich kann deinen Puls fühlen. Ich weiß, dass du atmest. Aber kaum.«

Sie hörte die Panik in seiner Stimme. Er klang verängstigt. Warum hatte er Angst?

Kayla fühlte, wie sich seine Hand um ihre schloss. Seine Wärme drang in ihren Körper, und erst jetzt merkte sie, wie kalt ihr war. Sie drückte seine Hand, wollte mehr von seiner Wärme, wollte ihm versichern, dass mit ihr alles in Ordnung war. Aber *war* alles in Ordnung?

Andere Bilder zuckten ihr durch den Kopf. Die Berge, die Straße, die Geschwindigkeit ... Alles raste zu schnell an ihr vorbei. Sie hatte Nick angefleht anzuhalten, und dann waren sie über die Kante gestürzt ...

Sie riss die Augen auf und starrte in Nicks Gesicht.

»Gott sei Dank«, murmelte er.

»Leben wir noch?«

Er versuchte zu lächeln, aber sie sah die Angst in seinem Blick. »Wir leben, doch wir müssen so schnell wie möglich aus dem Auto raus.« Er sprach ruhig, aber seine Stimme klang drängend. »Zuerst muss du mir sagen, ob dir etwas wehtut. Hast du irgendwo Schmerzen?«

Sie wackelte mit den Zehen. »Mein Knöchel tut weh.«

»Okay. Noch etwas? Was ist mit deinem Rücken, deinem Hals oder deinem Kopf?«

»Alles okay, glaube ich.« Erst jetzt bemerkte sie, dass der Airbag sie einquetschte, und auf ihm schien noch etwas anderes Schweres zu liegen. »Was drückt da auf meinen Oberkörper?«

»Wir sind in einen Baum gekracht. Er hat die Tür eingedrückt. Kannst du dich überhaupt bewegen? Versuch es nicht, wenn es wehtut.«

Sie versuchte, sich aufzurichten und aus dem Sitz zu hieven, aber nach nur wenigen Zentimetern sank sie zurück. »Ich stecke fest.«

»Ich gehe raus und versuche, die Tür aufzubekommen«, sagte er. »In Ordnung?« Er strich ihr über den Kopf. »Wir schaffen das schon.«

»Du hast Angst.«

»Nein, ich doch nicht. Ich habe nie Angst.«

Sie wusste, dass er log, aber sie spielte mit. »Na gut, Supermann, warum reißt du dann diese Tür nicht gleich ab?«

»Kein Problem.«

Als er auf der Fahrerseite ausstieg, wurde der Geruch nach Benzin im Innenraum des Autos stärker. Und unter der Motorhaube stieg Rauch auf. Kayla erkannte, woher Nicks Angst rührte. Falls das Auto Feuer fing, saß sie in der Falle. Ihr Puls begann zu rasen, als ihr ihre Lage endlich völlig bewusst wurde. Oh Gott, betete sie, bitte mach, dass ich hier rauskomme!

Nick fluchte, weil er an der Beifahrertür zerrte und nichts passierte. Er zog einen großen Ast von der Tür weg. Kayla spürte, wie der Druck, der auf ihrem Körper lastete, ein wenig nachließ. Sie wand sich noch einmal und kam ein bisschen weiter aus ihrem Sitz heraus.

»Das hat geholfen, Nick. Was du auch getan hast, tu es noch einmal«, rief sie.

»Ich stecke jetzt diesen Ast durchs Fenster«, sagte er. »Versuch, ihn als Hebel einzusetzen, ja?«

Sie nickte. Das Fenster war bereits zerbrochen, und sie stellte fest, dass ihr Pullover von Glassplittern übersät war. Vielleicht hatte sie sich Schnittwunden zugezogen. Allmählich fühlte sie Schmerzen im Gesicht. Aber egal! Sie musste aus dem Wagen; um ihre Verletzungen konnte sie sich später kümmern.

Nick stieß mit dem Ast zu. Die Tür ächzte. Der Wagen rutschte ein paar Zentimeter nach vorn. Sie begriff, dass sie sich auf dem Abhang befanden. Ein Baum hatte ihre Talfahrt gestoppt, aber wenn der Wagen noch ein wenig weiter nach links rutschte, würden sie weiter bergab stürzen. Kayla versuchte, nicht daran zu denken. Nick stöhnte vor Anstrengung, doch er hatte kein Glück. Der Rauch aus der Motorhaube wurde dunkler und dichter.

»Es hat keinen Zweck«, rief sie, als Nick eine Atempause machte. »Das Auto brennt, oder?«

»Nein.«

Sie sah die Lüge in seinen Augen. »Du musst gehen, Nick. Du musst von hier verschwinden.«

»Ich lasse dich nicht allein, Kayla.«

Sie wollte nicht, dass er ging, aber er sollte auch auf keinen Fall sterben! »Du musst gehen. Ich komme nicht raus.«

»Ich lasse dich nicht allein, und du kommst aus diesem Auto. Streite nicht mit mir.« Er beugte sich durch das zerbrochene Fenster und gab ihr einen raschen Kuss. »Wir schaffen das.«

Nick warf sich mit seinem ganzen Gewicht gegen den Ast, um damit die Tür aufzustemmen. Der Wagen geriet ins Rutschen. Der Ast knackte. Und der Rauch wurde schwärzer, dichter und heißer.

Endlich bewegte sich die Tür – nur wenige Zentimeter, aber es genügte. Kayla kämpfte mit dem Airbag und schob sich durch das Fenster – direkt in Nicks Arme. Er umarmte sie fest. Dann nahm er ihre Hand. »Verschwinden wir.«

»Warte, meine Tasche! Der Schlüssel ist da drin«, sagte sie.

Nick griff ins Auto und schnappte ihre Tasche, dann wandten sie sich bergauf. »Hoch«, befahl er. »Wir müssen Hilfe holen.«

Sie krabbelten den steilen Hang hinauf. Dabei glitten sie

immer wieder aus und rutschten ein Stück ab. Kayla entdeckte Blut auf ihren Händen. Sie wusste nicht, woher es kam, und sie hatte keine Zeit nachzusehen.

Es war ein hartes Stück Arbeit, aber bei einem raschen Blick zurück zum Auto bemerkte sie leuchtend gelbe und orangefarbene Flammen, die aus der Motorhaube schossen. Einen Augenblick später explodierte der Wagen. Die Wucht warf sie zu Boden. Plötzlich lag Nick auf ihr und presste sie gegen die Erde, während Steine und Zweige auf sie herabregneten. Als der feurige Ausbruch vorbei war, hasteten sie weiter bergauf, bis sie schließlich oben ankamen, an der zerbrochenen Leitplanke, die ihren Absturz nicht hatte verhindern können.

Nach Luft ringend, sank Kayla auf den Asphalt. Nick kniete neben ihr nieder. Sein Blick suchte ihren Körper ab, registrierte vermutlich jeden Schnitt und jeden blauen Fleck.

»Alles in Ordnung?«, fragte er.

»Das habe ich dir zu verdanken.« Ihre Augen füllten sich mit Tränen, ihre Unterlippe zitterte. »Ich glaube, ich muss jetzt weinen«, flüsterte sie.

Er legte die Arme um sie und drückte seine Lippen auf ihre Stirn. »Ich glaube, ich auch.«

»Du hast mir das Leben gerettet, Nick. Irgendjemand hat versucht, uns umzubringen!« Die Erkenntnis traf sie mit voller Wucht. Jemand hatte die Bremsen an ihrem Auto manipuliert. Jemand wollte ihren Tod. Evan. Er musste es sein. *O Gott.* Sie hatte nicht nur einen Betrüger geheiratet, sondern auch einen Mörder.

KAPITEL 16

Kayla und Nick verbrachten die Nacht in einem kleinen Hotel in Auburn, einer Stadt am Fuße der Sierras. Es lag in der Nähe des Krankenhauses, in das die Sanitäter sie nach dem Unfall gebracht hatten. Abgesehen von Kaylas leicht verstauchtem Knöchel und zahlreichen Schnittwunden und Prellungen, die sie beide davongetragen hatten, waren sie unbeschadet davongekommen. Nach einem heißen Bad im Whirlpool des Hotels, einem guten Essen und zehn Stunden Schlaf fühlte sich Kayla schon viel besser. Es tat ihr beinahe leid, als Nick erklärte, es sei Zeit zum Aufbruch. Aber er hatte recht. Sie hatten gefrühstückt und sich ein Auto gemietet, denn der Honda war ein Totalschaden. Es war Zeit, nach Hause zu fahren.

Während der Fahrt redeten sie nicht viel. Kayla wusste nicht, wie es Nick erging, doch sie hatte noch immer Schwierigkeiten zu begreifen, dass sie fast ums Leben gekommen wären, dass sie hatten sterben sollen. Die Sanitäter hatten einen Blick auf die Unfallstelle geworfen und verwundert den Kopf geschüttelt, dass sie überhaupt noch am Leben waren.

»Du bist so still«, bemerkte sie, als der Verkehr dichter wurde, je mehr sie sich San Francisco näherten.

»Ich muss über vieles nachdenken.«

»Zum Beispiel darüber, was wir als Nächstes tun?«

»Zum Beispiel darüber, wohin ich dich in Sicherheit bringen kann«, erwiderte er.

Sie drehte sich zu ihm, als sie den entschlossenen Tonfall

hörte. »Wir sind ein Team, Nick. Wo du hingehst, gehe ich auch hin. Weißt du das denn immer noch nicht?«

»Ich dachte nicht, dass ich dich aus diesem Auto herausholen könnte«, gestand er. Er sah sie an, und sie erkannte den Schmerz und die Angst in seinen Augen.

»Aber du hast es geschafft«, erinnerte sie ihn. »Du hast mich nicht allein gelassen, als du es eigentlich hättest tun müssen.« Sie staunte immer noch über den selbstlosen Mut, den er in der Not bewiesen hatte. Sie fragte sich, ob sie dasselbe getan hätte. Es war eine Sache festzustecken und eine andere zu bleiben, wenn man auch gehen konnte. »Du hast mich nicht im Stich gelassen, Nick, und ich werde dich nicht im Stich lassen.«

»Es ist zu gefährlich, Kayla. Ich hätte dich nie in die Sache hineinziehen dürfen.«

»Mich hineinziehen? Mit mir hat Evan schließlich angefangen, Nick. Ich hatte die Uhr.«

»Aber ich habe dich ermutigt, ihm nachzujagen.«

»Es ist zwecklos, jetzt darüber zu streiten. Wir stecken beide zu tief in dieser Sache drin, um aufzuhören. Außerdem bin ich ziemlich angesäuert, dass jemand gestern versucht hat, mich umzubringen, und ich werde mich bestimmt nicht ins Bett verkriechen und mir die Decke über den Kopf ziehen.« Sie sah Nick lächeln. »Habe ich etwas Lustiges gesagt?«

»Mir gefällt deine Einstellung. Du hast viel Mut, Kayla.«

»Ich glaube, du inspirierst mich.«

»Nein, es liegt ganz allein an dir.«

Kayla blinzelte und blickte aus dem Fenster, weil er nicht sehen sollte, wie tief seine Worte sie berührt hatten. Sie war nach ihrem Zusammenstoß mit dem Tod gefühlsselig und las wahrscheinlich mehr in seiner Bemerkung, als er beabsichtigt hatte. »Also, was tun wir als Nächstes?«

»Ich habe darüber nachgedacht. Wir müssen noch tiefer in die Vergangenheit eintauchen als bisher. Deine Großmutter hat uns wahrscheinlich das meiste von dem gesagt, was sie weiß.« Er machte eine Pause. »Du wirst ihr von unserem ›Unfall‹ erzählen müssen. Ich habe gemerkt, dass du die Sache gestern Abend am Telefon nicht erwähnt hast.«

»Ich wollte sie nicht beunruhigen, sondern sie nur warnen, dass sie Fenster und Türen geschlossen hält und sich vor Evan oder sonst wem in Acht nimmt. Sie hat versprochen, vorsichtig zu sein, aber ich konnte hören, dass sie sich auch Sorgen macht. Ich hoffe, es gibt nicht noch etwas, das sie mir verschwiegen hat.« Sie holte Luft. »Also was schlägst du vor, wie sollen wir weiter in der Vergangenheit graben?«

»Nun, wir wissen, dass Johnny und seine Freunde in North Beach aufwuchsen und in die katholische Schule von St. Basil gingen. Vielleicht sollten wir zu der Kirche gehen und schauen, ob sich jemand dort an sie erinnert. Wir müssen immer noch herausfinden, was mit Frankies Uhr passiert ist.«

»Stimmt«, antwortete sie. »Aber ich hoffe, dass wir den guten Menschen von St. Basil keinen Ärger einhandeln. ›Er‹ – wer immer es ist – scheint uns zu folgen, wohin wir auch gehen.«

»Hoffen wir einfach, dass derjenige, der gestern versucht hat, uns zu töten, glaubt, er hätte es geschafft.«

»Netter Gedanke.«

»Weißt du, wo St. Basil ist?«

»Natürlich. Ich kenne jede Kirche in der Stadt. Das ist mein Beruf. Nicht dass ich mich in letzter Zeit viel um ihn gekümmert hätte.«

»Ich kann dich immer noch zu Hause absetzen. Dann kannst du deine Arbeit nachholen.«

»Das hatten wir schon, Nick. Ich arbeite selbstständig, also habe ich keine festen Arbeitsstunden. Fahr einfach und gib es auf, mich loswerden zu wollen.«

St. Basil stand in einem ruhigen Wohnblock in North Beach. Die Kirche nahm den größten Teil des Blocks ein, sie lag an der Ecke, die Grundschule rechts daneben; dazwischen befand sich ein großer Spielplatz. Auf dem Hof spielten Kinder. Sie hatten wahrscheinlich Pause oder Mittagspause, dachte Kayla. Sie sahen so süß und unschuldig aus in ihren blau-weiß karierten Uniformen.

»Schwer zu glauben, dass unsere Verbrecherbande hier zur Schule gegangen ist«, sagte Nick mit einem Blick auf die Szenerie.

»Und sie waren noch dazu Messdiener«, erinnerte sie ihn.

»Anscheinend haben sie die Zehn Gebote aber nicht gelernt, vor allem nicht das eine: *Du sollst nicht stehlen*.«

»Manchmal hören wir nur, was wir hören wollen.«

Sie stiegen die Stufen zur Kirche empor. Kayla drückte die Klinke herunter. Die Tür war offen. Am gegenüberliegenden Ende des großen Altarraums probte eine Gruppe Kinder mit ihrer Lehrerin zu Klavierbegleitung ein Lied. Eine weitere Frau arrangierte Blumen am Altar. Es war eine schöne, friedliche Kirche, und Kayla empfand ein Gefühl der Gelassenheit, als sie eintraten. Sonnenlicht fiel durch die herrlichen Buntglasfenster.

»Die gehören zu meinen Lieblingsfenstern«, murmelte Kayla. Es war wahrscheinlich nicht nötig, dass sie leise sprach. Niemand achtete auf sie. Die Kinder sangen, die Frau am Klavier spielte, und die Lehrerin gab zwischen den Takten Anweisungen.

»Hübsch«, meinte Nick, der die Fenster betrachtete.

»Hübsch?«, wiederholte Kayla. »Sie sind mehr als hübsch, sie sind großartig. Schau nur, wie das Licht durch das Glas fällt und dabei die Farben verändert!«

Er lächelte auf sie herab. »Da zeigt sich deine Leidenschaft.«

»Ich möchte, dass du schätzt, was du da siehst. Diese Fenster kamen aus Österreich, wahrscheinlich im frühen achtzehnten Jahrhundert.«

»Woher weißt du das?«

»Ich war schon mal hier. Ich habe jedes Fenster in jeder Kirche der Stadt studiert. Sie alle erzählen eine Geschichte.« Kayla deutete auf das ihnen am nächsten liegende Fenster. »Das ist das Fenster der Geburt Christi. Siehst du die Reihe von Anemonen, die über dem unteren Teil blühen? Nach deutschem Volksglauben spross überall, wo Jesus Christus auf seinem Weg zum Kalvarienberg einen Tropfen Blut verlor, eine Anemone.«

»Solche Details wären mir nie aufgefallen«, gab Nick zu.

»Im nächsten Fenster, Mariä Verkündigung, blühen dornenlose Rosen zu Füßen Gabriels, dessen Flügel so schillern wie die Federn eines Pfaus, eines weiteren Symbols Christi. Und manche Leute finden, dass Rosen ohne Dornen eine hübsche Art sind, die Unbefleckte Empfängnis zu versinnbildlichen.«

»Interessant.«

»Das Beste an Buntglas ist, dass unterschiedliches Licht das Bild verändert, sodass ein und dasselbe Fenster in der Morgensonne anders wirkt als in der Dämmerung.« Sie hielt abrupt inne, als sie die Belustigung in seinen Augen sah. »Ich langweile dich.«

»Du verblüffst mich nur«, berichtigte er.

»In jedem Fenster gibt es so viel zu sehen, so viele Einzelheiten.«

Er nickte, Erkenntnis funkelte in seinen Augen. »Und genau das müssen wir tun, Kayla: die kleinen Einzelheiten betrachten und nicht so sehr das große Bild.«

»Wie machen wir das?«

»Ich weiß noch nicht. Wie kam es, dass vier Messdiener zu Verbrechern wurden?«

»Man hat es sie sicherlich anders gelehrt.«

»Ich finde, wir sollten versuchen, einen Priester oder so eine Pfarrsekretärin aufzutreiben, die seit hundert Jahren hier ist.«

»So viel Glück haben wir bestimmt«, meinte sie trocken.

»Man kann nie wissen.«

»Lass uns nach nebenan ins Pfarrhaus gehen. Das ist bestimmt der beste Ort, um deine Sekretärin zu finden.«

Leider konnte die Frau, die ihnen öffnete, kaum älter als vierzig sein. Sie hatte ein rundes, fröhliches Gesicht und begrüßte sie mit einem Lächeln. »Kann ich Ihnen helfen?«, fragte sie.

»Wir würden gern mit einem Priester sprechen«, erklärte Kayla. »Möglichst mit jemandem, der schon lange hier ist. Ich habe gerade herausgefunden, dass mein Großvater hier Messdiener war«, setzte sie hinzu. »Er ist jetzt tot, doch ich versuche, etwas über ihn in Erfahrung zu bringen.«

Die Frau nickte. »Monsignore Serrano ist seit fast fünfunddreißig Jahren hier. Ich sehe mal nach, ob er Zeit hat.«

»Das wäre sehr freundlich«, sagte Kayla.

Die Frau führte sie in ein kleines Wartezimmer.

»Das war komisch, Johnny als meinen Großvater zu bezeichnen«, bekannte sie. »Ich glaube, ich habe ihn gerade zum ersten Mal laut so genannt. Es klingt so unloyal. Ich hatte noch keine Zeit zu entscheiden, was ich dabei empfinde. Ich meine, ich habe meinen echten Großvater geliebt. Und Johnny war bestimmt kein Glückstreffer als Mann. Aber wir sind blutsverwandt. Das kann ich nicht ignorieren.«

»Kayla, sie sind beide tot. Du musst dich nicht zwischen ihnen entscheiden.«

»Du hast recht. Es spielt keine Rolle, oder?«

In diesem Moment kam die Frau wieder herein. »Der Monsignore kann Sie jetzt empfangen. Er ist in seinem Büro, den Flur entlang, die zweite Tür rechts.«

»Vielen Dank«, murmelte Kayla.

»Kann ich Ihnen Kaffee oder Tee bringen?«

»Für mich nicht.«

»Nein, danke«, lehnte Nick ab.

Sie gingen über den Flur, und Nick öffnete die Tür, nachdem er angeklopft hatte.

Ein Mann, etwa Mitte sechzig, thronte hinter einem großen Mahagoni-Schreibtisch. Er trug die traditionelle schwarze Hose und ein Hemd mit Priesterkragen. Auf der Spitze seiner spitz zulaufenden Nase saß eine Zweistärkenbrille. Seine Augen waren dunkelbraun, sein Haar völlig ergraut. Sein Gesicht wies Altersflecken auf. Als Kayla und Nick sich vorstellten, streckte er jedem von ihnen die Hand entgegen und bat sie, vor dem Schreibtisch Platz zu nehmen.

»Wie kann ich Ihnen helfen?«, fragte er. »Rosemary sagt, Sie seien hier, um sich nach jemandem zu erkundigen, der vor sehr langer Zeit zu meiner Gemeinde gehörte.«

»Ja, vor sehr langer Zeit« antwortete Kayla lächelnd. »Soviel ich weiß, ging mein Großvater hier zur Schule und war auch Messdiener. Er hieß Johnny Blandino. Ich würde gern wissen, ob Sie sich an ihn erinnern können.«

Er sah sie scharf an. »Ich wusste nicht, dass Johnny Blandino Kinder hatte.«

Sie rutschte auf ihrem Stuhl hin und her und fühlte sich unter seinem scharfen Blick unbehaglich. »Es ist eine lange Geschichte, doch ich habe kürzlich erfahren, dass ich seine Enkelin bin. Er hat meine Großmutter nie geheiratet. Er kam ins Gefängnis, als sie schwanger war.«

»Ich verstehe.«

»Also kannten sie ihn? Können Sie mir etwas über ihn erzählen? Wie es kam, dass ein ehemaliger Messdiener zum Verbrecher wurde?«

»Er hatte ein schweres Leben«, sagte Vater Serrano bedrückt. »Sein Vater nahm sich das Leben, als Johnny acht war. Johnny hat ihn gefunden.«

Das war dieselbe Geschichte, die ihre Großmutter ihr erzählt hatte.

»Johnnys Mutter begann danach zu trinken«, fuhr er fort. »Sie bekam ihr Leben lange Zeit nicht in den Griff. Ihre Kinder verwahrlosten. Jahrelang kämpfte sie darum, mit allem fertig zu werden. Endlich lernte sie einen Mann kennen, heiratete ihn und bekam noch zwei Kinder. Sie war diesen beiden Jungen eine gute Mutter, aber die älteren Mädchen und Johnny hatten nichts mehr davon. Sie waren damals schon aus dem Haus.«

Kayla staunte, dass sie so viel erfuhren. Sie drängte weiter. »Was ist mit Nate und Frankie? Und dem anderen, Dominic? Was war mit ihren Familien?«

»Nate kam aus einer großen Familie. Ich glaube, er fühlte sich oft in deren Menge verloren, als namenloses Gesicht am Tisch. Er sagte immer, sein Vater könne sich nicht mal seinen Namen merken. Ich weiß nicht viel über Frankie. Dominic war ein guter Mann. Er war stabiler als die anderen, heiratete früh und bekam Kinder. Folgte ihnen nicht auf dem falschen Weg, wie die anderen es wollten.«

»Wir haben gehört, dass Dominic von einem Boot verschwand oder so ähnlich?«

»Das war sehr betrüblich.« Vater Serrano spielte mit seinem Füller und drehte ihn zwischen den Fingern.

Seinen Worten folgte Schweigen. Kayla hoffte, er würde noch mehr sagen, aber er schwieg weiter. »Meine Großmutter meinte, Johnny sei sehr religiös gewesen«, fuhr sie fort. »Sie sagte, dass er jeden Sonntag die Messe besuchte und dass sie diesen widersprüchlichen Teil seiner Persönlichkeit sehr attraktiv fand. Ich nehme an, er ging hier zur Kirche.«

Vater Serrano nickte. »Ja. Johnny vergaß nie seinen Glauben, und ich vermute, dass er oft herkam, um Vergebung für seine Sünden zu erbitten. Ist das alles?«

»Noch nicht ganz«, antwortete Kayla rasch. »Ich versuche, andere Menschen zu finden, die Johnny kannten, die mir mehr über sein Leben erzählen können. Ich habe mit Angehörigen von Nates und von Dominics Familie gesprochen, aber niemand scheint etwas über Frankie zu wissen. Ist Ihnen bekannt, ob von ihm noch Verwandte leben?«

Vater Serrano legte seinen Füller auf den Schreibtisch. »Frankies Eltern sind vor Jahren gestorben. Er war Einzelkind. Aber er wohnte gleich hier um die Ecke. Er verbrachte viel Zeit mit einem Mädchen aus der Nachbarschaft, Helen Perrini. Sie lebt immer noch hier in der Gegend. Sie ist verheiratet und heißt jetzt Matthews. Sie haben Enkelkinder, die in unsere Schule gehen. Ich glaube nicht, dass es angebracht wäre, Ihnen ihre Nummer zu geben, aber ich kann sie bitten, Sie anzurufen, wenn sie bereit ist, mit Ihnen über Frankie zu sprechen.«

»Das wäre sehr schön«, sagte Kayla. Sie zog eine Visitenkarte aus der Tasche. »Hier sind meine Telefonnummern. Sie kann mich unter beiden anrufen, und wenn Sie ihr erklären könnten, dass es wirklich wichtig ist, wäre ich Ihnen sehr verbunden.«

»Das werde ich«, versicherte er und erhob sich langsam.

»Eins macht mich noch neugierig, Vater«, sagte Nick, der sich zum ersten Mal einschaltete. »Es ist mehr als fünfzig Jahre her, dass Johnny hier zur Schule ging, und ich glaube nicht, dass Sie damals schon Priester in dieser Pfarrei waren. Trotzdem scheinen Sie sich an ihn und die anderen Jungen sehr gut zu erinnern. Wie kommt das?«

Der ältere Mann lächelte. »Ich erinnere mich nicht an Johnny, weil er Gemeindemitglied war. Ich erinnere mich an ihn, weil er mein Bruder war.«

Kayla keuchte ungläubig auf. »Was?«

»Mein Halbbruder. Johnnys Mutter heiratete meinen Vater. Ich war eins der beiden Kinder, die sie mit ihrer zweiten Familie hatte. Johnny war ein gutes Stück älter als ich, fast siebzehn Jahre. Aber er hat mich oft mitgenommen, mir etwas zu essen gekauft und mit mir und seinen Freunden etwas unternommen.«

»Ich fasse es nicht«, murmelte Kayla. »Das bedeutet wohl, dass Sie und ich miteinander verwandt sind. Ich bin mit Johnnys ganzer Familie verwandt. Daran habe ich noch gar nicht gedacht.«

»Ihre Großmutter«, sagte er. »Heißt sie Charlotte?«

»Ist das nur gut geraten?«, wollte Kayla wissen, die schon vermutete, dass es sich anders verhielt.

»Ich habe sie ein paar Mal getroffen. Ich konnte sehen, dass Johnny vernarrt in sie war. Ich frage mich, ob er wusste, dass sie ein Kind bekam.«

»Meine Großmutter sagte, er wusste von ihrer Schwangerschaft, ja.«

Der Priester nickte langsam. »Ich verstehe.«

»Können Sie mir noch etwas sagen, Vater?«

Er zögerte. »Seien Sie vorsichtig.«

Ihre Nerven begannen zu vibrieren. »Das ist ein seltsamer Rat. Können Sie mir erklären, warum?«

»Ich fürchte, nein. Ich habe noch einen Termin. Es war sehr nett, Sie kennenzulernen. Bitte kommen Sie ein andermal wieder. Dann können wir weiterplaudern.«

»Vielen Dank, ich komme gern.«

Kayla folgte Nick aus dem Pfarrhaus. Auf den Eingangsstufen blieben sie stehen, um sich zu sammeln. »Was hältst du von dieser Bombe?«, fragte sie. »Johnnys Halbbruder ist Priester hier an derselben Kirche?«

Nick zuckte die Schultern. »Ich verstehe, warum es für dich interessant ist, dass Johnny einen Halbbruder hatte, doch ich weiß nicht, wie das zu allem anderen passt. Er hat noch andere Geschwister.«

»Ich habe nur nicht damit gerechnet, hier auf seinen Bruder zu treffen.«

»Wir müssen uns wirklich unbedingt auf Frankie konzentrieren. Einer seiner Freunde oder Verwandten hat die letzte Uhr.«

»Vielleicht weiß diese Frau, die Vater Serrano kennt, etwas, das uns weiterhilft. Aber wir sollten lieber J. T. ihren Namen geben, damit er dafür sorgen kann, dass ihr in der Zwischenzeit nichts zustößt.«

»Gute Idee.«

Als sie zum Auto gingen, stellte Kayla die Frage, die ihr am meisten zu schaffen machte. »Warum, glaubst du, hat Vater Serrano mir geraten, vorsichtig zu sein?«

Nick sah ihr in die Augen. »Ein Grund fällt einem sofort ein. Wenn ich aus dem Gefängnis entkommen wäre und jemanden brauchte, der meine Geheimnisse bewahrt, kann ich mir keinen Besseren vorstellen als einen Halbbruder, der Priester ist, oder?«

Ein Schauer lief ihr über den Rücken. »Vielleicht lebt mein Großvater noch. Vielleicht ist er auf der Jagd nach den Münzen. Aber er müsste doch wissen, wo sie sind? Hätte er sie nicht schon längst holen können?«

»Ich habe darüber nachgedacht, dass sie alle Uhren hatten und dass Evan sie anscheinend sammelt. Diese Tatsache legt den Schluss nahe, dass die Uhren zusammen sein müssen, damit irgendetwas geschieht. Wir kennen zwei der Inschriften: *Des Himmels Erwarten* und *Bis Zum Tage*.«

»Inschriften, die uns noch gar nichts sagen. Wir brauchen die beiden anderen. Oder vielleicht brauchen wir den Schlüssel aus jeder Uhr. Warum haben sie es wohl so kompliziert gemacht? Alle sagen, sie waren die besten Freunde, Blutsbrüder, eine Familie.«

»Sie waren aber auch geldgierige Diebe, die einander vielleicht nicht mehr über den Weg trauten, wenn es um ihre Beute ging.«

»Irgendwann, nachdem sie die Prägeanstalt verlassen und ehe sie verhaftet wurden, müssen sie die Münzen versteckt haben.« Sie dachte einen Augenblick nach. »Vielleicht sollten wir da mal nachforschen, bei dem alten Raubüberfall. Irgendwo muss es doch Akten geben.«

»Guter Vorschlag. Wir sollten uns das vornehmen.« Nick unterbrach sich, als sein Handy klingelte. »Hallo, Jen? Was ist los? Ich kann dich nicht verstehen.« Er wartete. »Wie lange ist das her? Verdammt. Du hättest mich sofort anrufen sollen.«

Kayla fühlte, wie sich bei dem Zorn in Nicks Stimme ein Kloß in ihrem Magen bildete. Irgendetwas war passiert. Etwas Schlimmes.

»Mist! Himmel, ja, ich bin unterwegs!« Er beendete das Gespräch, das Gesicht weiß vor Wut.

»Was ist los?«

»Evan war heute bei Jenny im Salon. Und jetzt ruft sie mich an. Ich kann es nicht fassen, dass sie nicht sofort angerufen hat.« Er schlug mit der Faust gegen das Auto.

»Nick, du musst dich beruhigen. Du kennst noch nicht die ganze Geschichte.«

»Evan hat nach wie vor Macht über meine Schwester. Das ist die Geschichte. Und ich verstehe es nicht. Nach allem, was sie durchgemacht hat – wie kann sie da immer noch eine Schwäche für den Kerl haben?«

»Weil Evan Jenny wahrscheinlich immer noch schöne Augen macht. Er kann jedenfalls sehr charmant sein, wenn er will.«

»Ich werde ihn ihr austreiben, und wenn ich ihn aus ihr herausschütteln muss«, erklärte Nick.

»Wenn sie nach zwölf Jahren immer noch verrückt nach ihm ist, brauchst du wohl einen besseren Plan.«

KAPITEL 17

Jenny stand an der Kasse, als sie fünfzehn Minuten später in den Salon stürmten. Sie war schlank, etwa einen Meter sechzig groß, hatte wie ihr Bruder dunkles, welliges braunes Haar und haselnussbraune Augen. Ihr blasses Gesicht wurde noch weißer, als sie Nick sah. Sie bediente die Kundin fertig und hob warnend die Hand, dann warf sie einer der anderen Mitarbeiterinnen einen raschen Blick zu. »Ich bin in ein paar Minuten zurück. Familienangelegenheiten.« Sie fasste Nick am Arm und sagte: »Auf der anderen Straßenseite, nicht hier drinnen.«

Sie führte sie in einen kleinen Park. »Was ist mit dir passiert? Du siehst ganz zerschlagen aus.«

»Erzähle ich dir später. Erst redest du.«

»Okay. Ich ...« Sie brach abrupt ab, ihr Blick wanderte zu Kayla. »Entschuldigung. Wer sind Sie?«

»Kayla Sheridan. Ich kann Sie beide allein lassen, wenn Sie möchten.«

»Du gehst nirgendwohin«, widersprach Nick scharf. »Ich möchte mir nicht auch noch Sorgen darum machen, wo du steckst«, setzte er etwas sanfter hinzu.

»Sind Sie diejenige, die Evan geheiratet hat?«, fragte Jenny.

»Ja, das bin ich.«

»Ihr zwei könnt euch später verbünden«, unterbrach Nick. »Erzähl mir, was Evan gesagt hat, Jenny. Was machte er hier? Hast du mich angelogen, als du behauptet hast, du wüsstest von nichts?«

»Gibst du mir mal Gelegenheit zum Antworten?«, entgegnete Jenny.

»Ich halte dich nicht auf«, erwiderte er.

»Ich habe Evan vor ein paar Monaten gesehen. Es war eine zufällige Begegnung, dachte ich. Wir liefen im Einkaufszentrum ineinander. Wir haben uns kurz unterhalten. Was ich so mache, was er so macht.«

»Was machte er denn? Als könnte man ein Wort von dem glauben, was er sagt«, warf Nick ein.

»Bitte, Nick, wenn du willst, dass ich rede, hör zu.«

»Schön, mach weiter.«

»Ich gebe zu, dass ich ziemlich durcheinander war, nachdem ich ihn gesehen hatte. Und dann rief er mich an meinem Geburtstag auf meinem Handy an. Ich war fassungslos, dass er die Nummer hatte. Ich sagte ihm, er solle mich in Ruhe lassen, wir könnten keine Freunde sein. Ich dachte, das wäre es gewesen, bis ich die Geschenke erhielt. Ich wusste, dass sie von Evan waren, obwohl er die Karten nicht unterschrieben hatte. Aber er ließ sich nicht bei mir blicken, also dachte ich mir nichts dabei. Doch nachdem du neulich in den Salon gekommen warst, rief Evan wieder an. Und später erschien er in meiner Wohnung.«

»Ist das dein Ernst?«, entfuhr es Nick schockiert. »Und dir ist nicht der Gedanke gekommen, zum Telefon zu greifen und es mir zu erzählen? Du wusstest schließlich, dass er mich beraubt hatte!«

»Ja, ich hätte es dir sagen sollen«, erwiderte Jenny. »Ich hatte das Telefon schon ein halbes Dutzend Mal in der Hand, aber Evan drohte mir, dir etwas zu erzählen, von dem ich nicht wollte, dass du es erfährst. Also hielt ich den Mund. Ich bin nicht stolz auf mich, doch ich kann es auch nicht mehr ändern.«

Nick sah Jenny prüfend an. »Er hat dich erpresst? Du weißt, du kannst mir alles erzählen. Er könnte nichts über dich sagen, was meine Gefühle für dich ändern würde.«

Jenny sah zu Boden und trat von einem Bein auf das andere.

Nick warf Kayla einen flehenden Blick zu, doch sie wusste nicht, wie sie ihm helfen sollte. Das ging nur die beiden etwas an. Sie hatte eher das Gefühl, sie sollte überhaupt nicht zuhören, aber sie wusste, dass Nick sie in seiner Nähe haben wollte, vielleicht sogar brauchte, also blieb sie. Und Jenny musste damit fertig werden.

»Erzähl es mir einfach, Jen«, befahl Nick. »So schlimm kann es doch nicht sein.«

Jenny sah zu Kayla, dann wieder zu ihrem Bruder. »Es gibt etwas, das du über meine Beziehung zu Evan nie wusstest. Ich war schwanger in der Nacht, als ich niedergestochen wurde. Gott sei Dank traf das Messer nicht die Gebärmutter, also wurde das Baby nicht verletzt, und es sah so aus, als würde es überleben, obwohl ich viel Blut verloren und einen Schock erlitten hatte.«

Nick schüttelte verwirrt und erstaunt den Kopf. »Du hattest kein Kind. Ich hätte gewusst, wenn du ein Baby bekommen hättest.«

»Ich ging zurück nach Monterey, nachdem ich aus dem Krankenhaus entlassen worden war, weißt du nicht mehr? Und ich bat dich, nicht nach Hause zu kommen. Ich sagte, ich wollte dich nicht sehen. Tatsächlich wollte ich nicht, dass du von meiner Schwangerschaft erfuhrst.«

»Was ist mit Mom und Dee? Sie müssen es doch gewusst haben. Die Nachbarn? Unsere Freunde? Wie konntest du es all die Jahre vor mir geheim halten?«

»Es war lange Zeit nicht zu sehen, Nick. Ich war dünn

und trug weite Klamotten. Ich habe es niemandem gesagt. Mom und Dee fanden es heraus, aber ich bat sie, es dir nicht zu erzählen. Ich dachte, du würdest verlangen, dass ich das Baby zur Adoption freigebe oder es abtreiben lasse, weil Evan der Vater war und du ihn hasstest.«

»Aber dich liebte ich«, sagte Nick.

»Dein Hass auf Evan war größer als deine Liebe zu mir. Du dachtest, er hätte dich verraten, hätte deine Freundschaft ausgenutzt. Ich weiß, du willst nicht zugeben, dass er einmal ein guter Freund von dir war, aber das war er. Und du mochtest ihn. Bis du begriffen hast …«

»Dass er mich und dich benutzt«, beendete Nick den Satz.

»Vielleicht. Doch manchmal glaube ich, es ging mehr um deine persönliche Enttäuschung als um mich«, sagte Jenny.

»Das ist nicht wahr.«

»Jedenfalls war es am Ende auch egal. Ich verlor das Baby im siebten Monat. Es bewegte sich nicht mehr. Sie haben einen Notkaiserschnitt gemacht, und das Baby war …« Jenny schloss die Augen und biss sich auf die Lippen, dann fuhr sie fort: »Das kleine Mädchen war tot. Es hatte die Nabelschnur um den Hals gewickelt.«

»Mein Gott, Jen.« Nick streckte eine Hand nach ihr aus, aber sie trat zurück und verschränkte abwehrend die Arme vor der Brust.

Kayla sah den Kummer in Nicks Gesicht und hätte ihn gern in die Arme genommen, doch sie konnte sich nicht rühren. Die beiden mussten das unter sich ausmachen.

»Es tut mir leid«, sagte Nick. »Es tut mir leid, dass du all das durchmachen musstest. Was ich auch getan habe, Jen, ich wollte dich nur beschützen.«

»Es war nicht deine Aufgabe, mich zu beschützen, Nick. Ich war erwachsen, nur zwei Jahre jünger als du. Ich hatte das Recht, meine eigenen Fehler zu machen und die Menschen zu lieben, die ich lieben wollte. Ich habe dieses Recht immer noch.«

»Willst du damit sagen, dass du Evan nach wie vor liebst?«

»Nein.« Jenny schüttelte unverzüglich den Kopf. »Das meinte ich nicht.«

»Vielleicht doch. Vielleicht hast du dich versprochen.«

»Ich bin fertig mit Evan, aber ich gebe zu, dass ein starkes Band zwischen uns war, etwas, das ich nicht leugnen kann. Das heißt nicht, dass ich zu ihm zurückkehren oder versuchen will, unsere Beziehung wieder aufleben zu lassen. Das will ich nicht. Ich bin heute älter und klüger. Ich weiß, dass Evan ein Dieb ist und die meiste Zeit auf der falschen Seite des Gesetzes steht. Also sieh mich nicht an, als wäre ich ein Idiot.«

Nick vergrub die Hände in den Taschen und wippte auf den Zehen, während er nachdachte. »Wusste Evan von dem Baby?«

»Ja«, antwortete Jenny. »Als er im Gefängnis war, schrieb ich ihm, dass sie gestorben war.« Ihre Augen verschleierten sich, und sie fuhr sich mit dem Handrücken darüber. »Manchmal, wenn ich auf den Friedhof gehe, liegen Blumen dort, und ich denke mir dann, dass Evan bei unserer Kleinen gewesen sein muss. Weil niemand von dem Kind weiß, außer Mom und Dee natürlich.«

»All die Jahre habt ihr drei es vor mir geheim gehalten. An Weihnachten, am Erntedankfest, nie hat jemand ein Wort gesagt. Gott, was habt ihr mir sonst noch verschwiegen?«

Kayla brach fast das Herz, als sie den Kummer in Nicks Stimme hörte, und sie konnte sehen, dass auch Jenny litt. Sie wünschte, sie könnte die beiden einander in die Arme schieben, damit sie zurückbekamen, was sie verloren hatten.

Aber Nick war weiter zurückgewichen, und Jenny stand allein da, unbewegt, fast wie eine Statue.

Eine Weile fiel kein einziges Wort. Kayla konnte das Schweigen nicht ertragen. Es führte nirgendwohin.

»Jenny«, sagte sie.

Jenny warf ihr einen erstaunten Blick zu, fast als hätte sie Kayla ganz vergessen. »Was?«

»Warum haben Sie Nick heute angerufen? Ist etwas passiert?«

»Ja«, gab Jenny zu. »Evan kam heute vorbei. Er hat mir Angst gemacht. Er hatte einen Glanz in den Augen, als wäre er leicht neben der Spur. Die ganze Zeit hat er davon geredet, dass er mich mit etwas beeindrucken will. Und dann fing er damit an, dass wir wieder zusammenkommen und eine Familie gründen würden, die Familie, die wir hätten haben sollen. ›Wir werden nie mehr ein Paar‹, antwortete ich ihm, aber er lachte nur. Ich würde schon sehen, sagte er.« Jenny setzte sich auf eine Bank. Sie stieß einen Seufzer der Erleichterung aus, weil endlich alles heraus war. »Es tut mir leid, Nick, dass ich dich in so vieler Hinsicht enttäuscht habe. Ich wünschte, ich könnte es zurücknehmen, aber ich kann es nicht.«

Nick starrte sie mit kalter Miene an und verbarg jedes Gefühl. Kayla hatte ihn noch nie so traurig gesehen. Ja, es war mehr Traurigkeit als Zorn, er war verletzt, weil seine Familie ihm etwas so Wichtiges vorenthalten hatte. Kayla wusste, wie er sich fühlte. Sie hatte die meiste Zeit ihres Lebens genau dieses Gefühl gehabt. Es gab keine Worte, um es leichter zu machen.

»Hat Evan dir heute sonst noch etwas gesagt?«, fragte Nick einen Augenblick später. Der persönliche Aspekt des Gesprächs war für ihn offenbar beendet. »Hat er seine Pläne mit dir besprochen – seine Pläne für Kayla und mich, vielleicht die Tatsache, dass er die Bremsen an Kaylas Wagen manipuliert hat und uns so gestern beinahe umgebracht hätte?«

Jenny blieb der Mund offen stehen. »Was?«

»Du hast es gehört. Auf dem Rückweg von Reno kamen wir in den Bergen von der Straße ab. Evan war übrigens auch in Reno.«

»Er hat gar nichts über dich oder Kayla erzählt«, erwiderte Jenny. »Er sagte nur, dass du zu wissen glaubst, was er vorhat, aber dass du gar nichts weißt. Bestimmt wollte er, dass ich dir das sage. Er hat seine Worte mit Bedacht gewählt.«

Kayla fragte gespannt: »Was hat er gemeint?«

»Ich weiß es nicht«, antwortete Jenny. »Er lächelte, als wäre es eine Art Insiderscherz. Und dann meinte er, wir würden uns wiedersehen.«

»Was zum Teufel hat er vor?«, murmelte Nick.

Kayla setzte sich neben Jenny. »Sie kennen ihn doch besser als wir, oder? Warum, glauben Sie, tut er das alles? Haben Sie eine Idee?« Sie hob die Hand, als Nick sie unterbrechen wollte. »Ich kenne deine Ansicht. Ich möchte hören, was deine Schwester denkt.«

Jenny lächelte sie traurig an. »Evan möchte dazugehören. Er möchte eine Familie haben, Teil von etwas sein. Er wurde als Kind misshandelt und musste auf der Straße leben. Er wuchs nicht mit den moralischen Wertvorstellungen auf wie wir. Wissen Sie, warum er sich in Berkeley eingeschwindelt hat? Weil er wissen wollte, wie es ist, ein sorgloser Collegestudent zu sein. Er wollte diese Erfahrung machen. Er hat mir das einmal erzählt, und ich habe ihm geglaubt, weil ich sehen konnte, dass er die Wahrheit sprach. Evan musste lügen, um zu überleben. Ich will damit nicht entschuldigen, was er tut, aber Sie haben mich nach meiner Sicht der Dinge gefragt«, setzte sie hinzu. »Ich glaube, Evan versucht, irgendwo hineinzupassen, indem er das Leben eines anderen übernimmt. Ich vermute, dass er deshalb so lange in deiner Wohnung lebte, Nick. Er wollte dich nicht einfach berauben. Er wollte du sein.«

»Das ist doch krank.«

»Ich glaube, er *ist* krank«, gab Jenny zu.

»Das glaube ich auch«, murmelte Kayla.

»Was ihn gefährlich macht«, meinte Nick. »Sind wir uns in dem Punkt alle einig?«

Jenny nickte. »Ja. Und ich verspreche: keine Geheimnisse mehr. Du wirst erfahren, was ich weiß, sobald ich es weiß. Aber jetzt muss ich wirklich wieder an die Arbeit. Ich habe Kunden.« Sie stand auf und warf Nick einen zögernden, prüfenden Blick zu, als wäre sie nicht sicher, ob sie ihn umarmen sollte. Schließlich ging sie einfach.

Kayla stand auf. »Alles in Ordnung?«

»Bei mir? Mir geht es glänzend.«

»Nicht so sarkastisch.«

»Meine Schwester hat mich belogen«, entgegnete Nick zornig. »Meine Mutter und meine andere Schwester haben sie gedeckt. Sie alle haben ein Geheimnis vor mir gehabt. Ich begreife das nicht.«

»Sie hätten es dir erzählt, wenn das Baby zur Welt gekommen wäre.«

»Wirklich?«

»Letztlich hättest du das Baby gesehen. Ich weiß, ich kann nichts sagen, um all das wiedergutzumachen, also werde ich auch nicht versuchen, dir deinen Zorn auszureden. Aber du musst dein Ziel im Auge behalten. Wenn Jenny, Evans beste Freundin aller Zeiten, ihn für verrückt hält, dann ist er es auch. Und wir müssen herausfinden, wie sein nächster Schritt aussieht, ehe er ihn macht. Lass uns nach Hause fahren. Wir können J. T. informieren und einen Angriffsplan schmieden.« Als Nick sich nicht rührte, nahm sie seine Hand. »Es wird schon wieder.«

Er sah sie an. »Das kannst du nicht versprechen, Kayla.«

»Das stimmt, doch ich kann dir etwas anderes versprechen: Ich werde dich nie anlügen, ich werde niemals Geheimnisse vor dir haben. Und was es auch kostet, ich bin bis zum Schluss mit dir dabei. Okay?«

»Es wird dir vielleicht noch leidtun …«

»Nein«, sagte sie. »Es wird mir nicht leidtun. Und jetzt gib mir den Schlüssel. Ich fahre. Du musst erst mal wieder zu Atem kommen.«

Nick wusste nicht, wie er zu Atem kommen sollte, wenn sein Herz raste und in seinen Schläfen tausend frustrierte Hammerschläge dröhnten. Er konnte nicht glauben, dass seine eigene Schwester ihn belogen hatte. Er hatte getan, was er konnte, damit Jenny glücklich war und alles hatte, was sie brauchte. Er hingegen hatte sie nie um etwas gebeten, außer sich von Evan fernzuhalten, und nicht einmal diese eine Sache schaffte sie, nicht einmal jetzt, mit dem Wissen, dass Evan ihm sein Leben gestohlen hatte. Jenny hatte Evan ihm wieder und wieder vorgezogen.

Diese Erkenntnis verbrannte ihm den Magen, der nun mit Schmerz reagierte. Es erinnerte ihn daran, wie er sich gefühlt hatte, als sein Vater die Familie verlassen und jemand anderen ihm, seiner Mutter und seinen Schwestern vorgezogen hatte. Wo zum Kuckuck blieb die Loyalität? Sollten Blutsbande nicht irgendetwas bedeuten? Sollte eine Familie nicht zusammenhalten? Für seine Familie galt das offenbar nicht.

Er stieß die Luft aus und kurbelte das Fenster herunter, sodass frische Luft durch den Wagen strömte. Kayla stellte das Radio an und suchte nach Musik. Nick war dankbar, dass sie nicht reden wollte, denn er brauchte Zeit zum Nachdenken,

Ein paar Minuten später bog Kayla unerwartet ab.

»Wo fährst du hin?«, fragte er.

»Ich habe Hunger«, antwortete sie. »Wie wäre es mit einem späten Mittagessen? Ich kenne ein Lokal am Pier 23, wo man einen tollen Muscheleintopf bekommt. Was meinst du? Kleine Pause?«

»Wir haben viel zu tun.« Sein Protest war nur halbherzig. Das Gespräch mit Jenny hatte ihn verstört. Er musste sich wieder sammeln, ehe sie den nächsten Schritt unternahmen.

»Wir reden beim Essen.«

»Schön.«

Die Fahrt durch die Stadt verlief rasch und problemlos. Sie fanden einen Parkplatz direkt am Pier und schafften es sogar, einen der begehrten Außentische auf der Terrasse an der Bucht zu ergattern. Die Sonne schien. Das Wasser glitzerte, und es wehte ein leichter Wind, sodass die Luft angenehm frisch blieb.

Nick begann sofort, sich zu entspannen. Er hatte sich wie in einer Falle gefühlt, seit er nach Hause gekommen war und festgestellt hatte, dass Evan ihm sein Leben gestohlen hatte. Der Ausblick aufs Wasser erinnerte ihn daran, dass die Welt sehr viel größer war als der Ausschnitt, um den in der vergangenen Woche sein Denken gekreist war.

Der Kellner brachte ihnen Getränke und eine Auswahl an Vorspeisen, von California Rolls bis zu gebackenen Zucchini, Zwiebelringen und Rippchen. Kayla fand es lustiger, eine Reihe kleiner Gerichte zu bestellen und sie sich mit Nick zu teilen. Und es war deutlich, dass auch sie sich entspannte. Der Wind spielte mit ihren langen braunen Haaren, aber das schien ihr nichts auszumachen. Sie gehörte nicht zu den Frauen, die jede Sekunde des Tages perfekt gestylt und geschminkt sein mussten. Kayla besaß eine natürliche Schönheit: rosige Wangen, große Augen, lange Wimpern und einen sinnlichen Mund. Selbst jetzt, da ihr Gesicht zerkratzt und verfärbt war, hielt Nick sie für die schönste Frau, die er je gesehen hatte.

Ein Blick auf sie, und schon begehrte er sie wieder, wollte sie unter sich, auf sich, um sich herum. Sie zu lieben wurde rasch zu einer Sucht, von der er nicht wusste, ob er sie bekämpfen konnte. Eines Tages mussten sie darüber reden. Aber nicht heute.

Kayla sah ihn an. »Geht es dir wieder besser?«

Er sah die Sorge in ihrem Blick und war froh, dass sie die Frage so schlicht formuliert hatte. Sie hatte ihn nicht gedrängt, weiter über Jenny oder Evan zu reden, und dafür war er dankbar. »Es ist okay«, antwortete er und trank einen Schluck Wasser. »Es waren nur ein paar lange Tage.«

»Das kannst du laut sagen. Und übrigens, ich glaube nicht, dass ich in naher Zukunft noch mal in die Berge fahre. Dieser Unfall hat mir wirklich einen gehörigen Schrecken eingejagt.« Sie schauderte bei der Erinnerung. »Ich kann immer noch kaum glauben, dass wir nicht gestorben sind.«

»Wir hatten wirklich Glück.«

»Es wäre nicht deine Schuld gewesen.«

Er zuckte die Schultern. »Ich bin gefahren. Ich hätte ahnen …«

»Wie hättest du ahnen sollen, dass jemand sich an den Bremsen zu schaffen gemacht hat?«, unterbrach sie ihn.

»Na ja, jemand hat mir eins über den Schädel gegeben und dich gepackt. Und dieser Jemand bekam nicht, was er wollte. Ich hätte mir denken müssen, dass er es noch mal versucht.«

»Und er wird es noch mal versuchen«, sagte Kayla. »Ich weiß das, Nick, und ich halte die Augen weit offen. Ich passe auf mich und auf dich auf, und ich weiß, dass du dasselbe tust. Das ist das Beste, was wir im Moment machen können. Du sollst nur nicht glauben, du wärst für alles verantwortlich, vor allem für mich.«

»Es ist meine Natur, Kayla. So bin ich nun mal.«

Sie sah ihm in die Augen, und er konnte erkennen, dass sie verstand. »Ich weiß, Nick. Aber versuch, nicht zu streng mit dir zu sein. Wir haben es nicht mit einem vernünftigen Menschen zu tun. Evan ist verrückt. Er ist unberechenbar und wäre jederzeit zu allem in der Lage. Er könnte überall sein.« Sie sah sich um und deutete mit dem Kopf auf einen Mann, der allein am Tisch saß, eine Zeitung vor der Nase. »Er könnte der Typ da sein.«

Nick zuckte zusammen und überlegte, ob sie recht hatte. Dann brachte der Kellner dem Mann etwas zu essen, und er legte die Zeitung nieder, sodass ein rundes Gesicht und ein kahler Schädel zum Vorschein kamen.

»Okay, vielleicht nicht dieser Typ«, räumte Kayla ein. »Aber du weißt, was ich meine.«

»Ja, weiß ich.«

»Zugegeben, ich bin froh, dass du bei mir bist«, setzte sie hinzu. »Evan hat mich ganz schön erschüttert.«

»Das kannst du aber gut verbergen.«

Sie nippte an ihrer Cola Light, dann sagte sie: »Ich würde

gleich gern bei meiner Großmutter vorbeifahren und sehen, wie es ihr geht.«

»Gute Idee.« Er brach ab, als eine kleine Band sich hinter der Bar einzuspielen begann.

»Wir bekommen wohl Musik«, bemerkte sie.

»Sieht so aus. Ich habe auch mal Gitarre gespielt. Allerdings nicht sehr gut.«

»Wirklich?«, fragte sie und stützte die Arme auf den Tisch. »Ich kann mir dich gar nicht recht mit Gitarre vorstellen. Dafür wirkst du zu angespannt.«

»Willst du damit sagen, ich wäre verkniffen?«

»Nein, nur ... getrieben. Du bist jemand, der nicht einfach entspannen oder mal fünf gerade sein lassen kann.«

»Wenn ich das täte, würden all die Bälle, mit denen ich im Augenblick jongliere, zu Boden fallen.«

»Vielleicht wäre das mal ganz gut«, meinte sie. »Vielleicht versuchst du einfach zu viel auf einmal.«

Er lehnte sich zurück. »Möglicherweise hast du recht. Ich renne schon so lange, dass ich vergessen habe, wie man langsam geht – wenn ich es je gewusst habe. Bei meiner Arbeit muss ich immer Termine einhalten, jede Sekunde Verzögerung kostet Geld. Es herrscht stets ein enormer Druck. Wenn ich auf einer Baustelle bin, arbeite ich sechzig Stunden pro Woche. Ich schlafe kaum. Die Zeit verfliegt nur so. Und dann sehe ich auf und stelle plötzlich fest, dass ich schon drei Monate dort bin, und mir kam es vor wie drei Wochen.«

»Ich weiß, was es heißt, sich in Arbeit zu verlieren. Zumindest ist es ein angenehmes Verlieren. Du liebst deine Arbeit. Ich wette, du bist gut darin. Du bist klug, sehr einfühlsam und zielstrebig.«

»Und ich finde dich sehr einfühlsam, weil du bemerkt hast, wie toll ich bin«, neckte er sie.

»Bekommst du von mir zu viele Komplimente? Macht dich das verlegen?«

Wenn sie ihn mit großen Augen anlächelte, machte ihn das immer verlegen. »Nein. Du kannst mein … Ego … jederzeit streicheln.«

Sie lachte. »Das hättest du wohl gern.«

Nick grinste zurück und wünschte, es wäre kein Tisch zwischen ihnen. Er wollte sie so lange und fest küssen, bis sie keine Luft mehr bekam, bis sie diese kleinen Laute tief in der Kehle von sich gab, die ihn um den Verstand brachten. Er wollte sie berühren, ihre Brüste umfassen und in ihre Wärme eintauchen … Nick räusperte sich und griff wieder nach seinem Wasserglas. Eine kalte Dusche wäre besser, und einen Augenblick lang war er versucht, sich das Wasser über den Kopf zu schütten, doch es gelang ihm, sich zu beherrschen.

»Wir sollten um die Rechnung bitten«, schlug er vor.

»Du hast es plötzlich eilig.«

»Ja«, gab er zu und sah sie mit einem unmissverständlichen Blick an.

Sie biss sich auf die Unterlippe. »Oh.«

»Oh«, wiederholte er und winkte dem Kellner.

Als er bezahlte, klingelte Kaylas Handy. Sofort verkrampfte sie sich. »Wenn das Evan ist, will ich nicht mit ihm reden.«

»Soll ich drangehen?«

Sie seufzte auf. »Ich bin ein großes Mädchen. Ich mach es selbst.« Sie klappte das Telefon auf. »Hallo? Ja, hier spricht Kayla Sheridan.« Dann schwieg sie eine Weile und lauschte. »Oh, mein Gott!« Sie schlug eine Hand vor den Mund. »Ja, natürlich komme ich. Sofort. Vielen Dank.« Sie klappte das Handy zu und sah Nick angsterfüllt an. »Das war das Krankenhaus. Meine Großmutter ist zusammengebrochen. Vielleicht ein Herzinfarkt oder ein Schlaganfall. Sie wissen es noch nicht. Die Untersuchungen laufen noch. Ich muss sofort zu ihr.«

Nick warf genügend Geld auf den Tisch, um die Rechnung zu begleichen, und sie eilten aus dem Lokal. Er nahm ihr die Schlüssel aus der Hand. »Ich fahre. Welches Krankenhaus ist es?«

»›Heilige Jungfrau‹. Es ist nur ein paar Blocks von hier entfernt, in der Nähe ihrer Wohnung.« Sie packte seinen Arm. »Sie muss wieder gesund werden, Nick! Ich darf sie nicht verlieren.«

»Glaub daran, Kayla. Glaub ganz fest daran.«

KAPITEL 18

Bernice, die Nachbarin ihrer Großmutter, saß an Charlottes Bett in einem Einzelzimmer im dritten Stock des Krankenhauses, als Kayla eintrat. Sie stand sofort auf, das Gesicht voller Sorge. »Gott sei Dank sind Sie da!«

»Wie geht es ihr?«, fragte Kayla.

»Sie verliert immer wieder das Bewusstsein. Der Arzt sagt, sie hat einen leichten Herzanfall erlitten. Sie wollen sie über Nacht hierbehalten und ihren Zustand überwachen.«

Kayla klammerte sich an den positiven Teil dieser Nachricht. »*Leichter Herzanfall* bedeutet doch, es ist nicht so schlimm, oder?« Sie ging zum Bett. Ihre Großmutter sah klein, zerbrechlich und sehr blass aus. Ihre Augen waren geschlossen. Zum ersten Mal wirkte Charlotte alt. Sie steckte für gewöhnlich so voller Energie und sprühte vor Lebensfreude mehr als Frauen, die nur halb so alt waren wie sie. Aber nicht heute Abend.

»Ihre Großmutter scheint viel zu träumen«, bemerkte Bernice. »Sie murmelt immer wieder Wörter und Sätze, und manchmal wirkt sie sehr erregt. Ihr muss irgendetwas im Kopf herumgehen.«

»Was sagt sie denn?«

»Nun, es ist nicht immer klar verständlich. Aber vor ein paar Minuten riss sie die Augen auf und sah mich an, als wäre ich ein Geist, als würde sie mich überhaupt nicht erkennen. Dann murmelte sie etwas wie: ›Wo ist Johnny?‹ Wissen Sie, wer Johnny ist?«

Kayla wandte sich von Bernices forschendem Blick ab, ihr Magen begann, sich zu verkrampfen. Sie hatte das Alter verantwortlich für den Herzanfall ihrer Großmutter gemacht, doch vielleicht steckte mehr dahinter. »Ich weiß nicht recht. Wo haben Sie sie gefunden?«

»Auf ihrer Veranda, die Haustür stand sperrangelweit offen. Ich weiß nicht, ob sie gerade nach Hause kam oder gehen wollte.«

»Hat sie sonst noch etwas gesagt, wenn sie aufwachte?«

Bernice runzelte ernst die Stirn. »›Johnny ist tot. Johnny ist doch tot.‹ Ich glaube, so war es.«

Kayla spürte einen Kloß in der Kehle. *Oh Gott!* Lebte Johnny etwa noch? War es möglich, dass er es vor vielen Jahren doch ans Ufer geschafft und überlebt hatte? War er auch in diese ganze Geschichte verwickelt?

Kayla trommelte mit den Fingern auf das Schutzgitter am Bett ihrer Großmutter und wünschte, Charlotte würde aufwachen, damit sie sie fragen konnte, was passiert war.

»Es liegt bestimmt nur an den Medikamenten«, meinte Bernice. »Ich weiß noch, wie ich einmal nach einer Operation aufgewacht bin und alle möglichen verrückten Träume gehabt habe.«

Vielleicht hatte sie recht. Vielleicht träumte ihre Großmutter nur von der Vergangenheit.

Charlotte regte sich und schlug die Augen auf.

Kayla ging näher ans Bett. »Großmama?«, fragte sie. »Geht es dir gut?«

Ihr Blick richtete sich langsam auf Kayla. »Wo ... wo bin ich?«

»Du bist im Krankenhaus«, antwortete sie und lächelte dabei beruhigend. »Du hattest einen leichten Herzanfall.«

»Wirklich? Werde ich wieder gesund?«

»Es wird alles wieder gut«, erklärte Kayla und hoffte, dass es stimmte.

»Ach so, dann ist ja gut. So wie du mich anschaust, dachte ich schon, es wäre etwas Ernsteres. Wer ist das da hinter dir?«

»Ich bin's«, sagte Bernice. »Du hast mir einen schönen Schrecken eingejagt, Charlotte. Ich fand dich auf der Veranda.«

Charlottes Augen wurden groß und ängstlich. Sie griff nach Kaylas Hand, und als ihre Blicke einander begegneten, wisperte sie: »Ich habe ihn gesehen. Er stand direkt vor meinem Haus. Ich wollte die Zeitung hereinholen, und da war er.«

Kayla schluckte trocken. »Wer, Großmama? Wen hast du gesehen?«

»Johnny«, murmelte sie. »Ich habe deinen Großvater gesehen.«

Charlottes Lippen begannen zu zittern, und die Maschine, die ihr Herz überwachte, piepte. Die Schwester kam herein. »Was ist denn hier los?«, fragte sie scharf.

»Nichts, wir haben uns nur unterhalten«, sagte Kayla.

»Sie beide müssen jedenfalls jetzt gehen. Mrs. Hirsch braucht Ruhe. Reden können Sie später. Gehen Sie«, drängte sie und scheuchte die beiden Frauen hinaus.

Als sie aus dem Zimmer kamen, lächelte Bernice sie an. »Jetzt, da Sie hier sind, gehe ich nach Hause. Bitte halten Sie mich auf dem Laufenden, ja? Charlotte ist eine gute Freundin von mir. Wenn ich etwas für sie tun kann, lassen Sie es mich bitte wissen.«

»Das werde ich. Vielen Dank, dass Sie sich um sie gekümmert haben.«

»Jederzeit.«

Als Bernice davonging, fragte sich Kayla unwillkürlich,

ob ihre Großmutter sich nur eingebildet hatte, Johnny im Schatten zu sehen. Es erschien Kayla unwahrscheinlich, dass er nach all der Zeit noch am Leben war, ohne sich je mit Charlotte in Verbindung gesetzt zu haben.

Und warum sollte er jetzt zurückkommen? Weil Evan seine Uhr gestohlen hatte? Hingen die beiden Ereignisse zusammen? Hing alles zusammen? Ein weiterer Unbekannter war noch mit von der Partie, aber handelte es sich dabei um Johnny?

»Was ist passiert?«, wollte Nick wissen. Er hatte auf dem Flur gewartet, um Kayla Zeit allein mit ihrer Großmutter zu lassen.

»Großmama hatte einen leichten Herzanfall. Sie verliert anscheinend immer wieder das Bewusstsein. Als sie gerade eben zu sich kam, sagte sie, sie hätte Johnny vor ihrem Haus gesehen. Das ist das Letzte, an das sie sich erinnert.«

Nicks Augen wurden groß vor Verwunderung. »Johnny lebt?«

»Großmama scheint sich sicher zu sein.«

»Ich weiß nicht. Für mich ergibt das keinen Sinn.«

»Vielleicht, aber ich werde noch eine Weile bei ihr sitzen bleiben und sehen, ob sie mir noch mehr erzählen kann, wenn sie das nächste Mal aufwacht.« Kayla warf einen Blick auf die Uhr. »Ich bleibe bestimmt noch ein paar Stunden hier. Du solltest nach Hause fahren. Ich komme schon allein zurecht.«

»Ich lasse dich nur unter zwei Bedingungen allein: Erstens, du rufst mich an, wenn du hier fertig bist, und zweitens, du rührst dich nicht allein aus diesem Zimmer.«

»Ich glaube, ich bin hier in Sicherheit.« Sie sah seinen Blick und gab nach. »Okay, einverstanden. Was machst du?«

»J. T. meinte, er sei heute irgendwann in der Gegend. Ich versuche, ihn aufzutreiben.«

»Halt mich auf dem Laufenden.«

»Mache ich.«

Als er sich verabschiedet hatte, fühlte sich Kayla plötzlich sehr allein. In den letzten Tagen hatten sie fast jede Minute miteinander verbracht. Es war schwer, Nick gehen zu sehen, noch schwerer, ihn nicht zurückzurufen. Aber sie konnte das allein schaffen. Sie konnte im Krankenzimmer ihrer Großmutter sitzen und darauf warten, dass sie aufwachte. Hier würde ihr nichts geschehen.

Nick traf J. T. später am Abend in einer kleinen Kneipe in der Stadt. Sein alter Freund stand vor einer Musicbox, als Nick hereinkam. J. T. steckte einen Vierteldollar in den Apparat, und kurz darauf dröhnte *Born to Run* von Bruce Springsteen aus den Lautsprechern.

»Interessante Wahl«, bemerkte Nick, während er sich einen Stuhl heranzog.

J. T. grinste und schlenderte zum Tisch. »Erinnert mich an die Zeit im College, als Garrett, du und ich versuchten, eine Band für Lindsay Adams Geburtstagsparty auf die Beine zu stellen.«

»Ich erinnere mich. Sie stand auf Musiker.«

»Und Musiker standen auf sie. Sie war ein heißer Feger, aber ich glaube nicht, dass einer von uns an diesem Abend Glück hatte.«

»Weil wir es vermasselt haben. Die Hunde fingen an zu heulen«, sagte Nick. Er hatte seit Jahren nicht mehr an diese Zeit gedacht. Nachdem Evan ihr Leben auf den Kopf gestellt hatte, waren sie vom Campus weggezogen und hatten sich darauf konzentriert, so schnell wie möglich ihren Abschluss zu machen. Nicks Collegezeit zerfiel praktisch in zwei Hälften: in die Zeit vor Evan und in die nach ihm. Jetzt folgte sein Leben als Erwachsener demselben Muster. Er hätte gern ein neues Kapitel aufgeschlagen, ein Kapitel ganz und gar ohne Evan.

J. T. winkte eine Kellnerin heran. »Ich nehme ein Corona. Was ist mit dir?«

»Für mich auch«, sagte Nick, als die Kellnerin zwei Servietten und eine Schale Knabbergebäck auf den Tisch stellte.

»Wo ist denn dein schöner Schatten?«, fragte J. T. »Ich dachte schon, ihr beide wärt an der Hüfte zusammengewachsen ... oder sonst wo«, fügte er mit einem boshaften Funkeln in den Augen hinzu.

»Sehr witzig. Kayla ist im Krankenhaus. Ihre Großmutter hatte einen Herzanfall.«

»Tut mir leid, das zu hören. Kommt sie wieder in Ordnung?«

»Ich glaube schon. Es wird dich interessieren, dass sie den Herzanfall bekam, nachdem sie einen Mann vor ihrem Haus gesehen hatte. Sie glaubt, es wäre Johnny Blandino gewesen.«

J. T. zog eine Augenbraue hoch. »Der tote Räuber?«

»Das nimmt sie jedenfalls an.« Nick hielt inne, als die Kellnerin das Bier vor sie hinstellte. Dann fuhr er fort: »Hast du etwas Neues zu berichten? Hast du herausgefunden, wer an den Bremsen von Kaylas Auto herumgespielt hat?«

J. T. runzelte die Stirn. »Nein. Übrigens, ich habe mir das Auto angesehen. Du musst neun Leben haben.«

»Ich brauche sie ziemlich rasch auf. Hast du diese Helen Matthews gefunden, von der uns der Priester erzählt hat?«

»Helen sagt, sie kennt keinen von Frankies Verwandten. Sie lachte, als ich sie fragte, ob er ihr eine Uhr gegeben hätte. Sie meinte, Frankie sei ein Geizkragen und ein Hamster gewesen. Er traute angeblich niemandem über den Weg und hasste es zu teilen.«

»Also eine Sackgasse.«

»Ja. Das hier unterscheidet sich von Evans üblichem Vorgehen, weißt du. Dabei fing es ganz normal mit dem Identitätsklau an. Er nimmt oft das Leben anderer an, um seine Betrügereien durchzuführen. Aber dann ist er von seinem üblichen Weg abgewichen. Er hat Kayla nicht um ihr Geld gebracht; er hat seine Heirat mit ihr nicht für andere Schwindeleien benutzt. Und er hatte bestimmt genügend Gelegenheiten, sie zu erleichtern.«

»Er brauchte ihr Geld nicht, denn er hatte ja meins.«

»Evan kann immer Geld gebrauchen. Seit die Uhr in seinem Besitz ist, hat er keine seiner anderen Maschen abgezogen, zumindest nicht, soweit ich es beurteilen kann – keinen Scheckbetrug, keine betrügerischen Telefonverkäufe, keinen Versicherungsbetrug. Deswegen frage ich mich, worum es ihm diesmal geht.« J. T. nahm einen tiefen Schluck. »Ich glaube, er hat da noch etwas ganz anderes auf dem Zettel.«

J. T.'s Worte erinnerten ihn daran, was Jenny ihm erzählt hatte. »Da könntest du recht haben. Evan war heute in Jennys Salon.«

J. T. verschluckte sich an seinem Bier. »Wie bitte?«

»Du hast schon richtig gehört. Anscheinend war es nicht das erste Mal. Er hat tatsächlich vor ein paar Monaten schon Kontakt mit ihr aufgenommen. Ich wette, daher hatte er die Informationen über mich, wo ich wohne, wo ich arbeite … Es war bestimmt ein Leichtes für ihn, in Erfahrung zu bringen, dass ich nicht im Lande war, und sich in mein Leben zu schmuggeln.«

»Mist! Und Jenny hat dir nichts erzählt?«

»Nein«, antwortete Nick kurz angebunden, ohne weiter

in die Einzelheiten zu gehen. »Aber sie ist aufgeregt, denn als Evan heute zu ihr kam, fing er an, davon zu reden, dass sie zusammen sein würden und dass er sie beeindrucken wollte. Sie scheint endlich einzusehen, dass irgendetwas in seinen Kopf ausgeklinkt ist.«

J. T. nickte finster. »Klingt ganz danach.«

»Ich möchte Jenny unter Schutz stellen. Kannst du jemanden empfehlen?«

»Ich kenne ein paar Privatdetektive hier in der Stadt und werde ein bisschen für dich telefonieren.« J. T. machte eine Pause. »Was hat Evan Jenny noch gesagt?«

Nick dachte zurück an das Gespräch mit seiner Schwester. »Dass wir keine Ahnung hätten, hinter was er tatsächlich her ist. Wir bildeten uns nur ein, es zu wissen. Was immer das auch heißen mag.«

»Vielleicht spielt er nur mit dir, weil er genau weiß, dass Jenny es dir erzählen wird. Aber dass er Jenny beeindrucken will, verrät mir noch mehr: Es geht auch um seinen Stolz. Das wird vielleicht sein Untergang. In der Vergangenheit hat er die Dinge nie persönlich genommen. Das ist einer der Gründe, warum er so gut in dem ist, was er tut: Evan hat keinerlei Mitleid oder Mitgefühl mit anderen.«

»Krankhaftes Sozialverhalten.«

»Würde ich auch sagen. Jedenfalls hat er kein Gewissen.«

Nick fiel ein, dass J. T. Evans wegen auch gelitten hatte. »Was er deinem Vater angetan hat, ist echt hart.«

»Ja.« J. T. trank sein Bier aus und knallte das schwere Glas heftig auf den Tisch. »Er hat mich fertiggemacht.«

Nick wusste, dass J. T. und sein Vater den größten Teil ihres Lebens eine Art Hassliebe verbunden hatte. Evan hatte es ebenfalls gewusst, und er hatte sich auf J. T.'s Achillesferse gestürzt. »Wir haben einen höllischen Fehler gemacht, als wir am Schwarzen Brett einen Mitbewohner suchten«, sagte er. »Wir haben Evan praktisch in unser Leben eingeladen.«

»Wir hielten ihn für cool«, gab J. T. zu. »Der Mittelpunkt jeder Party. Ein rundherum toller Typ.«

»Das sollten wir ja denken. Wir sollten ihn mögen.«

»Und jetzt will er, dass wir ihn respektieren«, setzte J. T. hinzu.

Nick dachte kurz darüber nach. Vielleicht hatte J. T. recht. Vielleicht ging es nicht nur um Rache, sondern auch um Respekt. Jenny hatte gesagt, Evan wollte sie beeindrucken, ihr zeigen, dass er der Beste war. Was bedeutete das? »Er muss denken, dass der Fund dieses Schatzes ihm eine Menge Geld einbringt. Aber ist es wirklich so einfach, alte Münzen zu verkaufen, ohne dass jemand ihren Ursprung zu einem berüchtigten Raub zurückverfolgt?«

»Es ist nicht so schwierig, private Käufer, Münzensammler, zu finden.« J. T. beugte sich vor und stützte sich auf die Unterarme. »Ich habe mir diesen Raub, unsere Jungs aus Alcatraz und einige ihrer Freunde, einschließlich Kaylas Großmutter, mal genauer angesehen. Charlotte war mit einer ziemlich wilden Bande unterwegs. Sie wurden nach dem Raub gründlich verhört. Ihre Antworten waren oft ausweichend und widersprüchlich. Eine Zeit lang glaubte die Polizei, dass einige der Mädchen den Flüchtlingen Unterschlupf gewährten oder die Beute versteckten.«

»Einschließlich Kaylas Großmutter«, murmelte Nick.

»Sie war genauso verdächtig wie ihre gute Freundin Dana, die übrigens immer noch denselben Club leitet, ebenso wie einige andere Nachtclubs der Stadt. Und«, fügte J. T. mit einem Lächeln hinzu, »Charlotte hat sie vor ein paar Tagen besucht, und Dana hat den Besuch kurz darauf erwidert. Jetzt kann man sich fragen, warum diese beiden alten Ziegen plötzlich wieder zusammenhocken – ganz zufällig, kurz nachdem Johnnys Uhr gestohlen wurde.«

»Ich würde Charlotte in Kaylas Gegenwart lieber nicht eine ›alte Ziege‹ nennen«, riet Nick trocken. »Aber das ist interessant. Ich denke schon die ganze Zeit, dass Charlotte mehr weiß, als sie sagt. Sie scheint hin und her gerissen zu sein zwischen dem Wunsch, die Vergangenheit geheim zu halten, und dem Bestreben, Kayla zu schützen. Vielleicht sollte ich noch mal ins Krankenhaus fahren und sehen, ob sie noch etwas zu berichten hat. Weißt du, vielleicht ist der Gedanke, dass Johnny noch am Leben ist, gar nicht so weit hergeholt. Er versucht möglicherweise, sein Geld zurückzubekommen.«

»Er müsste jetzt in den Siebzigern sein«, erinnerte J. T. ihn.

»Gibt es eine Altersgrenze für Gier?«, gab er zurück.

»Nein, aber normalerweise arbeitet Evan allein. Jetzt, da sie sich wieder erholt hat, werde ich noch einmal mit Delores Ricci sprechen und sehen, ob sie uns mehr Informationen über die Uhren und/oder den Tod ihres Vaters geben kann.«

»Gute Idee.«

»Sag Kayla, ich hoffe, dass es ihrer Großmutter bald besser geht, und wenn du noch etwas von Johnny Blandinos plötzlicher Rückkehr von den Toten hörst, lass es mich wissen.«

»Wäre das nicht die größte Ironie? Evan findet die Uhren, nur um festzustellen, dass sie nirgendwohin führen und es gar keinen Schatz gibt. Die Alcatraz-Jungs haben ihn schon vor langer Zeit geholt. Der Betrüger wird betrogen. Er ist letztlich doch nicht so klug.«

J. T. wirkte nicht überzeugt. »Das war immer schon dein Problem mit Evan.«

»Was?«

»Du unterschätzt ihn immer.«

Alles in ihrem Schlafzimmer war weiß und geradezu lächerlich feminin, vom Baldachin über dem Bett bis zu den Spitzenvorhängen und den weichen Kissen. Selbst der dicke Teppich war weiß. Hielt sie sich für eine Jungfrau? Evan lachte, als er sich aufs Bett setzte, die Beine ausstreckte und sich darüber freute, dass seine Schuhe einen dunklen Abdruck auf ihrer Bettdecke hinterließen. Es würde sie ärgern, und ihm war es egal. Schließlich hatte sie ihn wütend gemacht. Sie hatte Dinge getan, die sie nicht hätte tun sollen. Er würde sie lehren müssen, dass er der Boss war.

Er sah, wie die Tür geöffnet wurde, und freute sich auf ihre Überraschung. Ihr Gesicht würde sich verändern. Angst würde in ihren Augen stehen. Vielleicht zitterten ihre Lippen. Sie würde versuchen, ihre Angst mit Zorn zu maskieren, versuchen, die Kontrolle zurückzugewinnen, die sie sich einbildete zu haben. Aber es würde nicht funktionieren. Er hielt alle Karten in der Hand. Niemand gewann gegen die Bank, und er war immer die Bank.

Sie blieb kurz hinter der Tür stehen, genau wie er es erwartet hatte. Kein mädchenhafter Schrei um Hilfe kam ihr über die Lippen. Sie starrte ihn nur lange an. Er rechnete es ihr hoch an, dass sie weniger Gefühle zeigte, als er erwartet hatte.

Eine leichte Unsicherheit überfiel ihn, seine Überlebensinstinkte sagten ihm, dass das nicht die erwartete Reaktion war.

»Sie wagen es, ohne Aufforderung mein Schlafzimmer zu betreten?«, fragte sie mit kalter, zorniger Stimme.

Wo blieb die Angst, verdammt? Wusste sie nicht, was er ihr antun konnte?

Einen Augenblick lang erinnerte sie ihn an jemand anderen, eine andere Frau, die nicht begriffen hatte, dass er wichtig war, dass er eine wichtige Rolle spielte, dass er eine Kraft war, mit der man rechnen musste. Sie hatte mit ihrem Leben dafür bezahlt.

»Sie haben versucht, meine Freunde umzubringen«, sagte er. »Das war nicht nett.«

Sie zuckte die Schultern. »Sie waren mir im Weg.«

»Sie haben versagt.«

»Ich habe meiner Missbilligung bereits Ausdruck verliehen«, erwiderte sie. Sie trat weiter ins Zimmer, ließ ihre langen Beine sehen, ihr üppiges Dekolleté, das aus ihrem schwarzen Cocktail-Kleid quoll. Sie trug Stilettos, die viel zu hoch und viel zu sexy für eine Frau ihres Alters waren. Er wusste zwar nicht genau, wie alt sie war, doch er vermutete, dass sie wesentlich älter war, als sie wirkte. Sie konnte es sich leisten, die Auswirkungen der Schwerkraft durch Schönheitsoperationen auszugleichen, und zweifellos tat sie das auch. Aber sie konnte die Jahre nicht aus ihren Augen verbannen.

»Ich sagte, Sie sollten sie in Ruhe lassen. Ich habe meine eigenen Pläne«, fuhr er fort. »Wenn Sie sich noch einmal einmischen, bringe ich Sie eigenhändig um.«

»Als könnten Sie das!«, entgegnete sie herausfordernd, ein Lächeln auf den brombeerfarben geschminkten Lippen.

»Ich bin hier hereingekommen, oder?«

»Ich wusste, dass Sie hier sind«, gab sie zurück. »Ich habe es zugelassen, denn ich möchte mit Ihnen reden. Für die Auktion ist ein Termin festgesetzt worden: Freitag in zwei Wochen. Alles muss bis dahin bereit sein. Wenn Sie die notwendigen Materialien nicht bis Ende der Woche beschaffen können, brauche ich Sie nicht mehr, Evan. Sie verstehen, was das bedeutet?«

»Sie drohen mir?«, fragte er mit echtem Erstaunen. »Sie können mich nicht töten.«

»Ach nein?«, sagte sie mit einem bösen Lächeln. »Stellen Sie mich auf die Probe.«

»Dann bekommen Sie nie, was Sie wollen«, meinte er schulterzuckend.

»Also erledigen Sie Ihren Job, und wir sind beide zufrieden«, erwiderte sie. »Und nun, haben Sie etwas, das Sie mir zeigen können?«

Er zögerte, dann griff er in seine Tasche und zog eine silberne Uhr hervor. »Ja.«

»Sehr schön«, sagte sie zufrieden. »Wir sind fast am Ziel. Ich werde zurückbekommen, was mir gehört, und dann noch mehr.« Sie ging zum Bett. »Und jetzt möchte ich, dass Sie einer alten Freundin von uns einen Besuch abstatten.«

»Wem?

»Charlotte.«

Er zog eine Augenbraue hoch. »Warum?«

»Sie haben beim ersten Mal etwas vergessen.«

»Ich habe Johnnys Uhr. Sie hat sonst nichts.«

»Ich glaube schon. Ich glaube, sie hat Dominics Uhr.«

Zum ersten Mal seit Beginn des Spiels wurde Evan innerlich kalt. Dominic hatte eine Uhr?

Als sie den ungläubigen Ausdruck auf seinem Gesicht sah, lachte sie, als wollte sie nie wieder aufhören.

Kayla saß am Bett ihrer Großmutter und hoffte, sie würde wieder aufwachen, damit sie reden konnten, aber Charlotte war in einen tiefen Schlaf gefallen. Die Ärztin hatte das ein gutes Zeichen genannt und erklärt, dass die Ruhe den Heilungsprozess unterstütze. Sie hatte Kayla gefragt, ob ihre

Großmutter in letzter Zeit unter Stress gelitten habe, was nur dazu geführt hatte, dass Kayla sich schuldig fühlte, weil sie vermutlich für diesen Stress verantwortlich war. Ihre Großmutter hatte ein nettes, ruhiges, ereignisloses Leben geführt, bis Kayla mit Nick und wilden Geschichten über Evan und seinen Betrug, über alte Uhren und verlorene Schätze in ihr Leben geplatzt war.

Wahrscheinlich war sie tatsächlich verantwortlich. Sie hätte die Dinge ruhen lassen sollen.

Die Tür hinter ihr wurde geöffnet, und sie fuhr herum, entspannte sich aber, als sie Nick erkannte. Kayla stand auf und ging ihm entgegen, um ihre Großmutter nicht zu stören.

Nick streckte die Arme aus, und sie warf sich hinein. Er war nur wenige Stunden fort gewesen, und sie hatte ihn schon vermisst. Seine Umarmung vermisst, das Gefühl seiner Hände auf ihrer Haut, seine Stimme, sein Lächeln und seine Stärke. Sie wusste, sie waren zu sehr ineinander verstrickt, zumindest sie war es. Sie redeten nicht darüber. Aber irgendwann mussten sie reden. Irgendwann mussten sie entscheiden, wohin es in Zukunft ging ... falls es überhaupt irgendwohin ging.

Im Moment würde sie alles so lassen, wie es war. Zum ersten Mal in ihrem Leben war sie ohne Erwartungen, ohne Pläne, ohne eine Wunschliste mit einem Mann zusammen. Es war befreiend. Und es war auch gleichzeitig beängstigend. Weil sie tief in ihrem Innern wusste, dass Nick kein Mann war, der sich an eine Frau binden wollte. Ihre Beziehung war wahrscheinlich im Augenblick nur ganz praktisch.

Sie wusste, dass er sie mochte und gern mit ihr zusammen war, aber mehr? Es war schwer, in ihm zu lesen. Anders als sie, trug er seine Gefühle nicht auf der Zunge. Er brauchte keine zwei Worte, wenn eins ausreichte. Sie fragte sich, ob er je einer Frau gesagt hatte, dass er sie liebte, aber sie bezweifelte es. Sie wusste, dass er lieben konnte, von ganzem Herzen. Doch es hatte ihm wehgetan zu lieben: Jenny, seine Mutter, seine andere Schwester, sein Vater und sogar Evan, sein einstiger Freund, hatten ihn verraten, sie alle hatten Geheimnisse vor ihm gehabt und ihm Lügen aufgetischt. Falls sie sich entscheiden müsste, was sie ihm schenken wollte, dann wäre es Aufrichtigkeit. Er hatte nichts weniger verdient.

»Wie geht es ihr?«, fragte Nick und strich ihr übers Haar.

»Ganz gut, glaube ich.« Sie sah zu ihm auf. »Die Ärztin sagt, sie schläft nur. Wenn ihr Herz die ganze Nacht unauffällig ist, wird sie morgen früh entlassen. Der Anfall war wohl mehr ein Warnsignal, dass sie es langsamer angehen lassen, nicht alles so schwer nehmen und sich nicht stressen lassen soll.«

»Du fühlst dich schuldig.«

»Und du fängst an, mich zu gut zu kennen. Bitte sag mir nicht, es wäre nicht meine Schuld, denn wir beide wissen, es liegt nur an meiner Sturheit, dass sie sich so aufgeregt hat. Wenn ich die Dinge hätte auf sich beruhen lassen, wie sie mich gebeten hat, wäre sie jetzt wahrscheinlich nicht krank.«

»Vielleicht nicht«, gab Nick zu. »Aber du kannst dich nicht mit der Frage *Was wäre, wenn* aufhalten. Das macht dich nur verrückt.«

»Das musst du gerade sagen. Du trittst dir seit zwölf Jahren in den Hintern für das, was Jenny zugestoßen ist.«

Er nickte. »Dann bin ich vielleicht der Experte, was Selbstgeißelung angeht.«

»Was für ein großes Wort«, meinte sie lächelnd. »Klingt ein bisschen abartig.«

»Ah, dich interessieren also Abartigkeiten«, erwiderte er augenzwinkernd. »Das hättest du mir früher sagen sollen.«

Und sie hätte nie anfangen sollen mit dieser Neckerei! Schließlich lag ihre Großmutter kaum zwei Meter entfernt. »Benimm dich«, befahl sie.

»Du hast angefangen.«

»Und jetzt beende ich es.« Sie brach ab, als sie ihre Großmutter etwas murmeln hörte, und ging zum Bett. »Großmama«, wisperte sie. »Es ist alles gut. Du träumst nur.«

Charlotte schlug die Augen auf und sah Kayla an. »Sie wollten ihn nicht töten. Es war ein Unfall. Das verstehst du doch, oder?«

Sprach sie von einem der Wachmänner in der Prägeanstalt? Kayla war verwirrt, aber sie sah die Sorge in den Augen ihrer Großmutter. »Ich verstehe«, beruhigte sie sie. »Sie wollten es nicht.«

»Er hat sie verraten. Sie waren Brüder. Er musste bezahlen. Aber nicht mit seinem Leben. Er sollte nicht mit seinem Leben bezahlen.« Charlotte stieß einen Seufzer aus, ihre Augen fielen zu. Sie war wieder eingeschlafen.

»Von wem in aller Welt hat sie geredet?«, überlegte Kayla laut.

Nick sah sie an. »Einer der Männer hat etwas Falsches getan, und deswegen ist er gestorben.«

»Frankie? Glaubst du die beiden anderen entkamen, aber sie töteten Frankie, weil er ihnen in die Quere kam?«

»Vielleicht.«

Sie war überrascht, dass es zweifelnd klang. »Wer könnte es noch sein?«

»Mir fällt nur eine andere Person ein – Dominic.«

»Der Uhrmacher?«

»Er verschwand aus einem Boot, wenn ich mich recht entsinne. Niemand sah, was geschah. Seine Leiche wurde nie gefunden. Ich frage mich, wer an dem Abend noch mit ihm im Boot saß. Es wäre interessant, das herauszufinden. Deine Großmutter ist jedenfalls ein erstaunlicher Quell an Informationen.«

»Ein langsam tröpfelnder Quell. Gerade wenn man denkt, jetzt kommt nichts mehr, kommt doch noch etwas.« Kayla sah wieder auf ihre Großmutter und fragte sich, was für Geheimnisse diese liebe alte Frau noch hütete. »Aber ich glaube nicht, dass wir heute Abend noch mehr Informationen bekommen.«

»Morgen ist auch noch ein Tag.«

KAPITEL 19

»Ich weiß nicht genau, was du hier erreichen willst«, sagte Kayla, während sie am frühen Mittwochmorgen auf dem Weg zur Münzprägeanstalt von San Francisco waren. Die »Münze«, wie sie allenthalben genannt wurde, lag in einem historischen Gebäude an der Fünften Straße mitten in der City. Kayla wusste, dass das Finanzministerium immer noch einen Teil des Gebäudes nutzte, aber den Rest der alten Münze hatte man in ein Museum verwandelt. Normalerweise hätte sie mit Freuden eine historische Sehenswürdigkeit erkundet, doch im Augenblick hatte sie zu viel im Kopf, und sie war nicht sicher, ob dieser Ausflug in die Vergangenheit dazu beitragen konnte, die anderen Uhren aufzuspüren und Evan zu Fall zu bringen.

»Hast du je davon gehört, dass man zum Schauplatz des Verbrechens zurückkehren soll?«, bemerkte Nick. »Hier hat alles seinen Anfang genommen. Es könnte hier eine Spur geben.«

Sie blieb am Fuß der Stufen zu dem wuchtigen Gebäude stehen, das man die »Steinerne Lady« nannte. Es war ein eindrucksvoller Bau, mit gewaltigen Sandsteinsäulen und einer Aura der Unbezwingbarkeit. Es war so erbaut worden, dass es Erdbeben und Feuersbrünsten widerstehen konnte, und genau das hatte es auch getan, aber die Zeit hatte an der Steinernen Lady genagt, und auf den Schildern an der Fassade war zu lesen, dass das Gebäude derzeit umfassend renoviert und zu einem spektakulären Museum umgestaltet wurde. Spenden waren herzlich willkommen.

»Ich schätze, hier werden keine Münzen mehr geprägt«, murmelte Kayla, als sie die Stufen emporstiegen.

»Ich glaube, nicht. Ich habe im Internet etwas über die Münze gelesen, und wenn ich mich recht erinnere, wurden die letzten Münzen vor ein paar Jahren geprägt, der ›Susan B. Anthony-Dollar‹, den niemand mochte, weil er einem Vierteldollar so ähnlich sah.

Sie lächelte. »Klingt nach einer guten Frage für Trivial Pursuit.«

»Ich wünschte, ich hätte mehr über den Raub in Erfahrung bringen können. Hoffentlich haben sie drinnen mehr Informationen über dieses historische Ereignis.«

»Hier fühlt sich alles wirklicher an«, meinte sie und betrachtete das Gebäude. »Das Gebäude ist so gewaltig. Ich kann mir kaum denken, dass Johnny und seine Kumpel ernsthaft glaubten, sie könnten einfach hineinmarschieren und es ausrauben. Man kann sich nur schwer vorstellen, wie sie überhaupt hineingelangt sind.«

»Ich bezweifle, dass die Sicherheitsvorkehrungen in den Fünfzigern so ausgeklügelt waren wie heute. Und dein Großvater hatte sowohl Nerven als auch große Ideen, soweit ich es verstanden habe.«

Sie runzelte die Stirn. »Es gefällt mir nicht, wenn du ihn ›meinen Großvater‹ nennst.«

»Tut mir leid.«

»Ich meine, ich weiß, dass er genau das ist, doch mein wirklicher Großvater, Edward, arbeitete bei einer Bank. Er war Aufsichtsratsvorsitzender. Ist es nicht seltsam, dass meine Großmutter sich in einen Räuber verliebte und dann einen Bankmanager heiratete? Das ist doch bizarr.«

»Sie hat eben an alles gedacht. Vielleicht hatte sie einen Hang zu Männern und Geld.«

»Eher zu bösen Buben. Ich bin mir immer noch nicht sicher, ob sie meinen wirklichen Großvater nicht nur geheiratet hat, damit ihr Kind einen Namen bekam und sie selbst finanzielle Sicherheit.«

»Sie waren sehr lange zusammen«, erinnerte Nick sie. »Sie hatten Gelegenheit, sich scheiden zu lassen, nachdem deine Mutter erwachsen war. Ihre Beziehung kann nicht nur auf dem Wunsch nach finanzieller Sicherheit beruht haben.«

»Das würde ich nur zu gern glauben. Ich habe mir immer so eine Ehe für mich gewünscht. Schon als junges Mädchen hatte ich mir ihre Ehe als Vorbild genommen. Deswegen ist es wahrscheinlich auch so ein Schock für mich, all diese Dinge über Charlotte zu erfahren.«

»Dass sie von dem Sockel gefallen ist, auf den du sie gestellt hast, bedeutet noch lange nicht, dass sie schlecht ist«, meinte Nick. »Es bedeutet nur, dass sie ein Mensch ist.«

»Du und ich, wir sind uns in dieser Hinsicht ähnlich. Wir erwarten viel von den Menschen, die wir lieben. Und wir werden enttäuscht – du von Jenny, ich von meiner Großmutter. Die Ironie besteht darin, dass sie wahrscheinlich genauso enttäuscht von uns sind.«

»Da hast du wohl recht«, sagte Nick etwas bedrückt. »Ich stehe auf Jennys Liste wahrscheinlich nicht ganz oben, aber da stehe ich schon eine ganze Weile nicht mehr. Deswegen hielt es auch niemand für nötig, mir von ihrem Baby zu erzählen. Ein Wahnsinn, ein solches Geheimnis so viele Jahre zu bewahren.«

Sie hörte die Anspannung in seiner Stimme und wusste, dass er über diesen Schlag noch nicht hinweg war. Sie selbst fragte sich auch, warum Jenny es ihm nicht nach einiger Zeit erzählt hatte. Kayla bezweifelte, dass Jenny ihr Kind jemals vergessen hatte. Sie hatte erwähnt, dass sie das Grab besuchte. Kayla dachte darüber nach, was Jenny sonst noch gesagt hatte. Manchmal lagen frische Blumen auf dem Grab, als besuchte Evan ihr Kind auch. Tat er das wirklich?

Das wäre so eine liebevolle Geste. Aber Evan war nicht liebevoll. Er war kalt, grausam und rücksichtslos. Er hatte kein Herz, das wusste Kayla aus erster Hand. Vielleicht irrte Jenny sich. Vielleicht war es nicht Evan, der die Blumen brachte, sondern jemand anders, Jennys Mutter oder ihre Schwester.

»Wollen wir hineingehen?«, fragte Nick.

»Klar.«

Sie traten ein und versorgten sich an dem Informationsstand mit einigen Broschüren. Eine Empfangsdame erklärte ihnen, dass in einer halben Stunde eine Führung begann, die auch in die Tresorräume und in den Keller führte, wo die originalen Münzpressen ausgestellt waren. Sie wies sie auch auf einige Besonderheiten in der Empfangshalle hin, einschließlich der gusseisernen Treppe und der Gaskronleuchter, und schlug vor, dass sie sich während der Wartezeit ein Video zur Geschichte der Münze ansahen, das in einem Nachbarraum alle zehn Minuten gezeigt wurde.

»Klingt wie ein guter Anfang«, meinte Kayla. Sie gingen in den kleinen Vorführraum und setzten sich. In der ersten Reihe saß ein älteres Ehepaar, im hinteren Teil warteten zwei Frauen darauf, dass die Videovorführung begann. Kayla sah auf die Uhr. Sie sollte ihre Großmutter um zwölf aus dem Krankenhaus abholen und wollte nicht zu spät kommen.

»Das dauert bestimmt nicht lange«, beruhigte Nick sie.

»Ich weiß. Ich will nur unbedingt weiter mit meiner Großmutter reden. Ich weiß nicht, wie sehr ich sie drängen darf. Sie soll sich ja auf keinen Fall aufregen. Nicht auszudenken, wenn sie noch einen Anfall bekäme!«

»Wir müssen auf jeden Fall in Erfahrung bringen, ob sie Johnny wirklich gesehen hat. Das wäre Wahnsinn.«

Kayla nickte. »Finde ich auch. Ich möchte wissen, von wem sie letzte Nacht sprach, als sie erwähnte, dass jemand versehentlich getötet wurde.«

Ein paar Minuten später ging das Licht aus, und der Bildschirm wurde hell. Der Schwarz-Weiß-Film begann mit dem ersten Goldfund in Kalifornien in Sutter's Mill im Jahre 1859, der Startschuss zu einem der wichtigsten Kapitel in der Geschichte des Staates, dem kalifornischen Goldrausch. Bilder von diesem Goldrausch flimmerten über den Schirm.

»Innerhalb weniger Jahre bauten die Minen gewaltige Mengen Goldes ab, doch trotzdem herrschte im Wilden Westen ein Mangel an legalen Münzen«, sagte der Sprecher. »Um das Problem zu lösen, gestattete der Kongress die Errichtung einer Zweigstelle der amerikanischen Münze in San Francisco. Alle Münzen, die hier geprägt wurden, trugen den Stempel *S*. Die Münze von San Francisco war berühmt für viele seltene, legendäre Sonderausgaben, darunter ein Drei-Dollar-Stück von 1870, das heute gut eine Million Dollar wert ist. Diese besondere Münze ist angeblich während eines Raubüberfalls in den Fünfzigerjahren von drei bewaffneten Banditen gestohlen worden, die nicht nur einen Schatz an Münzen raubten, sondern dabei auch zwei Wachmänner töteten. Es war der schlimmste Raub in der Geschichte der Prägeanstalt, und die Münzen wurden nie gefunden.«

Kayla setzte sich ruckartig auf, als auf dem Schirm Bilder von Polizeibeamten und Absperrbändern vor der Münze erschienen und ein Krankenwagen vorfuhr. Ein Schauer der Erregung lief ihr über den Rücken, als sie begriff, dass sie die

Prägeanstalt sah, nur Minuten nachdem ihr eigener Großvater sie ausgeraubt hatte. Jemand wurde auf einer Trage herausgebracht und in einen Krankenwagen geschoben, vor einer Menge von Schaulustigen, die von Holzbarrieren zurückgehalten wurden.

Nick stieß sie mit dem Ellenbogen an. »Diese Frauen«, sagte er, »da beim Krankenwagen. Ist die eine nicht deine Großmutter? Die neben der Rothaarigen?«

Kaylas Herz setzte einen Schlag lang aus. War das Charlotte?

Das Bild war verschwunden, ehe sie es genau erkennen konnte, und der Sprecher fuhr mit der Geschichte der Münzprägeanstalt nach dem Raub fort. Wenige Minuten später ging das Licht wieder an.

Kayla und Nick blieben regungslos sitzen, bis sie völlig allein waren.

»Ich glaube, sie war es«, sagte sie. »Oder spinne ich jetzt?«

»Warum sollte das abwegig sein?«, entgegnete er. »Sie kannte Johnny. Vielleicht hatte sie Angst, er wäre derjenige, den sie auf der Trage herausgebracht haben.«

Kayla nickte. »Ich denke, es ist Zeit, meine Großmutter aus dem Krankenhaus abzuholen. Doch kein Wort zu ihr, ehe sie zu Hause ist und ich mich davon überzeugt habe, dass sie stark genug ist, um mit all unseren Fragen umzugehen.«

»Es ist deine Entscheidung, Kayla. Aber ob sie nun stark genug ist oder nicht, wir haben nicht unter Kontrolle, was weiter passiert. Falls Johnny am Leben ist und er sie gestern Abend aufgesucht hat, dann wird etwas passieren, und wahrscheinlich eher früher als später.«

»Ich komme immer wieder darauf zurück, dass Johnny doch nicht seine eigene Uhr gestohlen hätte.«

»Vielleicht nicht. Doch möglicherweise hat er herausgefunden, dass es jemand anders getan hat. Und er will sie zurück.« Nick unterbrach sich. »Nate könnte auch noch am Leben sein. Er könnte versuchen, Johnny zu umgehen.«

»Es ist alles so lange her. Falls sie es in den Sechzigern, nach ihrer Flucht von Alcatraz, ans Ufer schafften, hätten sie sicher schon eher ihren Schatz geholt.«

Nick nickte zustimmend. »Stimmt, aber viele Männer haben im Gefängnis zur Religion gefunden. Vielleicht hat einer von ihnen – oder sogar beide – beschlossen, sich zu ändern, noch einmal von vorne anzufangen, ein neues Leben zu beginnen und im Verborgenen zu bleiben.«

»Bis jemand anfing, ihre Geheimnisse auszugraben«, setzte Kayla fort. »Lass uns die Führung auslassen. Ich habe genug gesehen.«

Charlotte saß in einem Rollstuhl im Eingangsbereich des Krankenhauses und kämmte sich. Die Ärztin hatte sie vor ein paar Minuten entlassen, und sie hatte die Schwester überredet, sie in die Eingangshalle zu bringen, um dort auf Kayla zu warten. Sie hasste es, im Krankenhaus zu sein. Es erinnerte sie an die vielen Wochen, die sie dort verbracht hatte, während Edward langsam an Krebs dahingesiecht war. Sie hatte mit ansehen müssen, wie ihr einst so starker und lebenslustiger Mann dahingewelkt war, am Ende so dünn und zerbrechlich, dass sie ihn kaum wiedererkannt hatte.

Edward war immer ein Fels gewesen, ein Anker in ihrem Leben, ein sicherer Platz zum Ausruhen. Kayla fand das bestimmt nicht romantisch oder aufregend, und um ehrlich zu sein, hatte sie selbst zu Anfang auch nicht so empfunden. In den ersten Jahren hatte sie sich nach Johnny gesehnt, hatte sich gewünscht, er könnte zurückkommen und seine Tochter sehen und sie in den Arm nehmen. Im Dunkel der Nacht hatte sie davon geträumt, mit ihm zusammen zu sein, mit ihm eine Familie zu haben. Es war ihr wie ein Verrat an Edward vorgekommen, und sie hatte die Träume verbannt, so gut sie konnte. Im Laufe der Zeit war es leichter geworden.

Wenn sie Edward mit Joanna beobachtete und sah, dass er ihre Tochter wie seine eigene behandelte, veränderte sich ihre Sicht auf ihn. Und allmählich begriff sie, dass die bösen Jungs, mit denen sie herumgezogen war, nie so gut oder wunderbar sein könnten wie Edward. Er hatte nach einem hohen moralischen Standard gelebt, und er hatte sie, Charlotte, auf sein Niveau gehoben. Sie war eine gute Frau geworden, so wie er sie sich gewünscht hatte.

Vielleicht war sie auch einfach nur erwachsen geworden. Manchmal dachte sie, dass es wahrscheinlich daran gelegen hatte. Johnny war Teil ihrer unbekümmerten Jugend, einer Zeit, als sie locker mit den Regeln umging, als sie sich in der Erregung von Gefahr, Abenteuer und Leidenschaft verlor. Mit einundzwanzig wollte sie jeden Augenblick so leben, als wäre er ihr letzter, damit sie nie etwas bereuen musste. Leider gab es im Leben immer etwas zu bereuen.

Und gestern Abend hatte sie die volle Wucht der Reue gespürt, als Johnny aus den Schatten getreten war und ihr direkt in die Augen gesehen hatte. Sein Bild stand ihr so klar vor Augen – seine dunklen, fast schwarzen Augen, sein eckiges Gesicht, das markante Kinn und die fein gemeißelten Züge. Sein Haar war ergraut, seine Haut faltig und seine Augen müde, aber er war ihr so vertraut. Und er hatte deutlich ihren Namen gesagt: »*Charlie*.«

An mehr erinnerte sie sich nicht. Als Nächstes war sie im Krankenhaus aufgewacht.

Charlotte war wütend auf sich selbst, weil sie bei seinem Anblick in Ohnmacht gefallen war. Nun hatte sie vielleicht die Gelegenheit vertan, mit ihm zu sprechen. Aber er hatte sie überrumpelt. All die Jahre hindurch hatte sie geglaubt, er wäre tot.

Doch er war nicht tot. Oder?

Zweifel nagten an ihr. Irrte sie sich? Hatte sie fälschlich jemanden für Johnny gehalten? In ihrer Wohnanlage lebten viele ältere Herren. Hatten die Schatten ihr einen Streich gespielt? Waren die Fragen über Johnny, die ihr durch den Kopf gingen, schuld daran, dass sie ihn sich eingebildet hatte?

Hoffentlich wurde sie nicht verrückt! Zumindest auf ihre Instinkte hatte sie sich immer verlassen können.

Und jetzt schrien diese Instinkte, dass Johnny noch lebte.

Aber die Freude darüber wurde von Zorn beeinträchtigt. Falls er all die Jahre am Leben gewesen war, wo hatte er gesteckt? Warum hatte er sich nicht mit ihr in Verbindung gesetzt? Weshalb hatte er ihr nichts gesagt? Warum hatte er sie um ihn trauern lassen?

Charlotte schaute auf, als Kayla durch die Tür kam. Sie sah an der verkniffenen Miene ihrer Enkelin, dass sie weitere Fragen stellen würde. Vielleicht hätte sie von Anfang an entgegenkommender sein sollen, doch jedes Mal, wenn sie Kayla etwas sagen musste, hatte sie das Gefühl, einen weiteren Nagel in den Sarg ihrer Beziehung zu hämmern. Sie hatte ihrer eigenen Tochter Joanna nie so nahegestanden wie Kayla, und sie wollte ihre Enkelin nicht wegen der Fehler verlieren, die sie vor fünfzig Jahren begangen hatte.

»Du siehst schon besser aus«, stellte Kayla mit einem gezwungenen Lächeln fest. »Fühlst du dich auch besser?«

»Ja, viel besser. Ich habe gut geschlafen. Die Ärztin sagt,

es ist alles in Ordnung. Ich muss auf meinen Cholesterinspiegel achten und viel ruhen ... Wasser trinken und so, du weißt schon.« Sie lächelte Kayla beruhigend an, die nicht überzeugt wirkte.

»Nick wartet draußen im Auto«, erklärte Kayla. »Soll ich dich hinausschieben?«

»Ich kann gehen. Das hier ist nur für Showeffekte«, behauptete sie und stand auf. »Krankenhausvorschrift oder so.«

Es war ein gutes Gefühl, aufzustehen und das Krankenhaus zu verlassen, fand Charlotte. Die Luft war frisch. Es war ein kühler Tag, der Himmel war bewölkt, was ihr das Gefühl gab, es braue sich ein Unwetter zusammen. Aber noch war es trocken.

Charlotte setzte sich auf die Rückbank und begrüßte Nick. Er nickte höflich. Sie wusste nicht genau, was er von ihr dachte, und es wäre ihr auch gleichgültig gewesen – hätte sie nicht den Blick gesehen, den Nick und Kayla nun wechselten. Zwischen den beiden herrschte eine große Intimität, und Charlotte fragte sich, was sich da abspielte. Aber sie wagte es nicht, dieses Thema jetzt anzuschneiden. Vermutlich gab es dringendere Angelegenheiten.

»Großmama«, begann Kayla und drehte sich zu ihr um, »wir müssen darüber reden, was gestern Abend passiert ist, doch ich will dich nicht aufregen, also erzählst du mir vielleicht kurz von dem Mann, der vor deinem Haus stand.«

»Es war Johnny«, antwortete sie. »Ich bin mir fast hundertprozentig sicher.«

»Fast?«, wiederholte Nick. Sein Blick begegnete dem ihren im Rückspiegel.

»Er stand im Schatten«, erklärte Charlotte. »Und da ich ohnmächtig wurde, weiß ich nicht ganz sicher, was ich sah, aber meine Instinkte sagen mir, dass er es war. Ich habe deutlich gehört, wie er mich ›Charlie‹ nannte, so wie früher.«

»Das hieße, er wäre all die Jahre am Leben gewesen«, bemerkte Kayla. »Wo hätte er stecken können?«

»Ich habe keine Ahnung.«

»Vielleicht in der Kirche«, überlegte Kayla. »Vielleicht bei seinem Halbbruder, dem Priester?«

Charlotte sank das Herz. »Wie hast du von Marcus erfahren?«

»Wir sind gestern zu St. Basil gefahren, weil wir hofften, jemand dort könnte sich an die Messdiener erinnern.« Kayla hielt inne. »Ich habe ihm erklärt, dass ich nach Informationen über meinen Großvater Johnny Blandino suchte. Der Priester unterbrach mich und eröffnete uns, Johnnys Halbbruder zu sein.«

»Du hast ihn ›deinen Großvater‹ genannt?«, entfuhr es Charlotte. Sie hatte ein seltsames Gefühl im Bauch.

»Das tut nichts zur Sache. Ich bin durch die ganze Stadt gerannt, um etwas über die Vergangenheit zu erfahren, und mir scheint, du bist diejenige, die alle Antworten kennt, nur dass du beschlossen hast, mich nicht daran teilhaben zu lassen.«

»Das ist nicht wahr, Kayla. Ich weiß wirklich nicht, wo Nates und Frankies Uhren sind. Habt ihr dieses Mädchen in Reno gefunden?«

»Ja, haben wir«, antwortete Kayla. »Aber sie wurde überfallen, nachdem wir mit ihr gesprochen hatten. Und zwar, noch ehe wir zu ihr gehen und die Uhr holen konnten.«

»Nein«, keuchte Charlotte. »Von wem? Von Evan?«

»Da war noch ein anderer Mann, der auch mich packte und wissen wollte, wo sich meine Uhr befindet«, erwiderte Kayla. »Und das war nicht Evan; also sind mindestens zwei

Menschen in die Sache verwickelt, vielleicht sogar noch mehr.«

»Oh, gütiger Himmel! Bist du verletzt? Warum hast du mich nicht sofort angerufen?«, rief Charlotte besorgt. Kayla hatte tatsächlich Kratzer und Prellungen im Gesicht, wie ihr jetzt auffiel. »Du bist ja ganz zerschlagen. Ich habe dich noch nicht einmal gefragt, wie das passiert ist. Du siehst aus, als hättest du dich geprügelt.«

Kayla schüttelte den Kopf. »Keine Prügelei, ein Autounfall. Wir hatten auf dem Rückweg von Reno Probleme mit den Bremsen. Aber mir geht es gut.«

»Das ist ja schrecklich«, murmelte Charlotte. Ihr Herz begann zu rasen. »Das gefällt mir überhaupt nicht. Du hättest schlimm verletzt werden können.«

»Es ist schon gut, Großmama«, sagte Kayla rasch. »Mach dir um mich keine Sorgen. Wir müssen uns auf unser Problem konzentrieren.«

Charlotte atmete ein paar Mal tief ein und aus, denn sie wusste, dass es wichtig war, ruhig zu bleiben. »Wie sah dieser andere Mann aus?«

»Ich konnte den Kerl nicht sehen, der mich von hinten packte, doch ich spürte, dass er kräftig und muskulös war. Und er roch, als hätte er stark geschwitzt.« Kayla brach ab und sah Nick an. »Der Kerl im Restaurant schwitzte auch.«

»Welcher Kerl?«, wollte Charlotte wissen.

»Jemand, den ich in Reno sah. Er hatte fettige dunkle Haare, war nicht besonders groß, etwas übergewichtig, und er wischte sich den Schweiß mit einer Serviette vom Gesicht.«

Charlotte wurde übel. Hatte sie unabsichtlich jemanden auf Kaylas Spur gesetzt? Sowohl Dana als auch Anne Marie hatten Söhne – Söhne, die möglicherweise diese Uhren in ihren Besitz bekommen wollten. Und kleine, dunkelhaarige Männer waren in North Beach ziemlich häufig.

»Woran denkst du, Großmama?«

»Ich weiß nicht. Es ist so viel zu verarbeiten.«

»Und so viel, was Sie uns noch nicht erzählt haben«, warf Nick ein. »Falls Sie Kayla schützen wollen, ist das der falsche Weg. Informationen können sie wappnen. Fehlende Informationen machen sie verwundbar.«

Da hatte er recht. Und Charlotte wusste tief im Innern, dass sie so bemüht darum gewesen war, die Beziehung zu Kayla zu schützen, dass sie ihre Enkelin tatsächlich in Gefahr gebracht hatte. Dabei hätte sie es besser wissen müssen. Schließlich hatte sie erfahren, wie gefährlich Männer werden konnten, wenn es um Gold ging, vor allem um dieses bestimmte Gold.

»Du hättest mir vertrauen sollen, Großmama«, sagte Kayla.

»Es ging nicht um Vertrauen«, antwortete Charlotte. »Aber ich werde dir alles erzählen.«

»Gut.«

Charlotte holte tief Luft, dann sah sie, dass sie schon vor ihrem Haus angelangt waren. »Das kann wohl warten, bis wir drinnen sind.«

»Aber nicht länger«, erklärte Kayla entschieden. »Du hast gestern Abend, als du immer wieder aufgewacht bist, ein paar Dinge gesagt, für die ich gern eine Erklärung hätte.«

Charlotte schürzte die Lippen und versuchte, sich zu erinnern. Sie hatte in der vergangenen Nacht so vieles geträumt. Vielleicht hatte es ja an den Medikamenten gelegen, doch die Vergangenheit hatte so lebendig in ihren Gedanken gewirkt.

Nick parkte, und Kayla sprang aus dem Auto, hielt ihrer Großmutter die Tür auf und bot ihr eine Hand.

»Schon gut«, meinte Charlotte, ohne Kaylas Hilfe anzunehmen. »Ich kann allein gehen.«

»Ich habe nie gemerkt, wie stur du sein kannst«, erwiderte Kayla trocken.

»Muss in der Familie liegen«, gab Charlotte zurück. »Du hast jedenfalls meine Wünsche auch nicht beachtet.«

»Dann habe ich meine Starrköpfigkeit also von dir«, sagte Kayla und wirkte bei der Vorstellung erfreut.

»Und von deiner Mutter. In unserer Familie sind die Frauen alle stark.«

»Das können Sie laut sagen«, murmelte Nick.

Charlotte bemerkte das Lächeln in Nicks Augen, als er Kayla anschaute, und sie begriff, dass es keine Belustigung war, die sie da sah, sondern Liebe … oder etwas, was der Liebe sehr nahe kam. Vielleicht geschah ja alles aus gutem Grund. Wenn Evan nicht verschwunden wäre, hätte Kayla diesen Mann nie kennengelernt. Und wenn Johnny nicht ins Gefängnis gekommen wäre, hätte sie Edward niemals geheiratet. Manchmal wurde aus der dunkelsten Nacht der strahlendste Tag.

»Ich nehme an, du hast keinen Schlüssel«, meinte Kayla.

Charlotte merkte auf einmal, dass sie ihre Tasche nicht hatte. Sie musste noch in der Wohnung sein. »Nein.«

»Schon gut. Ich habe den Ersatzschlüssel mit, den du mir gegeben hast.« Kayla steckte ihn ins Schloss und öffnete die Tür.

Sobald Charlotte über die Schwelle getreten war, merkte sie, dass etwas ganz und gar nicht stimmte. Kaylas erschrockenes Aufkeuchen und Nicks Fluchen bewiesen ihr, dass ihre Augen ihr keinen Streich spielten. Ihr Haus war auf den Kopf gestellt, verwüstet und durchwühlt worden. Die Möbel waren zertrümmert, ihre Sachen durcheinandergeworfen, ihre Papiere, ihre Bücher und Zeitschriften lagen zerstreut auf dem Boden.

Sie streckte Halt suchend die Hand nach der Wand aus. Kayla war sofort an ihrer Seite. »Großmama, alles in Ordnung?«

»Ich muss nur zu Atem kommen.«

»Was haben sie gesucht?«, fragte Nick.

»Ich muss mich setzen.«

»Natürlich«, murmelte Kayla und schob sie ins Wohnzimmer.

Charlotte setzte sich auf die Couch. Sie wusste nicht, wie sie anfangen und wo sie beginnen sollte. Wer war bei ihr eingebrochen? Johnny? Er war letzte Nacht hier gewesen, da war sie sicher. Aber warum sollte er in ihr Haus eindringen und es durchsuchen? Weil sie ohnmächtig geworden war? Weil er keine Gelegenheit gehabt hatte, sie einfach um das zu bitten, was er zurückhaben wollte?

»Der kleine Schlüssel«, meinte Kayla. »Vielleicht haben sie den kleinen Schlüssel gesucht, den du mir gegeben hast. Sie haben gemerkt, dass er nicht in der Uhr war, und als sie ihn bei mir nicht fanden, kamen sie hierher. Das ergibt Sinn.«

Charlotte war versucht, zuzustimmen und es dabei bewenden zu lassen. Sie hätte Kayla vielleicht täuschen können, aber Nick kam ihr sehr skeptisch und scharfsichtig vor. Tatsächlich beobachtete er sie abwartend. Sein Blick ruhte auf ihrem Gesicht.

»Das ist es nicht, oder?«, wollte er wissen.

Langsam schüttelte sie den Kopf. »Ich glaube nicht. Ich habe – oder vielleicht eher *hatte* – noch etwas.«

Kayla setzte sich auf den Couchtisch direkt vor Charlotte, sodass ihre Knie sich fast berührten. »Was hattest du?«

»Eine der anderen Uhren.«

»Frankies?«, fragte Kayla.

»Nein. Es waren nicht drei Uhren, Kayla. Es waren vier. Ich hatte Dominics Uhr.«

KAPITEL 20

Kayla hatte gedacht, nichts könnte sie mehr überraschen, doch ihre Großmutter schien in dem Punkt sehr verlässlich zu sein. »Warum hast oder hattest du Dominics Uhr? Warum hatte er überhaupt eine Uhr? Warum?«, fragte sie mit einer enttäuschten und verwirrten Handbewegung.

»Damit du das verstehst, muss ich dir die ganze Geschichte erzählen.«

»Das wäre mal eine nette Abwechslung«, entgegnete Kayla. Sie hörte den sarkastischen Tonfall in ihrer Stimme, war aber nicht bereit, ihn zu unterdrücken. Großmama ist gerade erst aus dem Krankenhaus gekommen und hat einen weiteren Schock durch die Verwüstung ihrer Wohnung erlitten, ermahnte sie sich. Sie musste es langsam angehen lassen, sonst landete ihre Großmutter mit einer erneuten Herzattacke gleich wieder in der Klinik. »Tut mir leid«, sagte sie hastig. »Möchtest du ein Glas Wasser? Willst du dich erst etwas ausruhen, ehe du uns die Geschichte erzählst?«

»Ich glaube nicht, dass wir dafür Zeit haben.« Charlotte blickte auf ihre Hände und spielte mit ihrem Ehering, dann sah sie Kayla wieder an.

»Dominic war der gute Junge, jedenfalls hielten die meisten Leute ihn dafür. Als die Jungs in ihrer Kinderzeit Freunde waren, steckten die vier immer zusammen. Aber nach der Highschool verliebte sich Dominic. Er heiratete mit achtzehn ein Mädchen aus der Nachbarschaft. Sie bekamen sofort Kinder – einen Jungen namens Lorenzo, dann in den nächsten vier Jahren noch zwei Mädchen, Delores und Grace. Dominic fing in dem Juweliergeschäft seines Vaters an zu arbeiten. Er musste seinen Lebensunterhalt verdienen. Er hatte eine Familie zu ernähren.

Johnny, Nate und Frankie entfernten sich von Dominic. Sie hatten größere Pläne, als von neun bis fünf für nicht besonders viel Geld zu arbeiten. Und sie fingen klein an – Taschen- und Ladendiebstahl, oder sie klauten alten, allein lebenden Damen der Gemeinde den Schmuck. Sie ließen sich anstellen, um den Rasen zu mähen oder die Bäume zu schneiden oder sonstige Arbeiten zu verrichten. Sobald sie aber im Haus waren, klügelten sie aus, was sie unbemerkt mitgehen lassen konnten. Johnny erzählte mir, dass es erstaunlich einfach sei. Je mehr Erfolg sie hatten, desto kühner wurden sie. Irgendwann begannen sie, Schnapsläden auszurauben, andere kleine Geschäfte, sogar Banken. Sie waren dreist, kühn, ja furchtlos. Und Frankie war besonders groß und angsteinflößend. Er hatte die Muskeln, Johnny und Nate das Hirn.« Charlotte machte eine Pause und holte tief Luft. Dann fuhr sie fort:

»Dominic bekam es satt, seinem Vater gefallen zu wollen, der ihn finanziell an der kurzen Leine hielt. Er hatte das Gefühl, dass Johnny und die anderen den ganzen Spaß hatten, während er zu Hause mit Frau und Kindern festsaß. Also sagte er, er wolle wieder mitmachen, und die anderen nahmen ihn gern wieder auf. Dominic beteiligte sich an einigen Aktionen, meist bei nächtlichen Unternehmungen. Niemand wusste, dass er mit von der Partie war. Nach einer Weile waren sie so erfolgreich, dass sie einen Platz brauchten, wo sie ihre Beute lagern konnten. Dana, eine der anderen Tänzerinnen im Club, und ich kannten einen Geheimraum im Keller des Clubs, in dem wir arbeiteten. Er war während der Prohibitionszeit gebaut worden, als das Gebäude eine Flüsterkneipe gewesen war. Wir hatten ihn eines Tages durch Zufall entdeckt, und wir sagten Johnny, er könnte sein Zeugs dort lagern, wenn er uns einen Anteil gab.«

Kayla klappte der Kiefer nach unten. Sie konnte ihren Schock und ihr Entsetzen nicht verbergen. »Du warst sein Helfershelfer?«

»Es war Danas Idee. Sie war ein sehr schlaues Mädchen. Ich war sehr viel naiver und ärmer. Ich konnte es mir nicht leisten, Geld auszuschlagen, und ich überlegte mir, dass sie sowieso stehlen würden, ob ich ihnen nun half, die Beute zu verstecken, oder nicht.«

»Also wirklich, Großmama! Du warst die Komplizin eines Verbrechers! Du hättest ins Gefängnis kommen können.«

»Ich sagte doch, ich habe Fehler gemacht«, entgegnete Charlotte scharf. »Und jetzt lass mich ausreden, damit ich nie mehr darüber sprechen und nie mehr darüber nachdenken muss.«

»Schön. Sprich weiter.«

»Johnny und seine Freunde begannen zu streiten. Die Gier führt dazu, dass selbst die besten Freunde sich entzweien. Sie begannen, einander zu misstrauen und sich zu sorgen, dass einer mehr als seinen gerechten Anteil bekam. Also begannen sie, Dinge in diese große alte Eisentruhe zu legen. Dominic stellte vier Schlösser und vier verschiedene Schlüssel her, die in ein Geheimfach in jeder der Uhren passten. Sie beschlossen, auch ein besseres Versteck zu suchen, und verrieten nicht, wo es war, aber die Inschriften auf den Uhren waren eine Art Code. Die Truhe ließ sich nur öffnen, wenn alle zusammen waren und jeder seinen Schlüssel dabeihatte. Und sie bewahrten die Schlüssel in den Uhren auf. Sie liebten diese Uhren; sie waren ein Symbol ihres Clubs, ihrer Verbindung, ihrer Geheimnisse.« Charlotte holte noch einmal tief Luft, ehe sie fortfuhr: »Der Raub in der Münze war ihre letzte Tat. Es war so gewaltig. Ich hatte keine Ahnung, dass sie sich etwas so Großes vorgenommen hatten.«

»Aber du warst dort«, unterbrach Kayla sie. »Nick und ich haben gerade den Nachrichtenbeitrag über den Raub gesehen.«

»Wo habt ihr euch das angeschaut?«, fragte Charlotte erstaunt.

»In der Münze. Wir waren heute Morgen dort. Ich wollte meinen Augen nicht trauen, als ich dich und ein anderes Mädchen neben dem Krankenwagen stehen sah.«

Charlotte nickte. »Ich hatte von dem Raub gehört und dass zwei Männer dabei ums Leben gekommen waren. Dana und ich rannten sofort hin. Wir dachten, wenn sie die Männer herausbrachten, könnten wir vielleicht sehen, ob es Johnny oder Nate waren. Dana war damals Nates Freundin. Aber die beiden waren es nicht, sondern die Wachmänner.« Sie warf Kayla einen um Verständnis bittenden Blick zu. »Sie hatten noch nie, nie zuvor jemanden verletzt. Und jetzt waren zwei Männer tot. Ich glaube, da habe ich erst wirklich begriffen, dass es kein Spiel war.«

»Was geschah dann?«, hakte Kayla nach.

»Die Männer versteckten sich. Ich sah Johnny nur einmal, bevor er verhaftet wurde. Er erzählte mir, dass etwas Schlimmes passiert sei, und beteuerte, dass es ein Unfall gewesen sei. Er wollte nicht mehr sagen. Aber er bat mich, seine und Dominics Uhr aufzubewahren. Am nächsten Tag hörte ich, dass Dominic bei einer Angeltour ums Leben gekommen war. Ich hatte ein schlechtes Gefühl dabei.«

»Sie brachten Dominic um?«, rief Kayla ungläubig. Was mochte einen solch drastischen Bruch in ihrer Freundschaft verursacht haben?, fragte sie sich.

»Ich glaube, ja.«

»War Dominic an dem Raub in der Münze beteiligt?«, wollte Nick wissen. »Sein Name wurde nie erwähnt.«

»Dominic ist nicht mit in die Münze gegangen. Er half ihnen, aus dem Gebäude herauszukommen, denn er kannte einen geheimen Ausgang. Niemand wusste, dass er beteiligt war, niemand außer mir und wahrscheinlich Dana.«

»Und außer jedem anderen, mit dem die Jungs vielleicht gesprochen haben«, meinte Nick. »Es klingt, als hätten sie überhaupt ein bisschen zu viel geredet, wenn sie Stripperinnen in ihre Vorhaben einweihten. Hatten sie denn keine Angst, Sie würden sie verraten?«

»Wir waren verliebt«, antwortete Charlotte. »Und Dana und ich standen ja nicht gerade mit beiden Beinen auf der richtigen Seite des Gesetzes. Wir hätten durch einen Verrat nichts zu gewinnen gehabt.«

»Aber warum haben sie Dominic umgebracht?«, fragte Kayla. »Das verstehe ich immer noch nicht.«

»Ich weiß es nicht. Es hatte Streit gegeben.«

»Du hättest mir sagen müssen, dass du Dominics Uhr hast«, wandte Kayla ein. »Warum hast du das für dich behalten? Du wusstest doch, dass ich nach allen vier Uhren suche.«

»Ich wollte warten, bis du die anderen Uhren hattest. Ich war mir nicht sicher, mit wem Evan zusammenarbeitet und was diese Leute vielleicht wussten.«

»Das ist die große Frage«, brummte Nick. »Aber offenbar war jemand auf der Suche nach Dominics Uhr hier.«

»Oder auf der Suche nach dem Schlüssel«, vermutete Charlotte. »Doch den habe ich dir gegeben, Kayla.«

»Ich habe ihn in meiner Tasche. Weißt du, wie die Inschrift auf Dominics Uhr lautete?«

»Ja. *Alle Reichtümer.* Ich dachte immer, es hätte etwas mit ihrer Beute zu tun.« Sie hielt inne. »Ich bewahre die Uhr in meinem Safe im Schlafzimmerschrank auf. Wenn man den Teppich zurückschlägt, sieht man ein Zahlenschloss. Die Kombination lautet sechsundvierzig, achtzehn, zweiundzwanzig.«

»Ich gehe nachschauen«, bot Nick an.

Kayla war versucht, ihn zu begleiten, beschloss aber, bei ihrer Großmutter zu bleiben. »Das ist vielleicht eine Geschichte!«

»Und eine, die mich nicht gerade in ein besonders gutes Licht rückt«, antwortete Charlotte. »Ich versuchte, mich zusammenzureißen, nachdem ich Edward geheiratet hatte. Er führte mich auf den richtigen Weg. Als die Jahre vergingen, war es leicht zu vergessen, dass ich jemals so wild gewesen war. Es erschien mir wie ein Traum. Und es war so lange her. Ich kann kaum glauben, dass jetzt alles wieder ans Licht kommt. Aber wahrscheinlich wird man die Vergangenheit nie wirklich los. Du kannst so weit laufen, wie du willst, deine Fehler holen dich immer wieder ein. Ich weiß nicht, ob du mir je vergeben kannst, doch ich liebe dich, Kayla, und am meisten bedaure ich, dich in Gefahr gebracht zu haben. Ich hätte dir diese Uhr nie geben dürfen. Ich hätte sie für immer behalten sollen.«

»Ich bin froh, dass du das, was du für Johnny getan hast, aus Liebe getan hast«, sagte Kayla. »Davon wird dein Handeln zwar nicht richtig, aber das macht es verständlicher. Ich habe mit Sicherheit auch einige Dummheiten aus Liebe oder einem Gefühl, das ich dafür hielt, begangen. Jetzt habe ich eine bessere Vorstellung davon, was wirklich ist und was nicht.«

Charlotte sah sie scharf an. »Ist Nick ›wirklich‹?«

Kayla zuckte zusammen. »Gute Güte. Warum fragst du?«

»Weil ich sehe, wie ihr zwei euch anschaut, als wäre da etwas zwischen euch, etwas Tiefgehendes, Intimes.«

Kayla merkte, wie sie rot wurde, und wünschte, sie könnte etwas dagegen tun, dass sich die Wärme auf ihrem Gesicht ausbreitete. Aber es war unmöglich. »Wir sind uns nähergekommen«, gestand sie. »Er ist ein lieber Kerl. Ich kann ja nicht gerade mit den besten Ergebnissen aufwarten, was die Beurteilung von Männern angeht. Bei Evan denke ich, dass ein Teil von mir immer wusste, dass es nicht richtig war. Ich wollte es mir nur nicht eingestehen. Ich wollte den Traum, den er mir verkaufte, also habe ich ihm seine falsche Geschichte abgekauft. Ich stürzte mich in die Ehe, damit ich keine Zeit hatte, es mir auszureden.«

»Verkauft Nick auch Träume?«

»Er verkauft mir überhaupt nichts. Wir reden nicht einmal über uns. Es passiert zu viel.«

»Aber du möchtest, dass es ein *wir* gibt?«

»Ich will nur diese Frage nicht beantworten müssen.«

Charlotte lächelte. »Du brauchst es mir nicht zu sagen, doch irgendwann musst du dir selbst gegenüber aufrichtig sein.«

»Ich habe Angst«, gestand Kayla. »Ich habe Angst, wieder allein dazustehen, wenn ich mich in Nick verliebe, und das will ich nicht. Also frage ich nicht, und er antwortet nicht. Und du hast recht: Es ist nicht die beste Art. Aber dann denke ich wieder: Warum muss ich es unbedingt jetzt wissen? Zum ersten Mal in meinem Leben habe ich eine Beziehung ohne jede Erwartung.«

»Vielleicht ohne Erwartungen, die du laut aussprichst. Nur weil du schweigst, heißt das aber nicht, dass es keine gibt und dass du dich nicht irgendwann damit beschäftigen musst.«

»Solange das nicht heute ist, bin ich zufrieden«, sagte Kayla. Sie sah auf, als Nick zurückkam. Sein Gesicht war finster, seine Hände leer.

»Ich habe den Safe offen vorgefunden«, berichtete er. »Keine Uhr. Anderer Schmuck und Papiere sind allerdings noch da.«

Charlotte machte ein langes Gesicht. »Wie haben sie den Safe geöffnet? Das Schloss war wohl nicht sicher genug, oder? Johnny hat mir einmal gezeigt, wie leicht es ist, einen Safe zu knacken.« Sie hielt inne. »Aber ich bin eine alte Frau, und ich hatte nicht viel Wertvolles. Wenigstens habe ich das gedacht. Es ist so lange her. Früher war ich vorsichtiger.« Sie schüttelte den Kopf, die Augen voller Bedauern.

»Es ist völlig verständlich, dass Sie im Laufe der Jahre nachlässiger geworden sind. Das ist mir auch passiert«, meinte Nick. »Evan hat mich zwölf Jahre nach unserem Streit überrumpelt. Ich hatte seit Jahren nicht mehr an ihn gedacht, und plötzlich war er da.«

Kayla beobachtete mit einem erfreuten Lächeln, wie Nick ihre Großmutter tröstete. Er hätte auch frustriert und wütend schreien können, dass alles anders gekommen wäre, wenn Charlotte ihnen gleich beim ersten Mal alles erzählt hätte, doch stattdessen war er nett und stellte die Gesundheit ihrer Großmutter vornan. Sie mochte ihn deswegen nur noch mehr, wenn das überhaupt möglich war.

»Danke«, antwortete Charlotte. »Es ist sehr nett von Ihnen, das zu sagen. Ich verstehe, warum Kayla Sie mag.«

Kayla wand sich verlegen, als Nick sie fragend ansah.

»Hat sie Ihnen erzählt, dass sie mich mag?«, fragte er lächelnd.

Charlotte lachte auf. »Sie sollten doch inzwischen wissen, dass ich ein Geheimnis für mich behalten kann.«

Nick grinste. »Das können Sie wirklich laut sagen.«

»Okay, ihr beiden, kommen wir wieder zur Sache«, unterbrach Kayla sie. »Was machen wir jetzt? Es ist nur noch eine Uhr übrig, und die gehörte Frankie. Wir haben keine Spur zu ihr.«

Nick setzte sich, seine Miene wurde ernst. »Gut, sagen wir, Evan hat die drei Uhren. Entweder wartet er darauf, dass wir ihn zu Frankies Uhr führen, oder er hat sie bereits. Oder er tappt genauso im Dunkeln wie wir.«

»Aber er arbeitet nicht allein«, wandte Kayla ein. »Wir wissen, dass noch mindestens ein weiterer Mann dazugehört. Wer könnte das sein?«

»Irgendwer, der eine Verbindung zu den Jungs von Alcatraz hat«, schlug Nick vor.

Kayla sah ihre Großmutter an. »Hast du eine Idee?«

»Dana hat drei Söhne. Anne Marie hatte einen Sohn und eine Tochter. Ihr Sohn hatte Nates Uhr.«

»Und hat sie Lisa vererbt«, murmelte Kayla. »Also sieht es so aus, dass niemand aus Anne Maries Familie in diese Sache verwickelt ist. Dann bleiben noch deine Freundin Dana und ihre Söhne übrig. Wir wissen überhaupt nichts über Frankie. Weißt du etwas über ihn, Großmama?«

»Frankie hatte viele Freundinnen. Ich kann mich an keine spezielle erinnern. Er hatte keine Geschwister. Im Club war ein Mädchen, das sowohl mit Nate als auch mit Frankie ausging. Sie hieß Elizabeth. Heute ist sie mit einem guten, rechtschaffenen Mann verheiratet und hat die Vergangenheit hinter sich gelassen, aber sie hat zwei Söhne. Ich habe schon mit ihr gesprochen. Sie schien nichts zu wissen.«

»Das muss nicht viel heißen«, meinte Kayla niedergeschlagen.

»Wir dürfen Dominic nicht vergessen«, warf Nick ein. »Jemand hat herausgefunden, dass Sie seine Uhr hatten. Und jemand hat Delores, Dominics Tochter, angegriffen.«

»Sie müssen nach Dominics Uhr gesucht haben«, erklärte Kayla. »Und wir dachten, wir wären der Auslöser gewesen, weil wir sie im Laden gebeten hatten, in den alten Büchern nachzusehen. Aber vielleicht waren wir gar nicht der Auslöser. Oder vielleicht ist Evan uns dorthin gefolgt und hat geglaubt, dass Delores Dominics Uhr hätte.« Als sie fertig war, merkte Kayla, dass sie die Möglichkeiten keineswegs eingegrenzt hatten. »Vergessen wir jemanden, jemanden, der auch ein Interesse an dem Schatz haben könnte, abgesehen von den Nachkommen der Räuber?« Sie sah Charlotte an.

Ihre Großmutter zuckte die Schultern. »Ich glaube nicht. Johnny und seine Freunde prahlten stets mit ihren Heldentaten. Aber das ist lange her. Die meisten aus meiner Generation sind längst nicht mehr.«

»Ich habe eher den Eindruck, dass noch eine ganze Menge da sind«, meinte Nick trocken. »Was halten Sie von der Idee, uns Ihrer Freundin Dana vorzustellen?«

Charlotte zögerte. »Es ist wohl zwecklos zu versuchen, diese Tür zur Vergangenheit wieder zuzuschlagen, oder? Na schön. Ich bringe euch zu Dana, dann könnt ihr den Club sehen, in dem ich meinen Ruf ruiniert habe. Er gehört jetzt Dana, müsst ihr wissen. Es ist immer noch ein Striptease-Club. Vielleicht auch mehr … Ich weiß nicht, was heutzutage im Club vor sich geht. Dana gehören noch zwei weitere Nachtclubs. Anscheinend hat sie für jeden ihrer Söhne einen gekauft. *Sie* hatte keine Angst davor, ihre Familie wissen zu lassen, was sie ist«, setzte Charlotte hinzu. »Nur um euch vorzuwarnen, sie mag mich nicht besonders, weil ich mich von ihr abgewandt habe. Ich bezweifle, dass sie euch herzlich willkommen heißt.«

»Mich interessiert auch eigentlich mehr dieser Geheimraum im Keller«, erwiderte Nick. »Ich weiß, Sie sagten, die Männer hätten ihre Beute nicht dort versteckt, aber vielleicht haben sie Ihnen auch nicht alles erzählt.«

»Du glaubst doch nicht, dass das Geld die ganze Zeit dort lag?«, fragte Kayla. »Das wäre zu einfach. Und so, wie es aussieht, hätte Dana es jederzeit nehmen können.«

»Oder sie hat sich immer dann bedient, wenn sie etwas Geld brauchte«, schlug Nick vor. »Sie ist finanziell auf jeden Fall gut gestellt, und es wäre einfacher gewesen, die Münzen im Verlauf von fünfzig Jahren einzeln an Sammler zu verkaufen, als die gesamte Menge auf einen Schlag.«

»Das glaube ich nicht«, widersprach Charlotte. »Ich weiß, dass Johnny das Geld wegbrachte. Er hat es mir gesagt. Und er hatte keinen Grund, mich anzulügen.« Charlotte brach abrupt ab. »Oh, ich sehe es euren Gesichtern an: Ihr denkt, er hätte mich anlügen können.«

»Er war nun mal ein Gauner, Großmama«, sagte Kayla sanft. »Wenn er rauben und töten konnte, konnte er wahrscheinlich auch lügen. Und ich weiß besser als die meisten, dass es ganz leicht ist, eine Lüge zu glauben, wenn ein gut aussehender Bursche dir genau das sagt, was du hören willst.«

»Johnny hat mich nicht angelogen«, erklärte Charlotte bestimmt. »Aber es ist schon gut. Ihr müsst nicht an ihn glauben.« Sie stand auf. »Ich ziehe mich nur rasch um und hole meine Tasche, dann fahren wir.«

»Bist du sicher, dass es dir nicht zu viel wird?«, fragte Kayla. »Nick und ich können auch allein fahren.«

»Ohne mich kommt ihr nicht weit«, entgegnete Charlotte. »Mir geht es gut. Ich bin stärker, als ich aussehe.«

»Sollen wir deine Freundin nicht erst anrufen?«, schlug Kayla vor.

»Wenn es um Dana geht, ist Überraschung immer die beste Methode«, antwortete Charlotte.

»Hier ist es«, sagte Charlotte, als sie vor dem *Illusion* standen, dem Nachtclub mitten auf dem Broadway. »Ich hätte nie gedacht, einmal mit meiner Enkelin herzukommen.«

»Falls es dich beruhigt, ich hätte auch nie gedacht, dass ich einmal mit meiner Großmutter in einen Striptease-Club gehe«, erwiderte Kayla.

Nick öffnete die Tür, und Kayla trat als Erste ein. Sie blieb dann drinnen stehen, damit sich ihre Augen an die schwache Beleuchtung gewöhnen konnten. Es war Mittwochnachmittag, und die Shows würden erst später am Abend beginnen. Ein stämmiger Mann kam auf sie zu.

»Wir haben noch nicht geöffnet«, sagte er.

»Wir möchten nur mit Dana sprechen«, erklärte Charlotte. »Ist sie da?«

»Sie hat eine Besprechung in ihrem Büro«, antwortete er. »Sie können warten, wenn Sie möchten. Wie heißen Sie? Ich richte ihr aus, dass Sie hier sind.«

»Charlotte Cunningham.«

»Sieht es noch so aus wie damals, als du hier getanzt hast?«, fragte Kayla und betrachtete die Bar, die Tische, die Bühne und die glänzenden goldenen Stangen. Sie konnte sich nicht im Entferntesten vorstellen, wie ihre Großmutter um eine dieser Stangen tanzte. Genau genommen konnte sie sich ihre Großmama überhaupt nicht hier vorstellen.

»Es hat sich viel verändert. Die Bühne ist größer. Es gab weder die Separees noch die Stangen.« Sie hielt inne. »Ich kann euch ein paar Fotos zeigen. Hier entlang.«

Kayla folgte ihrer Großmutter in den hinteren Teil, der geschmückt war mit Schwarz-Weiß-Fotos, die die Geschichte des Clubs illustrierten.

»Das bin ich«, sagte Charlotte und deutete auf ein Foto.

Kayla beugte sich vor und sah ihre Großmutter auf dem Schoß eines Mannes, eine Zigarette in der Hand, ein Lächeln auf dem Gesicht. »Geraucht hast du auch, Großmama?«

»Damals wussten wir es nicht besser.«

»Sind Johnny und seine Kumpel auf diesen Fotos?«, fragte Nick und stellte sich neben Kayla.

»Wollen wir mal sehen«, antwortete Charlotte und ging an der Wand entlang. »Hier sind sie, alle drei. Und das ist Dana: der Rotschopf neben Nate. Die Blonde auf ihrer anderen Seite ist ein Mädchen, das unter dem Namen Lola tanzte. Ihr richtiger Name war Elizabeth Hutchinson. Ich habe euch von ihr erzählt. Sie ging sowohl mit Frankie als auch mit Nate aus.«

Kayla wollte nicht fragen, was der Ausdruck »ausgehen« tatsächlich bedeutete. Sie vermutete, dass er mehr mit Sex und weniger mit einem Essen in einem netten Restaurant, gefolgt von einem Kinobesuch, zu tun hatte. Dies waren die bösen Mädchen, dachte sie, diejenigen, die die Männer von ihren Frauen und ihren »guten« Freundinnen weglockten. Und ihre Großmutter war eine von ihnen gewesen. Sie sah so jung auf den Fotos aus, so voller Leben, so glücklich.

»Wohin führt die Treppe?«, wollte Nick wissen. »Vielleicht in den Keller?«

»Ja, aber ich glaube nicht, dass es Dana gefallen wird, wenn wir hier herumschnüffeln.«

»Sie führen Ihre Familie doch nur durch Ihre alten Jagdgefilde. Das kann ja nicht so schlimm sein, oder?«, meinte Nick.

»Das können Sie ihr selbst erzählen«, sagte Charlotte, während sie ihnen voraus nach unten ging.

Das Untergeschoss schien teils als Weinkeller, teils als Lagerraum zu dienen. Es gab auch einen großen Kühlschrank und eine Gefriertruhe. Charlotte durchquerte den Raum rasch, als hätte sie keine Mühe, sich genau zu erinnern, wohin sie gehen musste. »Wir müssen diese Kisten wegschieben.«

»Lassen Sie mich mal«, meinte Nick und schob drei große Kisten zur Seite. »Da ist nichts«, setzte er hinzu und fuhr mit der Hand über die Holzvertäfelung.

»Das dritte Paneel von rechts – Sie müssen es eindrücken. Da ist ein Auslöser.«

Und tatsächlich genügte ein Versuch, und das Paneel teilte sich, eine Tür schwang auf und ließ eine dunkle Öffnung sehen.

»Früher gab es Licht, man musste an einer Schnur ziehen, die von der Decke hing ...« Charlotte trat vor und griff in die Dunkelheit. Einen Augenblick später ging das Licht an.

Der Raum war klein, nur etwa eins zwanzig mal eins achtzig. Er war kalt und feucht und vollkommen leer.

»Ich wusste doch, dass es hier nicht ist«, hauchte Charlotte. »Wie auch, nach fünfzig Jahren?«

Kayla sah zu Nick hinüber, der jeden Zentimeter des Raumes untersuchte. Er schien nach etwas zu suchen, aber sie wusste nicht, wonach. »Also hier versteckten Johnny und seine Freunde ihre Beute?«

Charlotte nickte. »Hier bewahrten sie während der Prohibition den Schnaps auf. Deswegen ist das Paneel auch geheim. Danas Vater arbeitete für die Stadt. Er wusste eine Menge über alte Gebäude, und einmal hat er ihr gegenüber erwähnt, dass sie nicht glauben würde, was für ein unterirdisches Netz sich durch die Stadt ziehe. Er erzählte uns, dass der Club früher eine Flüsterkneipe gewesen sei und wahrscheinlich einen Geheimraum im Keller habe. Wir fanden das sehr aufregend und gefährlich, also haben wir nach diesem Raum gesucht und ihn gefunden.«

»Verrätst du all unsere Geheimnisse, Charlotte?«

Kayla fuhr herum. Eine große Frau mit leuchtend roten Haaren stand im Gang. Hinter ihr stand der Mann, der sie vorhin in den Club gelassen hatte. Beide wirkten keineswegs erfreut, sie zu sehen.

»Schon gut, Stephen«, sagte Dana zu dem Mann. »Du kannst gehen.«

Der Mann sah aus, als wollte er widersprechen, doch nach einem Moment des Zögerns ging er davon.

»Dies ist Dana«, stellte Charlotte vor. »Meine alte Freundin. Dies ist meine Enkelin, Kayla, und ihr Freund Nick.

»Was hast du hier unten zu suchen, Charlie?«, fragte Dana.

»Ich wollte nachsehen, ob du immer noch das Geld versteckst«, antwortete Charlotte unverblümt.

Kayla folgte der Auseinandersetzung der beiden und spürte, dass zwischen ihnen ebenso viel Hass wie Liebe herrschte. Sie fragte sich, warum dies so war.

»Ich hätte nie gedacht, dass du so dumm bist«, sagte Dana. »Glaubst du wirklich, ich hätte das Geld all die Jahre über gehabt?«

»Nein, aber ich habe mich gefragt, ob du mehr wusstest, als du zugegeben hast, als du neulich bei mir warst.«

»Ich kam, um dir zu raten, den Mund zu halten, doch offenbar hast du meinen Rat nicht befolgt.«

»Jemand hat drei der vier Uhren«, erklärte Charlotte. »Die fehlende Uhr ist die von Frankie. Ich bin ziemlich sicher, dass derjenige, der den Uhren auf der Spur ist, zu wissen meint, wo das Geld ist.«

»Du hast Nates Uhr gefunden? Er hat sie Anne Marie gegeben?« Charlotte nickte. »Die sie ihrem Sohn schenkte, der sie wiederum an seine Tochter weitergab.«

»Ich verstehe. Also traute er ihr mehr als mir. Schockierend.«

Kayla konnte Danas Tonfall nicht recht deuten. Dana schien gleichzeitig wütend und gekränkt zu sein.

»Ich habe Kayla und Nick alles erzählt, Dana, nur damit du es weißt«, fuhr Charlotte fort. »Ich habe ihnen gesagt, dass wir beide oft das gestohlene Geld und den Schmuck in diesem Raum versteckten. Wir waren ihre Helfershelfer. Wir haben sie auch nach dem Überfall auf die Münze nicht verraten, obwohl wir wussten, was sie den Wachleuten angetan hatten. Wir haben den Mund gehalten.«

»Du kannst nichts davon beweisen«, entgegnete Dana. »Dein Wort steht gegen meins.«

»Wir wollen es nicht beweisen«, unterbrach Nick. »Wir wollen nur die Uhren und das Geld finden. Derjenige, der dieses miese Spiel mit uns spielt, ist ein Betrüger und ein Dieb, und wir wollen ihn schnappen.«

»Niemand wird den Schatz noch finden«, erwiderte Dana. »Er ist seit fünfzig Jahren verschwunden, und es haben schon früher Leute danach gesucht.«

»Aber früher hatte niemand die Uhren«, wandte Charlotte ein. »Irgendwer weiß ganz bestimmt etwas – vielleicht auch mehrere Leute. Vielleicht du oder deine Söhne. Sie haben wohl nicht kürzlich mal die Stadt verlassen, oder? Einen Ausflug nach Reno unternommen?«

»Lass meine Jungs aus dem Spiel.«

»Solange sie meine Enkelin in Ruhe lassen, gern. Jemand hat versucht, sie umzubringen.«

»Aber nicht einer meiner Söhne«, erklärte Dana rasch. »Sie sind gute Jungen. Sie haben Frauen und Kinder und führen ihr eigenes Leben. Komm mir jetzt nicht in die Quere, Charlie! Du hast diesem Leben und diesem Ort vor langer Zeit den Rücken gekehrt und hast kein Recht, jetzt wieder hier aufzutauchen. Ich will, dass du gehst, und zwar möglichst weit weg. Komm nicht wieder her. Wir sind fertig miteinander, und das schon seit ewigen Zeiten. Welche Freundschaft uns auch einmal verbunden hat, sie war vorbei, als du ohne Abschied, ohne ein ›Danke‹ gingst. Ich habe dich davor bewahrt, auf der Straße leben zu müssen. Aber das hast du mir nie gedankt. Du hast dich immer so benommen, als hätte ich dich nach unten gezogen.«

»Das habe ich nie gesagt. Und ich habe so auch zu niemandem geredet.«

»Nicht einmal mir gegenüber«, mischte sich Kayla ein. »Sie hat mir erzählt, Sie wären ihre Freundin und dass Sie ihr geholfen hätten.«

Dana wirkte überrascht. »Wirklich?«

»Ich habe ihr die Wahrheit gesagt, die ganze Wahrheit. Wir beide, du und ich, steckten da drin, und ich war diejenige, die bis über beide Ohren verliebt war. Du hast dein Herz immer herausgehalten.«

»Nicht immer«, gestand Dana. »Nicht bei Nate. Er war etwas Besonderes. Ich wünschte nur, er hätte mir auch ein Baby hinterlassen, so wie Johnny dir. Dann hätte ich für alle Zeit etwas von ihm gehabt. Aber ihr macht euch lieber auf den Weg. Hier unten gibt es nichts für euch. Ich benutze diesen Raum nicht mehr. Ich lasse ihn leer stehen als Mahnung, auf der richtigen Seite der Straße zu bleiben, sozusagen. Nate starb wegen seiner Gier, seiner Rücksichtslosigkeit. Er dachte immer, ihm könnte nichts zustoßen, er wäre unverwundbar. Sie glaubten, niemand würde sie je finden, doch sie irrten sich. Eine Woche später saßen sie im Gefängnis. Und fünf Jahre später waren sie tot.«

»Ich weiß nicht, ob sie tot sind«, meinte Charlotte. »Ich denke, ich habe Johnny gestern Abend gesehen. Ich glaube, er stand vor meinem Haus, aber ich wurde durch den Schock ohnmächtig und fand mich im Krankenhaus wieder. Vielleicht war es ja nur ein Traum, doch es fühlte sich wirklich an.« Sie hielt inne. »Bist du sicher, dass du uns nichts zu sagen hast, Dana? Nichts über die Münzen oder die Uhren oder darüber, wer danach suchen könnte?«

Dana ließ sich Zeit mit der Antwort. »Es gibt da diesen Mann, der ein Buch über Alcatraz und die Fluchtversuche geschrieben hat. Er heißt Joel Sowieso ... Joel McClain. Er war vor ein paar Monaten hier, um zu recherchieren. Angeblich war er mal Wachmann in dem Gefängnis. Er behauptete, Frankie hätte ihm erzählt, wo das Geld versteckt sei. Ich fragte ihn, warum er dann nicht reich sei, und er lächelte nur und sagte, er arbeite daran. Ich hielt ihn für einen Idioten, doch vielleicht wusste er wirklich etwas. Ich glaube, er wollte mich nur zum Reden bringen, aber man weiß ja nie.«

Charlotte warf einen Blick auf Kayla und Nick. »Wollt ihr noch etwas wissen, ehe wir gehen?«

»Nur eine Frage«, meinte Nick. Er streckte die Hand aus, öffnete die Faust und ließ einen golden glänzenden Manschettenknopf sehen. »Haben Sie eine Ahnung, wie der hier in Ihren Geheimraum gekommen ist?«

Dana starrte den Manschettenknopf an, als hätte sie ihn

noch nie gesehen. »Ich habe nicht die leiseste Ahnung. Niemand weiß von diesem Raum.«

»Nicht einmal deine Söhne?«, fragte Charlotte.

»Nicht einmal sie kennen ihn. Ich habe immer Kisten vor der Wand stehen.« Sie brach ab. »Ich bringe euch hinaus.«

Als sie zum Wagen kamen, stellte Kayla die Frage, die ihr die ganze Zeit schon unter den Nägeln brannte. »Was ist das mit dem Manschettenknopf, Nick? Warum starrst du ihn so an?«

»Weil ich glaube, dass er mir gehört«, sagte er und sah ihr in die Augen. »Der einzige Mensch, der ihn genommen haben kann, ist Evan, was bedeutet, dass er in diesem Raum war. Woher wusste er von seiner Existenz? Wie ist er hineingekommen? Und warum war er dort?«

Sie hätte gern endlich einmal eine Antwort auf eine dieser Fragen gehabt!

Nick dachte später am Abend immer noch über den Manschettenknopf nach. Er war kurz nach Hause gefahren, um nachzusehen, und hatte prompt festgestellt, dass einer von einem Paar fehlte – genau der aus dem Club. Hatte Evan die Münzen bereits gefunden? Oder hatte Dana ihnen die Wahrheit gesagt – war der Raum wirklich schon seit Jahren leer? Vielleicht hatte Evan dort einfach nur nachgesehen, genau wie sie es getan hatten.

Kayla ließ sich neben Nick auf die Couch fallen. Sie saßen im Wohnzimmer ihrer Großmutter, nachdem sie den größten Teil des Tages damit verbracht hatten, das Haus wieder in Ordnung zu bringen und ein gutes Abendessen zu kochen. Jetzt machte sich Charlotte oben zum Schlafengehen bereit.

»Ich habe Großmama gesagt, dass ich hier unten übernachte«, erklärte sie. »Die Couch hier lässt sich zum Bett ausklappen.«

»Ich hoffe, du hast gesagt, dass *wir* hier unten übernachten«, berichtigte er sie. »Ich lasse euch beide nicht allein in diesem Haus.«

»Das geht schon«, wehrte sie halbherzig ab, aber ihre Augen sagten etwas anderes.

»Ich bleibe«, beharrte er. »Stört es deine Großmutter, wenn wir zusammen hier schlafen?«

Kayla verzog das Gesicht. »Vor ein paar Wochen hätte ich diese Frage noch bejaht, aber jetzt, mit dem, was ich weiß ...« Sie schüttelte den Kopf.

»Was sie getan hat, hat nichts mit den Erwartungen zu tun, die sie an dich stellt«, erwiderte Nick. »Du bist ihre Enkelin. Sie will das Beste für dich. Das hat sich nicht geändert.«

»Ich weiß, aber du bist das Beste für mich, und ich bin alt genug, um diese Entscheidung allein zu treffen.«

Er blickte ihr in die Augen und fand dort eine Wahrheit, die ihn zu Tode erschreckte. Sie hatten nicht über das geredet, was zwischen ihnen geschah. Nick war nur zu glücklich gewesen, dieses Gespräch zu vertagen. Er hätte es am liebsten noch länger vor sich hergeschoben.

»Es ist schon gut«, sagte Kayla leise. »Ich weiß, es ist noch zu früh.«

Nick mochte nicht fragen: »Zu früh wofür?« Denn er hatte Angst vor der Antwort.

»Und wir müssen über zu viel nachdenken«, setzte sie hinzu. Sie lächelte. »Du wirst immer nur dann nervös, Nick, wenn ich etwas Persönliches sage.«

»Ich bin nicht nervös«, widersprach er.

»Du hast versprochen, mich nicht anzulügen.«

Er sah in ihre warmen braunen Augen und wusste, dass sie recht hatte: Er log. Er *war* nervös, weil sie ihn auf eine Art berührte, wie er es sich nie hatte vorstellen können. Er hatte seine Beziehungen immer auf Distanz halten können, selbst die intimen. Es gab eben Dinge, die er mit niemandem teilte, Grenzen, die er nicht überschritt, aber Kayla war anders. Seit er ihr begegnet war, hatte es keine Grenzen gegeben und auch nicht viel Distanz zwischen ihnen. Sie waren unzertrennlich gewesen. Sie hatten gemeinsam dem Tod ins Auge geblickt und alle emotionalen Höhepunkte durchlebt, die zwei Menschen erleben konnten, und er konnte nicht an der Tatsache vorbei, dass er sie nicht einfach nur begehrte – er brauchte sie längst. Diese Erkenntnis jagte ihm am meisten Angst ein. Er hatte nie Teil eines Paares sein wollen, doch jetzt konnte er sich anscheinend nicht mehr von Kayla losreißen.

Er konnte auch jetzt nicht gehen, überlegte er. Kayla könnte in Gefahr sein. Sie würde erst in Sicherheit sein, wenn Evan im Gefängnis saß. Bis dahin blieb er an ihrer Seite, selbst wenn sie ihn anflehen würde zu gehen. Aber danach sah es nicht aus, ganz und gar nicht: Sie sah ihn voller Begehren an. Nick schluckte trocken und versuchte, logisch zu denken und seinen Körper zu ignorieren, der ihm befahl, ihr so rasch wie möglich die Kleider vom Leib zu reißen.

»Nick«, murmelte sie. »Du starrst mich an. Nicht, dass mir das nicht gefiele, doch was geht in dir vor?«

»Ich versuche, daran zu denken, dass deine Großmutter oben ist und die Wände dieses Hauses sehr dünn sind.«

»Wir können leise sein.«

»Wirklich?«, neckte er sie.

Sie wurde rot. »Ich kann es ja versuchen.«

»Ich will nicht, dass du das versuchst. Ich mag es, wenn du dich gehen lässt.«

»Das scheint ziemlich oft zu passieren, wenn du ...« Sie brach abrupt ab, ihre Augen wurden groß, während sie über seine Schulter starrte.

»Was ist los?«

»Da ist jemand«, wisperte sie und deutete zum Fenster.

Nick wandte rasch den Kopf und sah den schwachen Umriss eines Mannes vor dem Fenster. Er sprang auf, rannte zur Haustür und fluchte, weil er so lange brauchte, um die Schlösser zu öffnen, die er an Charlottes Haustür angebracht hatte. Als er nach draußen kam, sah er eine dunkle Gestalt über die Straße flüchten. Er setzte hinterher, doch der Mann sprang in einen Wagen, einen alten Sedan, und fuhr davon. Es war zu dunkel, um das Nummernschild zu entziffern, und Nick hatte den Mann nicht deutlich genug gesehen, um ihn zu erkennen. Doch er hielt ihn nicht für Evan. Er hatte dunkler gewirkt und war etwas unbeholfen gelaufen, als hätte er ein schmerzendes Knie.

Als er sich wieder zum Haus wandte, sah Nick etwas am Boden liegen und hob es auf. Es war eine Perücke, aber es war zu dunkel, um sie deutlich zu erkennen.

Auf dem Weg zum Haus kam Kayla ihm entgegen. »Hast du gesehen, wer es war?«

»Nein, du?«

»Der Typ sah dunkel aus, italienisch«, meinte sie. »Älter. Himmel, Nick, glaubst du, es war Johnny?«

Nick hielt die Perücke hoch. »Eher nicht.«

»Was meinst du damit?«

Er winkte sie wieder hinein und schloss die Tür hinter sich. Dann betrachtete er die Perücke genauer. Sie war kurzhaarig, schwarz mit grauen Sprenkeln. Eine Herrenperücke.

»Wo genau hast du die gefunden?«

»Auf dem Bürgersteig.« Er hielt inne. »Ich glaube nicht, dass Johnny gestern hier war. Ich denke, es war Evan in Verkleidung.«

Kayla sah ihn an. »Das gibt erheblich mehr Sinn. Ich weiß allerdings nicht, was ich meiner Großmutter sagen soll. Sie möchte gern glauben, dass Johnny noch lebt.«

»Belassen wir es dabei, bis wir sicher sind«, schlug Nick vor. »Ich muss allerdings zugeben, dass der Kerl sich nicht wie ein junger Mann bewegte, als er die Straße entlanglief.«

»Also was denkst du?«

»Keine Ahnung«, gestand er frustriert. »Nichts passt zum anderen. Wir versuchen, die Teilchen zusammenzufügen, aber sie passen einfach nicht. Das Bild ist völlig falsch. Ich habe das Gefühl, wir übersehen etwas Wichtiges. Ich weiß nur nicht, was.«

Kayla seufzte. »Ich weiß, was du meinst. Mir passiert das dauernd, wenn ich versuche, ein zerbrochenes Fenster zu reparieren. Manchmal scheint es hoffnungslos, doch wenn ich es am wenigsten erwarte, finde ich das richtige Stück, und alles passt perfekt zusammen.«

»Wie lange dauert das für gewöhnlich?«

»Manchmal Wochen«, gab sie zu.

»Wir haben aber keine Wochen.«

Sie schnitt ihm eine Grimasse. »Das weiß ich auch, doch wir haben wenigstens eine Nacht.« Plötzlich begannen ihre Augen zu leuchten. »Ich habe eine Idee: Wir legen es aus wie ein Puzzle und versuchen, es zusammenzusetzen. Statt herauszufinden, was wir nicht wissen, konzentrieren wir uns auf das, was wir herausgefunden haben.«

Nick folgte ihr in die Küche, wo sie Papier, Stifte und eine Schere holte. Sie setzte sich an den Esstisch und teilte das

Papier in ein Dutzend Vierecke auf, die sie anschließend ausschnitt. Sie sah ihn erwartungsvoll an.

»He, das ist dein Spiel«, sagte er.

»*Unser* Spiel«, verbesserte sie. »Wir wissen, dass es vier Uhren gibt.« Sie nahm vier Stücke Papier und schrieb die Zahlen eins, zwei, drei und vier darauf. Dann schrieb sie den Besitzer jeder Uhr und die entsprechende Inschrift dazu.

Nick setzte sich ihr gegenüber und legte die vier Papierstückchen vor sich hin. Er war nicht sicher, in welcher Reihenfolge die Inschriften aufeinanderfolgen mussten, aber bislang hatten sie *Des Himmels Erwarten*, *Alle Reichtümer* und *Bis Zum Tage*. »Ich überlege, was dabei herauskommt, wenn wir diese Bruchstücke in den Computer eingeben.«

»Gute Frage! Leider hat meine Großmutter keinen Computer. Wenn du nach Hause fahren willst ...«

Die Versuchung war sehr groß, doch er dachte daran, dass vor wenigen Minuten jemand das Haus beobachtet hatte. »Das machen wir morgen«, entschied er. »Was haben wir noch?«

»Alle Personen, die dazugehören – Evan, meine Großmutter, dich, mich, Jenny, J. T.« Sie hielt inne, den Stift in der Hand.

»Delores Ricci«, fuhr er fort. »Den unbekannten Angreifer in Reno, Lisa Palmer und denjenigen, der unsere Bremsen zerstört hat.«

»Die Freundinnen meiner Großmutter – die Mädchen aus dem Tanzclub.«

Die kleinen Papiervierecke waren bald vollgeschrieben. Nick schob sie hin und her, doch die Worte machten ihn nur schwindlig. »Ich glaube nicht, dass uns das weiterhilft«, erklärte er einen Augenblick später. »Ich sehe nur, wie viel wir nicht wissen.«

Kayla lehnte sich zurück und gähnte. »Dann müssen wir wohl mit Plan B vorliebnehmen – darüber schlafen.«

»Geh schon vor«, sagte Nick. »Ich denke noch ein bisschen darüber nach. Außerdem will ich sichergehen, dass unser Eindringling nicht zurückkommt.«

»Ich kann auch hier bleiben«, bot sie an.

Er bemerkte die Schatten unter ihren Augen und wusste, dass der Stress der vergangenen Tage seinen Tribut forderte. Sie sah völlig erschlagen aus. Er fühlte sich genauso, doch er hatte noch so viel Adrenalin im Blut, so viel Zorn und Enttäuschung, dass er sich ohnehin nicht so weit entspannen konnte, dass er einschlief. »Geh schlafen, Kayla. Morgen finden wir es heraus.«

»Oder du findest es heute Abend heraus«, sagte sie mit einem zuversichtlichen Lächeln.

»Du hast zu großes Vertrauen in mich.«

»Nein, das stimmt nicht«, erwiderte sie mit einem Ernst, der sein Herz schneller schlagen ließ.

Nick wollte sie nicht enttäuschen. Er wollte sich selbst nicht enttäuschen. Aber als er auf die Puzzleteile starrte, wurde ihm klar, dass er keine Ahnung hatte, wie er sie zusammenfügen sollte.

KAPITEL 21

Kaylas Träume waren erfüllt von den Bildern der letzten Tage. Immer wieder tauchte Evans spöttisches Lächeln auf. Dann spürte sie, wie sich ein Arm um ihren Hals schloss und sie zu ersticken drohte; sie hörte die tiefe, heisere Stimme, die wissen wollte, wo die Uhr war. Sobald sie versuchte, dieses Bild zu verdrängen, erschien ein anderes: Sie fuhr mit Nick durch die Berge, und das Auto wurde schneller und schneller. Sie hörte sich selbst schreien, als sie von der Straße abkamen.

Kayla wälzte sich unruhig hin und her und versuchte, an nichts zu denken. Aber sie fand keine bequeme Stellung auf dem Schlafsofa, und jedes Mal, wenn sie nach Nick tastete, war er nicht da.

Es war schon schockierend, wie nahe sie sich gekommen waren. Er war der erste Mensch, mit dem sie morgens reden wollte, und der letzte am Abend, und jedes Mal, wenn etwas passierte, musste sie wissen, wie er darüber dachte. Er war für sie so lebenswichtig wie die Luft zum Atmen, und es bereitete ihr Sorgen, dass sie in so kurzer Zeit so ineinander verstrickt waren.

Sie wollte sich nicht wieder aus Liebe zum Narren machen. Nicht dass sie verliebt wäre, sagte sie sich. Aber diese Beteuerung klang selbst in ihren eigenen Ohren kläglich. Nick dachte vielleicht, sie wäre locker, wenn es um Sex ging, aber das war sie nicht. Von Anfang an waren bei ihr Gefühle mit im Spiel gewesen, vom ersten Kuss an. Gut, vielleicht hatte sie ihn zu Anfang geküsst, um es Evan heimzuzahlen, doch in dem Augenblick, als ihre Lippen die seinen berührt hatten, hatte sich für sie alles geändert.

Über Nicks Motive war sie sich nicht ganz im Klaren. Sie wusste, dass er sich körperlich von ihr angezogen fühlte und gern mit ihr schlief. Doch gingen seine Gefühle für sie darüber hinaus? Kayla fürchtete, die Antwort könnte nein lauten. Sie befahl sich, nicht darüber nachzudenken. Schließlich gab es im Augenblick wichtigere Dinge als ihre persönliche Beziehung zu Nick.

Sie musste vor allem schlafen, sich ausruhen und wieder sammeln!

Irgendwann im Laufe der Nacht musste sie eingeschlafen sein. Als sie aufwachte, schien die Sonne durch die Rollos, und Nick schlief am Esstisch, den Kopf auf die Arme gelegt, die Puzzleteile noch immer um sich ausgebreitet. Sie stand auf, duschte, zog sich an und goss Kaffee auf, doch als sie fertig war, schlief Nick immer noch. Sie weckte ihn nur ungern, aber sie musste ihre Großmutter zu einer Nachuntersuchung zu ihrem Hausarzt bringen.

»Nick«, sagte sie sanft und legte ihm die Hand auf die Schulter. »Zeit zum Aufwachen.«

Er erwachte mit einem Ruck, mit wildem Blick und so angespannten Muskeln, als wollte er sich mitten in einen Kampf stürzen. Nick war jedenfalls kein Mann, der nur unbeteiligter Zuschauer blieb. Langsam konzentrierte sich sein Blick auf ihr Gesicht. »Was ist los?«

»Nichts, es ist Morgen. Ich muss Großmama zum Arzt bringen.«

»Richtig.« Er fuhr sich mit der Hand durch das zerzauste Haar. »Ich springe nur rasch ins Bad und lasse mir Wasser übers Gesicht laufen. Dann bin ich wieder da.«

»Du brauchst nicht mit uns zu kommen. Wir schaffen das auch allein.«

Er warf ihr einen Blick zu, der ihr sagte, dass sie ihren Atem verschwendete, und verschwand im Bad.

»Was ist das denn?«, fragte Charlotte, die gerade ins Zimmer trat und zum Tisch blickte.

»Wir haben versucht, alle Informationen, die wir haben, zusammenzubringen.«

»Erfolg gehabt?«

Kayla starrte auf das Puzzle, vor allem auf das Stück Papier, auf dem *Frankies Uhr* stand. Sie war die einzige Taschenuhr, die noch fehlte. Sie musste der Schlüssel sein. »Ich glaube, nicht.«

»Ihr werdet es schon herausbekommen«, versicherte Charlotte.

»Das habe ich Nick gestern Abend auch gesagt«, erwiderte Kayla. »Doch ich bin nicht sicher, ob einer von uns das schafft, ehe Evan oder ein anderer den nächsten Zug macht. Du hast doch nicht vergessen, mir etwas zu erzählen, oder?«

»Nein, ich schwöre, du weißt jetzt alles. Keine Geheimnisse mehr.«

Kayla sah ihre Großmutter scharf an, fand aber nichts außer Aufrichtigkeit in ihren Augen. »Gut.«

»Ich bin so weit«, erklärte Nick, als er ins Zimmer kam. Er roch nach Zahnpasta, und sein Haar und sein Gesicht waren noch feucht.

Kayla fand, dass sie noch nie in ihrem Leben einem Mann begegnet war, der so sexy war, aber das konnte sie ihm schlecht sagen, wenn ihre Großmutter direkt neben ihr stand.

»Ich hole den Wagen«, entschied Nick und ging hinaus.

Kayla blickte zu ihrer Großmutter und merkte, dass diese sie mit einem seltsamen Lächeln betrachtete. »Was ist?«

»Du bist in Nick verliebt.«

»Nein, bin ich nicht«, widersprach sie automatisch.

»Auch gut«, erwiderte Charlotte leichthin.

»Bin ich nicht«, wiederholte sie, weil klar war, dass ihre Großmutter ihr nicht glaubte.

»Wie du meinst, Liebes.«

»Manchmal kannst du einen wirklich auf die Palme bringen, Großmama.«

Charlotte lächelte nur.

»Na schön, ich mag ihn – sehr –, doch mehr weiß ich noch nicht, und mir ist überhaupt nicht klar, was er empfindet. Nick geht es nur darum, Evan zu finden, sein Geld wiederzubekommen und seine Familie in Sicherheit zu wissen.«

»Und er will dich«, sagte Charlotte.

»Meinst du?«, fragte sie unwillkürlich.

»Ja, Kayla.«

»Ich habe in der Abteilung Liebe so viele Fehler gemacht ...«

»Dann machst du dieses Mal alles richtig.«

Die Autohupe unterbrach ihr Gespräch. Nick wartete. Sie mussten noch einiges erledigen. Ihr Liebesleben würde warten müssen.

Nach einem längeren Besuch in der Arztpraxis kehrten sie in Charlottes Haus zurück. Während ihre Großmutter auf Anweisung des Arztes ruhte, bereitete Kayla das Mittagessen zu, und Nick brütete über ihrem Puzzle. Sie waren gerade mit dem Essen fertig, als Charlottes Nachbarin Bernice an die Tür klopfte.

»Sieh mal, wer hier ist, Kayla«, meinte Charlotte und umarmte ihre Freundin zur Begrüßung.

»Hallo, Bernice«, sagte Kayla.

»Schön, dich wieder auf den Beinen zu sehen, als ob nichts passiert wäre, Charlotte!«, rief Bernice. »Ich habe mir solche Sorgen gemacht.«

»Dank Ihres raschen Handelns hat sie unverzüglich die richtige Behandlung bekommen«, bemerkte Kayla.

»Ich möchte dir auch noch danken«, setzte Charlotte hinzu. »Kayla sagte mir, dass du mich ins Krankenhaus gebracht hast.«

Bernice wehrte mit einer Handbewegung ab. »Das war doch selbstverständlich. Aber du schuldest mir ein Kartenspiel.« Sie räusperte sich und warf einen raschen Blick zu Kayla. »Ein paar der anderen Mädchen haben gedacht, sie könnten vorbeikommen und ein bisschen Bridge spielen, aber natürlich nur, wenn es dir recht ist.«

»Ein paar Runden könnte ich sicherlich spielen«, erwiderte Charlotte. »Du hast doch nichts dagegen, Kayla? Du und Nick, ihr spielt schon lange genug den Babysitter für mich. Und ihr habt bestimmt noch anderes zu erledigen.«

»Wenn du sicher bist, dass es für dich in Ordnung ist, Großmama.«

»Ich komme schon zurecht. Ruft mich später an und sagt mir, ob ihr etwas in Erfahrung bringen konntet. Bernice und die Mädels werden hier sein. Warum kommst du nicht mit in die Küche?«, fragte sie Bernice. »Wir können Tee kochen.«

Als Kayla ins Wohnzimmer zurückkehrte, hörte sie Nick in sein Handy sprechen. Er ging auf und ab, ein rastloses Funkeln in den Augen. »Halte mich auf dem Laufenden«, sagte er, dann legte er auf.

»Wer war das?«

»J. T. Ich habe ihm alles über deine Großmutter und Dominics Uhr erzählt.«

»Gut. Hatte er Neuigkeiten?«

»Er hat gestern Abend mit Delores Ricci gesprochen. Die Familie vermutete hinter dem Tod ihres Vaters wohl immer schon ein Verbrechen, aber sie hatten nie Beweise. Delores hatte keine Ahnung, was aus der Uhr ihres Vaters geworden ist. Sie wäre bestimmt entsetzt, wenn sie wüsste, dass deine Großmutter sie bis vor Kurzem hatte.«

»Was noch?«

»Will, Evans alter Kumpel, ist einen Tag, nachdem wir bei ihm waren, verschwunden. Der Vermieter sagte, er sei ausgezogen, ohne eine Nachsendeadresse zu hinterlassen. Evan wollte wohl auf keinen Fall, dass er mit irgendwem redet. Und J. T. sagte, dass sie in Lisa Palmers Haus Fingerabdrücke sichergestellt haben, für die es in ihren Datenbanken keine Entsprechung gibt. Evan ist natürlich zu clever, um Fingerabdrücke zu hinterlassen.«

»Schön, schön. Das ist ja alles ganz interessant, aber nur deswegen bist du doch nicht so aufgeregt. Warum also?«

Nick winkte sie zum Esstisch. Er wählte drei Papierschnipsel aus und legte sie nebeneinander.

»Ich habe über unsere Puzzleteile nachgedacht, Kayla, und darüber, wie sie zusammengehören. Als ich gestern mit J. T. sprach, erzählte er auch von seinem Gespräch mit Helen Matthews.« Er deutete auf das Papierviereck, auf das er ihren Namen geschrieben hatte. »Sie ist die Frau, die Frankie damals kannte, und sie erzählte J. T., Frankie wäre ein Geizhals gewesen und hätte gern Dinge gehortet. Sie konnte sich nicht vorstellen, dass er diese Uhr irgendwem gegeben haben sollte.«

Kayla starrte ihn an und versuchte, seinem Gedankengang zu folgen. »Also glaubst du, dass Frankie die Uhr behalten hat. Wenn das stimmt, wissen wir aber immer noch nicht, was aus ihr geworden ist.«

»Wir wissen, was mit Frankie geschah«, sagte Nick. »Er ging nach ...« Nick deutete auf das zweite Stück Papier.

»Alcatraz«, beendete sie den Satz.

»Und genau da gehen wir auch hin.«

Aus irgendeinem Grund fand sie die Vorstellung unangenehm. »Wirklich?«

»Ja«, antwortete er. »Und der Zeitpunkt ist perfekt. Erinnerst du dich noch an den früheren Wachmann ...?« Er deutete auf das dritte Stück Papier, auf das er den Buchtitel *Tales from the Rock* geschrieben hatte. »Der Autor signiert heute seine Bücher dort«, fuhr Nick fort.

»Richtig. Das hatte ich ganz vergessen.«

»Mir fiel es wieder ein, als Dana gestern erwähnte, dass Joel bei ihr gewesen war, um sie zu interviewen. Falls dieser Wachmann von ihr weiß, was weiß er dann noch alles?«

»Aber mit meiner Großmutter hat er nie gesprochen«, wandte Kayla ein. »Ich frage mich, warum nicht.«

»Vielleicht hat Johnny nicht über Charlotte gesprochen. Aber der Punkt ist, dass dieser Joel etwas über die Männer und vielleicht auch den Raub weiß. Vielleicht kann er uns sogar sagen, ob Frankie eine Taschenuhr dabeihatte, als er nach Alcatraz kam. Ich glaube, die Antworten liegen auf dieser Insel, Kayla. Es wäre interessant herauszubekommen, was aus den persönlichen Habseligkeiten geworden ist, die die Männer bei sich hatten.«

»Du hast recht«, sagte sie und wurde allmählich ebenso aufgeregt wie er. »Die einzelnen Puzzleteile rücken an ihren Platz. Mein Plan hat funktioniert.«

»Es war hilfreich, alles, was wir wissen, einmal schwarz auf weiß vor uns zu sehen.« Nick blickte auf die Wanduhr. »Wir sollten gehen. Ich habe Tickets für die Drei-Uhr-Fähre reserviert. Wir haben gerade noch genügend Zeit, um zu

Hause vorbeizufahren, uns umzuziehen und zum Pier zu fahren. Was ist mit deiner Großmutter?«

»Ihre Freundin Bernice ist hier. Wir können gehen«, antwortete Kayla, plötzlich energiegeladen. Nicks positive Stimmung war ansteckend. Vielleicht würden sie jetzt den Durchbruch erzielen, auf den sie so verzweifelt warteten.

Eine Stunde später bog Nick auf den Parkplatz gegenüber von Fisherman's Wharf. Obwohl es mitten in der Woche war, schlenderten zahlreiche Touristen über den Kai. Kayla mied diesen Teil der Stadt normalerweise. Die Preise der Restaurants und Geschäfte waren für Touristen angesetzt, und im Allgemeinen war es auch schwierig, einen Parkplatz zu finden, aber Kayla musste zugeben, dass die Atmosphäre und der Trubel in ihr den Wunsch weckten, einen Spaziergang zu unternehmen. Seit Jahren hatte sie keine Muschelsuppe mehr auf dem Kai gegessen.

Nick schenkte den Straßenkünstlern, die jonglierten, Gitarre spielten oder auf Stelzen gingen, keinerlei Beachtung, denn er war erfüllt von seiner Mission. Sobald sie ihre Tickets abgeholt hatten, führte er sie geradewegs zur Fähre. Nachdem sie an Bord waren, entzog sie ihm mit einer Grimasse ihre Hand.

Er sah ihre Miene und runzelte die Stirn. »Entschuldigung.«

»Ich weiß deine Beschützerinstinkte ja zu schätzen, aber du hast einen wirklich festen Griff, und ich brauche meine Finger noch für meine Arbeit.«

»Verstanden.« Nick überflog mit einem Blick das untere Deck des Schiffes und deutete dann mit dem Kinn auf die Treppe zum Oberdeck. »Lass uns ganz nach oben gehen.

Dann haben wir einen guten Blick über den Kai und können sehen, wer sonst noch an Bord ist.«

Das Oberdeck füllte sich rasch mit Touristen. Sie ergatterten ein Fleckchen an der Reling, blieben einen Augenblick ruhig stehen und lauschten den Gesprächen ringsum. Nichts schien ungewöhnlich zu sein. Hoffentlich bedeutete das auch, dass nichts ungewöhnlich *war*. Kayla holte ein Haargummi aus ihrer Tasche und band ihre Haare zu einem losen Knoten zusammen. Es wehte jetzt schon eine frische Brise, und es würde noch windiger werden, wenn sie erst draußen in der Bucht waren. Nick runzelte die Stirn.

»Mir gefällt es besser, wenn du deine Haare offen trägst«, sagte er.

»Der Wind weht sie mir ins Gesicht. So ist es praktischer.« Sie musste dem Drang widerstehen, ihr Haar wieder aus dem Knoten zu lösen und Nicks Reaktion zu beobachten. »Mir gefällt es besser, wenn du nicht so praktisch bist«, entgegnete er mit einem bedauernden Lächeln.

»Mir auch«, hörte sie sich beichten. »Aber ich versuche, mich auf unser Vorhaben zu konzentrieren, also hör bitte auf, mich abzulenken.«

Sie wandte sich von Nick ab, denn die Fähre legte ab. Als sie an Pier 39 vorbeikamen, begrüßten Hunderte von Seelöwen, die auf Holzpaletten in der Sonne lagen, ihre Abfahrt mit einem lauten, bellenden Chor. Irgendwann in den letzten Jahren waren die Seelöwen zu einer Touristenattraktion geworden, und selbst jetzt standen Dutzende von Zuschauern Schlange, um die verspielten Tiere zu fotografieren.

Sobald sie den Hafen verlassen hatten, nahmen sie Kurs auf die Golden Gate Bridge, die von der Nachmittagssonne angestrahlt wurde. Ein Kreuzfahrtschiff fuhr unter der Brücke hindurch, wahrscheinlich auf dem Weg zu einem Hafen auf der Ostseite der Bucht. Wenn Kayla die aufgewühlten Wellen betrachtete, musste sie unwillkürlich an die Vergangenheit denken. »Ich frage mich, ob Johnny und Nate es wirklich lebend geschafft haben könnten, schwimmend die Bucht zu durchqueren.«

»Sie waren jung und setzten ihr Leben für ihre Freiheit aufs Spiel. Sicher hatten sie einen starken Willen.«

»Bestimmt. Manchmal ist es schon erstaunlich, was man fertigbringt, wenn man etwas nur wirklich will.«

»Darauf sind Träume gebaut – auf Wünsche. Nimm mal diese schöne Brücke dort. Weißt du, was nötig war, um sie zu bauen?«

»Ich habe das Gefühl, dass du es mir gleich sagen wirst.«

»Als ich noch auf der Schule war, musste ich ein Referat über die Brücke halten – Geschichte, Planung, Ausführung. Die Bauarbeiter waren furchtlos, sie kletterten wie wild gewordene Affen rund zweihundertfünfzig Meter über dem Wasserspiegel herum. Sie hatten nichts weiter als ein Sicherheitsnetz, und selbst das konnte nicht verhindern, dass elf Menschen während der Bauarbeiten starben. Aber sie bauten weiter. Und zum Schluss hatten sie eine der berühmtesten Brücken der Welt errichtet.«

Kayla lächelte über die Leidenschaft in seiner Stimme. »Erzähl mir mehr.«

Er grinste zurück. »Ich langweile dich.«

»Nein, gar nicht. Ich würde dich gern in Aktion sehen, kletternd wie ein … wie hast du es ausgedrückt? Wie ein wild gewordener Affe?«

»Wärst du beeindruckt, wenn ich sagte, dass ich genau das getan habe?«

»Ich glaube schon. Das ist sehr sexy. Nicht das mit dem Affen, sondern das mit dem waghalsigen Seiltänzer.«

»Wirklich?«, murmelte er ihr ins Ohr. »Vielleicht sollte ich dir noch mehr von meinen Abenteuern beim Brückenbau erzählen.« Er fuhr mit der Zunge an ihrer Ohrmuschel entlang.

Ihr Rückgrat kribbelte, und sie konnte nichts gegen den Schauer tun, der ihr eine Gänsehaut an den Armen verursachte. Sie räusperte sich. »Nick, benimm dich. Wir sind auf einem Schiff.«

»Bin ich deshalb so aus dem Gleichgewicht?«

»Ich wünschte, das könnte als Entschuldigung herhalten, aber daran liegt es nicht. Es liegt an dir.«

Er strich ihr eine Strähne hinters Ohr. »Nein, ich glaube, es liegt an dir, Kayla.«

Ihre Nerven vibrierten bei seinen Worten, seiner Miene, die dieselbe Sehnsucht ausdrückte, die sie tief in ihrer Seele empfand. Er ging ihr nahe, schlicht und einfach – nur dass nichts daran einfach war. Nick machte ihr ohnehin schon wirres und verrücktes Leben noch komplizierter und weckte in ihr Gefühle, wie sie sie noch nie erlebt hatte.

Plötzlich stieß das Schiff gegen etwas Festes, und Kayla stolperte in Nicks Arme. »Was war das?«

»Ich glaube, wir haben angelegt«, sagte er und stahl sich einen raschen Kuss.

Plötzlich merkte sie, dass die Insel gleich rechts von ihnen lag. Sie war so mit Nick beschäftigt gewesen, dass sie nicht einmal mitbekommen hatte, wie sie angelegt hatten.

Im Strom der anderen Passagiere gingen sie nach unten. Sobald sie das Schiff verlassen hatten, blieben sie stehen, um sich zu orientieren. Alcatraz, das wegen seiner Felsformation mitten in der Bucht auch *der Felsen* genannt wurde, war ursprünglich eine Militärbasis gewesen, und die alte Kaserne aus jenen frühen Tagen stand noch unweit des Piers. Sie hörten sich ein paar Minuten lang den Vortrag des Aufsehers über die Geschichte der Insel an, dann beschlossen sie, zum Gefängnis zu wandern, das auf dem Gipfel eines langgezogenen, steilen Hügels lag.

Obwohl sie in San Francisco geboren und aufgewachsen war, hatte Kayla noch nie einen Fuß auf die Insel gesetzt. Bei einem Schulausflug zum Gefängnis war sie krank gewesen, und weder ihre Mutter noch ihr Vater hatten sich je dafür interessiert. Als sie oben ankamen, wanderte sie mit Nick quer über den großen Platz, um die wunderbare Aussicht zu betrachten.

»Es heißt, von hier hätte man den besten Blick auf die Stadt«, murmelte Nick.

Er hatte recht. San Francisco mit seiner schönen Küstenlinie, den hügeligen Straßen und den hohen, eindrucksvollen Wolkenkratzern lag vor ihnen ausgebreitet wie eine perfekte Ansichtskarte.

»Der Blick muss die Gefangenen gequält haben«, sagte Nick. »Sie konnten das Paradies sehen, doch sie kamen nicht dorthin.«

»Das war bestimmt eine grausame und ungewöhnliche Bestrafung.«

»Es machte die Vorstellung zu fliehen sicher sehr reizvoll.«

Kayla nickte und drehte sich um, um das Gefängnis zu betrachten. Das Gebäude, das die Zellen beherbergte, bestand aus Stein und war grau und abweisend. Sie war nicht sicher, ob sie hineingehen wollte.

»Da ist unser Mann«, meinte Nick und lenkte ihre Aufmerksamkeit auf jemanden, der in der Nähe des Gefängniseingangs Bücher signierte. »Stellen wir uns an, damit wir mit ihm sprechen können.«

»Was wollen wir ihm eigentlich sagen?«, fragte sie.

»Wir können doch einfach damit anfangen, dass du Johnnys Enkelin bist, oder? Damit sollten wir seine Aufmerksamkeit gewinnen können.«

Sie runzelte bei der Idee die Stirn. »Ich weiß nicht, ob ich ihm das sagen möchte. Oder überhaupt irgendwem. Du verlangst von mir, dass ich meine persönliche Geschichte für alle sichtbar umschreibe und mich mit einem berüchtigten Verbrecher in Verbindung bringe. Vielleicht möchte ich Johnny lieber als Leiche im Keller lassen, von der niemand etwas weiß.«

»Ich verstehe ja, dass es dir unangenehm ist, doch er wird zwei völlig Fremden wohl kaum etwas von Belang verraten.«

Kayla dachte darüber nach, vermutlich hatte Nick recht. Sie beobachtete, wie Joel McClain ein Buch für eine Frau ganz vorn in der Schlange signierte. Selbst im Sitzen wirkte er groß und schlaksig, mit langen Armen und einem schmalen, hageren Gesicht. Wahrscheinlich war er Mitte bis Ende sechzig – was durchaus hinkam, wenn er ein junger Wachmann gewesen war, als ihr Großvater im Gefängnis gesessen hatte. Kayla fragte sich, warum er so lange damit gewartet hatte, ein Buch über seine Erfahrungen zu schreiben.

»Der Zeitpunkt ist seltsam, oder?«, murmelte sie. »Ein neues Buch über die Fluchtversuche berühmter Gefangener erscheint ausgerechnet jetzt, da jemand das fehlende Geld aufspüren will, das ebendiese Gefangenen vor fünfzig Jahren raubten.«

»Glaubst du, da besteht ein Zusammenhang?«

»Ich wüsste nicht, welcher, aber es könnte doch sein.«

Sie rückten vor, und bald waren sie an der Reihe.

»Mr. McClain«, begann Kayla, »wir würden sehr gern Ihr Buch erstehen, doch wir möchten auch mit Ihnen sprechen, wenn es möglich ist. Einer meiner Verwandten hat vor langer Zeit hier eingesessen.«

»Wirklich? Wer denn?«, fragte Joel. »Vielleicht erinnere ich mich an ihn.«

»Johnny Blandino«, antwortete sie, ohne den genauen Grad der Verwandtschaft zu erwähnen.

Ein Glitzern trat in seine Augen. »Das ist sehr interessant. Er war der Kopf des letzten Ausbruchsversuchs, wie Sie wissen.«

»Das habe ich auch gehört. Ich möchte hier nicht den Betrieb aufhalten. Können wir mit Ihnen sprechen, wenn Sie hier fertig sind?«

Er zögerte. »Wie, sagten Sie, waren Sie mit Johnny verwandt?«

»Ich sagte es noch gar nicht, aber das werde ich, wenn wir uns treffen.«

»Schön. Ich bin hier mindestens noch anderthalb Stunden beschäftigt. Vielleicht können Sie dann wiederkommen.«

»Prima, vielen Dank«, meinte Kayla.

»Also willst du es ihm erzählen«, stellte Nick fest, als sie sich von dem Tisch entfernten.

»Vielleicht. Oder ich denke mir eine Lüge aus. Nur damit du Bescheid weißt.«

Er lächelte. »Danke für die Vorwarnung. Wir haben also noch jede Menge Zeit. Wollen wir uns das Gefängnis ansehen? Da du noch nie hier warst, findest du es bestimmt interessant.«

»Es sieht ziemlich beängstigend aus.«

»Das ist es auch«, sagte Nick. »Du solltest lieber meine Hand halten.«

Sie grinste ihn an. »Du denkst immer an alles, Nick. Geh vor.«

Das Gefängnis war weniger interessant als verstörend. Die Zellen waren klein, nur etwa anderthalb mal drei Meter groß, und es gab davon etwa sechshundert auf zwei Etagen. Schmale Laufstege zogen sich entlang der oberen Zellenblöcke. Alle Türen ließen sich automatisch öffnen und schließen. Ein paar Minuten blieben Nick und Kayla stehen und hörten dem Vortrag eines Führers über einen Ausbruchsversuch zu. Es war zwar leider nicht derjenige, an dem ihr Großvater beteiligt gewesen war, aber Kayla fand die Einzelheiten trotzdem faszinierend.

»Im Jahre 1962«, erklärte der Führer, »versuchten vier Männer, von dem Felsen zu entkommen, indem sie ihren Weg durch die zerbröckelnden Betonmauern gruben, die durch die leckenden Rohre der Salzwassertoiletten immer mehr zersetzt wurden. Am Ende kniff einer der vier Männer und blieb zurück. Die anderen drei wurden nie gefunden.«

»Genau wie bei meinem Großvater und Nate«, meinte Kayla zu Nick. »Alle sagen, niemandem gelang die Flucht von hier, aber man weiß es nicht genau, oder?«

»Man weiß nur, dass sie in der Folge nirgendwo anders lebend auftauchten. Lass uns weitergehen«, schlug Nick vor.

Als sie ihren Weg durch das Gefängnis fortsetzten, kamen sie an dem Duschraum vorbei, der berüchtigt für Prügeleien unter den Häftlingen gewesen war, die dreimal pro Woche heiß hatten duschen dürfen. Es folgten der Speisesaal, der Friseur, die Krankenstation und die Bücherei. Zuletzt blieben sie in Block D stehen; dies war der Bereich für die Einzelhaft gewesen, wo die gefährlichsten und gewalttätigsten Insassen in fast unerträglicher Isolation gefangen gehalten worden waren.

Kayla bekam eine Gänsehaut, als sie in eine der kleinen Zellen traten.

Sie konnte fast hören, wie die Tür hinter ihr zufiel und sie für immer in der Falle saß. Die Dunkelheit, die Einsamkeit wären entsetzlich. Wie konnte man das überleben? Kein Wunder, dass ihr Großvater hatte fliehen wollen! Wen überraschte es da, dass die Verzweiflung ihn dazu getrieben hatte, das Undenkbare zu versuchen?

»Ich muss hier raus«, murmelte sie, fühlte sich aber kaum besser, als sie die Zelle verlassen hatte. In der Luft hing schwer der Gestank der Vergangenheit. Im Kopf hörte sie die Schreie der Männer, die in dem Gefängnis gelebt und die Tage mit quälender Langsamkeit hatten verstreichen sehen.

Sie brauchte dringend frische Luft, blauen Himmel und das offene Wasser. Als sie endlich aus dem Gefängnis herauskamen, gingen sie langsam über den Platz und blieben stehen, um Luft zu schöpfen – Kayla atmete ein und aus, langsam, bewusst.

»Das war grässlich«, seufzte sie. »Und mein Großvater musste hier leben. Kein Wunder, dass er versuchte zu fliehen«.

Nick legte ihr die Hände auf die Schultern und massierte ihre verkrampften Muskeln. »Vergiss nicht, dass Johnny und diese anderen Männer es verdienten, hier zu sein, Kayla. Du solltest kein Mitleid mit ihnen haben. Zwei Männer starben während des Raubes in der Münze, zwei unschuldige Männer mit Familien, die sie liebten. Du darfst diese Tatsachen nicht aus den Augen verlieren.«

»Ich weiß ja, dass du recht hast. Ich kann es nicht vergessen und werde es auch nicht. Ich versuche nur zu verstehen. Für mich ist es eben eine neue Erfahrung, mit einem Mörder verwandt zu sein. Gott, ich kann nicht glauben, dass ich das gerade laut gesagt habe!« Ihre Anspannung ließ unter dem Druck seiner Hände etwas nach, doch ihr war noch immer kalt. Sie schauderte und zog den Reißverschluss ihrer Jacke hoch, froh, sie mitgenommen zu haben.

Kayla betrachtete die Aussicht und merkte, dass der blaue Himmel sich rasch zuzog. Der Nebel vom Pazifik waberte über die Golden Gate Bridge heran und verbarg die Türme hinter dichten weißen Wolken. »Es wird spät«, murmelte sie.

Nick sah auf die Uhr. »Vor Joels Tisch steht immer noch eine Schlange. Wir haben noch Zeit. Lass uns mal einen Blick in diese Hütte dort werfen. Sieht wie eine Art Ausstellung aus.«

Sie wanderten zu einem kleinen Gebäude hinüber, das nicht viel größer war als die Gefängniszellen. An den Wänden hingen Dutzende Fotografien von Insassen wie Al Capone, »Maschinengewehr-Kelly« und dem »Vogelmann von Alcatraz«. In zwei langen Glasvitrinen lagen andere Ausstellungsstücke. Kayla beugte sich vor, um ein verblichenes Stück Papier zu entziffern, das Teil einer Art Tagebuch eines früheren Insassen war.

»*Hier ist es unerträglich*«, las sie laut vor. »*Ich habe das sichere Gefühl, den Verstand zu verlieren. Wenn ich die Arme ausstrecke, kann ich alle Wände meiner Zelle berühren, ohne mich einen Zentimeter zu bewegen. Nachts träume ich, dass diese Wände auf mich eindringen und mir langsam das Leben aus der Brust pressen. Hinter dem Gefängnis erhasche ich manchmal einen Blick auf Himmel, Wasser und die gelobte Freiheit. Mein Herz sehnt sich nach den einfachen Freuden. Wenn ich nur einen Weg fände, diesen Mauern zu entkommen!*«

Sie sah zu Nick. »Oje. Man kann seinen Schmerz regelrecht hören.«

»Du bist zu weich, Kayla. Du musst härter werden. Gefangene, böse Jungs, weißt du noch?«

»Ich weiß. Ich weiß.« Sie wanderte an der Glasvitrine entlang und betrachtete die verschiedenen Gegenstände, alles von Tassen über Spielkarten und Gefängniskleidung. Und dann lag da noch eine alte Taschenuhr. Kaylas Herz setzte aus. Auf dem kleinen Schild vor der Uhr stand:

ALLES, WAS VON FRANKIE DAMON ÜBRIG BLIEB …

»Nick, sieh nur!«, wisperte sie. Sie wusste nicht, warum sie die Stimme senkte. Nick und sie waren die einzigen Besucher hier. »Es ist Frankies Uhr. Du hattest recht. Sie war die ganze Zeit hier.«

Sie starrten verwundert auf die silberne Taschenuhr, die sie zu fragen schien: Wo wart ihr so lange?

»Niemand hat daran gedacht, an dem offenkundigsten Platz überhaupt zu suchen«, murmelte Nick.

Kayla senkte den Kopf, um die Uhr zu betrachten. Die sichtbare Seite trug eine Inschrift. Sie lautete *Da Die Heiligen Beten*. Sie überlegte einen Augenblick und versuchte, sich an die anderen Inschriften zu erinnern. »Auf der Uhr meines Großvaters stand *Des Himmels Erwarten*. Auf Dominics Uhr stand *Alle Reichtümer*.«

»Und auf Nates Uhr *Bis Zum Tage*«, beendete Nick die Aufzählung.

Sie verschob die Satzstücke im Kopf hin und her, um den Rhythmus, das Muster zu finden. »Ich habe es. *Alle Reichtümer Des Himmels Erwarten Bis Zum Tage Da Die Heiligen Beten*.«

Nick starrte sie an. Sie konnte förmlich sehen, wie die Rädchen in seinem Hirn sich drehten. »Ich verstehe nicht ...«

»Es ist die Kirche«, erklärte sie und schnippte mit den Fingern. »St. Basil. Wo die Heiligen beten.«

»Du könntest recht haben«, sagte er. In seinen Augen dämmerte die Erkenntnis.

»Ich weiß, dass ich recht habe. Und die Gravur auf der anderen Seite ... ich wette, es ist ein Bild von der Fassade von St. Basil«, setzte sie aufgeregt hinzu. »Das alles ergibt Sinn. Die Jungen haben sich dort kennengelernt. Sie waren unzertrennlich. Sie kannten sich in der Kirche bestens aus.« Plötzlich schien alles ganz klar zu sein. »Ich wette, es ist dort – das verschwundene Geld. Ich wette, es war die ganze Zeit dort.«

»In der Kirche? Wo könnte es denn da sein?«

»Ich weiß nicht. Vielleicht steht diese Inschrift irgendwo, an einer Wand, über einer Tür, auf einer Tafel, irgendwo, wo es für sie einen Sinn ergab. Wir brauchen diese Uhr.«

Nick schaute sich um, dann wieder auf die Vitrine.

»Was hast du vor?«, fragte sie misstrauisch, obwohl sie sicher war, es zu wissen.

»Es ist nur ein einfaches Schloss, wahrscheinlich, weil nichts in der Vitrine von größerem Wert ist, sondern nur historische Bedeutung hat. Ich glaube, ich könnte es aufbekommen. Ich habe einen kleinen Schraubenzieher an meinem Schlüsselbund.«

»Selbst wenn du es aufbekommst – wir können die Vitrine nicht aufbrechen. Jemand wird uns sehen.«

»Wir warten, bis sie die Insel schließen und alles auf dem Weg zur Fähre ist. Dann schnappen wir uns die Uhr, nehmen die letzte Fähre und fahren zu St. Basil.«

»Das ist Stehlen, Nick. Einer der Aufseher wird uns schnappen.«

»Sie werden damit beschäftigt sein, alle Touristen von der Insel herunterzuschaffen. Wir müssen nur auf den richtigen Moment warten. Dann nehmen wir die Uhr und verschwinden. Ich glaube sogar, es kann Tage dauern, ehe jemand überhaupt merkt, dass sie weg ist.«

»Bist du sicher, dass du die Vitrine aufbekommst?«, fragte Kayla. Sie konnte es kaum fassen, dass sie tatsächlich über seine verrückte Idee nachdachte.

»Auf jeden Fall. Meine Schwestern versuchten immer, mich aus ihren Zimmern auszuschließen oder ihre Tagebücher vor mir zu verbergen«, sagte er mit funkelndem Blick. »Ich komme da rein, aber nicht jetzt«, fügte er mit gedämpfter Stimme hinzu, als zwei andere Touristen hereinkamen.

Rasch verließen sie die Ausstellung, denn sie wollten nicht dabei gesehen werden, wie sie verdächtig lange vor der Vitrine herumlungerten.

»Wir könnten viel Ärger bekommen«, meinte Kayla besorgt.

»Oder wir bekommen endlich die letzte Uhr in die Hände«, betonte Nick. »Wir müssen das Risiko eingehen. Vergiss nicht, wir haben einen Freund beim FBI. Falls etwas schiefgeht und wir verhaftet werden, wird J. T. uns sicher herausboxen.«

»Musst du von ›verhaften‹ reden, wenn wir vor dem unheimlichsten Gefängnis des ganzen Landes stehen? Ich will nicht an einem Ort wie diesem enden.«

»Das wirst du auch nicht, das verspreche ich dir.«

Auf einmal blieb Kayla unvermittelt stehen. Nick sah den leeren Tisch zur selben Zeit wie sie.

»Wir haben ihn verpasst«, sagte sie. »So lange waren wir doch gar nicht in dem Häuschen, oder?«

Nick zuckte die Schultern. »Was er weiß, steht wahrscheinlich auch in seinem Buch. Das können wir später lesen. Ich glaube, sie schließen allmählich.«

Kayla gab ihm recht. Nur noch wenige Touristen schlenderten um das Gefängnis. Die anderen waren schon auf dem Weg bergab. Der Platz wirkte fast verlassen – bis auf ... Sie versteifte sich, als sie den Mann am anderen Ende des Platzes bemerkte. »Nick, ist das nicht der Kerl, den wir in Reno gesehen haben?«

Sobald Nick den Kopf wandte, verschwand der Mann und eilte bergab. »Der Typ, der da gerade geht?«

»Ja.«

»Ich konnte ihn nicht gut sehen.«

»Er ist weg, also spielt es wohl keine Rolle.«

Nick wirkte nicht überzeugt. »Vielleicht sollte ich ihm nachgehen. Aber wenn wir bergab gehen, können wir wohl nicht mehr zurück. Wir suchen auf dem Schiff nach ihm, wenn wir zurückfahren. Lass uns ein Stück gehen, damit wir nicht von den Aufsehern mit den anderen zum Boot gescheucht werden. Da drüben verläuft ein Pfad. Wir halten uns ein paar Minuten bedeckt und kommen dann wieder her, schnappen uns die Uhr und laufen zum Kai.«

Sie folge ihm, und bald befanden sie sich auf einem grasbewachsenen Pfad, der sich bergab und um das Gefängnis herum zur anderen Seite der Insel wand. Es war ein stiller, friedlicher Weg. Sie waren noch nicht weit gegangen, als Kayla das Gefühl hatte, beobachtet und verfolgt zu werden. Sie blieb abrupt stehen und drehte sich um. Hinter sich hörte sie einen Zweig knacken, aber es war niemand zu sehen.

»Was ist los?«, fragte Nick.

»Ich glaube, jemand folgt uns«, flüsterte sie. »Was, wenn der Typ kehrtgemacht hat und hinter uns her ist?«

Ein Vogelschwarm kreischte plötzlich auf und stieg in die Luft, als hätte jemand ihn aufgestört.

»Gehen wir weiter«, schlug Nick vor. »Der Pfad muss wieder in die andere Richtung führen.«

»Meinst du?«, murmelte sie und hielt sich dicht bei ihm. »Vielleicht sollten wir denselben Weg wieder zurückgehen.«

»Dann laufen wir dem Typen, der uns folgt, genau in die Arme«, bemerkte er. »Du gehst voran. Ich bilde die Nachhut.«

So sehr sie diese Vorstellung schätzte, so sehr beunruhigte sie die Tatsache, dass der Weg anscheinend auf die andere Seite der Insel führte. Ein paar Minuten später blieb Kayla stehen, atemlos von dem steinigen Weg. »Hörst du etwas?«, wollte sie wissen.

»Seit ein paar Minuten nicht mehr«, antwortete er.

»Ich weiß nicht, ob dieser Pfad wirklich wieder in die Gegenrichtung biegt.«

Seine Miene war finster. »Das habe ich mich auch schon gefragt.« Nick sah sich um und fluchte. »Verdammt.« Er deutete auf die Bucht. Ein Boot fuhr in Richtung San Francisco.

Kayla brauchte einen Augenblick, um zu begreifen, dass das dieselbe Fähre war, die sie zur Insel gebracht hatte. »Oh, mein Gott! Ist das unser Boot?«

»Ich denke schon.«

»Aber wir sind nicht an Bord. Wir müssen es noch kriegen. Komm schon.« Sie versuchte, sich an ihm vorbeizudrängen, aber er hielt sie fest. »Bleib hier, Kayla.«

»Was meinst du damit, *bleib hier?* Wenn wir zum Kai kommen, wird der Aufseher oder wer immer auch über Nacht auf der Insel bleibt merken, dass man uns zurückgelassen hat. Dann rufen sie ein Boot für uns, oder vielleicht gibt es auch ein kleines Motorboot, mit dem die Aufseher hin- und herfahren.«

»Ich glaube nicht, dass jemand über Nacht hier ist«, sagte er.

»Was soll das heißen? Natürlich muss jemand hier bleiben.«

»Denk doch mal nach. Hier gibt es nichts zu stehlen. Ohne die Fähre kommt man unmöglich auf die Insel, und der Führer sprach vorhin davon, dass es Mittelkürzungen beim Service gegeben hat. Außerdem wollen wir doch immer noch die Uhr holen.«

Sie schluckte trocken, nicht sicher, ob es sie mehr beunruhigte, dass niemand außer ihnen auf der Insel war oder dass ein Aufseher sie immer noch finden und sie verhaften konnte, weil sie sich unbefugt hier aufhielten oder versuchten, ein Artefakt aus einem Nationalpark zu stehlen.

Ihr Herz setzte einen Schlag aus, als sie Schritte und raschelnde Zweige hörte. Falls wirklich keine Aufseher auf der Insel blieben, wer folgte ihnen dann? »Was sollen wir tun?«, flüsterte sie, plötzlich voller Angst.

»Versteck dich.«

KAPITEL 22

Nick schob sie in ein dichtes Gebüsch neben dem Pfad. Kayla hielt den Atem an, als sie jemanden näher und näher kommen hörten.

War es ein Aufseher, der die letzten Touristen suchte? Oder jemand, der ihren Tod wollte?

Ihr Herz raste wie ein Rennwagen. Sie lehnte sich an Nick, der vor ihr kauerte und sie mit seinem Körper abschirmte.

Ein paar Kieselsteine flogen über den Pfad, als hätte jemand dagegengetreten. Die Schritte hielten inne. Das Warten, die Vorahnung und die Sorge, nicht das Richtige zu tun, brachten Kayla fast um den Verstand.

Wieder brach ein Zweig. Ein Vogel kreischte. Ein Paar Beine wurde sichtbar ... Dann Jeans ... Männerschuhe ... Ein Gürtel ...

Die Einzelheiten, die Kayla sehen konnte, trugen nicht zu ihrer Beruhigung bei. Hatte der Mann, den sie auf dem Platz gesehen hatte, nicht auch eine Jeans getragen? Die Hose gehörte gewiss nicht zu einem Aufseher. Auf der Insel hielt sich noch jemand außer ihnen auf!

Evan?, dachte sie plötzlich. Sie hätte gern einen ausgiebigen Blick auf ihren Verfolger geworfen, fürchtete sich aber gleichzeitig, auch nur zu atmen. Der Mann ging wieder weiter. Kayla stieß den Atem aus. Nick warf ihr einen warnenden Blick zu zu bleiben, wo sie war. *Kein Wort*, sagte er lautlos.

Das war kein Problem. Sie fand es schon schwer genug zu atmen. Reden stand nicht zur Debatte.

Nicks Instinkte erwiesen sich als goldrichtig. Kurz darauf hörte sie den Mann über den Pfad zurückkommen. Er ging jetzt rascher und wirbelte beim Gehen lose Erde und Steinchen auf, als er an ihnen vorbeikam. Ihr Verfolger musste zu dem Schluss gekommen sein, dass sie dem Pfad nicht weiter gefolgt waren.

Sie warteten noch ein paar lange, angespannte Minuten. Kaylas Nerven lagen blank.

Endlich murmelte Nick: »Ich glaube, er ist weg. Ich sehe mal vorsichtig nach.«

»Nein«, widersprach sie. »Was, wenn er noch immer da draußen ist und nur darauf wartet, dass wir aus unserem Versteck herauskommen?«

Er sah ihr in die Augen. »Kayla, wenn wir jetzt nicht gehen, kommen wir vielleicht heute Nacht überhaupt nicht mehr von der Insel.«

Obwohl sie das mulmige Gefühl hatte, dass das bereits jetzt der Fall war, machte ihr Herz einen Satz bei der Vorstellung, es könnte doch noch eine Fähre kommen, um die letzten Nachzügler einzusammeln. »Na gut, was sollen wir tun?«

»Wir gehen weiter diesen Pfad entlang, da er in die andere Richtung zurückführt.« Nick hielt die Zweige für sie auseinander, und sie krabbelte vor ihm aus dem Gebüsch. Kayla stand auf, schaute in beide Richtungen, konnte aber nichts Ungewöhnliches entdecken. Es wurde dunkler, und der Nebel verbarg Mond und Sterne. Nick eilte den Pfad entlang. Sie hielt sich dicht hinter ihm, eine Hand auf seinem Arm, denn sie hatte Angst, er könnte ihr zu weit vorauseilen.

Nick blieb unvermittelt stehen. Der Pfad endete vor einer Felswand, die bis zu dem gewaltigen Gefängnis hinter ihnen reichte. Zur Rechten lag ein steiler Hang. Zur Linken große Felsbrocken, nass von der Gischt. Ihnen blieb nichts anderes übrig, als den Weg zurückzugehen, den sie gekommen waren.

»Vielleicht wartet der Kerl auf uns«, überlegte sie laut und klammerte sich an Nicks Arm, als wäre er eine Rettungsleine.

»Das Risiko müssen wir eingehen. Wir können nicht hierbleiben. Wenn er hier entlangkommt, sind wir ihm hilflos ausgeliefert.«

Sie brauchten ein paar Minuten, bis sie wieder die Treppe erreichten, die zum Platz neben dem Gefängnis hinaufführte. Langsam stiegen sie Stufe um Stufe empor und blieben oben stehen, um sich umzuschauen. Der Leuchtturm beleuchtete einen Teil des Platzes, doch die Schatten waren länger geworden. Es war unmöglich, die gegenüberliegende Seite zu erkennen.

Ohne ein Wort gingen sie wachsam am Rande des Platzes entlang und hielten Ausschau nach allem Ungewöhnlichen. Es war still, geradezu gespenstisch still. Sie erreichten die Tür zu dem kleinen Ausstellungsgebäude. Sie ließ sich leicht öffnen, zu leicht. Sie war nicht verschlossen. Oder man hatte das Schloss aufgebrochen.

Kayla begriff, warum die Tür offen stand, als sie zu der Vitrine kam. Das Licht von Nicks Handy zeigte ihnen, was sie schon vermutet hatte: Das Schloss war fort. Die Vitrine stand offen. Die Uhr fehlte. Wer immer ihnen gefolgt war, musste sie genommen haben.

»Wir hätten sie uns schnappen sollen, als wir noch die Gelegenheit dazu hatten«, schimpfte Nick und stieß enttäuscht die Luft aus. »Wir haben es vermasselt. Wir hätten uns nicht so weit entfernen sollen, sondern das Häuschen im Auge behalten müssen.«

»Da hast du recht, aber was machen wir jetzt?«

»Ich weiß es nicht«, antwortete er. Sie standen in der Tür und betrachteten die Umgebung. »Ich glaube nicht, dass wir hierbleiben sollten, und wenn auch nur aus dem Grund, dass man uns nicht den Einbruch in die Ausstellung in die Schuhe schiebt.«

»Guter Punkt.«

Nick nahm ihre Hand, als sie aus dem Häuschen in die Schatten traten. Kayla schluckte trocken, sie hatte Angst. »Ich würde mich lieber von dem Gefängnis fern halten. Es ist so gruselig.«

Er deutete mit dem Kopf auf das Gelände hinter ihnen. »Gehen wir da lang.«

Kaylas Beine wollten sich kaum bewegen, so angespannt war sie. Jedes noch so kleine Geräusch kam ihr unnatürlich laut vor, sogar ihr eigener Atem. Ihre Schritte hallten auf dem Pflaster wider. Sie war erleichtert, als sie grasbewachsene Flecken erreichten. Die Reste eines Gebäudes lockten sie ins Innere. Die Wände und der Fußboden waren kahl, die Fenster längst zerbrochen, aber sie waren ein wenig geschützt vor den Elementen, und von ihrem Standort konnten sie den leeren Kai weiter unten sehen. Es waren keine Schiffe und keine Menschen mehr zu sehen. Vielleicht waren sie wirklich allein auf der Insel.

Nick stand in der Tür, den Blick in die Dunkelheit gerichtet. Kayla lehnte sich gegen die Wand und versuchte, ihr rasendes Herz zu beruhigen. Der Nebel waberte durch die offenen Fenster herein, sodass Gesicht und Haut feucht wurden. Irgendwo in der Nähe tutete ein Nebelhorn, und als sie aus dem Fenster blickte, konnte sie den Strahl des Leuchtfeuers sehen, der ein geisterhaftes Licht über das Wasser warf.

Trotz ihrer Bemühungen, ruhig zu werden, konnte sie an nichts anderes denken als daran, dass sie auf einer gespenstischen Insel mitten in der Bucht gestrandet waren. Sie rieb sich mit den Händen über die Arme, um nicht so zu zittern.

Nick drehte sich um und sah, wie sie bebte. Er stellte sich neben sie. »Kayla, alles in Ordnung?«

»Ich glaube nicht, ich friere, und ich habe Angst. Und hier ist es entsetzlich.«

»Es wird uns schon nichts passieren«, versicherte er ihr.

»Das kannst du doch nicht wissen. Wir könnten ganz allein auf dieser Insel sein. Oder ein Verrückter sucht nach uns, jemand, der nicht will, dass wir ihn oder die Uhren finden. Wir könnten hier sterben und niemand wüsste, wer uns ermordet hätte. Nicht einmal wir würden es wissen.« Ihre Fantasie ging mit ihr durch. Ihre Stimme wurde mit jedem Wort schriller. »Ich will nach Hause. Ich will hier raus. Ich habe das Gefühl, in der Falle zu sitzen.«

»Du regst dich zu sehr auf, Kayla.«

»Danke, dass du das Offensichtliche aussprichst«, fauchte sie.

Nick zog sie an sich, und sie schlang die Arme um ihn. Er strich ihr übers Haar. »Wir sind zusammen«, sagte er. »Es wird alles gut.«

»Ich drehe durch.«

»Nein, tust du nicht. Du bist eine starke Frau.«

Sie wusste nicht, von welcher Frau er sprach, denn sie fühlte sich keineswegs stark. »Du kennst mich offenbar nicht sehr gut.«

»Oh doch.« Er rückte so weit von ihr ab, dass er sie anschauen konnte. »Ich habe dich die ganze Woche über in Aktion gesehen. Ich habe erlebt, wie du Evan hocherhobenen Hauptes entgegengetreten bist. Und ich habe dich aus einem Fahrstuhlschacht klettern sehen, obwohl du schreckliche Angst hattest. Du hast mir befohlen, dich allein zu lassen, als du in einem brennenden Auto festgesessen hast, weil du dir Sorgen um meine Sicherheit machtest. Du bist eine erstaunliche Frau, Kayla Sheridan. Lass nicht zu, dass irgendwer, auch du selbst nicht, dir etwas anderes erzählt.«

Ihre Augen schwammen in Tränen. »Himmel, Nick, das ist ungefähr das Netteste, das je ein Mensch zu mir gesagt hat.«

»He, ich wollte dich nicht zum Weinen bringen.«

»Du bist auch erstaunlich, weißt du. Deine Entschlossenheit, niemals aufzugeben, und deine Beharrlichkeit treiben mich an, selbst wenn ich aufgeben will – so wie jetzt.«

»Es ist nur eine Nacht, Kayla. Die Stunden vergehen. Morgen früh mischen wir uns unter die Touristen und nehmen das erste Schiff zurück. Niemand wird je erfahren, dass wir hier waren.« Er nahm ihr Gesicht in beide Hände. »Ich lasse nicht zu, dass dir etwas geschieht. Das verspreche ich. Vertraue mir.«

»Ich vertraue dir ja. Ich weiß, dass du alles Nötige tun wirst, um mich zu beschützen. Aber du darfst nicht denken, dass du mich in diese Situation gebracht hast. Ich bin freiwillig hergekommen, und was auch passiert, das darfst du niemals vergessen. Ich will nicht, dass du dir wie bei Jenny die nächsten zwölf Jahre in den Hintern trittst, weil mir vielleicht diese Nacht etwas zustößt.«

»Weder dir noch mir wird etwas zustoßen«, versicherte er entschieden.

»Schön.« Sie setzte sich auf den Boden und lehnte sich mit dem Rücken gegen die Wand. Unkraut hatte sich durch die Spalten im Boden gezwängt, und sie spielte mit zwei langen

Grashalmen. Nick stand in der Tür und sah hinaus. Kayla spitzte die Ohren, ob sie jemanden kommen hörte, aber es ertönten keine Schritte, es gab keinerlei Lebenszeichen.

Kayla wusste nicht, wie lange sie warteten. Es hätte eine halbe oder eine Stunde sein können, doch die Minuten schienen unendlich langsam dahinzuticken. Allmählich begann ihr Herz wieder normaler zu schlagen. Sie beruhigte sich mit Logik. Es war wie beim Zelten. Sie konnte eine Nacht im Freien überstehen. So kalt war es nun auch wieder nicht. Es gab keine wilden Tiere auf der Insel – zumindest glaubte sie das nicht. Davon abgesehen waren sie einigermaßen gut vor den Elementen geschützt. Und so wie es aussah, hatte derjenige, der ihnen gefolgt war, irgendwie die Insel wieder verlassen, oder er hatte sich für die Nacht irgendwo anders verkrochen.

Endlich verließ Nick den Platz an der Tür und setzte sich neben sie. »Ich kann nichts und niemanden sehen oder hören. Wir sind bestimmt allein.«

»Das glaube ich auch.«

Er nahm ihre Hand. »Du bist ja ganz kalt.«

»Nicht so schlimm.«

Nick legte seinen Arm um sie, und Kayla kuschelte sich an ihn. Sie legte den Kopf an seine Brust, und selbst durch den Stoff seiner Jacke konnte sie sein Herz schlagen hören. Es beruhigte sie und gab ihr das Gefühl von Sicherheit.

»Besser so?«, fragte er. »Ist dir wärmer?«

»Ja, mir wird sogar ein wenig heiß.« Sie hob den Kopf und sah ihm in die Augen.«

»Wirklich?«, meinte er ungläubig. »Habe ich nicht eben gesagt, du wärst eine erstaunliche Frau?«

Sie lächelte ihn an. »Fangen wir einfach mit einem Kuss an.«

Er schüttelte den Kopf. »Wenn ich dich jetzt küsse, will ich nicht mehr aufhören.«

Ihr Herz flatterte bei dem Gedanken. Sie war auf einer Insel mitten in der Bucht gefangen. Das furchteinflößende Gefängnis ragte hinter ihnen auf. Unter ihnen donnerten die Wellen gegen die Felsen. Möglicherweise war ein Wahnsinniger auf der Suche nach ihnen. Sie konnten heute Nacht sterben. Es gab keinen schlechteren Zeitpunkt, um sich zu lieben. Aber es gab auch keinen besseren.

Sie küsste Nick fest auf die Lippen. Ihr Bedürfnis, mit ihm zu schlafen, brannte wie Feuer in ihren Adern. Er küsste sie mit derselben hitzigen Glut zurück, seine Lippen waren geöffnet, seine Zunge suchte und tastete. Kayla schlang ein Bein um ihn, nahm ihn zwischen sich und drückte ihre Brüste gegen seine Brust, ihre Hüften gegen seine Lenden. Er war hart, und sie sehnte sich nach ihm. Er bewegte sich gegen sie, und das steigerte ihre Lust nur noch mehr.

»Himmel, Kayla, langsam«, murmelte er.

»Ich kann nicht. Ich will dich.« Sie zerrte an seiner Jeans. Er stemmte sich hoch und schob sich die Hose zu den Knien herunter, während sie dasselbe tat. Dann sank sie auf ihn nieder und nahm ihn in einem ekstatischen Rausch in sich auf. Sie beugte sich vor, während er wieder und wieder in sie stieß. Zwischen ihnen herrschte eine solche Leidenschaft! Noch nie hatte Kayla sich so lebendig, so begehrt und geliebt gefühlt.

Immer wieder suchte sein Mund den ihren, als drohte er zu ertrinken und sie wäre seine einzige Rettung. Kayla vergaß ihre Umgebung. Sie kannte nur noch seine Berührung, seinen Geruch, seinen Kuss. Es war so dunkel, so einsam, so primitiv und sinnlich in diesem kleinen Haus. Und sie wollte nicht aufhören.

Er füllte in jeder Hinsicht ihren Körper, und während sie sich zusammen bewegten, dachte Kayla, dass sie noch nie so vollkommen zu jemandem gepasst hatte. Jeder Stoß trieb sie in weitere Höhen. Sie wollte mehr und mehr und mehr. Ihr Atem kam in abgehackten Zügen. Nicks Hände umklammerten ihren Hintern, als sie beide den Höhepunkt erreichten und beieinander Erlösung fanden. Die Arme um seinen Hals geschlungen, brach sie zusammen und hatte das schreckliche Gefühl, ihn nie mehr loslassen zu können.

Nick wurde von der Morgensonne geweckt, die durch die offenen Fenster fiel. Kayla war an ihn geschmiegt, ihr Kopf lag auf seiner Brust, ihre Hand auf seinem Bauch. Das lange Haar verbarg ihr Gesicht vor seinen Augen. Sie hatte ein Bein über seins gelegt, und er spürte das unbändige Verlangen, noch einmal mit ihr zu schlafen. Egal, wie oft sie zusammen waren, es war nie genug. Er fragte sich, ob es je genug sein würde. Aber das war ein Thema für einen anderen Tag. Im Augenblick mussten sie zusehen, dass sie von der Insel kamen.

»Kayla«, sagte er und strich ihr mit der Hand über den Rücken.

Sie hob den Kopf und lächelten ihn verschlafen an. »Hallo«, murmelte sie.

»Hallo.« Er beugte sich vor und ließ sich Zeit für einen ausgiebigen Kuss. »Ich glaube, wir machen uns besser auf den Weg«, erklärte er dann.

Kayla blinzelte und setzte sich. »Oh, mein Gott, ich hatte fast vergessen, wo wir sind. Wie spät ist es?«

Er schaute auf die Uhr. »Halb acht.« Er sah wilde Panik in ihren Augen aufflackern. »Entspann dich. Ich weiß, dass die Führungen frühestens in ein, zwei Stunden anfangen.«

»Okay, wie sieht dein Plan aus?«

Er mochte nicht zugeben, dass er keinen hatte, also improvisierte er. »Wir halten uns eine Weile bedeckt, warten auf das erste Schiff und mischen uns unter die Touristen.«

»Und dann?«

»Fahren wir zurück in die Stadt.«

»Zu St. Basil«, sagte sie. »Ich glaube, dort finden wir die Antworten, und höchstwahrscheinlich auch das Geld. Ich hoffe nur, wer immer die Uhr gestern gestohlen hat, ist uns noch nicht allzu weit voraus.«

Nachdem sie die Insel verlassen hatten, rief Nick J. T. an und erklärte ihm, dass sie auf dem Weg zur Kirche St. Basil waren. J. T. bat sie zu warten, bis auch er dort ankam. Er hielt sich auf der anderen Seite der Bucht auf, aber er konnte in einer Stunde bei ihnen sein. Natürlich wollte Nick nicht warten.

»Ich habe Angst, dass wir nicht allein mit Evan fertig werden, wenn wir ihn finden«, sorgte Kayla sich, doch Nick wollte nichts davon hören.

»Wir schauen nur nach«, gab er zurück, als sie vor der Kirche parkten und ausstiegen.

»Gut, aber sobald wir etwas Verdächtiges sehen, warten wir auf J. T.«

»Für mich sieht alles ganz normal aus«, erwiderte er, während er sich umschaute.

Kayla musste ihm beipflichten. Es war kurz nach zehn Uhr am Morgen, und in der Schule schien etwas Besonderes los zu sein, denn die Kinder strömten aus der Kirche auf den angrenzenden Spielplatz. Die Schüler lachten, spielten und hüpften. Keiner der Erwachsenen wirkte besorgt. Falls

Evan ihnen voraus war, hatte er noch nichts Beunruhigendes getan.

Kayla und Nick schlüpften inmitten des Durcheinanders in die Kirche und blieben einen Augenblick in der Vorhalle stehen, um zu überlegen, wohin sie sich wenden sollten.

»Ich bezweifle, dass sich das Geld an einem öffentlich zugänglichen Platz befindet«, sagte Kayla. »Es muss irgendwo versteckt sein.«

»Wo zum Beispiel?«

»Ich weiß nicht.« Als sie einen Priester durch den Mittelgang kommen sah, nahm Kayla Nick bei der Hand und zog ihn zu einer Treppe. Sie wollte nicht mit jemandem zusammentreffen, ehe sie Gelegenheit gehabt hatten, sich umzusehen. Der Priester blieb stehen, um im Vorraum mit einem der Lehrer zu sprechen, also stiegen sie weiter die Treppe hinunter.

Auf dem ersten Absatz befand sich ein Hörsaal. Die Treppe führte weiter abwärts, und Kayla war neugierig, wohin genau. Also ging sie weiter.

Die Treppe endete in einem kleinen Flur mit zwei geschlossenen Türen. Eine der Türen stand einen Spalt offen. Kayla stieß sie auf. Als sie eintraten, stellte sie erschrocken fest, dass sie sich offenbar in einer kleinen Krypta befanden.

»Nick, was ist das?«, fragte sie mit gedämpfter Stimme. In den Wänden befanden sich Grabstätten, einige davon waren leer, einige hatten Türen, die offen standen, andere Türen waren geschlossen und verriegelt. Der Raum war staubig, die Luft stickig. Allem Anschein nach war seit geraumer Zeit niemand mehr hier gewesen. Trotzdem hatte die Tür zu dieser Kammer offen gestanden. Ein Schauer lief ihr über den Rücken. Sie hatte das Gefühl, als ständen sie kurz vor einer Entdeckung.

»Sieht aus wie ein Mausoleum«, meinte Nick. »Diese Gräber müssen ziemlich alt sein.«

»Die Kirche wurde im achtzehnten Jahrhundert gebaut«, erklärte Kayla und betrachtete eine der Grabstätten genauer. »Ich weiß, dass Beerdigungen in San Francisco um die Zeit des Erdbebens von 1906 herum verboten waren. Eine Freundin von mir ist Expertin für Ahnenforschung, und sie hat viel über die Stadt recherchiert.«

»Was die leeren Grabstätten erklärt«, antwortete Nick. »Sie haben die Toten entfernt und an anderer Stelle wieder begraben.«

»Einige, aber nicht alle?« Sie ging zu einer Gruft und las den Namen. »*Mary Ellen Parish, geliebte Tochter, 1878 bis 1898.* Sie war erst zwanzig Jahre alt«, murmelte sie. »Warum ihr Grab wohl hier geblieben ist?«

Nick räusperte sich. »Vielleicht ist es das gar nicht. Vielleicht ist die Gruft nur verschlossen.« Er zerrte an seinem Hemdkragen, als bekäme er keine Luft mehr.

»Es gefällt dir nicht hier unten«, stellte sie fest.

»Ich hatte noch nie viel für Friedhöfe übrig«, antwortete er knapp. »Das hier ist Zeitverschwendung. Wir wissen nicht, wonach wir suchen.«

»Wir suchen nach dem perfekten Platz, um etwas zu verstecken, und ich finde, das ist hier.«

Sie sah, wie das Unbehagen in seinen Augen der Erkenntnis wich, dass sie recht hatte.

»Verdammt.«

Kayla ging durch den Raum, betrachtete die Grabstätten und las die verschiedenen Inschriften. Endlich fand sie die, nach der sie suchte. Es war die zweite von unten, etwa hüfthoch. »Nick«, keuchte sie, »sieh nur. *Alle Reichtümer Des Himmels Erwarten*. Es ist derselbe Spruch.«

Nick las den Namen an der Gruft. »*Zacharia Blandino.*« Er sah sie an. »Ein Verwandter von Johnny, möchte ich annehmen.«

»Vielleicht mein Ururgroßvater«, sagte sie verwundert. »Ich wette, sie haben den Spruch benutzt, um die Gruft zu kennzeichnen.«

»Was ist mit den beiden anderen Sprüchen?«

»*Bis Zum Tage* könnte einen bestimmten Tag bezeichnen, an dem sie ihre Beute teilen wollten.«

»Allerheiligen«, schlug Nick vor. »*Bis Zum Tage Da Die Heiligen Beten.* Nur dass sie geschnappt wurden, ehe sie herkommen konnten.« Sie sahen sich an. »Wir müssen diese Gruft öffnen.«

Sie konnte nichts gegen die plötzliche Furcht ausrichten, die seine Worte auslösten. »Es ist ein Grab, Nick. Haben wir das Recht dazu?«

»Ein sehr altes Grab, das einem deiner Verwandten gehört. Niemand kümmert sich um diese Grabstätte. Wir wissen nicht einmal, ob sie leer ist oder ob der Verstorbene schon vor langer Zeit umgebettet wurde. Ich finde, wir versuchen es.«

Es ergab Sinn, doch Kayla fand die Vorstellung immer noch unheimlich. »Ich bin der Meinung, wir sollten J. T. anrufen und ihn fragen, was wir tun sollen.«

Nick fuhr mit den Händen über die Vorderseite der Gruft. »Ich habe das Gefühl, dass wir nicht die Ersten hier sind.«

Kayla sah genauer hin. Die Seite war zerkratzt und verbogen, als hätte jemand bereits versucht, sie aufzubrechen. Ein Stück entfernt lag eine eiserne Brechstange. Zufall? War jemand schon vor ihnen hier gewesen? Vielleicht kamen sie zu spät. »Ruf J. T. an«, wiederholte sie und sah zu, wie Nick sein Handy aus der Tasche zog.

»Na klar. Ich bekomme hier unten kein Signal«, brummte er. »Wir müssen nach oben gehen.«

»Ich glaube nicht«, erklang in diesem Moment eine Stimme hinter ihnen.

Kayla wirbelte herum und stellte entsetzt fest, dass sie in die Mündung einer Pistole blickte. Sie brauchte einen Moment, um zu begreifen, dass die Waffe nicht in Evans Händen lag. Der Mann mit der Pistole war derselbe, den sie in Reno gesehen hatte, untersetzt, dunkelhaarig, mit grünen Augen. Er schwitzte stark und hatte einen wilden Gesichtsausdruck. Kayla rückte instinktiv näher an Nick heran.

»Keine Bewegung«, warnte der Mann.

»Wer sind Sie?«, wollte Nick wissen.

»Das spielt keine Rolle.«

»Was wollen Sie von uns?«, fragte Kayla.

»Sie haben die Uhren«, erwiderte er mit glänzenden Augen. »Mein Vater hat diese Uhren gefertigt. Sie gehörten ihm. Und jetzt werden sie mir gehören.«

»Ihr Vater?«, wiederholte Kayla. »Sie sind Dominics Sohn?«

»Richtig, der Sohn des Freundes, den sie verraten haben.«

Kayla sah Nick rasch an, dann richtete sie den Blick wieder auf den Mann mit der Waffe. »Ich habe die Uhr nicht mehr«, sagte sie. »Ich habe keine der Uhren; sie wurden gestohlen. Sie sollten das doch wissen. Schließlich verfolgen Sie uns schon die ganze Zeit.«

»Sie lügen. Sie wären nicht hier, wenn Sie die Uhren nicht hätten. Aber Sie werden die Münzen nie bekommen. Der Schatz gehört mir. Mein Vater ist deswegen gestorben. Seine besten Freunde haben ihn umgebracht. Er hat nicht bekommen, was ihm zustand, doch ich werde es. Ich wusste, dass Sie mich zu dem Versteck führen würden. Als Sie in den

Laden kamen, habe ich Sie gehört. Ich sagte Delores später, uns würde endlich Gerechtigkeit widerfahren. Aber sie glaubte mir nicht. Sie wollte mir nicht verraten, wer Sie sind.«

»Sie haben Ihre eigene Schwester niedergeschlagen?«, fragte Kayla entsetzt, die im Kopf die Puzzleteile zusammensetzte.

»Es war ein Unfall«, widersprach er und fuchtelte mit der Waffe in der Luft herum. »Ich musste Ihren Namen und Ihre Adresse haben. Delores stritt mit mir. Sie streitet immer. Ich kann es nicht leiden, wenn Leute nicht tun, was ich sage. Und jetzt Sie da«, setzte er hinzu und sah Nick an. »Nehmen Sie die Brechstange und öffnen Sie die Gruft! Sie können weitermachen, wo ich angefangen habe.«

Nick zögerte, offenbar wog er die Situation ab.

»Machen Sie schon!«, brüllte der Mann. »Oder ich bringe Sie um. Ich tu's wirklich. Verlassen Sie sich drauf!«

»Gehorch ihm lieber«, bat Kayla. Es war klar, dass dieser Mann nicht ganz bei Verstand war. Er hatte seine eigene Schwester niedergeschlagen. Und er würde keine Skrupel haben, ihnen etwas anzutun.

»Na schön«, meinte Nick und hob beruhigend die Hand. »Ich mach ja schon.« Er nahm die Brechstange und ging zu der Grabstätte. Ein paar Minuten lang arbeitete er schweigend und zielstrebig. Endlich schob er die Brechstange in die Öffnung und benutzte sie als Hebel. Die Tür sprang auf. Drinnen lag ein Sarg auf einer Steinplatte. Nick zog ihn langsam heraus.

»Es könnte ein Toter drin liegen«, wisperte Kayla. »Ich finde das nicht richtig. Wir haben kein Recht, die Toten zu stören.«

»Aufmachen«, befahl der Mann wieder. »Sofort.«

Nick hob den Deckel des Sarges, der zwischen ihnen stand. Kayla schlug die Hand vor den Mund und keuchte dann auf, als sie Knochen, einen Schädel ... ein Skelett sah. Ihr drehte sich der Magen um, und ihr wurde übel. Wer war dieser Mann? Ihr Ururgroßvater? War das hier Zacharia Blandino? An dem Toten hingen noch Kleidungsreste, und an seinem Hemd war ein Zettel festgesteckt.

»*Wer lügt, der stirbt*« las Nick vor. »Ich glaube nicht, dass das hier Zacharia ist. Ich denke, es ist ...« Er brach ab und sah von Kayla zu dem Mann mit der Waffe.

»Nein!«, schrie der Mann und rannte zum Sarg. Er starrte auf die Gebeine. »Papa!«, schluchzte er. »Papa. Sie haben dich umgebracht. Ich wusste es. Ich habe es gesehen. Ich habe versucht, es den Bullen zu sagen. Sie wollten mir nicht glauben. Und sie brachten dich hierher. Sie sollen zur Hölle fahren.«

Kayla war so von dem rasenden Kummer des Mannes überwältigt, dass sie ganz entsetzt war, als Nick die Brechstange gegen ihn schwang. Der Mann taumelte, fiel aber nicht hin. Er drehte sich um, und die Waffe zielte direkt auf Nicks Herz. Nick warf sich nach vorn. Ein Schuss löste sich.

Kayla konnte kaum atmen. Sie war von der Gewalt wie betäubt und voller Angst, wer zuerst zu Boden gehen würde. *Lass es nicht Nick sein!*, betete sie stumm. Aber er fiel bereits. »Nein!«, schrie sie, als er zu Boden sank.

Der andere Mann begann, sich zu bewegen. Sie wusste, dass ihr keine Zeit blieb. Schnell packte sie die Brechstange, die Nick hatte fallen lassen, und schlug sie dem Mann ins Gesicht. Er ging rücklings zu Boden, die Füße rutschten unter ihm weg, sein Kopf schlug hart auf dem Steinboden auf.

Sie kniete neben Nick nieder. Sein Hemd war vorn von Blut getränkt. Kayla konnte nicht sagen, woher es kam. Drang es aus einer Wunde an der Schulter? Oder – behüte Gott – war Nicks Herz verletzt worden? Sie nahm seinen Kopf in beide Hände. »Nick, Nick«, sagte sie drängend. »Bitte, bitte stirb nicht. Du darfst nicht sterben.«

Er schlug die Augen auf. Seine Lider flatterten. »Was?«

»Du wurdest angeschossen. Alles okay?«

»Ich ... ich weiß nicht. Tut weh«, murmelte er. »Was ist mit ihm passiert?«

»Er ist bewusstlos. Ich muss Hilfe holen.« Sanft nahm sie ihre Hände weg. Dann zog sie die Jacke aus und breitete sie über Nick. »Ich gehe nach oben und hole Hilfe. Beweg dich nicht. Und ... stirb mir nicht, Nick. Versprich es mir.«

»Es ist okay. Es ist nur die Schulter, glaube ich.«

Sie legte eine Hand auf seinen Arm, als er sich aufrichten wollte. »Bleib einfach liegen. Nick. Ich bin gleich wieder da.«

Kayla stand auf, fand aber ihren Weg von einem anderen Mann versperrt – er war groß, blond und gut aussehend: der Mann aus ihren Träumen ... und aus ihren Albträumen.

Evan. Sie keuchte ungläubig auf.

Er lächelte, während er die Waffe aufhob und um die Finger kreisen ließ. »Hallo, Süße, wie geht es?«

»Geh mir aus dem Weg.«

»Ich glaube nicht«, entgegnete Evan und zielte auf sie.

»Lass sie in Ruhe«, befahl Nick schwach und versuchte, sich aufzusetzen.

»Du siehst nicht besonders gut aus, Kumpel«, bemerkte Evan lässig. »Na, na, nicht bewegen. Sonst wirst du noch ohnmächtig. Wie ich sehe, habt ihr euch für mich um Lorenzo gekümmert. Der Kerl ist verrückt. Er hat diese arme Kartengeberin ohne jeden Grund die Treppe hinuntergestoßen.«

»Ich dachte, das wärst *du* gewesen«, sagte Kayla.

»Das brauchte ich nicht. Ich hatte die Uhr bereits. Übrigens danke für den Tipp. Der alte Nate hatte viel zu viele Verwandte, als dass ich sie alle hätte aufspüren können.« Er hielt inne. »Nun, Kayla. Ich glaube, es ist Zeit, die Kiste zu öffnen.«

Kayla hatte fast vergessen, weshalb sie hier waren. Sie war so abgestoßen von dem Anblick der vermoderten Knochen, dass sie gar nicht bemerkt hatte, dass in dem Sarg eine eiserne Schatulle lag.

»Nimm sie heraus und stell sie auf den Boden«, befahl Evan.

Sie zögerte eine Sekunde, gehorchte dann aber.

Evan zog einen Schlüsselring mit drei kleinen Schlüsseln heraus. »Jetzt brauchen wir deinen Schlüssel, Süße. Ich weiß, dass du ihn hast.«

»Keine Chance«, meinte sie.

»Okay, ich schätze, wir können Nick auch verbluten lassen. Ist mir egal«, sagte er schulterzuckend. »Ich habe Zeit.«

Kayla zögerte, unschlüssig, was sie tun sollte. Sie wollte Evan nicht helfen, doch sie wollte auch nicht mehr Zeit als nötig verlieren. Nick musste so schnell wie möglich ins Krankenhaus gebracht werden.

»Ich könnte Nick auch jetzt gleich von seinem Elend erlösen«, bot Evan an. »Er ist ohnehin schon halb tot.«

»Nicht bevor du tot bist«, erklärte Nick mit schmerzverzerrtem Gesicht. Trotz seiner stolzen Worte war er jedoch offenbar nicht in der Lage aufzustehen.

»Also gut. Gib mir die Schlüssel«, sagte Kayla ungeduldig. Evan warf ihr den Schlüsselring zu, und sie holte das Schlüsselchen, das ihre Großmutter ihr gegeben hatte, aus der Tasche. An jeder Ecke der Truhe befand sich ein Schloss. Kayla kniete nieder und versuchte eins nach dem anderen. Es waren mehrere Versuche nötig, bis sie den richtigen Schlüssel für jedes Schloss gefunden hatte. Endlich hatte sie es geschafft. Langsam hob sie den Deckel.

In der Truhe lagen drei etwa fünfundzwanzig Zentimeter lange Leinensäcke, die mit einer Kordel verschnürt waren, sowie mehrere lose Goldmünzen. Der Schatz. Sie hatten das Gold gefunden, das seit fünfzig Jahren verschollen war. Auf Evans Gesicht erschien ein Ausdruck reiner Genugtuung. Es juckte sie, ihm das Lächeln vom Gesicht zu wischen und irgendwie zu verhindern, dass er bekam, was er wollte.

»Sehr gut, Kayla«, lobte Evan. »Und jetzt schieb die Truhe hier herüber. Und mach keine Dummheiten.«

Sie verpasste der Truhe einen Schubs, dann stand sie langsam auf, während Evan die Leinensäcke rasch in den Rucksack stopfte, der über seiner Schulter hing. Sie warf einen Blick zu Nick. Er schien ihr mit den Augen etwas sagen zu wollen, aber sie wusste nicht, was. Evan hatte die Waffe noch immer auf sie gerichtet. Was sollte sie bloß tun? Sich auf ihn stürzen? Und wenn das nicht funktionierte? Was, wenn sich wieder ein Schuss löste und Nick getroffen wurde, wie zuvor?

Kayla drehte sich zu Evan um, der zu ihrer Überraschung einen Umschlag vom Boden der Truhe aufhob und ihn in seine Tasche steckte. Sie fragte sich, was er enthalten mochte.

»So wirst du nicht davonkommen«, warnte Nick.

»Oh, ich glaube doch. Du hast meine Talente nie zu würdigen gewusst, Nick. Du hast immer versucht, gegen mich Stimmung zu machen, vor allem bei Jenny. Dir habe ich es zu verdanken, dass sie sich von mir abwandte. Du hast ihr weisgemacht, ich wäre nicht gut genug für sie. Aber ich bin besser als du, Nick. Ich bin besser als alle anderen. Und Jenny wird das schon bald begreifen.«

»Sie hasst dich, genau wie ich.«

»Nein«, widersprach Evan. »Du möchtest gern, dass sie mich hasst, und es macht dich rasend, dass sie es nicht tut.«

Während die beiden redeten, merkte Kayla, dass sie sie offenbar völlig vergessen hatten. Sie trat einen Schritt vor, dann noch einen und noch einen. Evan sah sie nicht einmal an. Sein Blick war nur auf Nick gerichtet. Er verhöhnte ihn, die Waffe hing jetzt locker in seiner Hand.

Das war ihre Chance! Kayla stürzte sich nach vorn und warf sich gegen Evans Arm, in der Hoffnung, ihm die Waffe aus der Hand zu schlagen. Die plötzliche Wucht ihres Aufpralls brachte Evan aus dem Gleichgewicht. Er fiel nach hinten. Sie landete auf ihm und begann, mit den Fäusten auf ihn einzuhämmern und alles zu schlagen und zu treten, was sie von ihm erreichen konnte. Die Erinnerung an das, was er ihr angetan hatte, trieb sie an.

Von hinten packten sie zwei Arme. Sie kämpfte dagegen an, ohne zu wissen, wer sie jetzt wieder attackierte.

»Kayla, es ist in Ordnung, wir haben ihn«, vernahm sie eine Stimme.

Sie brauchte einen Augenblick, um zu begreifen, dass J. T. ihnen zu Hilfe gekommen war. Dann sah sie die beiden Polizeibeamten, die Evan flankierten.

»Es ist vorbei«, sagte J. T. und zog sie hoch.

Kayla hörte auf zu strampeln und stieß die Luft aus. »Gott sei Dank.«

»Das war verdammt blödsinnig von dir, Kayla«, schimpfte Nick mit wütender Stimme. »Das hätte dich umbringen können.«

»Er hat recht«, pflichtete J. T. ihm bei.

»Ist mir egal.« Voller Genugtuung betrachtete sie die Blessuren, die sie in Evans Gesicht hinterlassen hatte. »Das war mir die Sache wert. Ich wollte nicht, dass er jemals wieder einem Menschen wehtut.« Sie starrte Evan finster an, der jetzt auf den Beinen war und Handschellen angelegt bekam. Evan lächelte sie lediglich an.

Dieses Lächeln hatte sie einmal geliebt. Jetzt kam es ihr nur noch böse vor.

»Der Krankenwagen ist unterwegs«, berichtete J. T. und hockte sich neben Nick. »Eine der Damen oben hörte den Schuss und wählte den Notruf. Du hältst doch durch?«

»Ich werde es überleben. Du hast dir verdammt viel Zeit gelassen, um herzukommen.«

»Der Verkehr war mörderisch. Ich sagte doch, ihr sollt warten.« Er warf einen Blick auf den anderen Mann am Boden. »Wer ist denn euer zweiter Freund?«

»Dominic Riccis Sohn Lorenzo«, antwortete Kayla. »Anscheinend hat er gesehen, wie sein Vater umgebracht wurde. Er erschien mir ziemlich wirr, ehe ich ihn bewusstlos schlug. Er ist doch nicht tot, oder? Wir haben ihn beide ziemlich hart getroffen.«

»Er lebt«, sagte einer der Polizeibeamten.

»Sein Vater Dominic liegt in dem Sarg.« Kayla deutete mit dem Kinn auf den Sarg. »Anscheinend ist er nicht über Bord gegangen. Die anderen drei glaubten, er würde sie bestehlen, und brachten ihn um. Sie begruben ihn mit dem Geld, das er ihnen rauben wollte.«

»Nett.« J. T. stand auf, als die Sanitäter eintraten. »Wir

sehen uns im Krankenhaus, Nick. Ich will sichergehen, dass unser alter Freund hier schnurstracks ins Gefängnis wandert. Sieht aus, als wäre das dein Ende, Evan«, meinte J. T. »Das Spiel ist aus.«

Evans Arme waren auf dem Rücken gefesselt, und jeder der Polizisten hielt einen Arm fest, trotzdem zuckte er nur lässig mit den Schultern und erwiderte: »Das Spiel ist vorbei, wenn ich es sage.«

»Ja, ja, erzähl das dem Richter. Wir werden dich einsperren und den Schlüssel wegwerfen.«

Evan lachte. Kayla konnte seine Großmäuligkeit nicht fassen.

J. T. bedeutete einem der Beamten, bei Lorenzo zu bleiben, während er und der andere Polizist Evan hinausführten.

Kayla wandte sich an Nick. Die Sanitäter hoben ihn auf eine Trage. Sein Gesicht war bleich, und auf seiner Stirn standen Schweißperlen. »Es ist vorbei«, murmelte er. »Das hast du gut gemacht.«

»Ich komme mit dir ins Krankenhaus.«

»Tut mir leid, Madam, aber wir dürfen nur Familienmitglieder im Krankenwagen mitnehmen«, entgegnete der Sanitäter.

»Das ist schon gut, ich bin nämlich ... ich bin seine Frau.«

Nick lächelte matt. »Toller Zeitpunkt, diese Karte auszuspielen.«

»Es stimmt.«

»Kayla ...« Er holte tief Luft. »Ich will dir keine Angst einjagen, doch du solltest besser auch Jenny anrufen – für alle Fälle.«

Ihr Herz setzte aus, als sie in seine Augen sah. Sie war doch nicht so weit gekommen, nur um ihn jetzt zu verlieren! »Nein. Es gibt kein *für alle Fälle*«, widersprach sie trotzig. »Du wirst wieder gesund. Du wirst gesund.« Bitte, bitte, lieber Gott, lass mich recht behalten!, betete sie stumm.

KAPITEL 23

Das Warten darauf, dass Nick aus dem OP kam, war eine Qual. Kayla hatte schreckliche Angst, dass er zu viel Blut verloren hatte, dass die Kugel ein lebenswichtiges Organ verletzt hatte, dass er sterben würde, ehe sie Gelegenheit gehabt hatte, ihm zu sagen, wie sehr sie ihn liebte.

Sie liebte ihn!

Der Satz ging ihr im Kopf herum. Sie hatte ihn nie ausgesprochen. Sie hatte es nicht einmal sich selbst eingestanden. Es war zu beängstigend, und es ging zu schnell. Und Nick wollte ihre Liebe nicht. Oder?

Sie wusste, dass er sie mochte und gern mit ihr schlief. Er war nicht zu schüchtern gewesen, um diese Gefühle auszudrücken, aber empfand er mehr für sie, etwas tiefer Gehendes …? Sie wusste nicht, was er von ihr wollte und was er brauchte. Ihr ganzes Leben lang hatte sie sich vorgestellt, sich einmal zu verlieben, zu heiraten und Kinder zu bekommen, aber jetzt spielte das alles keine Rolle mehr. Das einzig Wichtige für sie war, dass er überlebte – selbst wenn er ohne sie leben würde. Sie musste nur wissen, dass er am Leben war, irgendwo auf der Welt, und dass er glücklich war.

»O Gott, Kayla, was ist passiert?«

Beim Klang der verängstigten weiblichen Stimme wandte Kayla sich um. Es war Jenny. »Nick – er wurde angeschossen. Er wird gerade operiert.«

Jennys Gesicht verlor alle Farbe, und sie schwankte. Kayla schlang die Arme um sie und drückte sie an sich. Als sie sie wieder losließ, weinte Jenny. Kayla merkte, dass auch ihr Tränen über das Gesicht liefen. Schnell wischte sie sie fort und lächelte tapfer.

»Es wird alles gut. Er wird schon wieder«, sagte sie und versuchte, selbst daran zu glauben.

Jenny schniefte. »Bist du sicher?«

»Er muss einfach«, antwortete Kayla schlicht.

»Hat Evan auf ihn geschossen?«, fragte Jenny. In ihrer Stimme lag Angst, in ihren Augen Kummer.

Kayla schüttelte den Kopf. »Nein, ein anderer. Nick hat mit diesem anderen Mann gekämpft, doch mittendrin löste sich ein Schuss, und Nick wurde getroffen.«

Erleichterung flammte in Jennys Augen auf. »Gott sei Dank«, murmelte sie. »Ich könnte mir nie verzeihen, wenn Evan Nick so wehgetan hätte.«

»Er *hat* Nick wehgetan«, erwiderte Kayla. »Er hat ihm sein Leben gestohlen. Vielleicht hat er nicht den Abzug betätigt, aber Nick kämpft wegen des Spiels, das Evan angefangen hat, um sein Leben.«

Jennys Gesicht verzog sich. »Es tut mir so leid, je auf Evan gehört zu haben. Und es tut mir so leid, dass ich Nick nichts von dem Baby erzählt habe. Ich habe ihn tief gekränkt, das weiß ich. Neulich sah er aus, als könnte er mir nie verzeihen, dass ich das für mich behalten habe.«

»Du hast ihn gekränkt, und du wirst ihm zeigen, dass es dir leidtut – wenn er aufwacht«, erklärte Kayla fest.

Es war nach sechs Uhr abends, ehe sie Gelegenheit bekamen, mit Nick zu sprechen. Glücklicherweise hatte er die Operation ohne Komplikationen überstanden. Die Kugel hatte die Muskeln in seiner Schulter durchschlagen und das

Schlüsselbein zertrümmert, aber die Langzeitprognose war gut. Nick würde wieder gesund werden – mit der Zeit.

Kayla ließ Jenny zuerst zu Nick hineingehen. Sie wusste, dass seine Schwester sich unbedingt entschuldigen wollte, aber Kayla war nicht nur einfach großzügig. Im Stillen fürchtete sie sich auch ein wenig davor, Nick gegenüberzutreten. Was sollte sie sagen? Was würde er sagen? Wie würde es jetzt mit ihnen weitergehen? Würde es bei einem »Tschüss, war nett, dich kennenzulernen« und einem »Gut, dass alles vorbei ist« bleiben? Würde Nick in sein altes Leben zurückkehren? Und sie in ihres?

Kayla sah auf, als J. T. ins Wartezimmer kam. Er wirkte angespannt. Sie hoffte, dass mit Evan nichts schiefgegangen war. »Ist alles in Ordnung?«, wollte sie wissen und sprang auf.

»Das Gleiche wollte ich Sie fragen. Ich konnte mich vorher nicht freimachen. Wie geht es Nick?«

»Er wird wieder gesund.«

»Gut … das ist gut!«, murmelte J. T. und stieß einen erleichterten Seufzer aus. »Wie geht es Ihnen?«

Sie zuckte die Schultern. »Ich halte mich aufrecht. Jenny ist bei Nick. Sie hatte ihm einiges zu sagen. Die Warterei war kaum zu ertragen. Ich habe immer wieder alles durchlebt, was da unten in der Krypta passiert ist, und mich gefragt, ob ich etwas anders hätte machen können.«

»Ich habe den Eindruck, dass Nick sich in diese Sache genauso hineingestürzt hat wie in alles andere«, meinte J. T. »Er hat manchmal mehr Mut als Verstand.«

»Er wollte mich beschützen. Lorenzo war eindeutig nicht bei Sinnen. Ich glaube, er hätte uns beide, ohne zu zögern, getötet.«

»Ja, er ist sehr labil. Er behauptet, gesehen zu haben, wie

Frankie seinem Vater dort unten in der Krypta ins Herz schoss. Anscheinend stritten sie über das Geld und die Tatsache, dass Dominic nicht wegen des Verbrechens gesucht wurde. Er hatte den Fluchtwagen gefahren. Niemand wusste etwas von seiner Beteiligung an dem Überfall. Die anderen drei fanden, dass sie einen größeren Anteil verdient hätten, da ihr Bild in den Nachrichten erschienen und ihr Leben in Gefahr war. Dominic war nicht einverstanden. Er sagte, ohne die Karte, die er ihnen gegeben hatte, wären sie gar nicht aus der Münze herausgekommen und hätten nie und nimmer entkommen können. Sie stritten, und Frankie wurde wütend und hieb Dominic die Waffe über den Schädel. Dann schoss er ihm ins Herz. Lorenzo versteckte sich in der Krypta. Er war seinem Vater verbotenerweise gefolgt. Niemand glaubte ihm, als er später aussagte, sein Vater sei ermordet worden. Dominics Mutter erzählte der Polizei, ihr Mann wäre zum Angeln gegangen, wie er es ihr eingeschärft hatte, und da Dominic oft angeln ging, ergab das auch Sinn. Die Männer müssen den Besitzer des Bootes bestochen haben, damit er ihre Aussage bestätigte und behauptete, Dominic wäre über Bord gefallen.«

»Also wusste Lorenzo all diese Jahre lang, dass sein Vater tot war, umgebracht von seinen Freunden. Wie schrecklich für ihn.«

»Er war erst sechs, als er vor seinen Augen ermordet wurde. Ich glaube, das hat ihn um den Verstand gebracht. Anscheinend war er sein ganzes Leben lang immer wieder in Schwierigkeiten und in psychiatrischen Kliniken. Ich habe ihn nur nicht schon früher beleuchtet, weil Delores behauptete, er lebte auf der anderen Seite des Landes. Das war eine Lüge. An dem Tag, als Sie und Nick bei Delores im Geschäft waren, war er im Hinterzimmer.«

»Ich weiß. Und als ich an jenem Tag mit ihr sprach, deutete ich an, die Uhr noch zu haben. Also hat er mich verfolgt.«

»Er war es auch, der in Ihr Haus eingebrochen ist.«

»Und der uns nach Reno gefolgt ist und Nick niedergeschlagen hat, nicht wahr?«, fragte Kayla.

»Ja, er wollte noch immer die Uhr in die Finger bekommen.«

»Hat er auch an den Bremsen meines Autos herumgepfuscht?«

J. T. schüttelte den Kopf. »Er ist nicht besonders helle, Kayla. Das muss Evan gewesen sein.«

Evan. Sie konnte noch immer nicht glauben, dass er im Gefängnis saß. »Hat er schon geredet?«

»Nicht über etwas Wichtiges«, antwortete J. T. »Er stellt lieber die Fragen, als sie zu beantworten. Er ist eine harte Nuss, tut so, als wäre alles nur ein Spaß. Ich würde ihm gern dieses überhebliche Grinsen mit der Faust aus dem Gesicht wischen.«

»Es hat gutgetan, auf ihn einzudreschen«, gestand sie. »Ich kann nicht mehr verstehen, wie ich je seinem Charme erliegen konnte. Ich muss verrückt gewesen sein.«

»Sie sind eine von vielen, wenn Ihnen das hilft.«

Sie verzog das Gesicht. »Nicht wirklich.«

»Jedenfalls brauche ich Evans Geständnis gar nicht. Ich habe genügend Beweise, um ihn für eine lange Zeit wegzusperren.«

»Also ist es vorbei.« Sie konnte es kaum glauben. Evan schien immer davonzukommen. Kayla konnte sich nicht vorstellen, dass er jetzt wirklich hinter Gittern saß und ihnen nichts mehr antun konnte.

»Dank Ihnen und Nick«, sagte J. T., »kann das Geld an die

Münze zurückgegeben werden. Und die Medien haben bereits Wind von der Geschichte bekommen. Ich fürchte, Sie werden berühmt.«

Kayla wusste nicht recht, wie sie das finden sollte. »Heißt das, alles kommt ans Tageslicht? Über meinen Großvater und meine Großmutter?«

»Ich möchte Sie nicht anlügen, das ist sehr gut möglich.«

Sie nickte. »Dann rufe ich wohl lieber meine Mutter an und setze sie ins Bild.«

»Sie haben noch ein wenig Zeit.«

»Danke, J. T., danke für alles, was Sie getan haben.«

»Ich wünschte, ich hätte Ihnen mehr helfen können. Ich hoffe, Nick geht es bald wieder gut. Er ist ein großartiger Kerl – ein bisschen impulsiver, als gut für ihn ist, aber alles in allem grundsolide.«

»Ja, er ist ein großartiger Kerl«, stimmte sie zu und kämpfte gegen den Drang, in Tränen auszubrechen. Es war ein langer und aufwühlender Tag gewesen.

»Werden Sie ihm sagen, dass Sie ihn lieben?«, fragte J. T. mit nachdenklichem Blick. »Denn nach meiner Erfahrung ist Nick ganz schlecht darin, die Gedanken von Frauen zu erraten. Ich bin natürlich der Letzte, der ihm einen Vorwurf machen darf – ich kann es auch nicht. Wir sind eben Männer. Wenn Sie etwas Bestimmtes wollen, fragen Sie lieber direkt danach. Wer weiß, was Sie sonst bekommen?« Er grinste. »Vertrauen Sie mir. Ich weiß Bescheid.«

»Ich denke darüber nach.«

»Tun Sie das«, meinte J. T. mit einem Nicken. »Sie beide sind gut füreinander. Ich komme später wieder, um mit Nick zu reden. Lassen Sie ihn nur wissen, dass Evan da ist, wo er hingehört. Nick kann sich also ganz darauf konzentrieren, wieder gesund zu werden.«

»Das mache ich.«

Als J. T. ging, kam Jenny aus Nicks Zimmer. Ihre Augen waren rot und geschwollen, aber sie lächelte. »Er möchte dich sehen, Kayla.«

»Ist alles gut gelaufen?«

Jenny nickte. »Er verzeiht mir, sagt er. Ich weiß nicht, ob er es wirklich so meint, aber es ist hoffentlich ein Anfang. Vielleicht können wir jetzt, da Evan aus unserem Leben verschwunden ist, aufrichtiger zueinander sein. Ich glaube, ich habe mich seit Jahren zurückgehalten. Ich konnte Nick nie ganz verzeihen, dass er alles ruiniert hat, indem er mich zwang, Evan loszulassen, ehe ich bereit dazu war.«

»Ich hoffe, Sie sind jetzt dazu bereit, denn Evan wird ins Gefängnis wandern.«

»Das bin ich. Er ist nicht mehr derselbe Mann, den ich auf dem College kannte. Er ist härter geworden. In seinen Augen liegt ein Wahnsinn, der früher nicht dort war, als hätte er angefangen, an seine eigenen Fantastereien zu glauben.« Jenny seufzte. »Sie sollten lieber zu Nick gehen, ehe er versucht, aufzustehen und nach Ihnen zu suchen. Er scheint sich sehr zu Ihnen hingezogen zu fühlen, Kayla.«

»Wir haben in den letzten Tagen viel Zeit zusammen verbracht ...«

»Sie waren der erste Mensch, nach dem er beim Aufwachen gefragt hat. Ich hatte den Eindruck, dass er enttäuscht war, als ich ins Zimmer kam. Lassen Sie ihn nicht länger warten. Er ist kein sehr geduldiger Mann.«

»Als wüsste ich das nicht längst«, gab Kayla lächelnd zurück. »Wir sehen uns später.« Sie holte tief Luft und stieß die Tür zu Nicks Zimmer auf.

Nick saß im Bett, den Arm in einer Schlinge. Unter seinem OP-Kittel lugten Verbände hervor. Seine Wangen zeigten einen Bartschatten. Seine Augen blickten ein wenig glasig, ob von den Schmerzmitteln oder wegen Jennys Besuch, konnte Kayla nicht sagen. Aber das Wichtigste war: Er lebte. Und er würde wieder gesund werden. Ein Stein fiel ihr vom Herzen. Sie hatte das Gefühl, endlich wieder richtig atmen zu können.

»Wie geht es dir?«, fragte sie und trat zu seinem Bett.

Er nahm ihre Hand. »Besser, jetzt, da du hier bist. Du musstest Jen erst zu mir kommen lassen, was?«

»Sie wollte dich unbedingt sehen. Jenny hatte Angst, du würdest sterben, ehe sie dir sagen konnte, dass es ihr leidtut.«

»Und du? Wolltest du mich nicht unbedingt sehen?«

Sie setzte sich aufs Bett und drückte seine Hand, um die Unsicherheit zu verscheuchen, die in seinen Augen stand. »Musst du das wirklich fragen?« Sie wartete nicht auf eine Antwort. »Als dieser Schuss fiel, als du in der Krypta zu Boden gingst und ich das Blut auf deiner Brust sah, hatte ich mehr Angst als je zuvor in meinem Leben. Als du mich batest, Jenny anzurufen, dachte ich, ich würde dich verlieren ... du würdest sterben. Und ich konnte an nichts anderes denken als daran, dass ich dir nie gesagt habe, wie ich wirklich fühle.«

»Willst du es mir jetzt sagen?«

Sie hätte dieses Liebesgeständnis lieber zuerst aus seinem Mund gehört, aber das war die feige Variante, und sie hatte von Nick viel über Tapferkeit gelernt. »Ich liebe dich«, bekannte sie schlicht.

Seine Augen wurden dunkel. »Ich liebe dich auch.« Sein Blick blieb zärtlich auf ihrem Gesicht haften. »Ich hatte auch Angst, nicht mehr die Gelegenheit zu haben, dir zu sagen, wie viel du mir bedeutest.« Sein Griff um ihre Hand wurde fester. »Ich wollte noch nie bei einer Frau bleiben. Aber ich kann dich anscheinend nicht loslassen, Kayla. Und, wichtiger noch, ich *will* dich nicht mehr loslassen.«

»Wirklich?«, fragte sie. »Ich will dich nicht zurückhalten oder dich bremsen. Ich weiß, dass du die Verantwortung für deine Familie übernommen hast, als du noch jung warst, und dass du deswegen nicht sicher bist, ob du dich noch einmal an einen anderen Menschen binden sollst.«

Nick lächelte. »Du hältst mich nicht auf, und am meisten Angst macht mir, dass du mich überhaupt nicht brauchst.«

»Das stimmt nicht.«

»Doch. Du bist stark, Kayla. Du hast Evan ganz allein zu Fall gebracht. Anders als ich, hast du dich dabei auch nicht niederschießen lassen.«

»Das war wahrscheinlich nur das Glück der Dummen.«

»Nein, es lag an dir.« Er hielt inne, sein Blick war ernst. »Es gab noch nie jemanden in meinem Leben, der die Last mit mir geteilt hat. Du bist mein Partner, auf den ich mich stützen und dem ich blind vertrauen kann.«

Seine Worte brachten sie fast zum Weinen. »Mir geht es mit dir genauso, Nick, doch das alles passiert zu schnell. Das weißt du ja.«

»Ja, wahrscheinlich.«

Ihr sank das Herz, als er ihr zustimmte.

»Aber das ist mir egal«, fügte er hinzu. »Ich weiß, was ich für dich empfinde, und das wird nicht vergehen. Wir können uns so viel Zeit nehmen, wie du willst, um alles zu klären. Wir brauchen nicht morgen oder nächsten Monat oder auch nächstes Jahr zu heiraten. Aber wir werden heiraten. Daran besteht für mich kein Zweifel. Ich hätte nie gedacht, dass ich den Rest meines Lebens mit einem Menschen verbringen will, doch der Gedanke, dich nicht jeden Tag während der nächsten fünfzig Jahre zu sehen, ist völlig inakzeptabel. Ich weiß, dass man dir wehgetan hat und dass es schwer für dich ist, deinen oder meinen Gefühlen zu trauen, aber …«

»Ich traue dir«, unterbrach sie ihn. »Von ganzem Herzen.« Sie hielt inne, denn sie musste dafür sorgen, dass nichts zwischen ihnen stand. »Ich kann jetzt zwischen dem, was wirklich ist, und dem, was nicht ist, unterscheiden. Evan war nur eine Illusion, das Bild von einem Traum, den ich im Kopf hatte. Aber du bist kein Traum. Du bist du – mit allen Fehlern.«

»He, ich habe keine Fehler!«

»Doch, die hast du, und ich auch. Aber das ist gut so. Das bedeutet, dass wir wirklich sind. Und das ist alles, was ich mir wünsche, Nick: keine Fantasien mehr, keine Illusion von der perfekten Familie im Hinterkopf. Ich habe genug von Träumen. Ich will nur mein Leben leben, jedes Gefühl auskosten, jemanden lieben, ehren und ihm vertrauen und … na ja, vielleicht nicht gerade gehorchen, aber du verstehst, was ich meine.«

»Ich empfinde genauso, Kayla. Und ich werde es dir beweisen, egal, wie lange es dauert, dass wir den Rest unseres Lebens zusammen verbringen sollten.«

Sie spürte, wie die Kraft seiner Worte sie zu überwältigen drohte. Dieses Mal wollte sie mit beiden Beinen auf dem Boden bleiben. »Das klingt großartig, doch ich finde, wir sollten noch einmal darüber sprechen, wenn du nicht mehr unter Medikamenten stehst, nur für den Fall, dass es jetzt die Schmerztabletten sind, die aus dir sprechen.«

Er lachte. »Wir können darüber sprechen, sooft du willst.

Ich weiß, was ich fühle. Ich weiß es praktisch seit der ersten Minute.«

»Am Anfang konntest du mich überhaupt nicht leiden. Du dachtest, ich hätte dich beraubt.«

»Ja, du hast mir das Herz geraubt.«

Sie grinste zurück. »Jetzt trägst du wirklich zu dick auf. Ich glaube, du bist nicht ganz Herr deiner Sinne.«

»Deinetwegen. Was muss ich tun, um einen Kuss zu bekommen?«

»Du bist sehr fordernd. Einer deiner Fehler, falls du es noch nicht weißt.«

»Bitte?!«

»Na gut, wenn du so lieb bittest ...« Sie beugte sich vor und gab ihm einen langen, zärtlichen und verheißungsvollen Kuss.«

»Hast du es je in einem Krankenhausbett gemacht?«, murmelte er unter ihren Lippen.

Sie löste sich von ihm und sah ihn warnend an. »Nein, und ich werde jetzt auch nicht damit anfangen. Du brauchst Ruhe. Keine Dramen mehr. Keine Überraschungen. Wir haben endlich die Antwort auf alle ... na, wenigstens auf die meisten unserer Fragen.«

»Bringst du mich auf den neuesten Stand?«

»Ich erzähle dir die ganze Geschichte später, doch das Wichtigste ist, dass Evan im Gefängnis sitzt. Er kann unseren Familien und uns nie mehr etwas antun. Die Goldmünzen werden der Regierung zurückgegeben. Das Geheimnis ist gelüftet.«

»Wie geht es deiner Großmutter?«

»Sie ist erleichtert, dass Evan geschnappt wurde und sie endlich die Vergangenheit ruhen lassen kann.«

»Sie hat Johnny nicht mehr gesehen?«, fragte er.

»Nein, ich habe ihr von der Perücke erzählt. Ich konnte die Enttäuschung in ihren Augen sehen, aber um ehrlich zu sein, denke ich, dass sie tief in ihrem Herzen glaubt, Johnny wirklich gesehen zu haben. Wenn Evan anfängt auszupacken, können wir ihn vielleicht dazu bringen zu sagen, ob er sich als Johnny verkleidet hat oder nicht.«

»Also redet er noch nicht, was?«

Sie schüttelte den Kopf. »Nein, doch J. T. hat mir versichert, dass sie genügend Beweise haben, um ihn auch ohne ein Geständnis vieler Verbrechen zu überführen.«

»Gut. Was ist mit dem Kerl, der mich angeschossen hat? Was ist mit ihm passiert?«

»Die Polizei hat auch ihn verhaftet. J. T. sagt, Lorenzo ist schon seit Langem psychisch krank, also wird er wahrscheinlich in einer psychiatrischen Klinik enden. Anscheinend war er Zeuge des Mordes an seinem Vater.«

»Ich erinnere mich, dass er so etwas in der Art in der Krypta gesagt hat.«

»Niemand hat ihm damals geglaubt, aber jetzt wird man ihm schon glauben, denke ich.« Sie hielt inne. »Es ist wirklich vorbei, Nick. Wir können unser normales Leben wieder aufnehmen.«

»Ich finde, Normalität wird reichlich überschätzt«, erwiderte er.

»Ich würde es jedenfalls gern für eine Weile versuchen.«

»Ich auch. Wirst du bei mir bleiben, Kayla?«, fragte er und sah ihr in die Augen. »Ich glaube nicht, ohne dich noch schlafen zu können. Genauer gesagt, glaube ich nicht, ohne dich überhaupt noch etwas tun zu können, und wenn du je irgendwem erzählst, dass ich das gesagt habe ... dann muss ich mir eine Strafe für dich ausdenken.«

Sie war glücklich darüber, dass er ihr eingestehen konnte,

wie sehr er sie brauchte, obwohl er diese Seite von sich noch niemandem gezeigt hatte. Nick hatte die Bürden seines Lebens viel zu lange allein getragen, genau wie sie. »Mach dir keine Sorgen, dein Geheimnis ist bei mir sicher aufgehoben.«

EPILOG

J. T. starrte ungläubig auf die offene Tür, die leere Zelle und die drei Polizeibeamten, die alle schuldbewusst dreinsahen. Ein leicht benommen wirkender Beamter trug nichts als Boxer-Shorts und ein weißes T-Shirt.

»Was zum Teufel ist passiert? Wo ist er?«, wollte J. T. wissen.

»Er bat mich, ihm eine Zeitung und einen Kaffee zu bringen«, antwortete der Mann in den Boxer-Shorts. »Ich öffnete die Tür nur für eine Sekunde. Und in der nächsten Sekunde lag ich am Boden. Er legte mir die Hand an die Kehle und hat etwas Eigenartiges gemacht. Plötzlich konnte ich nicht mehr atmen. Ich konnte mich nicht bewegen. Es war, als wäre ich gelähmt. Dann hat er mir die Kleider und die Schlüssel abgenommen und ist hier einfach rausmarschiert.«

J. T. wollte seinen Ohren nicht trauen. »Er ist weg? Evan Chadwick ist weg?« Er sah die anderen Beamten fragend an. »Mist! Wie konnten Sie sich derartig von ihm übertölpeln lassen? Wissen Sie, wie lange ich ihm auf den Fersen war?« Er stapfte in der Zelle auf und ab, bis sein Blick auf die Zeitung fiel. Aus einer Seite war ein Stück herausgerissen. »Holen Sie mir noch so eine Zeitung«, befahl er. J. T. wollte genau wissen, welche Geschichte Evans Aufmerksamkeit erregt hatte. »Und riegeln Sie das Gebäude ab. Vielleicht ist er noch hier.« Das bezweifelte er stark, aber er wollte sichergehen. Er hätte Evan nicht allein lassen sollen! Er hätte besser wissen müssen als jeder andere, dass der Kerl glatt wie ein Aal war.

»Hier ist er nicht«, erklärte der andere Beamte. »Wir haben schon jeden Zentimeter abgesucht. Chadwick ist uns entwischt. Er hat in einer Uniform das Gebäude verlassen. Er könnte inzwischen überall sein.«

Ein anderer Beamter brachte eine Ausgabe der Zeitung. J. T. blätterte sie durch, bis er die richtige Seite gefunden hatte. Der ausgerissene Teil kündigte eine Ausstellung seltener und kostbarer Juwelen an.

Verdammt! Was hatte Evan jetzt wieder vor?

Evan lehnte sich gegen den weichen Ledersitz der Limousine. Er nahm einen Schluck Champagner aus dem Kristallkelch und lächelte.

»Sie sehen viel zu selbstzufrieden aus für einen Mann, der gerade aus dem Gefängnis kommt. Obwohl ich zugeben muss, dass ich schon immer eine Schwäche für Männer in Uniform hatte«, schnurrte sie. »Wie haben Sie das geschafft?«

»Mein Geheimnis.«

»Ich war enttäuscht zu hören, dass Sie die Münzen verloren haben«, sagte sie mit einem scharfen Unterton.

Evan zuckte die Schultern. »Eine Kleinigkeit. Aber ich habe, was wir wirklich wollten – die Karte der unterirdischen Tunnel in der Stadt. Wir müssen nur zu St. Basil, um sie zu holen. Ich habe sie unbemerkt dort versteckt, ehe man mich ins Gefängnis brachte.«

Ihr Blick leuchtete auf wie der eines Kindes, das seine Geschenke unter dem Weihnachtsbaum findet. »Sehr klug.«

»Ja, bald haben wir alle Informationen, die wir brauchen, um das Verbrechen des Jahrhunderts durchzuführen.«

»Ich hoffe, wir haben noch genug Zeit für die Planung.«

»Wir haben reichlich Zeit«, antwortete er. »Haben Sie die Sachen, um die ich Sie gebeten hatte?«

Sie öffnete die Tasche und reichte ihm eine Perücke, einen Ausweis und ein Paar brauner Kontaktlinsen.

»Perfekt«, meinte er.

»Sie sind völlig verrückt, oder?« Sie lehnte sich zurück und sah ihn nachdenklich an.

»Haben Sie das erst jetzt bemerkt?« Er nahm noch einen Schluck Champagner und sah aus dem Fenster. Die Polizeibeamten hatten es ihm zu leicht gemacht; es war ein Kinderspiel gewesen. J. T. kochte vor Wut wahrscheinlich so sehr, dass ihm der Dampf schon aus den Ohren quoll. Evan grinste bei der Vorstellung.

J. T. hatte vermutlich geglaubt, das Spiel sei vorüber. Er hatte ja keine Ahnung, dass es gerade erst begann ...

Ein antiker Drache führt drei Fremde zusammen und auf eine gefährliche Reise in die Vergangenheit …

Barbara Freethy
DIE FARBEN DER SEHNSUCHT
Roman
432 Seiten
ISBN 978-3-404-15647-4

Riley, Paige und Alyssa kommen aus völlig verschiedenen Welten: Riley hat sich aus der Arbeiterklasse hochgearbeitet, Page versucht ihrer Rolle als reiche Erbin gerecht zu werden und Alyssa fühlt sich gefangen von den Traditionen ihrer Familie. Eine alte Prophezeiung führt die drei Familien zusammen, und gemeinsam begeben sich die drei Fremden auf eine abenteuerliche Reise. Jeder von ihnen muss eine schwierige Wahl treffen – zwischen romantischer Liebe und Loyalität zur Familie, zwischen Lüge und Wahrheit. Ist die Tür zur Vergangenheit erst einmal geöffnet, gibt es kein Zurück mehr …

Bastei Lübbe Taschenbuch